U0026780

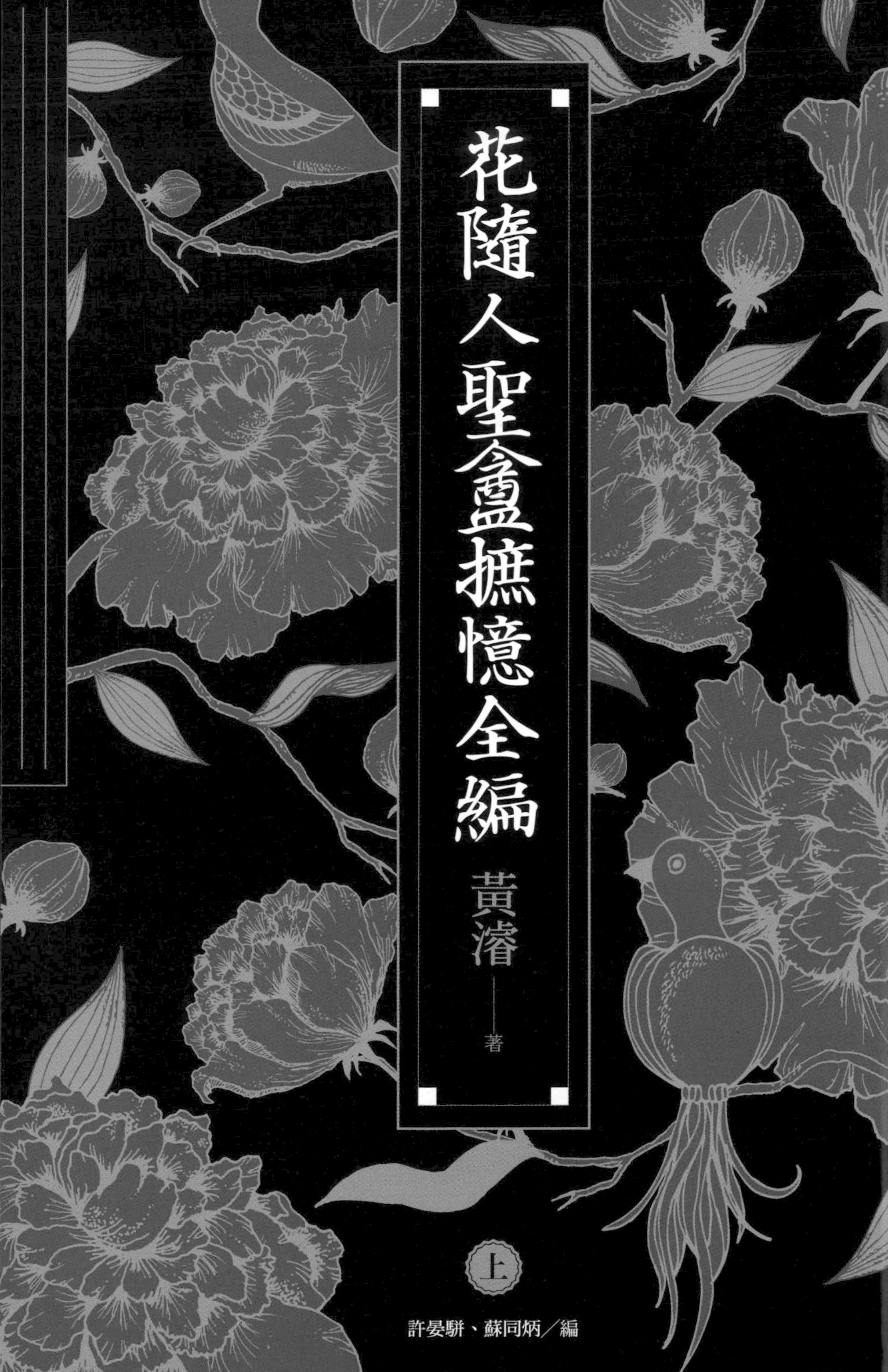
花隨人聖盦摭憶全編
黃濬
著
上
許晏駢、蘇同炳／編

黃濬所書集詞對聯一幅，為己巳年（**1929**）賀沈崑三四十歲生日的壽禮。（余英時先生提供）

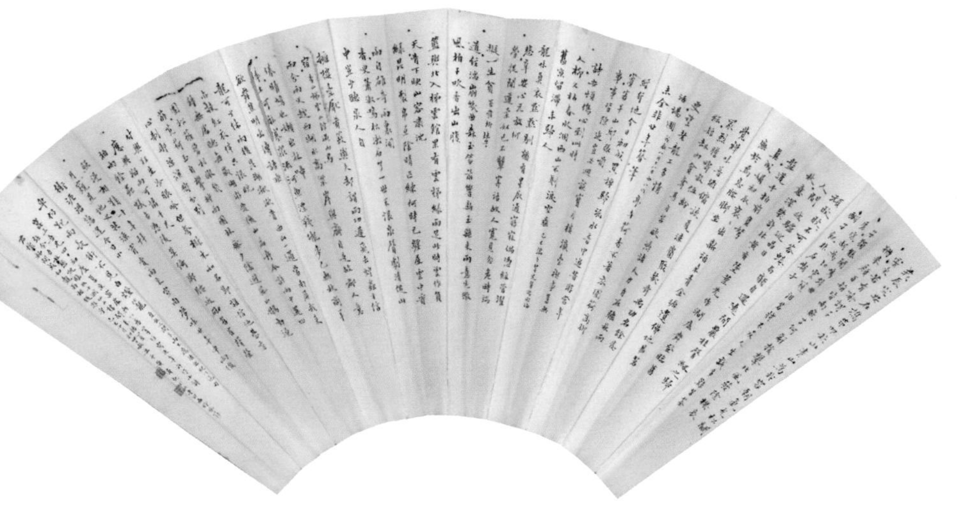

黃濬小楷抄詩扇面，贈沈崑三賀其四十歲生日。（董橋先生提供）

序

瞿兌之

哲維黃君，嘗以抽豪之暇撰為《花隨人聖盦摭憶》，逐條刊登雜誌，閱時既久，積成二巨帙，郵達於余。余乃稍糾其筆誤數處，並志所疑於眉端。適友人孔君方居天津，急欲索閱，遂轉付焉。哲維既聞余有所訂正，馳書促孔君還寄南中。因循月餘，軍興，而哲維驟被獨柳之禍，孔君關河轉徙。私竊驚怛，以為秣陵追答，永成虛願矣。不意孔君耿耿夙諾，聞變，仍貽書屬所親，從故居中檢出此二帙，匄余還付其家。片羽之珍，幾失而復得。荏苒數年，世變未艾，其家乃謀印行，以永其傳。且以余有此一段因緣，畀余讎校，且督為序其事。

嗚呼！哲維瓌才照世，中道竇蹶，非所及料。區區隨筆之作，固不足引重，然即此已略窺其懷抱寄託，與夫交游蹤跡，盛衰離合，議論酬答，性情好尚。而一時政教風俗之輪廓，亦顯然如繪畫之畢呈。所謂明乎得失之跡，達於事變而懷其舊俗者，非與？求之于古，蓋容齋洪氏之倫也。

碧血千年，陳根屢易，英英神理，如在目前，不得從容互相賞析。嗚呼，傷已！

昭陽協洽重三日，兌之書於燕都

黃濬和他的《花隨人聖盦摭憶》

許晏駢

黃秋岳，單名濬，字哲維，秋岳是別號，福建侯官人。同光以來，江西、福建的詩壇，名輩迭出，「閩派」的鋒頭更健，前有陳寶琛、鄭孝胥；後有梁鴻志、黃秋岳。依我看，論人品、論詩文造詣，黃秋岳都比梁鴻志來得高，但黃的運氣不如梁，梁鴻志當到執政府的祕書長，而黃秋岳在北洋政府，一直浮沉郎署，並不得意。

北伐以後，黃秋岳進入行政院工作，在汪精衛當院長時，他是行政院的簡任祕書，掌握議事。他的交遊很廣，日本駐南京的總領事須磨，也是他的朋友；須磨出身於日本外務省專為培養對華工作人員而設立的上海同文書院，自畢業後即派赴華北工作，除了能操一口流利的華語以外，亦能談詩詞、劇曲，算是風雅人物。

須磨在黃秋岳身上，早就下了工夫，經常有來自日本的「名物」諸如食物、文具、玩具等等相餽贈。有一回須磨問黃秋岳，這天「閣議」，與日本有關的某一案，可曾通過？覆函說是通過了。從此以後，每逢「閣議」中通過了某項與日本有關的協議之類，黃秋岳都會寫封簡單的信，通知須磨。這些協議等等原是早已談好的，提交閣議通過，不過是個形式；反正第二天亦會見報，不構成洩密的危險。而須磨則表示，雖然只早知道一天，但外務省認為他消息靈通，每每來電嘉獎。這對須磨的前程很有幫助，所以他對黃秋岳常表謝意，兩人的交情，也就越來越密。

有一陣子，兩人見面時，黃秋岳常顯得有心事的模樣，問他不肯說，但須磨卻打聽到了，原來黃秋岳的續弦妻子，性好虛榮，與一班闊太太混在一起，打首飾、做衣服、打牌聽戲，開銷甚大，以致黃秋岳入不敷出，拉了好些虧空，最近為應付登門債主，大感苦惱，所以變得沉默寡言了。

於是須磨備好一張上海正金銀行，五萬日幣的支票，將黃秋岳請了來，當面致贈，他說：「我沒有想到，范叔之寒，一至於此！同為斯文一脈，我實在於心不忍。最近我收到外務省發的一筆特別奬金，特以奉贈。」黃秋岳聽他用了解衣推食的典故。而又正在窘鄉，便靦顏收受了。明知日本人的錢，不是好用的，無奈急在燃眉，只好用了再說。

懷著這樣的隱憂，沒有多少日子，麻煩果然來了。原來須磨只是拿黃秋岳作橋樑，真正的目標是他的在外交部條約司居高位的長子黃晟，有一天須磨要求黃秋岳教黃晟供給一份中國政府與某國所訂某項條約的抄本；黃秋岳大駭，結結巴巴地說：「你這不是要我私通外國？」

「要說私通，早就私通了。」

「你不要血口噴人，這要證據的。」

「證據麼？喏！」

須磨拉開寫字檯抽屜，裏面全是黃秋岳寫來的信，他急急分辯：「這裏面談的都是無關緊要的例案，都見了報的。」

「緊要不緊要，不是由你來認定的。外交情勢，變幻莫測，早一步得到消息，哪怕早一個鐘頭，都會使得整個局面發生變化。」

黃秋岳開不得口，這時才省悟到人家是有計畫地拖人下水；而須磨則威脅以外，兼之利誘，軟硬兼施，困得黃秋岳一籌莫展，最後只好妥協。

他的長子黃晟當然不肯幹此賣國的勾當，但禁不住黃秋岳軟磨硬壓，在父子的名分之下，忠孝不能兩全，為盡孝道，黃晟只好不顧大義，但是存著僥倖之心，從滿清末年以來，外交部條約司不知換過多少人，萬一東窗事發，總還有推諉的餘地。

及至抗戰爆發，政府組織了最高國防會議，作為進行全面抗日的最高指導機構，幕僚作業由行政院負責，議事部分亦仍由黃秋岳掌管，在須磨挾持之下，黃秋岳已洩漏了好些國防決策上的機密，但關係都還不大；只有一回讓日本軍撿了個大便宜，關係就太大了。

參謀本部的「軍師」，也許受了演義中韓世宗困金兀术於黃天蕩的故事啟發，主張在江陰附近鑿沉船隻，封鎖長江航道，來困住駐長江中上游各口岸的日本軍。經國防會議通過後，正在部署之際，不道日本軍部以最迅速的行動，將駐紮在重慶、沙市的海軍陸戰隊集中到漢口，共計一千多人，星夜鼓輪東駛，逃出虎口。

這個甕中捉鼈的計畫失敗後，蔣委員長既驚且怒，認定一定有人洩密，嚴令軍統徹查，戴笠親自主持此案的偵查，經過層層過濾，認為黃秋岳涉有嫌疑，但此事須查證屬實，否則一切無從談起。

於是軍統設計了一套求證的辦法，由國防會議祕書長找了黃秋岳來，當面交代他發通知，定於次日上午八時半在靈谷寺召開臨時會議；及至深夜，特派專差個別通知，會議提前於七時半召集，當然，黃秋岳是不會被通知的，目的是要看看到時候會發生怎麼樣的反應，再作進一步的研判。

第二天上午準七時半開會，但很快地就散會了。到得八時半將近時，只聽天邊隱隱然車走雷聲，倏忽之間，大批日本飛機，破空而來，轟炸的目標是靈谷寺——事後獲知，這批轟炸機由日本木更津機場起飛，領隊是地位、名聲相當於我國高志航的三輪寬。

經這正反兩面的測試，已可確定，黃秋岳脫不得干係。軍統派出幹員，日夜跟蹤；在黃秋岳常到之處，最堪注意的是國際聯誼社。

這個聯誼社由勵志社所辦，本意是為在南京的外交官及外僑提供一個社交休閒的場所，不意成了中高級高官的一個交際中心，它那裏的西餐，又便宜又好，各部院衙門的司長、科長、參事、祕書，每逢中午，聯袂而至，黃秋岳幾乎每天必到。

但他在用餐時，接觸了哪些人，跟蹤者卻一無所知，因為不知勵志社總幹事黃仁霖，與戴笠是否有約定，軍统人員辦案，不能登堂入室，跟蹤者活動範圍只限進門之處的穿堂。穿堂略呈長方形，一面靠壁設置沙發茶几；另一面壁上釘著好些掛鈎，供賓客懸掛衣帽之用。跟蹤者往往只是坐在沙發上，抽著煙目迎目送黃秋岳進出，記下離到的時間，及進出有無同伴而已。

黃秋岳以獨來獨往的次數居多，一進門先將頭上的呢帽摘下來，往壁上一掛，然後推玻璃門入內，如是數日了無異狀。有一天跟蹤者偶爾抬頭一望，不由得看直了眼發楞——他所看到對面壁上所掛的呢帽，一頂變成了兩頂，顏色、式樣，完全相同。這是怎麼回事？

冷靜一下，凝神細細想，這兩頂呢帽有三同：夏天很少有人戴呢帽，如今不但有，而且無獨有偶，是第一同；顏色、式樣，絲毫無異是第二同；在某一場合，某一時間，兩頂呢帽，同時出現，是第三同。一同是巧合，再同、三同，巧而又巧，其中就一定有文章了。

因此，全神貫注只盯著那兩頂呢帽，不久，裏面出來一個中年人，一伸手便去摘呢帽，但他所取下來的是黃秋岳的帽子，接著，往頭上一戴，揚長而去；令人不解的是，此人似乎絲毫不曾感到他是戴錯了帽子。跟蹤者急忙奔出門外，招呼接應的同伴，去釘那個人的梢。

等回到原來的坐處，心裏在想，「帽子戲法」快要揭曉了！就常情而言，一個人戴錯了帽子，穿錯了鞋子，一上身就會感覺到不舒服；像剛才那個人的感覺，遲鈍如此，實在少見，倘或回頭黃秋岳居然也不曾發覺他自己的帽子被別人戴走了，那就是「三同」以外的第四同，可能嗎？

這樣轉著念頭，突然想到有件事現在就應該做；他站起身，走到對面，看看左右沒有人注意，將壁上的呢帽摘了下來，看清了出品的商號及尺寸號碼，將帽子放回原處。

等他再次回到座位上，黃秋岳已經出來了，伸手摘下呢帽，戴上就走，似乎並沒有發覺帽子不是他自己的。跟蹤者滿心歡喜，接踵而出，回到局本部；另外跟蹤陌生人的同伴也回來了，帶來了一個令人興奮莫名的訊息：被跟蹤者是日本總領事館的人。

案情已明，是彼此用呢帽交換情報，但逮捕的時機卻猶未到；因為要掌握最確實的證據，戴笠派人專程到上海，在盛錫福帽店，買了一頂同樣質料、式樣、顏色、尺寸的呢帽回來，而且加工「做舊」，然後帶到國際聯誼社，將黃秋岳的帽子「調包」回來，一掀開呢帽襯裏的皮圈，就看到一張紙，記載著前線指揮官的行蹤，核對筆跡，絲毫不錯是黃秋岳的親筆。

這就需要立即行動了，因為日本情報人員戴走的呢帽，並非黃秋岳的原物，內中空無所有，一經電話查詢，黃秋岳知道已經出事，如果逃入日本總領事館，事情就麻煩了。

於是幹員四出，查詢黃秋岳的行動，終於在新街口弟弟斯咖啡館，逮捕了黃秋岳，由父及子，父子雙雙皆蒙「獨柳之禍」。同案槍決者共廿八人，除他們父子以外，其餘廿六人都是為日本人收買的地痞流氓，或在井中下毒，或在空襲時指引目標，是真正的小漢奸。黃秋岳與此輩同時斃命，真是辱上加辱。

黃秋岳除詩以外，亦寫得一手極好的散文，義理辭章，兩俱司稱。在行政院供職時，為《中央時事周報》撰寫隨筆，定名「花隨人聖盦摭憶」，舉凡人物、掌故、藝文、名勝、風土等等，無所不談。前後約歷時三年，至他棄市而中斷，稿亦無人為之出版，殆與嚴嵩的《鈐山堂集》相似，因人而廢言。

民國三十二年，黃秋岳在華北偽組織服務的胞弟澄懷，設法弄到一批白報紙，便將「花隨人聖盦摭憶」印了出來，但只到廿五年年底為止；廿六年八個月的稿子，並不在內；印行的數量亦不多，只一百多部，分送親友存念。至五十四年，香港龍門書店由於旅美學人楊聯陞、房兆楹的推薦，將此書影印出版，並收錄餘稿，使成全璧，但印得極其馬虎，既無標題，亦無標點，更未詮次，雜置一堆，毫無條理之可言，實在貶損了原著的價值。

因此，我與蘇同炳兄發願加以整理，我只決定將全稿分為「知人」、「論史」、「識小」、「述古」、「談藝」、「紀遊」六大類，每一條的歸類、製題、標點、勘誤，由同炳兄一手包辦。出版以後，頗蒙讀者嘉許。但當時因大環境所限，不便特標作者的姓名，此事一直耿耿於懷；如今時異勢遷，一切忌諱都放寬了，我希望再版此書時，能在封面上加上「黃濬著」三字。

掌故筆記之翹楚 ——《花隨人聖盦摭憶》

蘇同炳

自晚清以至民國，掌故隨筆一類的筆記雜著為數極多，其中能以淵博翔實及議論精闢見稱於時者，黃濬所撰的《花隨人聖盦摭憶》，當為翹楚。

黃濬，字哲維，號秋岳，福建侯官人，工詩，善屬文。對於歷史掌故及政治祕辛所知甚多；民國二十四年，公餘之暇，在《中央時事周報》上撰寫掌故隨筆，總名為「花隨人聖盦摭憶」。由於文筆優美，內容豐富，傳誦一時。現在坊間所流傳的《花隨人聖盦摭憶》單行本，即是此一連載隨筆的結集。民國五十四年，香港龍門書店將此書影印出版，為學術研究提供極大的參考便利。據說當時龍門書店影印此書，是由於旅美學人楊聯陞、房兆楹兩先生的大力推薦。楊、房兩先生的國學造詣極深，他們認為此書不但史料價值極高，而且是近五十年中我國人士使用文言文所寫筆記的第一流著作，值得影印，以廣流傳。從前瞿宣穎為此書作序，亦曾對此書的價值極致推崇之意。龍門書店影印本，就根據了瞿序的內容作一概括性的介紹說明，云：

> 是書以隨筆文體，記述光緒、宣統間至民國二十年以前之政治史蹟，舉凡當時政教之所趨，風俗之所尚，皆作溯本推源之分析，如繪畫之畢呈。中多史事佚聞，內幕祕辛，尤為研究中國近代史者之難得佳構。瞿兌之序謂：「求之于古，蓋容齋洪氏之倫也。」洵不誣也。

此書之初版於民國三十二年在北平印行，總共只印行了一百部，流傳絕少。唯此書實有三項重大缺點，並非一般讀者所能知道，應該加以說明一番。

第一，是黃濬在《中央時事周報》上開始撰寫此一筆記體的掌故連載時，並無既定的寫作計畫，只是隨著興之所至或見聞所及，隨便寫出一事來談論，如果連類而及其他，亦是有見輒寫，寫畢輒止，既無次序，更不免前後錯亂及不相連貫。又因並無標題之故，雖則每條自為起訖，有時卻很難看清其主旨所在。在《中央時事周報》上連載時的情形如此，輯成單行本後，亦仍復照舊不改。對於一時未能了解此書內容的讀者來說，不但閱讀費力，翻檢更是不便，無形中減損了此書的利用價值。

第二，是此書當初以連載的形式刊登於《中央時事周報》時，前後歷時三年。民國三十二年，黃濬之弟澄懷輯印單行本，所收連載稿只到民國二十五年年底為止，民國二十六年一月至八月的連載稿並未一起輯入。所以然的原因據說有兩種可能。一是因為當時華北還是日本人的占領區，對白報紙的配給管制極嚴，黃澄懷無法買到足夠的白報紙，所以只好將二十五年年底以前的文稿暫先印行出版，二十六年的八個月，不能不割愛。一是黃澄懷當時很可能只保有二十五年以前的文稿，二十六年的各月皆缺，所以只能印到二十五年年底為止。實情如何，現在已經無法考訂，但此書初印本之並非全璧，當可斷言。

第三，則是此書初版所印校讎欠精，脫漏及錯字極多。加上黃濬撰寫時的可能筆誤，積累起來就更多了。由於此書很多地方的史料價值全在徵引他書，倘不改正，就會使讀者以訛傳訛，其後果極為惡劣。影印本只據初印本照相製版，原書的錯誤仍然照樣保留，情形當無二致。

由於上述三項缺陷之有待改正，因此，聯經出版公司一方面設法搜齊《花隨人聖盦摭憶》的全稿，一方面計畫分段分條加製標題及詳加校讎之後，以分門別類的方式重新排印，以期將上述各種缺陷逐一改正，使得此一極富史學參考價值的筆記名著，能以嶄新的面目與讀者相見。承蒙聯經出版公司將這一工作付託給了晏駢兄與我，費時四月以上從事校勘整理，總算粗有所成。值茲全書排校竣事，理應將整理校勘情形作一說明，以期讀者諸君之了解。

原書無標題，而在進行整理校勘工作時，同時就將分段標點及加製每一獨立小節的標題做好，這項工作雖繁重卻並不困難，所感到最困難的，莫如校字。校改錯字，必須細心詳讀，如果稍不留心，就會被輕易溜過。舉一例如下。上卷的第三二四頁，「知人」類中「岑春煊之幕府奇才岑熾」一條，有如下一段文字，云：

例得銓敘其官，俗所謂保案者。是春煊每置熾名於疏首，熾往往執筆塗去，拂然不悅曰：……。

這一段文字並無錯字，只是第三句的第一個字好像是累贅之物。仔細端詳，纔發覺原來是二句句末的句點位置錯了——它應該排在「是」字之下，而不應排在「者」字之下。此是斷句的錯誤，改正後便可使意義全不一樣。改正以後的情形如下：

例得銓敘其官，俗所謂保案者是。春煊每置熾名於疏首，熾往往執筆塗去，拂然不悅曰：……。

一字之微，所影響及於整段文字的意義有如此之大，足見校勘工作之不易，也證明黃濬原著之難免有筆誤或排校之誤，不可不特別小心。又如下卷第一〇四八頁，「談藝」類中的「碧棲詩之作者王又點」一條，亦有類似的情形：

為閱詞晚近之雙流兩華。

此文中的「閱」字，顯然是「閩」字之誤，因為王又點是福建人。又如中卷第五三二頁，「論史」類中的「記肅順門客嚴咸」一條，有如下一段文字：

性介猛，有奇志，長瘠多力，而如削瓜。

此文中的「而如削瓜」四字，恐應是「面如削瓜」，纔能讀得通。這很可能也是排校之誤。如果直接加以改正，亦未嘗不可；只是此文既出自王闓運所撰的〈嚴咸傳〉，何如一查其本來出處，以免發生「不改不錯，愈改愈錯」的笑話。檢《湘綺樓文集》中的〈嚴咸傳〉查對之下，果然是「面如削瓜」。由於這種事實上的經驗，證明了我們當初的假想情況——此書中的排校錯誤或筆誤，當真為數不少，最好的辦法是將原書中所有的引文，一一根據其徵引來源檢書查對，庶免因一字之誤而致影響文義。如此一來，校勘工作所費的時間更多了，因為單只查書找書就不容易。不過耗費精力與時間的工作必定有其收穫，而且這種收穫還一定很豐富。有的時候，雖然校出來的只是一些微小的差誤，但對於文義變化的影響極大，則校正之字雖少，仍應視為收穫甚大。如果校出來的錯字甚多，足以使內篇文字的面目一新，則所得到的收穫更大。以前一種情形而言，試略舉二例如下：

第一個例子，是「談藝」類中的「李漁的著作權主張」一條，引李漁製箋售書所寫之跋文云：

是集中所載諸新式，時人做而行之，惟箋帖之體裁，則令奚奴自製自售，以代筆耕，不許他人翻梓。……

這一段文字乍看幾乎沒有錯誤，但如細細體味，便可看出上下文氣不能銜接。原來所謂「時人倣而行之」者，實際乃是「聽人倣而行之」之誤，原文的正反對比極為明白，一旦訛為「時人倣而行之」，就完全失去原意了。一字之誤，出入如此之大，豈不是重大的收穫麼？又如「述古」類中的「士大夫之枉死」一條，引文廷式《聞塵偶記》云：

潘文恭《宰輔編年錄》，言大學士于敏中以冬卒。

「冬卒」二字不知何義，且與士大夫之枉死全無關係，顯然有錯。由於未能查得文廷式的《聞塵偶記》原書，只好從潘世恩所撰的《熙朝宰輔錄》入手。潘世恩謚文恭，想來文廷式所說的「宰輔編年錄」即是《熙朝宰輔錄》。查書所見情形如下：

于敏中，乾隆丁巳狀元。三十六年，以戶部尚書協辦大學士。三十八年，授文華殿大學士，仍兼戶部。四十四年，令請假，尋卒。謚文襄。

既然于敏中是先由皇帝命他請病假而後死的，其死因顯然可疑。文廷式將這一故實引入枉死類中，應該不錯。成問題的是「冬卒」二字究竟是何文字，仍難知道。不過，能夠查出其本來的情形，總算已能對讀者有所交代了。類此例子尚多，不值得瑣瑣舉證，就此停止。至於後一種情形，則因引文太長之故，不便多舉實例，只好選錄一些較為簡短的為例，以略見其一斑。「述古」類中的「魏晉清談之肇端」，內引戴良〈失父零丁〉，雖全文僅一百四十餘字，錯誤就不在少數。《花隨人聖盦摭憶》中的原文如下：

敬白諸君行路者，敢告重罪自為禍。積惡致災天困我，今月七日失阿爹。念此酷毒可痛傷，當以重幣用相償，請為諸君說事狀。我父軀體與眾異，脊背傴僂倦如截。唇吻參差不相值，此其庶形何能備？請重陳其面與目，鴟頭鵠顱獦狗喙，眼淚鼻涕相追逐。吻中含納無齒牙，食不能嚼左右蹉，□似西域□駱駝。請復重陳其形骸，為人雖長甚細才，面目芒蒼死如灰，眼眶白陷如羹桮。……

此文的錯誤，不對勘其本來文字，亦可以約略看出一些。如「驅體」之應為「軀體」，「倦」應作「捲」。但如以《太平御覽》卷五九八所載的戴良〈失父零丁〉比勘，便可知道其中的錯誤計有顛倒、脫漏、排錯等十處之多。《太平御覽》中的文字如下：

敬白諸君行路者，敢告重罪自為積，惡致災交天困我，今月七日失阿爹。念此酷毒可痛傷，當以重幣用相償，請為諸君說事狀。我父軀體與眾異，脊骨傴僂捲如胾。唇吻參差不相值，此其庶形何能備？請復重陳其面目，鴟頭鵠頸獦狗喙，眼淚鼻涕相追逐。吻中含納無牙齒，食不能嚼左右蹉，□似西域□駱駝。請復重陳其形骸，為人雖長甚細才，面目芒蒼如死灰，眼眶凹陷如羹桮。……

在總數不到一百五十字中的錯誤多到十處，這比率不能說不高。其影響所致，小者足以使意向不明，大者則造成文義歪曲，不容等閒視之。就校勘所見，錯誤甚為嚴重的文字頗不在少，例如「楊乃武之獄」所引錄的《光緒政要》、《翁文恭日記》、《李越縵日記》；「評張之洞年譜初稿」中所引錄的許同伊撰《張之洞年譜》；「古碑之厄」中所引敘的葉昌熾〈論古碑七厄〉；「蘇洞金陵雜感詩中掌故」所引冷然齊詩；「談書法」中所引敘的黃道周論書帖子等，均已在查對原來引文之後逐一改正。所感到遺憾的是，《花隨人聖盦摭憶》中所引敘的資料，有一部分本是手稿，有一部分則目前無法找到原書以資核對，所以校勘工作費力雖勤，畢竟仍有不周之處。

前者如書中屢次提到的張之洞、樊增祥、王可莊、梁鼎芬等人的手札，都是文集中未刊的手稿，除了在此書中偶被黃濬引述外，在別處未曾見過，雖然無憑校核，但也正是此書所引原始資料的最可寶貴之處。後者如「宣南洗象故事」中所引的吳升東撰〈浴象行〉，雖明知詩中的「差堪於其中」一句顯有脫誤，卻因無法查得出處之故，未能為之校改補正。類此的情形尚有，特別在此舉例說明，以為告罪之意。

古人曾說，校書如掃落葉，絕不能保證無錯。即以我們勤懇致力為影印的初版本改錯而言，說不定自己也有未曾看出的排校錯誤，所以，要希望此書的盡善盡美，還得仰仗愛好此書的朋友共同合作，隨時提示我們的錯誤所在，以便再版時再予以改正，曷勝企盼之至。

是為序。

六十八年五月寫於南港寓廬

附註

吳升東〈浴象行〉中之脫誤字，現已查出，應為「差堪蹀躞於其中」，計脫漏「蹀躞」二字，應予補入，特加說明。

七十一年六月三十日補記

黃濬書扇小注

董橋

一月二十九日收到余英時先生給我的一柄扇子，一面是黃秋岳小楷抄詩，一面是黃秋岳姪子黃懋忱臨仇十洲《仙山樓閣》設色界畫。是一九二九己巳年黃秋岳賀沈崑三四十歲生日的壽禮。余先生信上說，余太太淑平大姐的姨母是沈崑三的獨女沈燕，留學英國，曾經陪伴父親隨胡適到美國開太平洋學會，船上胡先生有詩贈沈燕，頗傳誦於親友間。沈燕的曾祖父是沈葆楨，道光二十七年進士，出任過兩江總督兼南洋通商大臣，與李鴻章主持籌建海軍，他的岳丈是林則徐，兒子是沈瑜慶，那是沈燕的祖父了，光緒舉人，總辦江南水師學堂，清末出任貴州巡撫。余先生說崑三先生與黃秋岳是同鄉，交往甚熟。一九八〇年代沈燕女士常遊美國，曾在余先生家裏小住，知道余先生喜歡讀黃秋岳的《花隨人聖盦摭憶》，回上海後找出這把扇子和幾件跟黃秋岳相關的藏品托人帶到美國送給余先生：「此已是十餘年前之事，今沈燕女士亦逝世多年矣。弟與淑平不約而同，皆以為此扇贈兄最得其所。」余先生說他還有黃秋岳所書集詞對聯一幅懸之書房，「並非僅此一扇而舉以與兄」。這番話顯然是讓我安心賞玩這柄扇子，盛意惓惓，我不敢弗逆，肅然拜領叩謝。

黃秋岳的《花隨人聖盦摭憶》我少年時代讀的是四十年代的舊版本，聽說不全，後來上海古籍書店出了足本，厚五、六百頁，還有條目索引，舊版瞿兌之的序言也在，說黃秋岳瑰才照世，中道隕蹶，非所及料，區區隨筆雖不足引重，卻也可以略窺其懷抱寄托，與夫交游踪迹、盛衰離合、議論酬答、性情好尚、政教風俗。黃秋岳是黃濬，號哲維，別號壺舟，室名花隨人聖庵、聆風簃，福建閩侯人，生於一八九一年。他在京師譯學館讀書，畢了業任七品小京官，有詩名，入民國梁啟超任財政總長聘他為祕書，一九二四年當國務院參議。汪精衞也看中他的才情，召往南京行政院任祕書，不久搭上日本女間諜，出賣情報給日本。據劉衍文〈《石語》題外〉說，黃秋岳與日本間諜交換的情報都密藏於禮帽裏面，赴宴會各自脫下禮帽放在衣架上，宴會散席各取對方帽子揚長而去。還有一種說法說蔣介石原想封鎖江陰長江入海口，再用飛機大炮摧毀日本艦隊，不料黃秋岳洩賣這項機密行動，一夜之間日艦全數遁逃，蔣先生大怒，一九三七年八月二十六日處決十八人，黃秋岳砍頭示眾，其餘槍斃。陳寅恪有七律一首痛惜「世亂佳人還作賊」，詩尾附案語說：「秋岳坐漢奸罪死，世人皆曰可殺。然今日取其書觀之，則援引廣博，論斷精確，近來談清代掌故諸著作中，實稱上品，未可以人廢言也。」《花隨人聖盦摭憶》不說，光看這柄扇子上抄錄的幾首詩，黃秋岳才情確實了不起，連蠅頭工楷都雋逸得不得了，彷彿一身附滿古人鬼魂，甚至步上鬼火熒熒的歧路，興許也是前世跟魔鬼簽下的一宗交易。老前輩園翁喜讀黃秋岳的書，那天我帶着扇子去看他，他先讀了詩尾寫的幾行字，頻頻稱讚黃濬寫甚麼像甚麼：「崑三吾兄四十初度，舊京寂處無以為寄，因寫近年所作小詩，並令吾姪懋忱臨仇十洲仙山樓閣奉貽，置君懷袖間，或如覿面相從游乎。」黃懋忱是黃均，先後師事徐燕蓀、陳少梅、劉凌滄、溥心畬，我有幾件他的工筆仕女，麗而不佻。沈崑三一九〇八年入劍橋大學讀機械工程學，結交英人婁斯，一九二二年畢業翌年，兩人在北平重逢，婁斯當了英美烟草公司董事，力邀沈崑三進烟草公司任高職，主管公司與中國政府之間的來往事務。沈崑三出生顯宦家庭，熟悉官場，交游又廣，公司漏貼稅花等棘手雜事可大可小，沈崑三運籌得體，暗通關節，化險為夷，甚得上級器重，很快從一名買辦升入公司駐華董事會，兼任宏安地產公司總經理，外幣支薪，直到四十年代末調往香港，在港病逝。

沈崑三四十歲生日胡適其實也寫了賀詞祝壽，胡適日記裏說他沒有留稿子，赴美船上沈燕為他背誦，抄入日記：「最羨無憂公子，生平豪氣難除。馮來蔣去一窩豬，天下何思何慮！ 行遍江南塞北，新來遊興何如？何時再去逛匡廬？莫待便便大肚！」胡先生這首賀詞果然是應酬之作，寫得平實而已。余英時先生替我影印的幾頁胡適日記裏有一首〈記七月十六日望富士山的景狀〉反而深湛。胡先生說那是「沈燕女士要我作此題」，「頗寓對日本的一點希望」：「霧鬟雲裾絕代姿，也能妖豔也能奇。忽然全被雲遮了，待得雲開是幾時？」那年是一九三六抗戰爆發前一年。胡先生在船上給沈燕題紀念冊的小詞也是白話詩：「大海上飛翔，不是平常雛燕。看你飛飛飛去，繞星球一轉。 何時重看燕歸來，養得好翅膀，看遍新鮮世界，更高飛遠上！」胡適名氣大，一筆東坡體法書又娟秀，詩文從來條理清暢而不耐尋味，鄭秉珊先生說「大概是留學美洲，現代人的氣息太重了」。寫詩也許真的不適宜羼進太多現代人氣息，二〇〇一年余英時、陳淑平〈輓沈燕姨母四首〉之第一首追念胡適六十五年前贈詩，短短二十個字輕易點亮了胡先生的四十五個字：「海上飛翔日，悠悠六五年。績溪題句在，重讀一淒然。」第二首寫蔣碩傑在倫敦追求沈燕的舊事，說蔣先生在康乃爾家中曾拿他昔日為沈燕拍攝的照片給余先生和余太太看：「聞道少年侶，英倫難別離。驚鴻當日影，垂老尚依依。」第三、第四首寫沈燕生平尤其字字故事，婉約可誦：「灑落超流輩，清才並世推。誰知天地閉，隱沒不須悲。」；「亂世能全志，斯人智最高。無慚名父女，來去總逍遙。」沈家父女俱往矣，黃秋岳扇子落我懷袖，此余先生伉儷念舊之賜，八十年翰墨縱然微有蟲蛀，幸未損及字蹟，反而更見歲月深情。

花隨人聖盦摭憶全編

目次

論史

識小

述古

談藝

紀遊

知人

觀人於微

邵翼如先生近以所著《人鑑通義》見示，中言及曾文正相人事。案：文正用人，不止相其貌。舊傳文正在安慶時，有鄉人某來投，樸訥謹厚，將試以事矣。一日共飯，飯有秕，某除之而後食，文正熟視之。飯後，弈既，令支應備數十金為贐。某大駭，浼文正表弟叩其故。文正曰：「某家赤貧，且初作客，去秕而食，甯其素耶。吾恐其見異思遷，故遣之。」案：此與五代時高彥符《唐闕史》，述河南尹鄭瀚與姪孫共食蒸餅，其姪去皮而後食，瀚大怒，以其棄者自盡食之，揖拜賓闥，贈五縑而遣之，事絕相似。古人觀微杜漸之嚴，蓋如此。

姚瑩

弢老曩為予書數詩掛壁，其一云：

過庭耳熟姚張交，詩稿受寄更三朝。象賢抱持兵火際，卒就微祿為寫雕。棗梨捆載千里致，歸告家祭辭折腰。我尋棠茇後九載，洄溯風義江天遙。晚丁澒洞再覯子，尚手一卷珍松寥。當時題贈事偶爾，世患騰沓來如潮。溪山勝畫孰竟隱，何處乾淨容僧寮。窮通脩短等一覕，萬劫要恃平生要。百年可作大父行，故家文物猶票姚。

題為：

叔節解元屬題張亨甫贈按察公石甫畫卷。

讀此詩者，不得箋，將不審其本事。案：詩題中之按察公，姚石甫（瑩）也，石甫官至廣西按察使，故云。姚張交者，當讀叔節先生乞石遺室所為文。石遺先生〈書姚石甫張亨甫兩先生事〉云：

桐城姚石甫先生瑩，任福建臺灣道，坐夷務被誣，逮下刑部獄，建寧張亨甫先生際亮，方客姚所，數千里奔京師，營救之。獄十有二日白，以同知發往四川，而張先生病且死矣。張先生故以詩豪於時，生三十餘年，旅食四方，已有詩數千首，時寓楊椒山先生故宅松筠庵，素羸善，病方殷，氣憂憤，力自急救，獄解，喜樂，怠與病抗，遂亟。坐姚先生榻前，取生平詩十數巨冊，首首使誦之。張先生曰，「留」，則姚先生於其上署一留字；曰「去」，署去字。三日畢，目乃瞑，今所傳《思伯子堂集》，是也。既殯，姚先生赴於京師知交，為位於松筠庵，素服受弔，遂舉張先生柩，護往桐城，為位於家。赴於鄉之知交，素服受弔，見者大怪駭。既乃歸其喪於建寧，葬焉。姚先生窘於資，遺命長君，卒刊遺詩行世，板歸諸其家。後六十餘年，余識姚先生孫永概於京師，述其事使余記之云。

此文與此詩，可相表裏。亨甫以詩託石甫，石甫以託其子孟成（濬昌），卒刊行於同治間。由道光至同治，故曰「受寄更三朝」。孟成先生，為江西湖口縣安福縣有惠聲，以義倉事，議不合，請疾歸隱掛車山中。當時石甫知交託稿者，有龍溪李威《嶺雲軒筆記》四卷，及亨甫《思伯子堂詩》二十二卷，皆承志悉刊之，故曰「棗梨捆載千里致，歸告家祭辭折腰」也。弢庵、光緒初為江西學政，而此詩則成於民國，故有「尋棠茇」，及「世患」「萬劫」等語。以弢菴叔節兩先生輩行交誼較之，石甫先生可為大父行，故末兩句用後山詩意收之。又考曾文正記——桐城派一文，石甫為親炙於姬傳先生四人之一，故其孫仲實、叔節，自為桐城派之嫡傳。然考孟成先生刊張集歸隱後，不久又出仕，於光緒二十六年始卒，而叔節為王可莊先生之門弟子，予所見二姚先生，對弢老始終執晚輩禮甚恭。又案：石甫以兵備道守臺灣時，道光二十一年，英兵先後攻雞籠大安港，石甫與總兵達洪阿設計迎戰，有所斬獲。後石甫欲獻俘內地，而英兵駐鼓浪嶼，臺灣船不得達，石甫乃悉殺英俘。及議和，遂以妄殺被劾逮問。其時士論激昂，一時名流幾傾全力助石甫，入獄實祇六日，即以同知直隸州知州發四川。時世稱石甫以能殺當時所謂夷人，為總督怡良所忌，故爭為營救，又爭歌詠之，事見諸家筆記，其中蓋亦有和戰之成見存焉。

亨甫詩宗盛唐，似明之李空同，而未逮。在燕都時曾讀書西山之大照寺，所著《金臺殘淚記》，皆述燕京梨園事。予又案：朋友死為位於殯所受弔，及歸櫬於其鄉，皆習見事。移朋友之柩於鄉，為位受弔，此則過禮之禮，宜世之駴怪也。古人如公儀仲子之喪，〈檀弓〉免焉，此為無服之服。《孔叢子》云：「虢叔死，太顛、閎夭為之製服。」皆不過如〈喪服傳〉所云「朋友麻」而已。而〈喪服記〉所謂：「朋友死，在他邦，袒免，歸則已。」已為盡禮。石甫先生所為，於古可不比倫。惟陳沂《畜德錄》載：「吳文定公寬，有同年賀恩卒於其家，公為殮於中堂，而使其子服喪，以答弔者。」或庶幾可方擬歟？

清文宗有才識

晚清穆、德二宗，皆以扼於那拉后，國卒以斬，然二帝材皆中下，德宗願奢而才不足以副之，穆宗更無論矣。洪楊之役，清之成功，自倚曾胡，汲引曾胡者，世今知為肅順，而文宗之識鑒，似未可厚非。予頗以為咸豐初政有逾於嘉慶、道光二朝，但所遭時勢較難，所成就亦不易。曩聞咸豐辛亥徐壽蘅（樹銘），蜀輶還京，召見語過八九刻。王子大考，徐遷中允，視學山左，諭以頃報粵寇至長沙，防事如何，及城能守與否，具以對。其歸也，復荷垂詢一切，兼問幕客優劣，謹取生平志學才識操守以對，他日當力擔重寄翼國家，時左文襄方客駱文忠撫幕也。案：召見談過二句鐘，在晚清不多見，徐為湘之名士，而文宗能紆意曲諮，此即其過人處。至刺探軍情，留意幕客，事雖可異，必肅順幕府所供給消息也。金息侯《四朝佚聞》：

> 曾文正公國藩，以上〈陳聖德疏〉，為文宗所特知，諭祁寯藻云：敢言必能負重。故其後遂倚以平亂。世傳擲摺加罪云云，皆妄言也。余前言文宗與洪秀全相始終，而天生文正亦與洪相終始，若有意厄之者，亦可異也。咸豐末年，文正密奏統籌平亂及長圍江寧之策，文宗別取輿圖，於江寧四圍畫一朱圈，又連江浙皖贛等省，加一大圈，復於鄂豫等省，畫一圈，川黔等省，畫一圈，陝甘等省，畫一圈，然後就全圖四邊，再勾一大圈，包全國矣。交肅順密寄文正。肅不能喻上意，請明示。文宗曰：第封寄，彼必能解之。文正得圖，集親信密議

曰：江寧之圈，意在長圍，不俟言矣。江皖之圈，防外援而絕內竄，亦屬要計。魯川各圈，意必分賊勢，惟全國大圈，不知何意。遂本此奏復。奉硃批稱是，并云：大圈，指國防也，先平內亂，姑緩之。文正乃以江寧屬國荃，江浙屬左、李，魯豫川陝各加籌調，不數年，遂收全效。而不知此後平捻堅壁清野，實用魯豫之圈，剿撫回番，實用陝甘之圈，而石達開被擒，實用川黔之圈，一一皆驗，亦奇矣哉。內亂收定，文正乃統籌國防，李鴻章任海防，以左宗棠任陸防，而左、李皆急近功，無遠志，廿載經營，徒付一擲，此則非文正所及料，而文宗在天之靈，不能瞑也。圈圖事，文文忠公曾與吾父言之，此圖後竟為余所有，上有硃筆付曾國藩四小字，必文宗手批。硃筆例應繳進，故仍存在內廷也。

息侯此記，文宗直是天亶，逾於予之理想，顧既重以文文忠之言，又稱硃筆輿圖，並落其手，事乃昭昭，不容置疑。以理言之，文宗即位十年，困於軍馬，常中夜焚祈，願早平禍亂，則其前後困心衡慮，博求方策，紛定分別以長圍制賊之計，亦在情勢之中。其時英、法等國，睨伺方殷，國防之求，亦必煎迫。然云千里廷寄，僅等於鮑春霆祁門之告急，分別畫圈，令臣子猜枚射覆，按之情理，終覺不倫。度必為憑軒之頃，指示因地制宜之草圖，或別有附鈔，共論防禦分線之理，令文正條舉以對耳。軍國廟謨，正不當矜奇炫祕，假令有之，亦是好弄聰明，指此以為文宗之非常謀略，予意轉形其小。文宗硃批，國變後，流落外間者不少。如文正統籌全局之疏，文宗即批「試辦與朕看」五字，此五字可解為專任，亦可視為不信賴而責令坐言起行之意也。惟文宗才略見地，皆有進於嘉道，綜前數年政令觀之，此意或尚未謬。至晚年以亂久未平，恣情聲色，圓明四春，木蘭秋獮，其蹉跎自放，別啟禍基，女禍之惑人，臨事之不決，其為失德，抑又彰彰者矣。息侯謂文宗、文正與洪、楊相終始，自屬先有相厄之成見。言左、李急近功，亦於事實不合。當時縱有此等打算，未必垂為國策，君臣僚友，相與盱衡默契而已。文宗有才固當，而畫圈一事，似神而明之。

勝保與苗沛霖

《清代野記》二卷，署為「梁溪坐觀老人」，所言晚清軼聞，頗具本末。傳作者，為桐城張遜先（祖翼）。其中〈勝保事類記〉一則，尤纚然可觀，是非亦尚不謬。

勝保以咸豐庚申，曾與英法聯軍戰於通州附近之八里橋而勝，時在僧王大敗之後，清文宗獎以「忠勇性成，赤心報國」，故始終以八里橋一役，及此八字自誇，以誤終身，而及刑僇。其實是役亦無關全局，不過勝保特驍悍，肯拚命耳。苗沛霖與勝保特厚，勝就逮次日，苗率所部返皖北而叛。皖豫之交，響應者大小千六百餘寨，勝之部下，附苗近四十萬。苗本受太平天國之封為秦王，及降勝保再反，若與張宗禹、任柱等合力北趨，則清之亡可待，乃逗留蒙城，卒為僧格林沁所躡，鳳陽諸生之策略，究不可恃哉。苗先以團練恣睢江淮，勝保撫之，保擢布政使銜四川川北道，而拜勝為師。比故宮清理軍機處檔案，得勝、苗往來書札數通，蓋當時附摺隨呈備案者。據云，為同治元年勝保為沛霖乞恩免罪時錄以進呈。今考《清史稿》，苗沛霖心實叵測，曾國藩、官文、李續宜、袁甲三皆主剿，獨勝保主撫，則此函之激勉苗者，宜其請之特重也。勝函云：

雨三賢友足下。僕於夏間將直東土匪剿盡後，即擬率得勝之師振旅而南，便與足下會晤。詎意昊天不弔，我文宗顯皇帝龍馭上賓，僕受知遇厚恩，攀從未得，因瀝疏懇赴行在，叩謁梓宮。其時載垣、端華、肅順等擅權用事，紊亂朝綱，僕方欲積慮深思，剪除禍亂，未及南行，此不能遂來之故也。直東餘孽，復伺僕北上之隙，勾結捻匪，乘間煽亂，僕又重整旗鼓，申命師徒，大張撻伐，此又不能即來之故也。現在內患已去，而教匪遺醜，業已次第剿除，殄滅殆盡，祇餘曹單土捻，獨復跳梁，一經大兵進剿，勢若摧枯，無難立盡，所不易平者，皖事耳。僕受命在身，責無旁貸，自當相機辦理，竭力圖維。而皖中軍事，每接當道來書，輒鰓鰓然以足下為慮，不期午帥張皇入告，激怒朝廷，僕稔知足下之冤，深咎午帥之謬，而已無及。然亦足下之率眾圍城，多行不義，有以致之。僕念足下為國出力，亦既有年，僕之提拔成全足下至於今日，亦非易事，不忍坐視足下淪於滅亡，現又具摺力陳，代白足下心事，仰求恩命，曲予矜全，當可特邀曠典。但目今遍天下之人，異口同聲，無不指苗練為口實者。獨僕一人，力排眾論，事前既稱足下之忠，至今猶辨足下之枉，僕之待足下，可為至矣。而足下又何以仰副僕期許之殷，知遇之厚，為僕揚眉吐氣，俾有以謝天下之人乎？足下又何忍甘自暴棄，為天下人所笑乎？來書每言欲報僕之恩，今所以報僕者安在？僕於小陽月內整旅南行，經赴潁州，相見不遠，足下究竟如何辦理，何以善自為計，亦宜及早審定。特先馳書奉告，即望詳覆為要。手此即頌近佳，立盼回音，不一。

苗沛霖覆勝保信稿（附〈賣寶器賞軍論〉及〈感懷〉詩）云：

七月十九日接到師帥手書，並路票一張，且與游戎王金奎面晤，知老師用心無所不至。此刻由淮，將賊趕至河北，又驅至淝北，今春三四月間以二萬五千人解潁州圍，復破潁上縣，及五六月間，以五萬人深入賊巢，幾乎不能保全。茲幸借師帥聲威，肅清河北淝南一帶，因缺糧息兵，又兼陰雨，營中日久日長，病者大半，故移營展溝以東，以清後路旅道。至所獲捻首，及捻逆所掠之民女，並交於楚師蔣道，而正陽請楚師設關，壽州請楚師守城，已悉稟貴營務處矣。（此處旁註：「功之奏與不奏，賊之勾與不勾？憑他。」）我軍萬不缺理於人，而忍受權臣之氣者，為受先皇大恩，以顧大局。但罵奸臣之性，生萬不能改，竟非此不能報先皇，非此不能對天下後世。夫權奸謀害，動以勾粵逆為詞。豈知壽州官勾長毛，生焉能禁，百姓不留二毛，而生一己恪遵先皇，天日可表，中外皆知，百折不回，惟此可以不愧我老師，不待獲狗逆而後明之也。今臨淮既已換人，馬撫又聞臨任，局勢較前大變，生暫俟月餘，茲特著方金鏞來面聆機宜。現在老師大營，未知定所，生將家事安置妥後，俟鏞回時，即行前來。肅此敬覆，恭請師安。附〈賣寶器賞軍論〉一章，〈感懷〉一首，恭程哂政。門生苗沛霖頓首謹稟。

後附〈賣寶器賞軍論〉原文云：

起兵八載，身經百戰，赤手空空，能驅中原十數萬強寇，併生擒巨犯首逆百餘名，非諸弟兄効死力，焉能至此？於是蒙各大憲專摺保奏十二次，官居二品，雖與國家無大勤勞，而於地方，稍有裨益。及嘆夷犯闕，人心思亂，余命途多舛，適值年玉田劉蘭馨陣亡，徐立壯、孫家泰內變，大局崩裂，又出壽州挾官勾捻之奇案，余無可如何，任本地人各逃生路，而自為引咎，皂服待罪，以謝天下。雖遭權奸之忌，亦一己激烈有過，罪又何辭？而粵逆乘間，遂以幣帛偽冠，封王贈女，百端奉承，余惟置之度外。明知身干重咎，每遇佳節，總與先皇守禮，此天下所共知者也。然斯時既為朝廷罪人，焉能復出打賊，如馮婦打虎，為士所笑。

無如勝宮保來皖，重見天日，迫於義不容辭，古人所謂士為知己者用，為知己者死也。遂於二月初八日，由正陽揮淚興師，兵機甚順，解潁州圍，破潁上縣，戰江口，敗姜逆，並生擒狗逆偽英王，由是驅兵直入捻巢，從板橋剿至展溝，無日不戰，每戰皆捷。乃全股捻逆，復於五月初九日絕我江口糧道，一共十日，余親食麥粒，將士之苦，自不必言。我軍奮力破賊頭營一座，羣賊驚潰，糧路復通，而大股賊又集於北面，險戰數次，尚未掃除，牛洪、郭明棟、李錦堂三賊圩，雖經困牢，亦尚未下，時值炎天，我弟兄之苦，想先皇當為鑒之。統五萬人之眾，無一文錢之賞，即千古神手，焉能使士卒用命？況余自毀藍服，破產起兵以來，毫無所蓄，諸弟兄所共知。惟本年剿匪所得金玉寶器，余存之何用，茲於六月初八日出賣江口集，任軍民人等買出，變錢以賞將士，併恤受傷與陣亡者之家屬，庶諸弟兄愈奮，早滅大寇，報皇家以安地方，則余所實獲者多矣。並望諸弟兄置物議而弗問，專心打賊，使壞我營之事者，自為羞死，永不許與奸官爭較。但余負性徑直，未得手刃奸官之頭，剖腹扒心，以祀先皇，是所抱恨者耳。但俟三賊圩破後，息兵造一草人，面書「奸官勾賊誤國害民」八字，披心射三箭，銃三鎗，舉火而焚之，稍除心頭之恨。今皇恩既已免罪，余惟清夜引咎，諸弟兄亦宜自責，凡遇明理之官，尊而敬之，慎勿再起風波，有礙公務，而累地方，是余之苦衷，不能盡言者也。特此直陳，遠近咸知，祈鑒愚忱。革員沛手稿。

附詩有序，序云：

壬戌中元節後二日，恭遇文宗顯皇帝週年忌辰，因登下蔡西郊里許之大孤堆，對硤石，造菴遵制守禮。追念皇恩，涓涘未報，俯觀梓里，水火誰援，對此茫茫，百端交集。有數牧童，從旁環視而笑，因慨然而成長句一章，詩云：「長淮鼓浪壯千秋，硤石雙峰聳上游。江左元凶仍負固，中原偉績賴誰收？近瞻故里熱腸斷，遙憶先皇血淚流。牧豎不知情與事，蚩蚩向我笑無休。」淮上孤臣恭記。

案苗函與詩皆所以表忠，故特上呈。勝為滿洲鑲藍旗人，雖淫奢驕悍，而能屬文，草奏皆自任之。苗則以諸生事爭戰，其文墨亦不假手他人，故兩者皆足著錄也。

吳可讀

吳柳堂，晚與陳弢庵友善。當時弢老以翰林官都中，數與柳堂及吳圭盦、張幼樵輩，為扶鸞之戲，臨壇者為乾隆間詩人吳企晉（泰來）；吳詩署「淨名軒」，後所謂淨名社是也。今觀其〈贈柳堂二十韻〉詩，有云：「乾坤雙淚眼，鐵石一儒冠。」可見柳堂風節。又有云：「道心娛白石，噩夢到青鑾。杜宇三春雨，蒼梧一夕瀾。出山非小草，不死是猗蘭。」則直隱括到柳堂之尸諫矣。蕢齋家有〈圍爐話別圖〉，蓋同治末年柳堂謫歸時，同人所作。其後民國初年，弢老題一七言古詩，極沉鬱頓挫，句中雜有小註，多關掌故，今備錄之，竝加箋釋，以見本末。詩云：

侍御席藁爭失刑，一斥歸臥蘭山陘。當年廷議孰主者，斫伐直木新發硎。甯期再出殉龍馭，秦良衛史公所型。同時四諫接踵起，欲挽清渭澄濁涇。嘵嘵牖戶及未雨，綱紀之正先朝廷。角弓翩反局一變，竄謫流散隨春星。忌醫廿載藥籠盡，疾亟永命尊豨苓。抱薪止沸國卒斬，騷魂九死誰能瞑。我交侍御恨已晚，衰涕猶為同宗零。談詩說鬼再寒暑，廋語謂踏田盤青。張侯居廬更歎逝，攤卷百感鰥鰥醒。薊祠既成次故宅，去後猶往餘風螢。橫街每過輒掩袂，矧對遺墨憑精靈。黃童死孝骨早朽，肯念桑海吾伶仃。藏書掠徧獨脫此，呵護無亦關冥冥。長言追記慰明發，永寶手澤揚餘馨。

弢老於當年二句下，自註云：

廷議成祿罪名，疏稿已具，醇賢親王後至，袖一稿，以牽合天時刺聽朝政請譴言者。眾愕然。某君奮筆署奏曰：「王爺大，中堂小，我從王爺。」遂以上，于通政凌辰，王理少家璧，疏爭不得。

案：成祿，滿人，為烏魯木齊提督，誣民為逆，擊殺多人，虛飾勝狀，為左文襄所劾，柳堂繼陳其罪，有可斬者十，不可緩者五。尋逮問。讞上，論斬，廷臣請改監候，柳堂大憤，復疏爭，有「請斬成祿以謝甘民，再斬臣以謝成祿」語。成祿夙有宮中之援，柳堂疏上，穆宗大怒，謂「吳可讀欺負我」，大哭，醇王遂排眾議，罪柳堂。弢老詩注所云，蓋事實也。注中奮筆署奏之某君，指刑部尚書桑春榮。王家璧雖疏爭不得，而當時穆宗年幼暴怒，非要吳腦袋不可，原旨斬立決，刑部大理寺都察院十三堂官皆畫諾，獨家璧不肯，柳堂因此改流。家璧，鄂人，字孝鳳。甯期二句，言光緒五年穆宗奉安惠陵，柳堂自請隨赴襄禮，還次薊州，宿廢寺自縊，未絕，仰藥死，於懷中得遺疏，請為穆宗立嗣事，故曰「秦良衛史」也。四諫，即清流黨，以光緒年初始盛。案：四諫究為何人，其說不一，昔聞張蕢齋、寶竹坡、陳弢庵、鄧鐵香為四諫，而近人《紅柳盦詩話》，則云：「同治中，文襄與竹坡侍郎張幼樵副憲、黃漱蘭通政同官禁苑，以敢諫稱，時謂四諫。」似此則南皮在內。但考南皮〈壽黃漱蘭〉詩：「四諫榮名冠翰林。」〈拜竹坡墓〉詩：「翰苑猶傳四諫風。」若已身在四諫之列，似不便以此標榜。準之弢老詩「同時四諫接踵起」，揆其意亦必謙言不在此內。大抵四諫之名，原比擬宋之歐余王蔡，說本不一，亦不必定指何人也。角弓至騷魂六句，詞意俱沉痛。衰涕句，言吳圭盦先逝，故曰同宗。談詩說鬼，即指淨名乩壇事。廋語句，弢老自註云：「侍御以初元起廢，丁丑夏間即相過從，詩孫記為戊寅，誤矣。其挽圭庵聯云：『是國家有用人，君不長年我偏壽。為親朋輒作惡，別猶難遣死何堪。』圭庵蓋已謁假而病作也。侍御死之前，嘗語人將游盤山，故其上陵不歸，家人猶疑在田盤也。」繹此，似何詩孫先有一記題於圖上。薊祠，言薊州柳堂有祠。故宅、橫街，謂柳堂故宅在南橫街，仿楊椒山故宅例，以祠柳堂，門前有匾額。黃童句，自註云：「卷中有陶樓再同父子題作。」言黃彭年及子國瑾題詞，國瑾以憂卒也。蕡齋藏書，被兵掠盡，此卷幸存，仲昭為蕡齋子，故收句云爾。弢老此詩，蓋刻意之作，不獨為柳堂，亦為蕡齋，其云：「一斥歸臥蘭山陘」者，柳堂，甘肅皋蘭人，先以刑部主事遭憂去，主講蘭山書院，及成祿案，鐫三級，歸又主講蘭山也。

吳可讀請免外使跪拜禮節

柳堂於劾成祿案前，尚有一疏，極為時傳誦者，則請免外國使臣之跪拜也。考清代西洋使者來華，行拜跪禮與否，久為一問題。歐洲各國來使，皆抗議用拜跪禮，而廷臣例必與爭。當乾隆五十七年，英國正使馬戛爾尼來華，要求通商之時，吾國循例插以旗曰，「英國進貢船」，覲見時，循例使叩頭。馬戛爾尼深慮以小節妨其所企，於八月初十日覲清高宗於萬樹園幄次，行拜跪禮。陳康祺《郎潛紀聞》，記茲事云：

乾隆癸丑，西洋英咭唎國使，當引對，自陳不習拜跪。強之，止屈一膝。及至殿上，不覺雙跪俯伏。故管侍御〈韞山堂詩〉，有「一到殿廷齊膝地，天威能使萬心降」之句。

觀此，可知當時士大夫心理，皆以為西洋人瞻對天威，本可屈膝，而所以辦不到者，乃純為通商衙門之不諳前事。如是理論，雖經鴉片戰爭，及英法聯軍之役，皆不能悟。及穆宗親政，此事遂廷爭彌烈。今節錄柳堂原摺如下：

竊自各國使臣齎呈國書請覲以來，諸臣會議，初則爭以見與不見，繼又爭以跪拜與不跪拜，相持不決，近半年矣。臣竊與二三同志小臣妄言，此何大事，而直舉國紛紛若是乎？孟子曰，君子於禽獸何難。各國之主，由各國之臣民廢置如弈棋然，此臣所聞也。其在京者，出門時婦人前行，或乘轎，男子為之執役，步行在後，此臣所見也。覲其條約，無慮數十，幾近萬言，問有一語述及親親尊賢，國之九經否？曰，無有也。問有一字道及禮義廉恥，國之四維否？曰，無有也。不過曰某項有利，某項於中國亦有利，以利自處，而又以利誘中國。彼本不知仁義禮智信為何物，而我必欲其率五常之性，彼本不知君臣父子夫婦昆弟朋友為何事，而我必欲其強行五倫之禮，是猶聚犬馬羊豕於一堂，而令其舞蹈揚塵也。然則即得其一跪一拜，豈足為朝廷榮，即任其不跪不拜，亦豈為朝廷辱。而議者之意，則以為必須如此鄭重再四而後允，則彼將曰，中國於此等小事，尚不肯輕以我與，則事有大於此者，更無望矣。於是要求無已之心，自此而遂息，則我之勢尊，而彼之勢屈。臣愚以為我之尊自若也，不因彼之尊，而我始尊也。彼之不屈自若也，不因我之屈之，而彼即屈也。彼窺見我所重在跪拜，而忌在不跪拜，所畏在用兵，則常增吾所重，益吾所忌，而示我所畏，蓋我之勢一弱，彼計無施而不可。臣聞各國往來文移並所進表章，有如許么魔鬼怪，不知何物之某皇某帝，竟與我皇上並列矣。諸臣不彼之恥，而恥此乎？前歲俄夷由伊犁而入新疆，自東而南而西，包中國一萬餘里，創千古外夷入中國未有之局，其措置甚大，其處心積慮甚深甚毒，諸臣不彼之慮，而慮此乎？諸臣以為各國不從中國禮節，即足為中國羞，而臣以為各國若從中國禮節，更足為中國害。自古國家大局，時與勢兩者而已。度吾時未可與爭，勢未可與校，則當別求吾自強之道，而暫行吾權宜之計。昔子貢問政，孔子告以足兵、足食、民信，迨子貢兩以不得已而請去，孔子曰去兵，又曰去食。聖賢謀人家國，動出萬全，斷無鹵莽從事之理，去之云者，平時必有一番經濟作用，成竹早已在胸，並非直至不得已，而始倉皇失措，出此束手無策語也。此事諸臣於初議，即應權其輕重，外審之彼，內揆之己，度其事可以一爭，吾力又能爭，雖小事亦不可許，爭之必得而後已。若預料吾時勢必不能爭，而其事又不足以爭，則急宜占以先著，於許其進見時，不俟彼啟齒，一併慨然許以代為奏請皇上，免其行吾中國跪拜禮，並不曾輕假彼以名器，亦不致稍示我以單弱，豈不光明正大，夷夏凜然。乃始則沾沾於一見，既無以善於其前，繼則斤斤於跪拜，又無以持於其後，終於為人挾制，無一不俯首而從。猶之與人也，出納之吝，謂之有司，是犯四惡之所屏也，是蹈昔日津門辦理夷務諸臣之覆轍也。

觀此可知同治間，皇帝見不見各公使，尚成一問題，不止拜跪一端也。吳摺所言，今日閱之，必有失笑目為迂妄者。其實柳堂乃一極明白人，摺中扼要語，如云「自古國家大局，時與勢二者而已。度吾時未可與爭，勢未可與校，則當別求吾自強之道，而暫行吾權宜之計」一段。所云：「聖賢謀人家國，動出萬全，斷無鹵莽從事。」所云「若預料吾時勢必不能爭，而其事又不足以爭，則急宜占以先著」，皆極洞澈果決。其前半段以禽獸么魔鬼怪比況夷狄，力斥各國，以尊皇帝云云，乃從來吾國之論調。庚子前尤甚，苟不如是措詞，必被人詬為媚外賣國。如郭筠仙言，「西洋立國本末兼資，其君民上下同心，一力以求所以自立」云云（見〈自序〉），當時莫不詈為喪心病狂。必如柳堂之說，外國皆無九經四維，方稍覺得痛快。此殆為四千年獨立自尊所貽之結習，予嘗疑吾國之不易進步，多受挫辱，皆正坐此。以明知其非如此，而必虛驕傲慢之言，方能取容於社會，則此社會，迺為麻木好偽者也。柳堂之摺，當時外人見之皆不以為異，而讚美「出於正直無私之吳可讀侍御」，此自為柳堂人格清白之所感映，而英人濮蘭德評此摺，於稱歎柳堂外，又云：「中國人之思想，不徵之於事實，隨意構造，令人奇異。」此殆指摺上半段所舉各國現狀而言。總之，輕蔑仇視，自欺欺人，不合邏輯之言論，當別具一賬，終食其報。而柳堂之真意，乃極明達，亦無可掩。

吳可讀訣兒書

柳堂尸諫，當時震駴一世，今日天澤之義，已不復存，立儲之爭，更無足論，然其篤信忠之一義，視死如歸，實所難能。鄰邦日本，今猶時見此種以死守節之士，良繇所受於吾國經義之感格特深，不能不謂為東方民族之美德也，柳堂臨命時，有〈訣兒書〉，其中平易切實語不少，今具錄之：

吾兒之桓知之。爾聞信切不可驚惶過戚，致闔家大小受驚。爾母已老，爾婦又少，三孫更幼小可憐，爾須緩緩告知，言我已死得其所，不必以輕生為憂。我家譜自前明始遷祖以來，三百載椒房之親，二百年耕讀之家，十八代忠厚之澤，七十歲清白之身。我少好遊蕩，作狎邪遊，然從無疑我大節之有虧者。故同鄉及兩書院及門諸子，至今猶願我主講席。我以先皇帝奉安有期，故昨年左爵相聘書兩來不就者，原以待今日也。我自廿四歲鄉薦以後，即束身自愛，及入官後，更不敢妄為，每覽史書內忠孝節義，輒不禁感嘆羨慕。對友朋言時事，合以古人情形，時或歌哭欲起舞，不能已已。故於先皇賓天時，即擬就一摺，欲由都察院呈進，彼時已以此身置之度外。嗣因一契友見之，勸其不必以被罪之臣，又復冒昧，且摺中援引近時情事，未盡確實，故留以有待。今不及待矣，甘心以死，自踐前日心中所言，以全畢生忠愛之忱，並非因數年被人誣謗而然。爾見此信後，不過來薊州東至三十里之馬伸橋三義廟內周老道，即知我死葬處所。我已託周老道，買一棺木，裏用瀝青，我衣冠已齊全，囑其將靴底皮掌割去，即於彼處買一塊地，埋我於惠陵左近，豈不遠勝於家中塋地。況爾祖父、祖母，已有爾二叔埋於墓下，不必需我歸於先塋也。此墳地自葬爾祖後，爾二叔以家務不能承擔，於咸豐九年，自裁於京師宅中，今我又因國家大事而亡，人必以為此地不祥，我豈信此等俗說者。爾必以為不可不扶柩而旋，只將我出京時所照小像，到家中畫全，以此作古衣冠之葬，亦可，何必定移柩數千里外，所費不少。爾見信後，如朝廷以我為妄言，加以重罪，斷無聖明之世，罪及我妻孥之理。爾可速即向通家，或有可通挪之處，即行拼湊出京，沿途只好托鉢而回，萬萬不可逗留都中，又為爾父惹風波也。我最恨爾多言口快，自今以來，只可痛改痛忍。人對爾言爾父忠，爾並不可言不忠，人對爾言爾父直，爾並不可言不直，馬援〈誡姪〉、王昶〈誡子〉二書，不可不熟讀。爾母幼時為武世家小姐，為爾外祖父母所最憐，自到我家，替我孝養爾祖父母，賢名久播於我里，不過隨我未曾受用榮富，今已年老，又只有爾一人，爾姊已歿，爾妹又不在面前，爾必好好奉侍回家。爾姊夫妹夫處，替我問好。再祖遺薄田數畝，全賴爾二叔三叔把守，爾父無力焉，不惟無力，而且有破費處，爾能體我心，將此全讓於爾兩弟。我亦知爾必不能學古人，即如我鄉曹熙堂太守分家，儻可難得，家有大小，處置則一也。尤望爾三弟兄永遠同居，更佳更佳。爾婦亦係舊家女，頗知大理。告知爾婦，家中弟兄，全在婦女調和。我記得吾鄉鐵紹裴觀察，遺我善書，內有一婦人以死豬假作死屍，輾轉感動其夫，仍與其弟和美者，此婦乃大英雄手段，豈敢望於爾婦，只時時化導爾婦，明於家務，人必能見聽也。三小孫要緊，不及復見矣，書至此淚下，擱筆逾時矣。我所帶四十餘兩，除薊州賢牧伯令周老道置辦我棺木葬地外，所餘我已儘數送與周老道。爾到薊州時，先謁見州主賢伯，我已函託矣。爾到三義廟，可再從優給與壓驚錢，歸京後俟我事已定，朝廷查辦後，總以速速出京為要。東和處我欠京錢四百千，數十年交好，不可累他生意，可以還清，以全始終。爾初當大事，必然手忙腳亂，要知我之一死，固不敢必朝廷作何處置，然自問此心，可以不愧。君子論是非可否，不計禍福利害，爾又何必過為憂慮乎？張香濤先生、幼樵，並安圃前，均致候，想如前時聚談時，不可得矣，可勝感歎。到家即去見湘陰爵相。爵相雖待我不終，然亦離間誣謗使然，無怪其然，而知己之感，耿耿在心，爾可為我請爵相安，必不令爾無噉飯處所也。吾鄉親友，並素所拖累，不及一一作札。老娘娘並徐姑娘，可極力周全為是。爾岳父前致意。伊女為我生三孫，乃我家大功臣。至於為人，則在自立，不可靠人，丈人在則可，丈人歿則不可。爾妹夫處，我在則可靠，我死則不可專靠，爾姊夫處亦然。速速起程出京，速速起程回家，速，速，速，速，速，速。尚有許多未盡事宜，不能細記，緣時有限不及也。

此書可箋處甚多，如云，左爵相聘書兩來，可見文襄牢籠士大夫之處。而後又稱待我不終，則可見文襄與人易於隙末。其稱數年來被人誣謗云云，不知何事，度是成祿一案之餘波。其言家中全在婦女調和，則大家庭之格言。其稱少好作狎邪遊，則與胡詠芝同，其不自諱飾又足多也。

胡林翼軼事

世但知胡文忠為陶文毅愛壻，文毅晚督兩江時，胡亦在幕，即《蜀輶日記》，恐文忠亦有參撰獻處也。文忠到江寧時仍好冶遊，秦淮河，釣魚巷，皆有其蹤跡。世傳有勸文毅誡告文忠者，文毅曰：「潤之之才，他日勤勞將十倍於我，後此將無暇晷行樂，此時姑縱之。」此言未知可信否？然文忠後來督師時，異常刻苦，在軍治經史有常課，仿顧崑山讀書法，使人雒誦而聽之。日講《通鑑》二十葉，《四子書》十葉，旁徵史籍，尤講求時務，病至廢食，猶於風雪中講肄不少休。每問幕府，輒舉經史一義，叩以吾今日接某人治某事，頗不悖於斯義否？故所著有《讀史兵略》四十六卷。吾聞叔章述文忠兩逸事：其一，即為文毅擇壻之始。文毅以給事中放川東道，還安化掃墓。由安化入川，道必出益陽，時文忠之父雲閣先生（達源），方入京會試，文忠隨其大父鄉間讀書。文毅肩輿小憩，從郵塾間邂逅文忠，時甫八齡，即摩頂許為國器，誌其姓名而去，後此遂相攸焉。其一，為文忠與周荇農逸事。善化周荇農先生（壽昌），以文章名世。相傳胡文忠入翰林後，在京常與荇農冶游。一夕方就娼家，坊卒掩至，荇農機警，亟入廚下，易服而立，得免，文忠及他人並縶去，例司坊質訊，不敢吐姓名，坐是頗受辱。釋歸，即與荇農絕交，謂其臨難相棄。後此治軍，且不喜用善化籍。曾文正為荇農屢解釋於文忠，卒不得大用，此葉奐彬為叔章言者。

胡林翼之器識與抱負

胡文忠有〈致吳仲昫制軍〉數箋，為《文忠全集》所未收，其中有極精湛語，節錄之。

求將於已亂之國，是所謂亡羊而補牢；求將於未亂之國，是所謂未雨綢繆。

椎魯質直，不愛錢，不怕死，庶幾得之。至吏治之積，實兵禍之所由起。

平時有藜藿不採之威，臨事有折衝千里之勢。

行間諸將，能尚廉恥敦氣節，力戰制賊，以節其流，則數年內浪費之財，豈尚不足耶？

姪之立志，必使營哨之官，盡廉潔不私一錢。其章程所定薪水，又實足以養其廉，而兼有愛士之餘力。

此數節中，予甚愛平時、臨事二語。平時有藜藿不採之威，尚容易做得到，臨事折衝千里，則談何容易。折衝千里者，謂知遠情也。有知己知彼之明，然後真能折衝得下，此二句，兼可為今日談外交者，示一周行。今日之事，知彼固不易，知己恐尤難，思之歎息。末一段，姪之立志云云，讀之想見文忠不唯有操守，且有胸襟。「所定薪水又實足以養其廉，而兼有愛士之餘力。」此三語，其寬厚闊大，聞之猶足鼓舞天下才俊，以成中興之業，直欲求廉潔者，尤須三復斯言。後此北洋軍閥，往往視畀三五百金於僚屬，意至不甘，又必設法醵得其薪給，剝奪其待遇，以自稱觴演劇。其狹隘無知識，可哂。如斯之流，雖善掊克，皆不旋踵而亡，乃知《史記》

言：項王印刓不忍予，真不足與成大事也。仲昀制軍之孫，子脩先生，有《蕉廊脞錄》八卷，中有一節云：

> 益陽胡文忠，薨於軍，羅少村觀察祜，從文忠久，哭之慟。將殮，少村以手按文忠胸間，雖微冷，而與肢體異，久之，若翕翕動，力持勿遽殮，猶冀其復蘇也。至三日，摺弁回，文忠疾亟時，奏請開缺之摺，奉硃批湖北巡撫著李續宜暫行署理，接統各軍。少村乃附文忠耳，大聲讀之，文忠平日兩目光如電，至是忽大張，若微領之者，侍者駴走，旋一瞑不復視。少村再拊心間，則方寸寒於冰鐵矣。

此殆其下意識未全泯，故有此反應現象，然論真愛國家愛人才，如益陽者，今日正恐不易覯矣。

沈葆楨夫人刺血書乞援軍守廣信事

《濤園集》有〈寶井堂記成書後，寄李氏姊信州〉一詩云：

一從癸酉來，長罷中秋節。吾母之生辰，忌日此哀絕。諸兄方罷試，歸領便永訣。誕降大蒙洲，月望事多缺。每病輒瀕危（每逢中秋，肝痛輒作，或有他驚險事。），驚秋如一轍。生固有自來，事往詎忍說。信州方嬰城，乞援書刺血。千軍煮糜餉，萬幕驚燭滅。明月邀相慶，白雲望對咽。所託以為命，酒脯酬井渫。九死而一生，惴惴如臨穴。子孫不可忘，寒泉猶凜冽。後來四十年，外孫攝官閱。奉母秉為政，邦人懷往哲。寶井額其堂，題銘刻其碣。寓書屬為文，鈍筆敢少輟。香花士女歡，旌旆雲霄烈。佳序年一逢，痛腸時中結。國典祀雙忠，人情歎百折。虀臼信絕妙，蓼莪廢悲切。詩以示吾姊，垂老涕應雪。

此詩句句清切有本事。沈文肅公夫人，為林文忠公之女，以中秋生。咸豐初，助文肅守廣信事，世久有名，諸家筆記多述之。今考《清史稿・沈葆楨列傳》，但稱：「六年署廣信府，楊輔清連陷貴溪、弋陽，將逼廣信，葆楨方赴河口籌餉，聞警馳回郡。官吏軍民多避走，妻林先刺血書乞援於浙軍總兵饒廷選。會大雨，賊滯興安，廷選先入城，賊至，七戰皆捷，解圍去。曾國藩上其守城狀，詔嘉獎，以道員用。」敘事雖簡括，而病在太簡，使入司馬子長班孟堅筆底，則斷無不全錄林夫人乞援書者；以其文其事，在太平天國戰爭中，在清代婦人集中，皆為第一等可歌可泣之異事也。林夫人〈致饒壯勇公廷選乞援血書〉，原稿云：

> 將軍漳江戰績，嘖嘖人口，里曲婦孺，莫不知海內有饒公矣，此將軍以援師得名於天下者也。此間太守聞吉安失守之信，預備城守，偕廉侍郎往河口籌餉招募，但為勢已迫，招募恐無及，縱倉卒得募而返，驅市人而戰之，尤所難也。頃吏探報，知昨日貴溪失守，人心皇皇，吏民鋪戶，遷徙一空，署中僮僕，紛紛告去，死守之義，不足以責此輩，只得聽之，氏則倚劍與井為命而已。太守明早歸郡，夫婦二人，受國厚恩，不得藉手以報，徒死負咎，將軍聞之，能無心惻乎？將軍以浙軍駐玉山，固浙防也。廣信為玉山屏蔽，賊得廣信，乘勝以抵玉山，孫吳不能為謀，賁育不能為守，衢嚴一帶恐不可問。全廣信即所以保玉山，不待智者辨之，浙大吏不能以越境咎將軍也。先宮保文忠公奉詔出師，中道賚志，至今以為心痛。今得死此，為厲殺賊，在天之靈，實式憑之。鄉間士民，不喻其心，以輿來迎，赴封禁山避賊，指劍與井示之，皆泣而去。太守明晨得餉歸後，當再專牘奉迓，得拔隊確音，當執爨以犒前部，敢對使百拜，為七邑生靈請命。昔睢陽嬰城，許遠亦以不朽，太守忠肝鐵石，固將軍所不吝與同傳者也。否則賀蘭之師，千秋同恨，惟將軍擇利而行之。刺血陳書，願聞明命。

此書矯健沉摯，從《左傳》脫化而來，文似退之筆法，無怪乎濤園先生躬承慈教，而有左癖也。

寶井堂者，李畬曾先生所建。畬曾為文肅公之外孫，濤園之甥，以光緒辛丑知廣信府，奉母重來，故濤園有〈寄姊〉詩。今考《畏廬瑣記》載：

> 吾鄉沈文肅葆楨守廣信時，喧傳洪楊之兵大至，文肅取救於外，夫人嬰城自守。已而文肅

歸，敵果圍城，夫人自治饘粥犒軍，以劍授文肅，曰：「賊來君以劍抵之，吾自入井，免為所辱。」因對井為誓，矢報國家。已而得饒廷選一軍，敵退。後四十年，公外孫李畬曾宗言權府篆，迎養夫人，畬曾立寶井堂於署中，大書一聯云：「距武夷數百里，遙望家山，迎奉板輿來，依舊青燈慈母線；後文肅四十年，來權茲郡，摩挲遺碣在，愧無黃絹外孫詞。」外孫二字，用得恰好。

畏廬先生此節，正可為濤園詩注腳，並千軍煮糜餉句，虀臼信絕妙句，皆已得解釋。唯林記迎養夫人，當作太夫人，否則與上文之夫人涉混。畬曾先生為釋堪之尊人，釋堪幼嘗隨宦信州，為予言，廣信府衙門，相傳為周瑜都督府，雖無可稽，而基址弘敞，迥殊他州，二堂尤偉侈。堂甚深，前為石臺，悉甃以方丈之石，極寬廣，兩旁植槐柏榆柳之屬，參天蔽日，愈增其邃。自臺降階而左，有井闌以石，是林夫人所倚者。釋堪祖母為夫人長女；畬丈既迎養，因為述少時所見狀。畬丈刻字於井闌曰「林夫人誓井」，而顏二堂曰「寶井堂」，自為聯語，即畏廬所記者。遙指家山，林誤記為遙望，寶井堂畬丈自為記，又乞濤園為之，竝刊《守信錄》中。

《濤園集》中尚有二絕句紀林夫人事，其序云：「先母林夫人課瑜慶兄弟讀《詩譜》、《小序》，閩塾子弟授《詩》，皆用朱註，故坊間無《譜》、《序》單行本。手寫全部，命子婦永以為法。」又「佐罷官書課兒讀」句下注云：「先公在江西巡撫任，所有密摺，皆先母手繕拜發，外間無知者。」觀此可知文忠課女之功，與文肅成名亦得內助。而林夫人在廣信甚得吏民愛戴，書中所云：「鄉間士民不喻其心，以輿來迎，赴封禁山避賊，指劍與井示之，皆泣而去。」蓋實錄也。

沈瑜慶寶井堂記

沈文肅公林夫人，生歿皆以中秋，其守廣信一事，予前固已著錄之矣。獨恨錄濤園詩而不及所撰〈寶井堂記〉。濤園先生之逝，今垂二十年，拔可輯刻所為詩二卷，而中有闕佚，則巡撫貴州時所作也。去年曾託纕蘅，於黔中物色其遺稿，亦杳不可得。至其文稿，生前不必皆存留。然濤園夙有《左》癖，工於文，觀其〈哀餘皇〉及為朱洪章詩之二序，可知援論之謹嚴，況廣信之事，為其先人惠澤偉聞，其必據實直書，可補史料者，益可推見。一昨釋戡從舊京篋底，搜得其先人畬曾先生所刊《守信錄》見貽，則濤園一記，赫然具在，所敘述事之前後詳切周摯，足以補予前所記者不尠，亟全錄之，此實第一等史料也。記云：

瑜慶讀先文肅公撰先母〈林夫人事略〉云：「咸豐丙辰八月，賊圍廣信，余隨廉侍郎籌餉河口，郡人聞有賊警，具輿請赴其鄉避兵，曰急則入封禁山，保無虞也。夫人笑謝之，曰：太守為天子守土，義無去理，我之不負太守，猶太守之不負國。指廳事前井示之曰：此吾所依以為命者也。去又來曰，太守已入閩界，去此不遠，今往就之耳。曰無欺我，旦日至矣。如是者，日三四，堅卻之，泣拜而去。自是城中居戶一空，一吏一役無留者，飛書刺血乞援於駐玉山之浙江衢州鎮饒壯勇公廷選。初六晨，余單騎馳歸，得饒公答書，以河涸舟不得下。署中惟二人，形影相對。夫人以劍授余，而自據坐井上，備非常，得以自達。已而大雨，河水驟漲，或報饒公前部至。徒步迎之，相與登陴城守，而賊亦至。連日大戰，破其長圍，賊氛挫。值中秋節，為夫人初度，具酒脯祭於井，慶更生，酹之曰：此吾所託命也，不可忘。」此井之所緣起也。〈事略〉已刊行，不具述。壯勇亦閩人，以鄉誼故，公不在郡，夫人作書告急，為邦人請命，壯勇亦用忠義相急難。事後，公與壯勇約為兄弟，壯勇嘗裝潢此書，張之客坐以示賓客。及殉杭州之難，此書遂沒。瑜慶少時，壯勇次子仲馨孝廉，曾以抄本相示，謂曾見原書紙尾，某氏百拜，血痕狼籍。公與夫人終嘿之，不為家人言。幸廉歿京師，今其家及戚屬所轉寫者，多譌字脫句。甲申三月，瑜慶從陳伯潛閣學按試信州，晤都人士，出示血書抄本，則又與饒氏所存略異。所云壯勇為外王父林文忠公舊部，則意其或然，好事者竄入之，湘中王壬秋孝廉，據以入《湘軍志》者也。壯勇與文忠，雖居同里閈，素昧平生，即公與壯勇，前此亦未謀面，信人思完土之功，將饒氏抄本，與信人寫本，校正同異，呈請巡撫吳縣潘公進呈，並請合祠於朝，得旨報可。瑜慶從分校，在郡無多日，又與彼時太守無故，所謂郡署之井者，無從往視。郡被兵時，夫人方懷曾氏姊，恐印汙賊手，常懷之。姊以丁巳生，故名懷印。其年，賊又至，戊午，賊三至，終無可乘。瑜慶實以戊午生，寄乳鄉間。己未，公乞養，得請，乃挈以歸；今年三十有九，距丙辰則四十有一年矣。歲月不居，嘗私願宦轍或一至其地，與邦人考論往事。甲申至今，又十三年。憶在郡日，同長樂謝枚如舍人游郡西信江書院，郡人鄭諮臣先生，方以進士知縣，棄官家居掌教，公曾累疏以學行薦於朝，蓋亦當年道義之交，而靈光巋然者，為道曩時事甚悉。枚丈方校刊故人《魏子安遺集》，中有林夫人協守信州事一則，語頗恢張不實，瑜慶以為誤，枚丈不然之，就詢鄭公，乃釋其疑。今則鄭公亦歸道山，枚叟老居鄉里，瑜慶常侍談老輩，設或挂漏，不蹈退之巡遠子弟之譏耶？欲綜前後事實，存之家乘，并以畀之邦人，官事匆匆不果。茲月初三之夜，得李氏大甥畬曾太守信州來書，以寶井堂額，屬為文以紀其事，家訓，且夙心也，詎敢緩諸。畬曾與余齊年，亦以戊午生，本年九月，奉檄權篆廣信。李氏姊今年五十有六，公出守時，姊年十五，中途折歸，省祖父母，明年歸李氏，以故不從之官。相距四十一年，以畬曾迎養到署，循視茲井，愴然於二老昔年事，命畬曾額其堂，以志不忘。瑜慶所不及往觀者，姊亦既見之，姊不相從於隨宦之日，而追思於就養之日，豈公於此邦，魂魄所依，其子女及諸孫行，亦相感於無既乎？畬曾能以母教為惠政，成此宅相，補瑜慶兄弟未副之願，則去思亦與此堂俱永，可也。瑜慶方権鹽正陽關，畬曾以書來告，因為記以貽吾姊，并以質諸邦人。光緒二十二年十一月，第四男，記名簡放江蘇候補道瑜慶謹記。

案：記中言林夫人血書抄本，與王壬秋《湘軍志》所載者異，最可注意。當時湘綺此書，以己意寫成，同時諸人校其訛謬者，不知凡幾。此蓋就文肅公為其夫人行狀，及饒廷選家藏血書，以正王氏之誤者，自有正確之價值，異時校訂《湘軍志》者所當知。記中言謝枚如太夫子為魏子安校集，集中有記事一文，此文今亦不易得。子安即從左文襄公幕，後著《花月痕》小說者。濤園此文，成於光緒二十二年丙申，時尚未官江西，故有「私願宦轍或一至其地」之語。及庚子後，濤園始宦江西，先為藩司，後護理巡撫，是否曾再案行廣信，撫視茲井，則不可考矣。

林紓所撰寶井堂記并圖

錄沈記竟，散釋又出示手卷，蓋琴南先生所繪者，卷耑有一記，則林先生丙辰所作者，似畏廬文集中未刊入，并以實吾摭憶。林記云：

吾友李君畬曾，既捧檄守廣信，則大喜逾望。余信君恬退，而此獨改其常度，蓋為母沈太夫人喜也。太夫人為沈文肅公女，母鎮國夫人林，以刺臂血作書，乞師於饒壯勇，書辭傳誦徧天下。亦以公守廣信時遇賊，國夫人引劍授文肅公，請遮門禦賊，身則據井上，遇賊即下。已而饒軍至，危城得完，迨今已逾六十年矣，而君即守文肅之舊治。至則召匠徒，鐫其井欄，林夫人誓井，名其堂曰寶井堂，太夫人率其諸孫居是堂而樂之。太守請予為記，未果，丙辰更屬補圖。嗚呼！亦異矣。太夫人捐館舍，久矣。紓感念賢母見待之殷誠，圖成愴然而悲，又視太守鬚鬣蒼白，癃喘成翁，則遙度當時依依母側，其憯慟又當何如耶？雖有當日之喜，決不能無今日之悲，人子之恆情也。惟太夫人從宦而居是堂，迨迎養則又居之，前後四十餘年，顧瞻庭樹，嚮之尺而蘖者，抱矣，及肩者，亭亭如蓋矣，楹軒欄楯，均國夫人所曾啟閉而拊循者，歷歷踵迹，殆若夢焉。環視諸孫駢列膝前，而冠帶巍然，俯而晨朝，又其愛子也，寧有不迴憶文肅公退而休沐時邪？太夫人身為名父之女，又得賢子繼武父之舊勳。且信之父老，追頌文肅者，今則盡遷諸太守之身，古今賢媛，福慧雙修，至太夫人，至矣。此極盛之事，烏可以不紀。然太守舅濤園中丞前已有記，故余文於文肅遺事，稍從略焉。丙辰八月望後閩縣林紓記。

案：文中稱林夫人為國夫人，以當時有鎮國夫人之封，且以別於李氏之太夫人。然以濤園文校之，文肅守廣信時，夫人實未嘗從者，林記，詞似淆而弱。

沈葆楨

沈文肅廉公威猛，治兩江五年，去暴戢殘，閭左以清。尤銳意國防，經營海軍，不遺餘力，其遺摺大意謂宜以全力繕備，而不可輕於戰，前已摭及，識量遠到，可謂之政治家，而非止於為封疆良吏也。然同時清流名士，譏病文肅者，已所在多有。如孫琴西之輓詩，李越縵之日記，皆頗致微詞。相傳文肅與琴西之間，蓋有蔕嫌。文肅與李文忠，道光丁未會試，皆出孫蕖田（鏘鳴）之門，蕖田為琴西弟，文肅督兩江，琴西為布政使，頗以世丈自居，衙參之期，率避不至，文肅以為名儒長者，亦敬禮之。文肅深嫉鴉片如仇，一日，傳江寧府知府，令限制禁烟，搜罰勿避，琴西聞之，亟肩輿詣制府，言此日為肝氣所苦，在署不能治事，醫言以阿芙蓉膏解之，文肅亦唯唯。無何，琴西內調太僕寺卿，遂謝官歸。中間論事，頗相左矣。琴西〈督府沈公挽詞〉云：

漢法文無害，秦風武克剛。如公宜耇皓，蚤譽況龔黃。吏牘牛毛細，僮書馬足詳。有才方世用，何遽惜淪亡。

吳楚猶分轍，芻蕘屢獻疑。兵因屯駐弱，財以算緡衰。弧矢威終用，花門事可危。未知天下計，輕作管中窺。

船官垂七載，肺病輒三秋。重幣求奇器，遺章尚鐵舟。心真匪石轉，事恐與生休。卻恨中行說，精微為虜謀。

最愛資材美，猶須記覽全。豈聞宣政世，不讀建隆編。制節延三鎮，通家託二天（公會試出舍弟門下）。鐫磨都未盡，生死一潸然。

漢法牛毛之外，其第二、三首，皆致微詞，重幣二句，言文肅銳意船政，而收句則言徒為虜謀也。文肅光緒五年卒於位，琴西謂：金陵清涼山麓，舊有一拂先生祠，祀宋監門鄭俠，己卯春有受當道意旨者，請以閩二林公配食。辛巳得《江寧續志》，則所謂當道者亦與末坐，口占云：「一拂清風自渺然，如何簪組集群賢。今年更比去年好，又有囝來郎罷前。」意尤有未慊者。琴西嘗謂永嘉經制之學，開於鄭文肅，至文節陳公集其大成，通今知古，最有裨於實用，葉文定公上孝宗劄子云：今日之患，兵以多而弱，財以多而貧，挽文肅詩第二首頸聯，即用此語。

文肅治政，以嚴為主，謂去一豺狼，則鹿豕脫其牙角者，不知凡幾。又謂，吏治不飭，兵端不息，故於驕兵悍將，貪吏土豪，無所假貸。然其政治思想，則極平等寬仁。在兩江任時，有〈請免仵作馬快兩途禁錮〉一疏，持論甚公而恕，《李蒓客日記》，錄全疏而痛斥之，可見爾時士大夫思想之錮蔽也。《越縵堂日記》，丁丑十一月廿九日，附錄兩江總督沈葆楨〈請免仵作馬快兩途禁錮疏〉：

為仵作馬快兩途關繫於吏治者甚鉅，宜免其禁錮，以養廉恥，而勵人材事。伏維三代以上，庶人在官者，與士同祿。漢制往往由小吏（李於小吏二字，加乙，旁批云：仵作馬快，今之隸卒，古之廝養，非吏也，即此已誤。）至公卿，故循良稱極盛，所學其所用也。自晉人重門第，寖變風俗，相沿至今。夫芝草無根，醴泉無源，不問其所出，與求才初意，兩不相謀，然指倡優為身家不清，彼誠無以自解，若供役公署者，雖風塵奔走，勞瘁不堪，究其所逐日營營者，非國事，即民職，固天下之所必不可無者也，乃不待其作奸犯科而先絕之於人類，於求治之意，毋乃左乎？況不嫺文理者（李於不嫺文理四字，加乙，旁批云：仵作皆相傳口授，天下豈有此等人嫺文理者。）無以為仵作，不精武藝者，無以為馬快，屏之於不足齒數之列，而望有出類拔萃之才（李於出類拔萃四字，加乙，旁批云：四字出何書，指何人乎？豈孔子嘗為此兩途乎？夫仵作馬快，而須出類拔萃之才，則為總督者將何等人乎？）起而應之者乎。命案全視屍傷為準，屍傷一舛，雖皋陶無由得其情，《洗冤錄》一書（李批云：天下豈有看《洗冤錄》之仵作）其理極微，又有不盡一一可憑者，須以意會之。在由甲科及幕友入仕者，日夕研究，猶憚其難，再以不自愛之仵作，顛倒是非，含冤其誰訴乎？有終身不見賊之兵，無終身不見賊之馬快，奉票緝捕，其危險與臨陣同，若罷軟無能，安望其為鷹為鸇（李於為鷹為鸇四字，加乙，旁批云：四字不切馬快），閭閻不皆成盜藪乎？說者謂仵作以命案為市，馬快以盜案為市，今再予以出身，不啻養虎而傅以翼。夫天下未嘗無包攬詞訟之生監，不因此而廢士之出身（李於夫天下兩句，加乙，旁批云：此直不成語矣，天下舍生監，將以何者為出身，沈君不由生監，何以得為翰林作總督乎？蓋當曰天下未嘗無作奸犯科之書吏，不因此而廢吏之出身，則語無病矣。如其言，何不曰天下未嘗無欺君誤國之督撫，不因此而廢督撫之升遷乎）。未嘗無騷擾閭閻之弁勇，不因此而廢兵之出身。賢不肖各以類分，進其賢者，退其不肖者而已矣。若並賢者而錮之（李加乙，並批云：賢不肖豈可指此兩途言，禁錮此兩途，便為禁錮賢者乎），是驅之出於不肖也，又何誅焉。其品甚卑，其才甚劣，而其權則重者，不至於惟利是視，無惡不作也幾希。現查各直省，有一縣全無仵作，命案報驗，借諸鄰封，遇有應行開驗者，則束手無策。馬快多不足額，其濫竽充數者（李於濫竽兩字，加乙），非能通曉技藝，遇有巨案，亦束手無策。豈無認真公事之牧，欲破格召募，而相需甚殷，相遇終疏，蓋稍有微長者，甚不願終身自棄，兼使其子孫，亦無罪而為聖朝所棄也。合無仰懇天恩，飭部核准，將仵作照刑科書吏一體出身，馬快照經制營兵一體出身，俾激發天良，深知自愛，養其廉恥，竭其心力，庶命案盜案，本源易清。倘仍作奸犯科，自有加等懲辦之法。在臣愚昧之見，是否有當，伏乞聖鑒。

李於摺後，又加跋云：

沈君此疏，不知其意何云。或謂其激於浙江餘杭之獄，不冤殺匹夫匹婦，而反黜撫臣學臣，故歸咎於仵作之無人，為劉錫彤鳴冤，蓋沈君去年曾奏江蘇一上控案，而牽及楊乃武之屢次翻控，其蓄意然也。然君子論人，不以深文，姑取其疏論之。仵作馬快，關係於命案盜案，誠為非細，然或優其工食，或免其子孫禁錮，已足矣，而遽議出身，試思為仵作馬快者，皆賤隸之子，無賴之尤，直倡優伍矣，而儼然入官，與士大夫齒，尚成事體乎？必欲予以出身，則雖先澄其源，仵作取之書吏之子，馬快取之弁兵之子，刑律傷格，出其家傳，擊刺追蹤，為所素習，而州縣不輕笞辱之，取效呈能，猶為可冀，否則今之為此兩途者，雖日廁之倡優盜賊，而不以為羞，如果識文理嫻技勇，又知自愛者，雖令仵作視文進士一甲一名以修撰出身，馬快視武進士一甲一名，以頭等侍衛出身，亦恐無人願為也。此疏稱之者有人，詆之者甚眾，其立言非禮，擬人不倫，總由文理不通而已。余錄存其疏，而旁乙注之，人不可以無學，信哉。

案：仵作之職，即今之法醫，馬快之職，即今之偵緝及警察，當時乃以為賤業，禁錮其子孫。蒓客好詆人不通無學，於文肅尤甚。今試觀之，果孰為無學耶？此疏未聞有諭旨，度部議亦格不果行。

文肅雅愛才士，蓋得林文忠之遺風。朱曼君〈感逝銘〉中，於文肅則曰：「桓桓文肅，騫材自天，曜崇照下，運涸神淵。方皇奏記，割刈波連。沒有餘潤，結感如緜。」可見一斑。其實並時諸老，曾左胡等莫不禮重文儒，愛拔賢士也。文肅幼時，母林，值夜，每使獨趨闇處，己即從之，弗使知，以練其膽。然天資亦特沈毅有識，公時自號希狷子，常謂讀舊書自有新獲，勿貪多也。並見《濤園集》自註。

文肅與曾文正齟齬，為皖贛稅欵事，亦不亞於左文襄也。文肅亦曾為文正幕府，《濤園集》中，有〈南隄報功寺祀先文肅公並湘鄉曾文正公〉一詩，詩云：「臺諫論公賊可戡（先公在諫垣，疏請專任曾國藩剿賊），後來幕府尚同參（外簡九江府，謁文正公南康營次，暢談累日，強留辦理營務處，是為訂交之始）。平反寃獄水難濟（都司劉青雲，詐贓釀命，文正以為疑，全案移送安慶，訊鞫半年，竟從原擬，而意終不釋），賓客盜言亂用餤（時江西參革之員，多向安慶投效）。建業遺官猶對宇（江南專祠，均在龍蟠里），淮壖私祭亦同龕。毅皇溫語褒廉藺（文正欲提九江關茶釐，先公疏請留供江軍，文正疏爭，語多負氣，上諭均分，並引廉藺賈寇為勖），二老當年謝弗堪（同時均有謝表）。」以上皆愛蒼先生自註，持論甚平。案：此事，陳右銘調停之，已見另筆。

謝枚如記孫衣言沈葆楨芥蒂事

記孫琴西事，尚有謝枚如之《課餘偶錄》，中於琴西、文肅芥蒂，亦隱及之，謝錄云：

瑞安孫琴西（衣言）方伯，官翰林時，與王少鶴、林穎叔，以古學相切劘，長於詩，亦長於文，詩先刻，名甚著，文遲久始出，多及時事，指斥當路，然其言甚確，非以好惡為愛憎也。平陽金錢會匪發難，其長子貽穀，以團練與賊戰，屢勝，而卒死之，有《殯志》載集中，可哀也。丙子予應禮部試，方在闈中，琴西以陛見入京，穎叔以予稿示之，琴西書其前曰：「天資筆力，皆近韓退之，而其票姚夭矯，有意子長；詳切濃至，有意孟堅，此才殆非宋以後文家所能囿也，佩服，佩服。光緒二年三月，與穎叔相見都下，出此見示，以行促不及見枚如，附識數語，俟他日更印證之。」夫予與琴西，未通一刺，予治古文，此心所向往，雖穎叔不盡知，何況琴西？乃琴西言之如此，在琴西為玄識，在予則不可謂非知我矣。予涉獵文事有年，朋輩時有贊語，予見近人刻集，集首多列題詞，大抵出於此，予甚厭之。竊謂學問自在根柢，非標榜便增聲價，故一概棄之不錄，然亦有極不能忘者，聊復別見一二，如琴西，是也。丁丑予謁病歸籍，過滬上，時溫明叔侍郎師在金陵，侍郎為予最初受知，予欲省之於其家，沈文肅公聞之，留住衙齋，予因過琴西。琴西曰：「子為制府來耶？」予曰：「非也，明叔侍郎籍於此，吾來候吾師耳，三日即行。」次日琴西報謁，手致贐金，及其集，謂予曰：「吾極不喜過此，何則，吾絕不曉洋務，而大府力講洋務，故吾自例見以外，不再至，今日之來，特為君耳。」予笑謝之。歸家，復得其來書盛推許，又多勉勵，謂當以千秋自置。予以所學未至，置不作答，於今二十餘年矣，嗚乎，其意可感也。

又一則云：

琴西《遜學齋文鈔》，前有沅陵吳大廷序。大廷字桐雲，亦予己酉同譜，曾官福建都轉，與予初不相知。其序前曰，渢渢乎初月樓之嗣音也。後又曰，與沈果堂文相上下。前後何無定論。且二君文似不相類，以琴西較之，亦非一鼻孔出氣，不知桐雲何以言之，而琴西又何以受之。其後予過滬瀆，忽晤桐雲，告予曰：「近讀《書經》，思別作解義。」予曰：「古文家讀經，與經學家不同，經學家重考據，古文家則論體格。退之〈畫記〉，知者以為出於〈顧命〉，夫〈畫記〉與〈顧命〉，渺不相涉，毋亦於神理中求之耳。君治古文，知必有悟於語言文字之外耶？」桐雲唯唯。過金陵，與沈文肅談及，文肅曰：「桐雲熱過人。」予憶在滬時，桐雲於文肅有微詞，想有所干求未遂也。又後十餘年，卞頌臣制府蒞閩，予詢桐雲近狀，制府曰：「桐雲熱且闊矣，近奉憲稽查製造局，桐雲震動以文章，老兵皆識歐蘇，弓刀化為禮贄，而桐雲之束脩塞門矣，非所謂將軍不好武，稚子總能文者乎？」予聞之失笑。蓋制府官京師時，素與桐雲狎，而亦以文字往來者也。桐雲有《小酉腴山館詩文集》，其文蓋亦承梅伯言緒論，而有志於桐城者，但鑪鼎粗具，而九轉之丹尚未熟耳。

案：前節所言，「子為制府來耶」，及「大府極講洋務，故吾自例見外，不再至」，皆明言琴西與文肅不合之故，玩謝語氣，似頗右琴西也。後節述吳桐雲於文肅有微詞，則右文肅矣。

曾國藩當年處境之難

為君既不易，為臣良獨難，亂世為臣之難尤甚。苟非硜硜以一死自明，則當外患內訌交煎之際，誠有跼天蹐地之苦痛。合肥甲午之役，處境雖至逆，然其時固握大柄，冠百僚，視曾文正當年孤軍轉戰時為稍有餘地矣。故右銘先生之言，合肥當悚然汗下；至文正當時初不為朝廷所信，又不能置身事外，進退維谷，實處常人萬不能堪之境。咸豐三年十二月，文正力陳船炮未備，不能下援，廷諭則云：

> 現在安省待援甚急，若必偏執己見，則太覺遲緩。朕知汝尚能激發天良，故特命汝赴援，以濟燃眉。今觀汝奏，直以數省軍務一身克當，試問汝之才力能乎？否乎？平時漫自矜詡，以為無出己之右者，及至臨事，果能盡符其言甚好，若稍涉張皇，豈不貽笑於天下？著設法趕緊赴援，能早一步即得一步之益。汝能自擔重任，迥非畏葸者比，言既出諸汝口，必須盡如所言辦與朕看。

文正至此覆奏，則惟有曰：

> 臣自維才智淺薄，惟有愚誠不敢避死而已。至於成敗利鈍，一無可恃。皇上若遽責臣以成效，則臣惶悚無地。與其將來毫無功績，受大言欺君之罪，不如此時據實陳明，受畏葸不前之罪。伏乞聖慈垂鑒，憐臣之進退兩難，誡臣以敬慎，不遽責臣以成效，臣自當殫竭血誠，

斷不敢妄自矜詡，亦不敢稍涉退縮。

以自己起鄉兵轉戰數省之人，而當年卻以「平時漫自矜詡」等語誚之，此等遭際，真視昭烈之魚水君臣有如天上！咸豐七年六月，文正瀝陳辦事艱難，仍懇終制一疏，有云：

臣未奉有統兵之旨……大小不足以相維，權位不足以相轄。去年會籌江西軍務，偶欲補一千把之缺，必婉商巡撫請其酌補，其隸九江鎮標者猶須商之總兵，雖居兵部堂官之位，而事權反不如提鎮！此一端也。臣辦理軍務，處處與地方官相交涉，文武僚屬大率視臣為客，視本管上司為主，賓主既已歧視，呼應斷難靈通。……臣身為客官，職在軍旅，於勸捐擾民之事，則職分所得為，於吏治學額減漕豁免諸務，則不敢越俎代謀。縱欲出一愷惻詳明之告示，以儆官邪，而慰民望，而身非地方大吏，州縣未必奉行，百姓亦終難見信，此一端也。臣前後奉援鄂援皖籌備船炮肅清江面諸諭旨，皆係接奉廷寄，未經明降諭旨。外間時有譏議，或謂臣係自請出征，不應支領官餉；或謂臣未奉明詔，不應稱欽差字樣；或謂臣曾經革職，不應專摺奏事；臣低首茹歎，但求集事，雖被侮辱而不辭。迄今歲月太久，關防之更換太多，往往疑為偽造，釀成事端。……此外文員之憑，武官之劄，皆由督撫轉交臣營，常遲久而不到。軍中之事，貴取信如金石，迅速如風霆，而臣則勢有不能，此一端也。

此疏數十年後讀之，猶為扼腕。忠而見疑，信而被謗，上之授權不專，則下必到處荊棘。此等處，予嘗竊疑唯文正之學養能忍受之，以底於成功；若合肥遇之，恐不能堪。蓋合肥晚年所遇，乃外間士大夫之責言，宮府之信任則殊深篤，故私謂李之不如曾，正在此等處。曾未嘗得君，而能自成大業，李如此得君，而於不堪一戰之實情，不能以力迴斡，吾甯同於義甯之諍議也。然為臣之難，於此可見。不絀於此，亦必扼於彼，記文正諸疏，以為用人而疑之者告。

曾國藩之治道合於漢之曹參

開國與亡國之時勢皆相似，而氣象則迥殊。所謂時勢相似者，殷憂多難，險巇萬端，紂以甲子亡，周以甲子興，是也。所謂氣象迥殊，則頗難言。要而論之，延攬人才唯恐不及，有公評而無私讎，嚴於律大官而寬於卹小民，此三者庶幾仁厚開基矣。叔末三者適得其反，自不俟言。以予所觀，近代賢者有此氣象者，唯曾文正公具體而微。

嘗從文正戚屬家，獲觀文正遺像，隆準而目有稜，自是沈摯之才。然其幕府招致賢豪特多，其不自恃、不自滿可知。其與左、沈，皆極不相下，或形於筆舌，而絕無傾軋陷害之私。尤以其開放秦淮燈船一事，深得治要。予幼讀《史記》，初不審曹參不擾獄市之旨。涉歷久之，始歎曹相國此舉，真是漢家開國規模。獄市者，古人以為下流駔儈，揆其實訓，迺如今日恆言，中下層社會游衍拘聚所在者，皆不必以察察為明也。文正茲事與曹參為政暗合，歐陽伯元所述文正逸事，中紀此節云：

當時江甯府知府涂朗軒，名宗瀛，為理學名臣。方秦淮畫舫恢復舊觀也，涂進謁文正，力請出示禁止，謂不爾，恐將滋事。文正笑曰：待我領略其趣味，然後禁止未晚也。一夕公微服，邀鍾山書院山長李小湖至，同泛小舟入秦淮。見畫舫蔽河，笙歌盈耳，紅樓走馬，翠黛歛蛾，簾捲珍珠，梁飾玳瑁，文正顧而樂甚，遊至達旦，飲于河干。天明入署，傳涂至曰，君言開放秦淮，恐滋事端，我晚夕同李小翁遊至通宵，但聞歌舞之聲，初無滋擾之事，且養活細民不少，似可無容禁止矣。涂唯唯而退。

此是何等胸襟，何等見識？蓋政治之精意，即在養活細民四字。在國家未有養活細民較大之計畫，或議而未舉時，於可以養活細民之瑣俗，正不妨存之。為政者須有輕重緩急之分，凡急其所緩者，適見其不廣。不廣之病，不止於擾獄市，而擾獄市，乃其尤拙隘者耳。

曾國藩之剛與柔

曾文正自言欲著《挺經》，世多知之，此其剛處。自作〈墓銘〉曰，「不信書，信運氣，公之言，告萬世」。蓋晚年受盡謗毀困難，始悟以柔道行之之語，此其柔處。《挺經》之解釋，如劼剛之婿吳永《庚子西狩叢談》中所述李合肥對吳口述故事云：

我老師（文正）的祕傳心法，有十九條《挺經》，這真是精通造化，守身用世的寶訣，我試講一條與你聽。一家子有老翁，請了貴客，要留他在家午餐，早間就吩咐兒子前往市上備辦肴蔬果品。日已過巳，尚未還家，老翁心慌意急，親至村口看望。見離家不遠，兒子挑著菜擔，在水塍上與一個京貨擔子對著，彼此不肯讓，就釘住不得過。老翁趕上前婉語曰：「老哥，我家中有客待此具餐，請你往水田裏稍避一步，待他過來，你老哥也可以過去，豈不兩便麼？」其人曰：「你教我下水，怎麼他下不得呢？」老翁曰：「他身子矮小，水田裏，恐怕擔子浸著濕壞了食物。你老哥身子高長，可以不致於沾水，因為這個理由，所以請你避讓的。」其人曰：「你這擔內，不過是菜蔬果品，就是浸濕，也還可以將就用的；我擔中都是京廣貴貨，萬一著水，便一文不值。這擔子身分不同，安能教我讓避？」老翁見抵說不過，乃挺身就近曰：「來來，然則如此辦理，待我老頭兒下了水田，你老哥將貨擔交付給我，我頂在頭上，請你空身從我兒旁邊岔過，再將擔子奉還，何如？」當即俯身解襪脫履。

其人見老翁如此，作意不過，曰：「既老丈如此費事，我就下了水田，讓爾擔過去，」當即下田避讓。他只挺了一挺，一場競爭，就此消解，這便是《挺經》中開宗明義的第一條。

據此，則《挺經》之剛，亦是「將欲取之，必固與之」之義，雖剛實柔。唯老翁肯具俯身解韉之決心，則亦不失挺身負責之剛也。

曾國藩之識量

吾國史册所紀，重臣鮮能大行其志。不得於君固無論，得君愈專，則謗者愈眾。如王荊公、張江陵之類，幾於聚天下士大夫爭毀之，務令隳其志業為快。蓋緣無識而熱中者眾，故任重者必須忍辱，其不得於君，或惛而不察其負謗受辱之由，則為臣者更終無以自全。嘗謂吾國所以不能強盛，不能與現代國家絜較，即坐名為士大夫，實際無識挾私者居其八九，輕於訶罵攘奪之故。此劣性不革，國終恐無以活也。文正之《挺經》，所述老翁願頂貨擔之喻，正是滿腹牢騷，至剛之道，以至柔之術行之，其吞氣忍聲，不知幾許?考文正不止晚年以主和受厚謗，咸豐七年，在江西軍中丁外艱，聞訃奏報後，即奔喪回籍，朝議頗不以為然。左文襄在駱文忠幕中，肆口詆諆，一時譁然和之。其實文正若奪情視事，其受謗必更有甚。文正有鑒於此，故處處善用其剛，以柔全之，用維全局，否則禍福成敗固不可知矣。當時挾其貴勢，深忌漢人獨專威柄者，有之；比局事主，不甘聽命者，有之；嫉公名譽獨盛者，有之；賞罰任使之際，不盡如人意，因而觖望者，尤有之。故文正於節制江浙四省、節制直魯豫三省之命，皆屬疏力辭，始終不肯拜命。同治四年九月，又有節制楚北之諭。文正疏陳，有云:

湖廣督臣官文，久歷戎行，老成持重，資格在臣之先，名位居臣之右，所有湖北防務及越境剿賊諸軍，久經官文派定，乃以臣分居節制之名，縱官文不稍存芥蒂，而駭中外之聽聞，滋將士之疑貳，所關實非淺鮮。天下至大，事變方殷，絕非一手一足所能維持，伏懇朝廷廣收羣策，不因用一、二人而沮眾臣之氣。

觀此疏，苦心巽語，令人憮然。夫事實上非用此一人，不能收拾此局，而文正乃曰，「不因用一、二人而沮眾臣之氣」，此其量與識為何如？其中心苦痛為何如？然即此可知晚清「眾臣之氣」，實皆虛驕娼嫉昏瞶，不足以救中興之晌，而必覆其宗社也。

曾國藩廣攬人才

古人凡當一方面者，無不妙選幕僚，其作用有二，一則，如今所謂專家治事，一則羅致有聲名氣節能力之才人，資其見識以救匡疏失，豐其俸養，勿使去而為患。即論歷代開國用人，其意義何莫如是。

文正幕府人材濟濟，有三聖七賢之目。三聖，謂吳竹如、涂朗軒諸人；七賢，謂鄧彌之、莫子偲諸人。故文正詩句，有云：「幕府山頭對碧天，英英群彥滿樽前。」李文忠當時有〈將進酒〉體古風一什，敘述佐幕人物之盛，詩云：

南豐老人應壽昌，說經舌粲蓮花香。往往談兵驚四座，卻行傷足怨迷陽。吾宗文雅兼武略，浙東爭訟小諸葛。佞佛仍持蘇晉齋，凌雲未解相如渴。詩家許渾殊翩翩，苦吟欲度飯顆前。更有王郎歌砍劍，瀉地湧出百斛泉。滿堂豪翰濟時彥，得上龍門價不賤。牡丹時節金帶圍，定有五色雲中見。短主簿，髯參軍，縱橫筆陣風運斤。為公折簡訪倪迂，添寫江樓雅集圖。

案：文忠此詩，吾宗句，指李次青（元度）。許渾句，指許仙屏（振禕）。王郎句，謂王壬秋（闓運）。詩不甚佳，自非文忠所長。文正幕客，亦當未止此數。三聖七賢，亦有為時詬誚，如李眉生所嘲「此心終不動，只想見中堂」者，實皆不足為病。蓋文正延攬羅致之衷，固與古人延賢治國之大計相合。以彼網羅之亟，度量之寬，而才人若錢江、王韜輩，尚未及致之。錢上〈興王策〉十四條於太平軍，天王用之以取金陵，再用錢謀，以覆敗江南大營。王上書忠王，獻取上海策，李若用之，事未可知。人才處囊，正不易見短長，一旦激使走險，或逼使投敵國，則得失禍福，相去甚遠。以范文正之賢，失一張元，而西夏為宋禍數十年，此其彰明較著者。讀史至末造，恆見朝士相擠相斥，異己者日盡，勢亦日孤，然後知文正廣攬人才，信猶得開國氣象之遺意矣。

曾國藩用人之術

文正幕僚之盛，雖耀稱一代，而用人之術，亦頗可觀。李文忠為文正所拔，而共飯稍遲，即遭裁抑，嘲笑同寀，勸誡隨之，其於玉成大才，不稍姑息。王湘綺謂合肥初不得志於文正，或良有以，蓋合肥後來勳業，文正未必燭照數計之，而「薪盡火傳，築室忝為門生長」之輓詞，亦事後之自夸，非必實錄也。唯文忠雖為幕客，卻是門生，故抑之就範，半亦師門迪導宜然。至尋常幕僚，則禮貌有加，世所稱金眉生、莫子偲諸君，及文正敬禮儒生諸事，皆可見其虛懷。然亦有用權術者。《水窗春囈》云：

> 辛酉祁門軍中，賊氛日逼，勢甚急。時李肅毅（鴻章）已回江西寓所，幕府僅一程尚齋，奄奄無生氣，時對予曰，「死在一堆何如」？眾委員亦將行李置舟中，為逃避計。文正一日忽傳令曰：「賊勢如此，有欲暫歸者，支付三月薪水。事平，仍來營，吾不介意。」眾聞之感且愧，人心遂固。

此正黃老擒縱之術，文正所甚擅也。又古來待遇幕僚之術，亦相去殊絕。予最喜標舉《清波雜志》所載：

> 歐陽公為西京留守推官，事錢思公。一日，羣游嵩山，取潁陽路歸。暮抵龍門，雪作，處石樓望都城次，忽煙靄中有車馬渡伊水者，既至，乃思公遣廚傳歌妓，且致俾從容勝賞毋遽

歸之意。思公既貶漢東，王文康公晦叔為代。一日，訝幕客多游，責曰：「君等自比寇萊公何如？萊公尚坐奢縱取禍。」眾不敢對。歐公取手板起立曰：「以某論之，萊公之禍，不在杯酒，在老不知退爾。」四座偉之，是時文康年已高，為之動。

觀此節，錢思公之逾格優禮賓僚，古人類此甚多。求之後來，唯有畢秋帆有此豪舉，然亦微病太過，偶一為之，無傷也。王文康責幕客多游，度必有挾伎飲酒，故以寇萊公為言。萊公聲色特盛，蠟淚成堆，同時已傳為口實，故極以雖有相業，亦不可惑溺為誡，自是正論。然不悟少年豪氣，小德出入，乃私人之常事，而治亂政本，皆在於為上者不從大端著想。即如耄而不知休，所貽誤於國家者，又何啻什百倍於冶遊乎？歐陽文忠手板極言，想見少年之意氣縱橫，又可見文康率躬非甚正直，若曾文正之持令箭索李眉生於秦淮燈舫中，而教以勿揭人之虛聲，勿奪人衣食之世故語，有思公之愛士，而特教以知方，近文康之誡言，而不察於細行，若斯之人，其陶鎔材質者，抑甚寬而廣矣。清季俶擾，久無養客之風，號稱禮羅人才者，非等於縛而飼之，即疏逖闊絕。文正之事業，所以不可及者，殆在是歟？

曾國藩沈葆楨交惡事

文正行狀中敘曾、沈爭釐捐事，只一、二句，視《瞑庵雜識》所記，固失之太簡。然朱記亦甚略，考文正文牘以涉此事者最為憤激。當咸豐之末，文正自皖東征，議辦江西釐金以充東征軍餉，復撥江西漕折以充徽寧兩防之餉；逮同治初年，又因各軍逃亡過多，奏撥九江洋稅三萬以清積欠，沈文肅撫贛，乃先後罷之。最後請將江西牙釐悉歸本省經收，文正乃不能復忍矣。其力爭此事之疏，詞氣激烈，生平所未有，中有云：

臣忝督兩江，又綰兵符，凡江西土地所出之財，臣皆得奏明提用。即丁漕洋稅三者，一一分提濟用，亦不為過，何況釐金奏定之款，尤為分內應籌之餉，不得目為協餉，更不得稱為隔省代謀。如江西以臣為代謀之客，則何處是臣應籌餉之地？……沈葆楨於臣處軍餉，論分論情，皆應和衷熟商。元年八、九月間臣軍疾疫大作，而忠逆大舉援救金陵，沈葆楨乃於是時截留漕折銀四萬，既不函商，又不咨商，實屬不近人情。二年潯關洋稅一案，關道蔡錦青分撥萬五千兩解至臣營，沈葆楨乃大怒，嚴札申飭蔡錦青，并移咨詰問臣處，但有峻厲之詞，絕無婉商之語。此次截留釐金，亦并未函商、咨商一次。……或臣明於責沈葆楨，而闇於自責。臣例可節制江西，或因此而生挾權之咎。臣曾保奏沈葆楨數次，或因此而生市德之咎。然臣閱世已深，素以挾權市德為可羞，即如漕折一案，臣曾函商一次，咨商一次。洋稅一案，臣接撫臣峻詞詰問之咨，曾經密函婉復。茲特鈔呈御覽，以明臣不敢有挾權市德之意。自此二案外，臣之公牘私函在江西者極多，其中如有挾權市德，措詞失當者，請旨飭下沈葆楨多鈔數件進呈。

又〈覆吳竹如書〉云：

戶部疏中言，湖北每月協我五萬，湖南月協二萬五千，江西月協三萬云云。實則四川兩廣三省，四年以來並無協我絲毫之款，江西除釐金亦別無月解之款，去年潯關解到一月洋稅萬五千金，因沈中丞盛怒已退還矣，不知戶部何故疑我得此巨款？弟嘗謂用事日久，恐人疑我兵柄過重，利權太廣。

此寥寥數行，潓激之心盡吐。大抵謀國重臣，往往最感掣肘者為用財，史例甚多，此其尤著者耳。

曾國藩與天津教案

前記曾劼剛事，因摭及文正天津教案受謗。頃見劼剛日記中有一節云：

觀近來時勢，見得中外交涉事件，有時須看得性命尚在第二層，竟須拚得將聲名看得不要緊，方能替國家保全大局。即如天津一案，臣的父親先臣曾國藩，在保定動身，正是臥病之時，即寫了遺囑，分付家裏人，安排將性命不要了。及至到了天津，覺事務重大，非一死所能了事，於是委曲求全，以保和局。其時京城士大夫罵者頗多，臣父親引咎自責，寄朋友的信，常寫「外慚清議，內疚神明」八字，正是拚卻聲名以顧大局。其實當時事勢，捨曾國藩之所辦更無辦法。

此段雖為子述父志之言，亦字字切實。天津之案，教堂燬，殺各國教士二十一人，使非文正化大為小，則庚子之禍，不旋踵即作矣。當時士大夫既不肯以殺外人為非，亦不公然主戰，但以詆毀文正之主和為能。朱克敬著《暝庵雜識》，亦摭拾傳聞，其後郭意城為之簽正云：

天津教案條，曾文正辦理此案，明知必遭時俗指斥，而考之事實，準之情理，勢不得不出於此。事外論人，原多任意高下，及至中外交涉，則是非曲直，尤不能適得其平。此則敘述，似但沿世俗之論，未盡合當日情事。

意城此簽，視劼剛所記，尤為持平。當時唯有郭筠仙兄弟，深知外交之竅要，群眾謂為夷務者，意城但書為中外交涉，措詞中已可見其明白。其稱文正辦理此案，明知必遭罵，而勢不得不出此，可見文正衡量利害得失之慎，其忍辱處，正純為國家計。及其後甲午庚子諸役，一味叫囂隳突者，自樹高名，而動以亡國之責，箝異己之口者，相去乃不可以道里計。夫亡國之懼，豈不怵惕心目，然當道咸之間，外人已有疑中國必亡者，劼剛〈中國先睡後醒論〉中有一節云：

> 國與人無異，人有幼年，壯年，老年，一息待盡之年，國亦有之。歐洲之遽謂中國即一陵夷衰微終至敗亡之國，蓋彼見中國古所疏鑿之洪流巨川，四通八達者，今多湮塞。昔所傳金石土木之工，堅緻鉅麗，今日祇存遺跡，剝落損壞，無復完美，且作法多有失傳者。中國古昔之盛，與近今之衰，判若霄壤，遂疑中國精力業已消鑠殆盡，將近末造，難支他國爭勝之勢。道光十九年有英國著名之使臣，深知中國之時事，及古今之典籍，一時未能或之先者。其言以為，中國雖疆圉廣闊，外無異國蠶食，內無土寇鴟張，然其中實有潰敗決裂之象，不過略遲而已。予或不應出此言，不妨姑存其說。其意見如是，而彼時意見相同者，不乏其人。大抵歐洲皆以道光末年為中國危險之時，苟易新君新政，略有缺失，即恐災害並至，縱使幸而無事，終多變故之迭生。

蓋當時覘國者，已極為中國危，所謂潰敗決裂者，已不能不謂為知微之論。然道光以來，中國雖大亂而未嘗亡，所以不亡之理由，正在於別有曾、左、李、沈諸賢，明白而剛強者，力為支柱之。試觀文正立了遺囑，打算將性命不要，是如何勇毅。到了天津，知事勢不得不如此，便拚卻聲名，以顧大局，是如何聰明。當時闇昧者，雖一意攻擊，而朝野猶有信任不疑使得畢其志業者。有如此肯為國犧牲之人，國自不易亡。及其後不修內政，但知昌言撻伐，而禍變愈深，蓋明白人愈少，則國始易亡也。嗚乎，緜來國之可憂者，初不在於劼剛所引西人之言「異國蠶食，土寇鴟張」之時，而在於其中「實有潰敗決裂之象」，其故可深長思矣。

曾國藩之政治及外交識見

曾文正晚年辦天津教案，備受無識之謗譏，前已錄劼剛日記中語。其實公之心事方針，坦白精粹，如同治九年奏報中有云：

今中國輪船甫經修造，尚不盡如洋人兵船之式，洋槍洋炮，甫經操練，亦不能及洋人技藝之精，至若召募水軍出海操演，此時尚未議及。苟欲捍禦外侮，徐圖自強，自非內外臣工各有臥薪嘗膽之志，持以一、二十年之久，未易收效。然因事端艱鉅，畏縮不為，俟諸後人，則後人又將託詞以俟後人，且永無自強之一日。

此言真可謂明白了當者也。所惜前清昏庸孱亂，絕無一二十年之臥薪嘗膽耳。尤可太息者，同光君臣昏庸孱亂，驕奢淫逸，一、二十年之後，自謂海軍可以出海，遂欲報仇策效，輕易言戰，甲申甲午兩役，斲傷元氣，茶靡人心，真誤國之尤，而文正之言，愈可信為篤論。又文正之外交知識，與謀國之忠，於覆吳竹莊、李文忠兩書，尤可備見。覆吳箋云：

辦理洋務，小事不妨放鬆，大事之必不可從者，乃可出死力與之苦爭。當康熙全盛之時，而天主教已盛行中國，自京師至外省名城，幾於無處無天主堂。以今日比之康熙時，則傳教一事猶為患之小者。故鄙意不欲過於糾纏，正欲留全力以爭持大事耳。

覆李箋云：

承示馭夷之法，以羈縻為上，誠為至理名言。自宋以來，君子好痛詆和局，而輕言戰爭，至今清議未改此態。有識者知戰不可恃，然不敢一意主和，蓋恐群情懈弛，無復隱圖自強之志。鄙人今歲所以大蒙譏詬，而在己亦悔憾者，此也。

觀此兩箋，可知文正之心事正在於留全力以爭持大事，與隱圖自強兩點。而一繙清末史迹，所見者皆只以全力內爭，與隱圖自殺。然則文正之論，未嘗謬，其謬者，乃在清廷上下不知「季孫之憂不在顓臾」也。

曾國藩論尊賢容衆

曾文正〈答吳竹莊書〉云：

閣下昔年短處，在尖語快論，機鋒四出，以是招謗取尤。今位望日崇，務須尊賢容衆，取長捨短，揚善公庭，規過私室，庶幾人服其明而感其寬。

文正此書，尊賢容衆，真是為政南針。夫寬猛相濟，鄭僑所詔，葛亮所行，二義互成，無須再論。惟猛政之本，在於至公，所謂無瑕可以戮人也。然為政而以戮人為能，則亦不祥之甚，待人愈薄，愈可以激變，故不如寬厚可以開基。文正又有〈答丁雨生書〉云：

閣下本有綜核之名，屬員畏者較多，愛者較少，于考字尤不相宜。以後接見僚屬，請專教以善言，不必考以文理，略有師生般勤氣象，使屬員樂於親近，則閣下無孤立無與之歎，而德量益弘矣。

此與上箋，可互為發明。晚近讀史，每歎燎原之憂，覆舟之懼，日夜滋大，而竊國之侯，吞舟之漏，不可勝計。其門一、二人才，一旦出手，又復是奴非主，黨同疑異，以不肖之心待人，法令如牛毛，使人人思苟免，三覽文正此箋，覺治亂之源，差以毫釐，謬以千里。

文正所謂尖語快論機鋒四出者，少年人往往如此，及其漸老，涉世漸深，當然斂戢，其位望日崇者，則尖語快論，尤必日減，此似無須誥誡。以予所聞，鄉前輩如陳弢庵先生，少日即喜為尖語快論，早年登第，其所抨擊，尤鋒厲不可一世，及其晚年，恂恂儒默，語若不能出口，此實年齡與位望，兩使之然。顧尖語快論，亦視所施何地，蓋有痲木不仁之輩，非得痛砭不能覺悟者。至外人覘國，尤多尖語，吳摯父日記中，有一節云：

山根少將來談，問吾兒欲專何學？告以將學政治法律。山根笑曰：貴國人喜學宰相之學，滿國皆李傅相也。

此言切而諷，惜乎聞者之不易悟也。半國中之青年，皆攘臂言政治，滿國皆思為李傅相，又焉得不亂？嗟乎，今日何人弦佩山根之尖語哉。

曾文正致弟忠襄書

叔章近購得曾文正與其弟忠襄家書三通，蓋同治三年夏間所作。以行世本書校之，有一通未輯入，餘二通皆經刪改。其一云：

沅弟左右。廿夜接十七夜來信，不忍卒讀。心血虧損，如此愈持久，則病愈久愈深（幸每信字跡到底不懈，每次占六壬皆好）。余意欲奏請李少荃前來金陵會剿，而可者兩端，不可者兩端。可者，一則渠處炸炮最多而熟，可望速克，一則渠占一半汛地，弟省一半心血。不可者，少荃近日氣燄頗大，恐言語意態以無禮加之於弟，愈增肝氣，一也。淮勇騷擾驕傲，平日恐欺侮湘勇，克城時恐搶奪不堪，二也。有此二者，故余不願請來與弟共事。然弟心肝兩處之病已深，能早息肩一日，乃可早痊一日，非得一強有力之人前來相助，則此後軍事恐有變症，病情亦慮變症也。特此飛商，弟願請少荃來共事否？少荃之季弟幼荃，氣宇極好，擬請之日內至弟營一敘。弟若情願一人苦掙苦支，不願外人來攪亂局面，則飛速復函，余不得弟復信，斷不輕奏先報。餘俟詳復，即問近好。國藩手草。四月廿夜。

案：此信《家書》卷九內已刪去。其二云：

沅弟左右。十二日接弟勸紀鴻鄉試之信（紀鴻定於六月廿二日同湘鄉試，以副弟殷殷期望之意），字秀勁而有靜氣，知弟病體大愈，因覆一緘，商請少荃來金陵會剿。十四日因接初八寄諭，又去一咨一函商少荃會剿之事，十五日又將余與少荃之一咨一函專戈什哈送至弟處轉遞，想均到矣。夜來又細思，少荃會剿金陵，好處甚多，其不好處不過分占美名而已。後之論者，曰潤克鄂省，迪克九江，沅克安慶，少荃克蘇州，季高克杭州，金陵一城沅與泉各克其半而已。此亦非甚壞之名也，何必全克而後為美名哉？人又何必占天下之第一美名哉？如弟必不求助於人，遷延日久，肝愈燥脾愈弱，必成內傷，兄弟二人皆將後悔。不如及今決計，不著痕跡。望弟將余與少荃一咨一函遞去，弟亦自加一緘，待弟復信到日，余即會弟銜覆奏。少荃將到之時，余亦必趕到金陵會剿，看熱鬧也。順問近好。國藩頓首。五月十六日。

案：此信刪一百零九字，尤妙者「看熱鬧」三字節去。其三云：

沅弟左右。三日未接弟信，不知弟身體何如？接吾十二暨十四五六日各信，不更加焦灼增疾否？余聞昌岐言，弟精神完足，小恙無礙而放心。聞曾恆德劉高山言，（十四自金陵歸）弟病勢不輕，而懸念。見弟信勸科一鄉試，字跡奇潤，而喜慰。見弟信言賊米日發一斤四兩，而憂灼。春霆過此，其於吾弟，感激欽佩迥異尋常；厚庵於弟亦契合無間言；故余十五日與少荃之一咨一信，惟願弟之速送，又惟恐弟之竟送；反覆無定，為弟所笑，亦必為弟所諒也。今日命紀澤赴金陵省視老弟，余於六月初間亦必往，兄弟鬯敘，屆時少荃若到，余即在彼，不遽回皖；如少荃不到，余即坐輪船速歸。總之，弟以保身為主，無論少荃與余會剿與否？於弟威名微減，而弟之才德品望毫無損也。順問近好。國藩手草。五月十七。

此信共刪二十二字。案：清與太平天國之爭，至甲子春大勢早定，金陵之摧，計時以俟而已。然在當時局中之焦急，局外之謗譏，正不知如何騰沸。文正欲令李文忠援其弟，而又慮分功生隙，其心事曲折，此三書和盤托出，吾人與其嘲為天人交戰，勿寧佩其謀國之至忠。蓋其家庭骨肉之間，私書諄複，其權衡利害，褒貶是非，亦不過如此，則亦不失為得性情之正者，宜左文襄有「自媿不如元輔」之歎也。據後來軍事家之論，曾軍以無重炮，故久攻不下。今觀第一書，文正欲借助淮軍，正以其有大炮之故。諸帥忌嫉，湘淮相輕，亦於第一書備見之。而文忠已逆知忠襄不欲他人攘其功，卒託詞炮火不宜於夏，謝不往，非衹為忠襄，乃為文正也。第三信言：「賊米日發一斤四兩」，此殆不確。太平軍糧久匱，當時有湘軍一面攻城，一面賣食之謠；謂守兵以財貨置籃中與城外兵易糧，以理度之，或可信；忠襄此言，殆為其久攻不下自為地也。鮑超部下其時助攻金陵，以餉不足，幾為變，幸鮑與曾家昆弟至洽，觀第三書亦可見。其實究求此等史料，正不必求疵搜隙，當求文正何以成功之原因，則其量宏而思密，篤於友愛，而力規全局，實為羣帥所不及。以如此相媢相毀之積習，居中策運，明察而能忠厚，能竟其功，實不易得也。

諸書刪改，皆文正自為之。袁海觀制軍（樹勛）曾談：昔歲從文正金陵督署，常見其將家書底稿，躬自刪改發鈔，已有必傳之意。又言：金陵夏熱，文正常赤膊著夏布短裩，挽髮作韭菜把，日持蒲葵扇，滿口湘鄉土音，與賓客聚談，間以諧噱。其不修邊幅如此，而其處事治軍精細又如此。蓋其運思深者，非放浪形骸，不足劑調以怡懌之也。其篤於兄弟，足見其天性至厚，亦是必成大功之一證。又金陵城破，一時謠言曾九帥得金珠無數，識者久辯為妄。而忌功造謗，國人之常，雖同時諸帥，不能無疑；不悅沅甫之王湘綺，更於《湘軍志》著其微詞。然忠襄實非富厚，叔章言，此三牋，蓋其後裔斥以出售，則其況可想。

曾國藩納妾事

相傳曾文正在兩江時曾納一姬，其事暫而祕，叔章昔以詢重伯，重伯云：「誠有之，吾家人皆習知。當時聞為彭雪琴所勸納者，歐陽夫人聞之，亟自湘鄉來，將至，文正亟遣姬由後門去。」黎壽丞則謂重伯生於丙寅，祖庭之事，亦不過聞而知之。予檢祝吏香《聽月軒雜錄》，則所紀與重伯言適相反。祝筆記〈彭剛直公逸事〉云：

咸豐季年，湘鄉相國曾侯克安慶，開府兩江，門丁某為侯納一妾于軍府密室，其事甚祕，幕僚雖知之，無敢言者。公聞，亟入諫曰：「公勛望冠一時，豈可以一婦人而致生平之玷？公方禁將弁奸擄民婦，而公自蹈之，何以服眾？且公新督兩江，例不應取部民為妾。軍中有婦人，則軍氣不揚。有此數端不便，願三思之。」侯聞，立命遣去。人咸謂公能直言，侯能納諫，皆不可及。

然叔章羅證舊聞，堅言重伯所談之外，尚有旁證，謂此姬實雪琴及幕客主納，祝記必非。予檢咸豐十一年十月初一日曾公日記云：

季弟代余買一婢，在座船之旁，因往一看視，體貌頗重厚，特近癡肥。

又同年十月廿四日日記：

前季弟買一詹姓女子，初十日在船一見，未有成議。旋韓正國在外訪一陳姓女子，湖北人，訂納為余妾，約本日接入公館。申刻接入，貌尚莊重，中飯後陳妾入宅行禮。

同治元年四月十四日記：

徐毅甫來，因陳氏妾吐血，不能吃飯，請其診視。

五月初四日記：

陳氏妾本日吐血甚多，自午至夜，所吐以數椀計，夜間呻吟不止，病勢殊重。

初五日記：

陳氏妾病日增。

初六日記：

妾病未少愈。

五月十三日記：

陳氏妾久病不愈，兩日內全不吃飯。其父知醫理，請之診視，病已沉篤，據云非藥力所能痊。

據此，則祝記之訛自不俟言。為文正納姬，乃韓正國，而雪琴近在行間，或參末議，亦未必有怫然彊諫之事。予友李肖聃（猶龍），湘之博聞彊識君子也，尤能知湘鄉逸事。馳書訊之，肖聃報書述甚詳，且云：

陳妾不久遂死，文正命一巡捕經紀其喪，葬之安徽省城某門外十里某山中，自書碑石，日記曾詳載之。祝錄所云，想係傳聞之誤。往公孫履初，曾語弟云：公之納妾，純為癬疾復發，夜間須人搔抑，並非溺於女色。〈歲暮雜感〉中，有笙歌叢裏合閒游之句。長沙袁緒欽亦云：公未必有此游。叔章嘗云：待鸞亭畔路三叉，有人附會言，公少時悅一茶肆少女，其事尤不可徵。

讀此，則不但吏香所紀，必出於傳聞，即重伯所聞，亦可更進一解也。

曾國藩與汪士鐸

曾文正致胡文忠書牘中，稱歎汪梅村者，有一手稿，今藏叔章處，此書已收入書札卷二十，今觀原底，乃是第百五十六號，蓋曾致胡書之號碼，可見通札之勤。書末云：

梅村境遇可憫，俠烈可敬，學問可畏，其二女事，侍當設法表章。梅村兄前一信欲侍出一惻怛告示，茲將示稿抄呈，其第一條，即旌表忠義，蓋仿公初克武昌時立局辦法也。其章程求錄示，並求將此稿寄梅村兄一閱可用否？

觀此可見曾胡二公對於梅村建議採納之速，虛心下士，以成大功。予於此所感者，曾、胡二公，身為統帥，削平大難，而對於窮老書生，乃推誠納善，一至於此。梅村為文忠門下士，於理宜召之揮斥訓話，而文忠之撝謙，形於筆墨，形於詞色，又如此，此皆今人所未嘗夢見也。其次，洪楊之役，可謂伏尸百萬，流血千里矣，而文正制勝之方，乃曲及於剴切告示、旌表忠義等等文字學問迂闊之細事，雖梅村所陳常有關於政治社會之大本，不盡皆此等迂疏瑣屑，而終可見軍事之求勝，實胥繫於政治之大原，而一介窮書生，又未必不能洞其根本，即迂疏瑣屑，亦未必無用處。此又非尋常政客予智自雄者所能解耳。

汪士鐸

偶於坊肆，得《莫邵亭詩鈔》一卷，白紙初印，上有細字云：「同治丙寅夏五，邵亭詒，新亭父記。」鈐有「悔翁」一章，書內又鈐「汪士鐸印」，知為汪梅村所藏。悔翁藏書，南京肆內往往遘之，此為邵亭親詒，或稍可寶。悔翁是近世南京名士中一大怪物，輾轉洪楊窟中，而為曾胡策畫，一怪也。平日所持正論，以大亂之生，由於人口過多，所言子女多者加稅等，頗近節育，與歐洲近代之馬爾薩斯學說，及嗜殺用術智諸新說，頗暗合，二怪也。平生痛詈婦女，主張生女即溺，而畏其婦特甚，三怪也。其著述雖多，而論政論學，多見於日記中，今節錄其日記中之一二段，以見悔翁對於我國政治與社會病痛之見解：

世亂之由：人多（女人多故人多），人多則窮（地不足養），商於外則奢靡，苦樂不均（盜賊之見如此）。有才不遇，遇時者人多亦不足用，靡費更不足用，一味託大而不足用，雖遇時尚不足用（有累）。流蕩人多，好吃懶作，游手好閒，無光棍律，無才而慕富貴，輕武重文，文飾太多，好強不講禮，信鬼神，信術數，作為無益，一味敷衍為能幹，粉飾欺蔽，苟且作偽，巧捷刻薄。刑罰太寬，不核名實，盜賊律寬，人稟賦嗜好習染風俗性情不同，久治思亂。慈悲，流蕩，多言，好吃，懶作，膿包，善氣，善哭，扯淡，浮躁，託大，好闊，好賭，好酒，無規矩，不能忍耐，不能持久，取巧敷衍，信鬼神，喜術數，好作無益

（此二十二件人不中用也）。多生上二十二件不中用人，多生能幹刁巧疾滑人，人家多生女子，文恬武嬉，怕出事，姑息養奸亂，事事粉飾遮掩，不肯結實，事事只做目前，不肯經久，用物侈靡。無等威上下之別，故風俗奢靡，事事託大，在官者一味欺蔽，刑名一味寬縱，姑息，上下皆尚取巧偷安，謀利敷衍。賞罰不信，拘於成例，不能破格，不求人材，天不行疫使人死，女子格外多壽，蒙蔽粉飾，人多游手好閒之游蕩光棍。人君講道學，迂闊不適於用，學以一味空疎，無講求實用者，即清談廢務之別調也。上下拘於一定之例，不作出格文章，不易置當道要害之官，不知因時制宜變通盡利，姑息則欲息事而懼多事，生事適以僨事。

幼時切忌流言，流語，扯談，漂白，流教，流蕩，奇伶俐，小聰明，流打，照瞎，打岔，活脫，倜儻，閃躲，趨避，閃展騰挪，閃躲疾滑溜，便給巧佞，逢迎取巧，擀飾彌縫神氣人。南京人之弊，回債，扯淡，漂白，脫空，打死老虎，很話，小壞，罵人膽小調唆，無才刁狡，愛利，小聰明，取巧邀功，流言流語，尖巧刻薄話，閃展騰挪小便宜，滑疾溜。上下互相欺詐，官太巧，重虛文，無賞罰，拔用皆拘成格，無一破格事，不肯循名核實，太無等差，拘守成例太過，看事太易。欺蔽皇上，袒護同官，寬縱惡人，姑息小人，刻薄正人。光棍：青皮（海州），喇子（江寧），苦家（同上），二八降（同上），土棍，匪類，不成常，無二鬼，囚犯。

盜賊：紅鬍子（潁州），幅匪（山東），田匪（曹州），捻匪（徐州），幗匪（四川），賊匪（廣西），會匪（福建），痞匪（湖北），齋匪（湖南），擔匪（江西），土匪（安徽），教匪（廣東）。

長久治安之策：弛溺女之禁，推廣溺女之法，施送斷胎冷藥（頓覺眼前生意少，須知世上女人多，世亂之由也）。家有兩女者，倍其賦，崇武科，重力及技，嚴再嫁之律，犯者斬決。改鹽引地段，廣清節堂。鄉舉後不用詩文字。講求吏治，廣女尼寺，立童貞女院，會試試以吏治時務，忌策論氣，虛文論理者斬決。非品官不准再娶，嚴其法，生三子者倍其賦。廣僧道寺觀，惟不塑像，兵皆實額，刺腕為記，虛一名者，軍主斬決。科舉中參鄉舉里選之意，循名核實，以待士大夫，嚴流蕩，土匪律斬決。考試去《孟子》，增《通鑑》。軍皆有力，長大強健，承平時加以禮貌，比於文童，使略知禮法，則悖逆之心略戢。定三十而娶，二十五而嫁，違者斬決。盜賊不分首從，贓重輕，斬決。嚴罰信賞，不限資格用人，省空文告諭虛詞，黜虛文粉飾，歸質實。分士、農、商、武、工、僧六民，游手者為僕隸，不齒於六民。不禁優伶，使人有樂境，而禁娶妓，以端風化。嚴等威之辨，僭踰斬決。深山大澤，拔其豪以為土官。廣文學則人弱，土官不世及，六年一任。道學則人無用（欲人無用則行之）。猛以濟寬，欲人有用，崇史學，君臣不言道學以虛文。崇學校則人向學，士至五十外，始准言道學。人才不足患，患在頑梗。任官忌巧佞便令者，最忌取巧。任官取質樸誠愨者（不妨拙）。刪六部則例，太繁苛，一切破格，以合損益因革，集思廣益，求言。婦人服冷藥，生一子後服之，因時因地，因事因人，各制宜。廣溺女法，救時不得不變法，不必拘孔孟六經。富家准一女，廣商賈，弊不過浮靡而人弱矣。禁《水滸》一切小說。

不用則例，不用孔孟，不祀鬼神，不信術數，不崇翰詹，不言道學，不談晉人元虛、唐宋禪學、宋元道學，不主一格，不諱富強，不作無益，不取巧佞，不循資格，不用六經。

選鄉勇，人須長大有力，敏捷矯健，耐久善走，能吃苦，不取巧，去家五百里外，面目無伶俐象，非市井辯給人。破一切例，不用。求人才，廣探報采訪，易置一切官有司，尤急大路賊沖之官，尤急虛心受益。城府阻於洞壑，機械捷於般倕，明睿炳於水鑑，靈警敏於鬼神，斷制決於齊斧，勇敢鷙於鵰隼，謀譎詭於良平，武略百於起翦，矯捷奇於猿猱，言辯敏於蘇張，巧詐給於湯宏，殘忍過於闖獻，深刻倍於韓商，威力邁於賁育，為十四德。

以上由世亂說到長治久安之策，其中有極偏執處，極可笑處，然大體上判斷不能謂不銳利，議論不能謂不澈底，其中極有合近人脾胃語，可見思想之左傾。所云十四德，正為今日所尚。此皆節自鄧文如所刊之《悔翁乙丙日記》。案：鄧君所得如《悔翁手書日記》、《乙卯隨筆》、《丙辰備遺錄》三種，又有遺詩一卷，皆印行，其《乙丙日記》，乃文如手校後加題者。其中可考證洪楊事跡至夥，如云洪楊曾刪定《論語》，如洪楊考試詩文題，如悔翁長女曾為楊秀清書記，如破金陵為湖北張子行賊目皆未至，等等，皆絕好史料。而文如序中，有一段極翔明深切，有關史實，今節舉之，鄧序有云：

世皆知悔翁專精史學，而不知介潔自持，不矜名，不嗜利，不樂於為人羈縻，不務虛憍之論，唯志切于用世。觀此書論事，論兵，論世亂之源，及弭亂之道，兼及當時將相煬蔽欺枉之術，切中時勢，實由書史閱歷而得，間有稍涉偏激者，則聊書憤慨，非必欲見之施行，或為時所囿，自不能以今日恆解非薄之。然論及西學西法，未嘗無擇善之意，悔翁嘗為魏默深輯《海國圖志》，又嘗從包慎伯游，魏、包師法亭林，皆具經世之志，故悔翁通曉世務，而漸漬黃老法家之言，主張雖嚴刻，而終身遠于富貴，識力更進一等。其《乙卯隨筆》，自謂無宦情，有脾氣，難為人下，難循則例，貌及眉目不佳，性有老圃氣，知足安分，樂無事如黃老，喜殺，不篤信孔孟，為十不可者，足以概其為人矣。嘗疑曾、胡定亂，必有為之謀主者，文正自謂學商鞅耕戰之術，文忠則綜覈名實，皆近法家。乃觀悔翁所論，尊主權，重名實，峻刑戮，深惡理學及承平拘牽之事，文正自咸豐十年駐軍祁門，又悔翁平昔所主張，何其所見之若合符契也。及細繹曾、胡書牘，乃知悔翁實嘗為之策畫。蓋蘇浙繼陷，僨事者或敗或死，失所憑藉，文正拜統籌全局之命，東南始有轉機，是時悔翁方客于文忠，從容論列，必有人所不及與知與聞者，觀文正書牘（庚申），〈覆汪梅村書〉云：「來示所舉十條，第一第四條，當於本月內行之，第二條裁官裁綠營，俟履蘇日行之。第五條乃弟近年行軍之微旨，第六條亦今世必變之惡俗。唯第三條和夷，或另簡派有人，第九條修築碉卡，事有未遑，第十條疾趨入吳，力實不逮，負閣下殷殷期望之心。」（《書札》卷六）又云：「所示四事，江淮運米一條，鄙人本有此志，以皖南軍事無利，未遑遠圖，新歲稍得便宜，即當投袂東行，治軍淮浦，以副厚期。」（《書札》卷七）又〈覆胡宮保書〉云：「梅村兄兩信，前信祇速進蘇州一條難行，餘九條皆可行，無一迂腐語，兩月內必一一行之。此信不如前信之切當，而滿腔熱血，噴薄紙上，有此血性男子，而潦倒一生，天下安得不乏才哉。」（《書札》卷二十二）稱其學行，則曰耿介，曰洵積學之士，曰梅村境遇可憫，俠烈可敬，學問可畏，曰梅公之古藻聯翩（《書札》卷七、卷二十、卷二十二〈覆胡宮保〉）。傾倒可謂至曰學問淹雅，人品高潔，鄙人素所企佩（《書札》卷二十八，〈復丁果臣〉）。

矣。又觀文忠書牘云：「梅村老人前後三函，均博大精深，胸有千秋，目營八極，當以小幅裝成，以資省覽，為滌公謀，即不盡為滌公謀。」（《遺集》卷七十三，〈致書局牙釐局文案〉）又云：「此曠代醇儒也，孤介不可逼視。」（《遺集》卷七十五，〈復嚴方伯〉）其論悔翁之學曰：「梅村所擬體例，均是，如伐某國，取某邑，凡兵事之無當于兵略者，不錄，其意良是，所言各條，亦均是。唯渠之輿地之學，極為精博，刪繁就簡，非梅村自為之，則恐擇之不精也。」（《遺集》卷六十三，〈與蔣文若論刊讀史兵略事例〉）又云：「梅村所著極佳，此篇成，必敬授諸君子各一部，精而熟之，可以為帝者師矣。」（《遺集》卷六十四，〈致牙釐文案糧臺諸君〉）文忠稱之曰梅公、曰梅老、或本悔翁鄉舉座師，乃尤致敬盡禮，時尊梅村老人，虛己以聽，如文忠者，今安得有其人哉。特曾、胡所謂三書，今悔翁文集，已自刪削，不登一字，不悉其所語維何。（《悔翁文集》，別有上曾帥書三首，一論兵勢，一薦葛蕃，一賀經略四省，皆無所謂十條與四條者。）予見悔翁辛酉所撰《緣學道齋日錄》（東方文化圖書館所藏），有安慶初下時致文正書稿云：「夫兵以常戰而強，用以不濫而足，人以博觀而知，事以綜覈而理。聞前敵軍臺經營伊始，恐有進繁縟鴻闊之規，以營其門戶醉飽之私者，願遠燭艱難，慎持于權輿之際，簡而賅，樸而不飾，介而易通，閻公之治楚北，致有可采也。」又致文忠書云：「兵事度益艱，南北兩岸，除多鮑二軍以外，唯水師及韋軍可用，他皆丹鉛文士，或又器局褊狹，不能與人共功名，一旦得志，必有尾大不掉之慮。餉源日蹙，言利者不深維民不可下之義，騷擾掊克，以朘其生，誠恐教匪扇之，憂生肘腋，得不償失，可為寒心。張仲遠觀察、李香雪都轉，通知時變，若延之左右，商度事宜，而丹初、星槎交相贊助，多拔偏裨勇敢之士，廣募椎埋亡命、暴虎馮河之徒，以資爪牙，楚其猶有豸乎。」又云：「楚軍今日之勢，在無戰將，非無統領。若推赤心于韋志俊、陳大福以為統帶，合之多都護、李成謀，可得四將，邀楊彭同力並進，以神速行之，以奇軍參之，庶其有濟，不然，恐蹈江南之覆轍也。閻丹初精明洞察，吳木翁質樸忠厚，李香雪通曉時變，李午山清恪溫恭，羅仙舸篤敬和平，終必不負吾師。處士若丁果臣、胡東谷、張廉卿、洪琴西，皆忠信明辨，足資詢訪。他人則如地師羅盤，內層所差不過一線，而引而伸之，遂至秦越，緣其本心，亦豈欲大負吾師，而其性所親近者，忍于負伊，伊遂不得已而負吾師，甚或外愿內黠，巧趨涼熱，漫無見解，有同和鼓，雖有襪線之才，斗筲之用，豈足與贊襄大猷哉。」又云：「犬馬留戀之意，則願進瞽言，曰召椎埋亡命之徒，而不重用文人也。曰收召淮北及秦甘邊境、湖南苗疆之勇，而不專用長沙、岳州、寶慶也。曰推赤心以待韋志俊等降人，以為將率也。曰召降以術散其黨羽也。曰用人不拘一格，而貪詐使為吾用也。曰兵以奇變制勝，不必專于堂堂正正也。曰所召徠賢才，當使進賢以弼大政，不必徒豢之如豕羊也。曰理財宜勿過朘削脂膏，恐腹內教匪滋事，藉為口實也。曰選士宜以膽力，非來投者皆錄用也。曰保舉不宜過濫，使豪傑慕功名也。而其大要則有二：曰機密，曰神速。今欲舉一事，前數日民間皆知之，而賊益為備，非密也。用兵以靜待動，賊知吾此謀，而任以數千人羈絆我軍，而專力四掠，我不能救，因以重困，綿延歲月，財殫民瘠，必有土崩之勢，教匪乘之，以通于賊，病遂不瘳，可為寒心。張觀察仲遠、李都轉香雪、閻農部丹初，皆贍智宏才，願下愚論，俾各抒所見，吾師斷之以施之政，則士鐸雖面侍誨言，亦不是過矣。」（今《悔翁文集》中有〈上胡宮保書〉，詞意與此略同，而言尤切直）若悔翁者，丁寧款密，能見其大，可謂忠告善道者矣。又與文忠書自狀云：「士鐸自度其才不足毗益時事，素性剛躁，不能委蛇曲折，體于人情，故矢不與事權，苟竊薪米以自存活。」又云：「士鐸自涉世故，即痛惜人滿之患，知天地山川之力，必不能供此取給，又貧富相耀扇，其忮求者欲攻取，動足致亂，而在官者，方日以習氣自矜，文酒相尚，崇虛浮而忘實致，盡蹈西晉干寶之論，此皆盧扁不救之症也。故矯枉過直，好老莊之談，以謂才不足以濟變，力不足以撥亂，又志剛而褊，易攖人怒，區區之志，唯欲苟全性命于末世。然無附郭之田，祭祀饔飧，不得不藉筆墨以自贍。又以為徵收朱墨，諸侯下客，古人所謂抱關擊柝者，與之相近，其職易稱，受償雖微，而每食無餘，差足自了。」（以上致曾、胡函稿，有悔翁手批，概從刪削）悔翁之言如此，足覘其所志。故文忠之薨，文正招之入幕，以編文忠遺書辭。甲子以後始歸金陵，然遜謝始終居忠義局而已，殆即文忠所謂孤潔不可逼視，亦即悔翁之所以能盡言，而曾、胡之所以能受盡言者歟？大功成于曾、胡，乃由自命迂拘拙滯之一書生發其端緒，書生之有益于人國也，豈不重哉！

此為文如序之中段，所錄悔翁致曾、胡書，皆外間不易覯者。予按金息侯《四朝佚聞》云：

汪梅村（士鐸），江寧舉人，為胡文忠（林翼）所取士，文忠轉事之如師。撫鄂，招入幕，論兵議事，實為之謀主，並為曾文正所重。文正稱其學行耿介，可敬可畏；文忠稱其曠代醇儒，孤介不可逼視。尤精史地之學，《讀史兵略》，即由代編。嘗從包慎伯游，為魏默深輯《海國圖志》。具經世之志，而喜黃老家言，常遠富貴，自謂無宦情，有脾氣，難為人下，故矢不與事權，苟竊薪米以自存。其論學，謂必通史地而兼詞章；論政，在尊主權綜名實，峻刑戮；論兵，主機密神速，破格用人。生平深惡理學，亦不篤信孔孟，有十不可說。並稱洪楊刪《論語》，去鬼神祭卜等類，謂功不在聖人下，而洪軍聘為軍師，則惡其無道，卻不就。遂依鄂幕。及文忠歿，文正招之，亦以編文忠遺書辭，後歸江寧，僅居忠義局以終，年八十有八。所著有《水經注補圖補注》、《通鑑地理考》、《遼金元史地理氏族考》、《倉頡篇》、《急就章補》等數十種，或成、或未成；又修上元、江寧縣志，及《梅村集》。余曾見日記雜稿數冊，以書估索值昂未能留。近見鄧文如輯刻《乙丙日記》，為之欣然，如釋重負。惟原稿似尚未盡，憶夾縫中往往有細字，詈其繼妻，斥為潑婦惡母。蓋痛二女之亡，又日受交謫，不屑還唇，故記中有「爾以口，我以筆，其奈我何」云云之語。梅村晚境至艱，又苦目盲，其厄甚矣，論者乃稱為儒生老壽之榮，可傷哉。

息侯此節，大致即采鄧序，所云日記中夾縫細字，詈其繼妻云云，予聞吳董卿言，亦曾見之。董卿又云：《悔翁日記》，晚清已有印行者，或是《國粹學報》鄧秋枚等之力，但不完全。其言「儒生老壽之榮」云云，是指文如小註。原註云：

《湘綺日記》，同治辛未九月二十三日訪梅村，喜其健在也，問箘簬枯之說，云俱見《呂氏春秋》，又告予以諸子校本。蓋悔翁體弱憂生，故有健在之說。悔翁卒於光緒十五年，年八十八矣，一生遭逢不偶，天以大年報之，先于十一年以經明行修，薦授國子監助教銜，雖不足為悔翁重，且非其本懷，然亦可見儒生老壽之榮矣。

息侯以國子監助教為不足榮，此蓋深憫悔翁晚年家庭之酷遇。予嘗與柳翼謀論悔翁事實，翼謀告予，《乙丙日記》為張孟劬痛斥，文見《學術世界》中。張文予未獲見，但聞悔翁生平受病之處，已暴露無餘。又悔翁晚年無子，而夫人虐之，極人所不堪，同時諸公憤不能平，乃匿悔翁於涂朗軒江寧府署中，汪夫人偵知之，則取悔翁生平撰著，及所愛書籍於庭，宣言翁果不歸，則焚其書。翁聞而大恐，哀籲諸公釋之歸家，寧受老妻凌虐，不忍稿草付炬。諸公相顧太息，謂翁之苦境，無可拯拔，蓋其夫人之智，能察悔翁所溺而挾持之，翁不能割捨一切，宜其畢生受制也。同時溫明叔（葆深），亦極懼內。溫以侍郎視學閩中，夫人忽逼其稱病罷官，溫即佯狂紊試規，大吏奏其有心疾，遂歸里。左文襄督兩江，以溫當年分校禮闈，知其為天下奇才，雖薦卷未售，極德溫，朔望必詣溫宅謁師。溫夫人對文襄恒斥其師無狀，溫左相對跼蹐，惟命是聽。溫與夫人皆老壽，同日無疾而逝，此視悔翁為稍有福澤矣。龍蟠里國學圖書館近購得悔翁手批孫芝房《芻論》，孫于鹽法主就場徵稅，汪批痛詆鹽商，視孫論尤激昂云。《乙丙日記》中，錯字頗多，凡言湘者多訛作浙，不可解。悔翁遭際雖似馮敬通、劉孝標，而千秋之下，莫不稱悔翁之名，而咎其婦之悍，則以筆罵者，終勝以口罵，此又悔翁之終過於溫明叔者歟？

郭嵩燾談洋務

郭筠仙於咸豐間，在京師，一日詣陳子鶴（孚恩）尚書處。適有客數人在座，談洋務，一意主戰。筠仙笑曰：「洋務一辦便了，必與言戰，終無了期。」聞者默然。頃之，客散，陳引筠仙至僻處告曰：「適言洋務不戰易了，一戰便不能了，其言至有理，我能會其意，然不可公言之，以招人指摘。」筠仙記此事於〈自序〉中，而稱「予不能用其言而心感之」。案：此雖小節，亦可見子鶴涉世之深，於吾國社會揣摩之透，但此即是國人最大病痛，蓋明知其不可戰而不敢不言戰，發言公庭，與議論私室，截然不同，此非咸同之際為然，至今恐尚爾也。

筠仙〈自序〉中有二節，均關外交史料者，今迻錄之，以見當時侃侃不阿之概，兼可為外交官之鑑。其一云：

遣使駐紮西洋，發端自嵩燾，距今十餘年，所以遣使之意，當時訖無知者。西洋之通使，專為修好，處理尋常交涉事件，遇有辦爭疑難，別遣使任之，為事有從違，即榮辱繫焉，公使終年駐紮，恐難以相處也。是以遣使盡人能任之。國家辦理洋務，從不一審求通知洋務之人，顛倒迷誤，多生事端，獨於遣使，珍重揀擇，所謂本末俱失者也。當初遣使時，廷臣皆視此為大辱，李子和制使、馮展雲學使，正言切論，以阻其行。嵩燾答言：「數萬里程途，遜而不任，更有艱鉅，誰與任之？」沈文定公常稱嵩燾在西洋處辦事件，皆極妥善。不知所處辦者，本皆易了之事，不足言勞，皆恃見理稍明，常以數語定議，不至多費唇舌，凡見以為難者，皆不知洋務者也。

其二云：

在倫敦時，接某君書，極口詆斥倭人，其言略近理，不如劉錫鴻之狂悖，而見解正同。因為諸隨員言，某議論見量如此，必貽誤國家，復書痛戒之，略言吾輩奉使海外，委曲以通和好，富鄭公所謂主憂臣辱，正今日之事也。務一切細心體察，究知所以為利病得失，苟利於國，仿而行之，否則置之，一存薄視慢侮之心，動作議論，必有不能適宜者，非奉命出使之旨也。某復書陳謝，而仍以意氣自負。吾於某之使日本，某之使俄，皆豫憂之。於日本之擾琉球，法人之擾越南，皆深究其情事，推明其利病，以求所以處置之法，陳奏至於再四，一為京師議論所持，茫然莫知所處。士大夫之罵，肇始南宋時，由來亦久矣。

筠仙此二節，皆極詳密。第一節言當時應與各國通好，不當閉關自大，而清時始辦外交，皆使親貴及宰輔管理之，此輩皆顛倒迷誤者，不正其根本，而徒恃出外之公使，又何能補救。第二節，尤切直。序中出使日本之某，殆指許鈐身，出使俄國之某，則指崇厚也。其言「苟利於國，仿而行之，否者置之，一存薄視慢侮之心，動作議論，必有不能適宜者」，此數語即言外交須純以國家為重，而不能一任個人之愛憎，誠當書紳。蓋當日中國尚非積弱，當日外交，亦非難辦，患在以虛憍輕侮之氣臨之，絕不肯如日本當年之忍辱師法，力圖自強，徒知今日戰法，明日戰日，一敗再敗，國力士氣，逐漸澌盡，以成進退維谷萬劫相尋之局。予之稱道筠仙，正非為不戰論者張目，乃欲彰此明白人，使知當日能採其言，不一味胡塗者，則今日決不至若斯之困頓也。

抑古稱立言、知人、論世三者，皆至難，能知立言者之身與世，始能知言，後人師前人之言，亦非借以自掩。使筠仙生於今日者，未知所言何如？然當日事勢，若有如筠仙者數輩，或差可省每下愈況之戮辱。今日以理言，國人當每人皆如筠仙之洞達大勢，縱如是者，其能挽救與否？尚不可必，則世實為之也。故曰，雖有智慧，不如乘勢。

外交能手郭嵩燾

郭筠仙以外交能手自負，嘗自謂七百年來所無，屢形於楮墨。其〈與龍皞臣書〉稱：「自南宋以來，控御狄夷之道，絕於天下者，七百餘年，老朽不才，直欲目空古人，非直當世之不足與議而已。」〈與李文忠書〉，亦有類此語，其涵負可見。當時伊犁亂事，左主用兵，筠仙自倫敦致書李文忠，有云：「經國者務籌久遠，主兵者惟取進攻，是以棄地之議，不能出之將帥也。」又有云：「與其含糊懸宕，以生其戎心，莫如明與定約，畫疆分界，可保數十年之安。」又有云：「兵者，末也，各種創制，皆立國之本也。」又有云：「倫敦募兵之法，皆先使讀書，通知兵法，而後入選。遣醫士相其血脈膽氣，筋骨堅強，而後教之跳躍，次第盡槍炮技藝之能事，乃編入伍。其根柢厚矣，此豈中國所能行者。」此書中又主張裁釐金，肯說實話，皆極大膽深識。又筠仙頗推許沈文肅，今觀其與文肅一書，中言外交應付之術，在筠仙蓋卑之無甚高論者，然由今觀之，已極鞭辟近理。今摘一段如下：

竊論今時辦理洋務，一曰求制勝之術，其大本大原之處，不敢遽言也。稍清理其節目，以求所以自立，塗飾一時耳目，固亦有乘機立斷之方，有循序漸進之略，期之三年五年，以達數十年之久，吾曹心力猶及為之，然非有力求振興之資，震盪昭蘇，擴充積累，終亦無濟。二曰，了事。一切政教風俗，皆不敢言變更，而苟幸一時之無事，則所以了事之方，熟思而審處之，勤求而力行之，亦迫不容緩矣。其大要亦有三，分別功過，以為用人之程，討論得失，以為制事之準，熟覽中外情勢，以為應付之方，如是而後可與言了事。三曰，敷衍。事至而不暇深求其理，物來而不及逆制其萌，幾於坐困矣，如是，則且隨宜敷衍。然而情偽利病之間，緩急輕重之勢，稍有不明，則愈敷衍而愈至坐困。所謂敷衍者，審事以處之，度情以應之，使無求逞而已，非待召釁啟侮，陵轢要挾，而後與言敷衍也。嵩燾於是三者，亦常勉行之而勉言之，自謂有效矣，而擠排緣於所暱，詬辱積於盈廷，必使其志事傾毀無餘而後已。

筠仙此段分三層，步步遞降，而步步都有求己之辦法，洵非彼時高談以夷制夷者所可比，今日所當韋佩也。更考甲申中法之役，筠仙之主張如何？《養知書屋集》卷十二致李伯相一書，正言此事。其中有云：

越法之爭，事經數變，而所處愈難，及今與議，方之去秋疏陳時，其難不啻百倍。然與其徵兵轉餉以從危，曷若豫探其情，而發其覆，以理持之。孫子曰：未戰而廟算勝者，得算多也。故曰，不戰而屈人之兵。又曰知己知彼。法人之意在通商，而我必迫之使出於戰，是無算也。彼發兵萬五千人，軍伍器械，備具於平日，而用兵之費，動至數百千萬，取給不窮。今欲悉索敝賦，召募無業游食之民，以與相持，是不知彼也。用兵三十餘年，聚而為勇，散而為盜，蔓延天下，隱患方深，重以水旱頻仍，吏治媮敝，盜賊滿野，民不聊生，而於是時急開邊釁，募勇以資防堵，曠日踰時，而耗敝不可支矣。幸而得解，旋募而旋散之，則所募之勇，游蕩無所歸，乘饑困之民以逞，是導亂也，其弊又坐於不知己。其精微者，不敢言，略言其粗者，則亦岌岌無自立之勢矣。

又有云：

> 聞諸人言，樞府以滇督擐甲厲兵，而粵督處之泰然，數有呰議，是以屬中堂以專征之任。又述京師議論，所以屬之中堂，仍以議和，非求戰也。其意以為若中堂專主和者。天下大事，壞敗決裂，皆坐無識，誠不意辦理洋務五十年，士大夫所見，終止於是，可慨也。要知天下大計，豈能聽諸無識之一、二人，顛倒迷惑，而不一疏理其節目，條議其得失，務定諸任事之初，以求無悔於後。審量樞府之意，非必樂出於戰，正坐南宋以來，以戰為名高，有所蔽而不悟耳。伏乞中堂定計於事先，無竢其敝，而始求補救之術。以滇事任之滇督，檄粵兵且無出關，專務保疆自固，揭法人之隱，正名通商，先為朝廷解其惑，函告法國公使，俾相就會議，達觀昭曠之外，坦然以誠相喻。外間知洋務者稍優於京師，皆知以戰為不宜，較南宋時議論固稍異矣，正不必樞府主戰者之果為名高也。

此二節前論當戰而不可戰之理由，知彼知己，信皆洞澈。後論本問題非和與戰之謂，當直接與法談判。使當時能用郭言，則何至有馬江之敗，亦不至有割越之辱矣。又考《清史稿・郭嵩燾傳》稱：

> 嵩燾雖家居，然頗關心君國。朝鮮亂作，法越釁開，皆有所論列。逮馬江敗，恭親王奕訢等去位，言路持政府益亟，嵩燾獨憂之。嘗言宋以來士夫好名，致誤人家國事，託攘外美名，圖不次峻擢。洎事任屬，變故興，遷就倉皇，周章失厝，生心害政，莫斯為甚。疏傳於外，時議咸斥之。及庚子禍作，其言始大驗，而嵩燾已前十年卒矣。

此與兩書可相發明。其時號稱主持清議者，皆奮臂爭斥筠仙，臺官劾筠仙，世皆以為敢言。及今固不必論，而爾時積非成是，所劫持所煽動者，中傷於國家、於社會者，其損失已不可以數量計。

聞筠仙晚年家居長沙，力主中國當亟辦火車、輪船、電報三事，長沙人士，皆目笑腹誹，不與往來。李文忠欲以招商局事屬筠仙，筠仙亦以揚子江通航，銳力自任。其友朱禹田（朱菊尊之父）以諸生起家，營商致富百萬，筠仙欲託其任航局，集眾貲，迺衣冠親詣朱門三次，朱卒不為助，文忠不得已，乃以委盛宣懷。筠仙自英倫歸，習體育操演諸式，湘人誚以為打洋拳，謗者四起。筠仙亦憤極，其〈復姚彥書〉言：「士大夫語及洋人，則大慽。見洋人機器，所以致富強，則益慽。獨於洋煙，甘心吸嗜。」可謂痛哭流涕道之矣。《筠仙集》，〈復曾沅浦〉一書，極言左文襄伊犁之役，侈然主戰，一念務名之私，貽害天下。而後數年〈致彭剛直〉一書，論中法之役，亦盛言，恪靖全不一考求應付之策。今不具錄，錄其平心靜氣之言，可以為後世法者，以見其真。筠仙使英為劉錫鴻所傾軋，本集及傳皆詳之。筠仙自是一代通人，集中可錄之言甚多。閒嘗語人，近日書坊，喜櫽括名人言論事蹟為一小册子。而不知括舉郭筠仙。亦猶盛相提倡明人小品文字，而不知翻印蕭伯玉之《春浮園日記》、游記也。

郭嵩燾致沈葆楨函四通

崑三見示郭筠仙與文肅公書札一巨軸，皆外間所未嘗見，而《養知書屋集》所未嘗刊者，真同光間佳史料。茲甄錄數書，皆光緒元年筠仙出使英國前後所作者。一函云：

幼丹尚書同年大人閣下，除日奉讀賜書，並蒙寵頒炭資，深感懃懃垂注之盛心，眷德勤施，至周以渥，服膺曷已。敬譒履端篤祜，播闓宣猷，伏增祝禱。嵩燾一官逶迤，自度洋務粗有所見，思稍盡斡旋之力。竊以為控御之方，在去猜嫌之見，而以禮自守，以制其鴟張之氣，求因應之宜，而力爭先著，以杜其要挾之心。傳曰「凡事豫則立」，而與外人相接，理不壯即氣不充。京師士大夫務為虛憍，橫生議論，不一考求事理，視前二十年之見解，無以易也。方見各口通商十六，內達漢江，洋人實綰其利權。沿海機器局及學館，洋人實司其訓課。謂宜視彼所長而效法之，視彼之足為吾利病者，而求所以禦之，一切內自毖焉，而引以為恥，未嘗不可及時圖功。故曰物恥足以振之，國恥足以興之，殆未易一一為今時士大夫言也。滇案本易理處，徒為議論所持，濡延至今。倭人近與朝鮮構難，其蓄謀已久，理處較難，而所以自處之道，固有未盡者。租界免釐，為患甚鉅，赫總稅司議上數萬言，通中外籌之，大致合華商與洋商捐稅為一例，合各國通商條約為一例，合各口商務政務及詞訟為一例，而析分此三者，疏陳其利病，各為四議，上者不能行，則行其次者，其論甚精，所見亦至深遠。然行之不得當，則利在外人，而國家適承其敝。鄙意外而通商各省，內而駐京各國公使，均應知照會議，其間亦儘有各國不願行者，必俟詢謀僉同，而後酌擇其可行之，此尤宜及早會商者。滇案或有牴牾，則前者貿然允之，今者又將貿然行之，鄙人所不敢知也。彼土人才，實勝中國，為能養之而使盡其學，用之而使盡其職也。武穴之煤廠，與國之鐵礦，肇始湖北，為天下倡，近始具奏，喜慰無量。而覩鄂撫分解海防經費一咨，宣述盛意，以北洋方造辦兵船，推以與之，廓然昭示大公，而又切當情事，使防海紛紜之議，至今乃有歸宿處，斯為明通公溥之量，無愧古之賢者，為之額手稱慶。禹生撫閩，峴莊督粵，殆亦沿海一時之盛矣。手肅申謝，敬請崇安，無任馳仰。嵩燾頓啟。正月十日。

二函云：

幼丹尚書同年大人閣下，天津奉呈一函，謂由上海信局寄上，較為便速，舟次吳淞，奉九月初五日賜書，敬領一是。承示氣喘一節，年老氣衰不任煩勞，稍有拂意，氣即因之上逆。嵩燾近十年，老態已是如此，似未宜以喘論。禹生中丞近亦以病乞退，此皆為國柱石，肩任煩鉅，精力又方強，處榮觀而心超然。嵩燾乃以老病之身，奔走七萬里，自京師士大夫，下及鄉里父老，相與痛詆之，更不復以人數，英使且以謝過為辭，陵逼百端，衰年顛沛，乃至此極，公將何以教之？默察天下人心，洋患恐未有已也。黎蒓齋刺史，意圖考究洋務，慨然請行，乃以參贊一席處之，催其迅速來滬，乞公速覓代者，以憑交卸啟行。小樵能於數日內至滬，為佳，一經開行，則虛此一番奔馳矣。極念之。敬請台安，嵩燾頓啟。十月初五夜。

三函云：

幼丹尚書同年大人閣下，頃讀二月杪賜書，敬知前上各函，均達尊覽，欣慰無似。承示道躬尚能起應繁劇，國家柱石，天與維持，尤深頂祝。嵩燾行六十矣，本以羸病之軀，偃蹇數萬里，自問無一可者，其於國事絲毫無補，則固在人意計中也。近有禁止洋煙一疏，允為當今要務，其辦法層節，尤有其扼要者，尚待補陳，但得朝廷一意示禁，即亦無難辦理耳。圜法至江浙一毀無餘，通官民行使洋錢，使洋商得操其奇贏，以罔市利，至今且百年，而不知所變計。至倫敦，始知其利權一操之國家，南至澳大利洲，東至香港，行用銀洋銅洋，一由其國家頒發，無能作偽者，其立法善矣，而其本原尤在鼓鑄之精。乃議由上海設立洋銀局，略仿洋圓形色，而易其花樣，編列字號，暫時頒行江浙兩者，每圓申水四分，稍有攙和，准其更換，歸招商局承辦，以招商局一切仿用西法，諸事為有條理，不至滋生巧偽。并薦一製造洋銀機器之洋商，與唐景星酌議。曾函告合肥伯相，由南北洋主持，果能行之有常，度數十年之後，必可遍及天下，而為利亦鉅矣。上海格致書院，告成兩年，嵩燾曾一往觀，僅得一樓，亦不甚宏敞，頗疑其無謂。倫敦博物院，所在有之，分門別類，群聚考求，為學問所從出，新奇繁富，窮於思議。其地博物院願推行其法於中國，新式機器，皆樂運往。得密思盤一書，詳言之，初謂房屋當由上海建造，慨然許之。及與會談，乃知其運置物事，不能計利，所計利者，在估房屋，費二萬鎊，一切均由承辦。以非嵩燾本意，不敢置議，謹將其來函鈔上，并抄寄合肥伯相一分，聽候酌示辦理。喀什噶爾，為雅谷刊襲踞，各國皆與定約，聽從立國，中國不能知也。近有使者田賽爾德來倫敦，數於公會見之，其人絕魁梧，亦有能名，英人頗引重之，亦派使前往。嵩燾乃據新報所言，一加詰問，至今未接覆文，似聞頗難於作答有暫停遣之議，而頗急思為中國調處，數遣人陳說此義。嵩燾以為無徑棄地之理，問以調處之法，亦尚未有端緒也。俄土交兵，戰事方長，而俄人志在兼併，無歲不拓土開疆，可畏之甚。鎮江一案，本易理處，無故發回准單，恐又成拖延之勢。孫琴西學問文章，一時無兩，其在官廑心民事，所見到處，卓立不回，不減古人，惟於洋務，直隔數十重烟瘴。自南宋以來七百年，憒憒至今（北宋以前，議論行事絕異）。琴西讀書愈多，此種錮蔽亦愈深，無如何也。手此敬請台安，嵩燾敬啟。五月十二日。

四函云：

幼丹尚書同年大人閣下，近月凡四奉書，蓋其怨鬱之氣，無可陳訴，時一為公發之。又南北洋交涉，各國事務，與公使時有違，所陳論一、二，大者不敢不以上達。近得何金壽參案，其詆毀乃益加烈，朝廷一一見之施行，由李蘭生從中主持之，故副使劉錫鴻，近月鴟張愈甚，直謂蔑視國家制度，而取效洋人，是為無君。初聞駭愕，繼乃知其與何金壽遙相應和，以圖傾軋，滅絕人理，固已久矣。久之，其門人劉和伯始具述其在京師，受命李蘭生，令相攻揭。其出京一切（劉雲生亦經以告知參贊），皆未攜備，惟攜備摺件，亦出李蘭生之意。劉君語言狂悖矜張，誠知其不知信，此由其熱中強很，微窺李蘭生意旨，以為朝庭之意固然，是以京師奉旨之日，立時畔異，至是始知其蓄謀之狡且深也。李蘭生當國二十年，日思比附人言，以取重名於時，於劉君何責，而嵩燾乃獨為詬毀之歸。舉世皆清我獨濁，眾人皆醒我獨醉，以身之汶汶，受物之察察，公於此將哀之乎，抑笑之乎？劉君為嵩燾所提挈，遠適七萬里，與同性命，而一意立異樹敵，攻擊不遺餘力，竟不意天地間，有此一種厲氣！

鬼嗥於室，狐嘯於梁，自非萬分蹇運，何以遇此？衹好竭力求退，於劉君搆陷情形，亦不能不自明。謹將摺稿一通，錄呈台覽。數月為禁止洋烟，及建造上海博物院，頗力以自任，今當一同懺除，求得遯之上九而筮之矣。敬請台安，年愚弟嵩燾頓啟。九月初三日。

此四函皆極可讀。一函中所云控御之方，在去猜嫌之見，而以禮自守一段，實為言外交者之祕鑰。蓋中國未嘗無講外交之人才，而「去猜嫌之見」五字最難。當時國人見解，恒以為各國皆日夜協以謀我，而累次敗屻之餘，又皆具人為刀俎我為魚肉之悲。是於雖迫不獲已，彊顏與異族周旋，心中實日夜猜之嫌之。此種心理，甲申、甲午兩役，愈經挫折，怨毒之心愈甚。至庚子，則公然降諭與列國宣戰。雖曰妖后昏嚚，實亦舉國對外人積蓄猜嫌之潛意識，一旦暴發也。筠仙所謂「去猜嫌之見而以禮自守」之義，彼時上下皆未能領會。而筠仙猶恐其以禮自守之說，或有流弊，故其下文又曰：「一切內自訟，而引以為恥，未嘗不可及時圖功。故曰物恥足以振之，國恥足以興之。」其言，蓋完全以自己反省，自己充實，為唯一之外交制勝策。惜乎，當時朝士之不足語此也！

筠仙於中日爭端，已見其微，其判斷曰：「蓄謀較久，理處較難，而所以自處之道，固有未盡者。」此等敏銳公平之言，至今可為龜鑑。其第二函，是將出使英倫所發，其中言：「以老病之身，奔走七萬里，自京師士大夫，下及鄉里父老，相與痛詆之，更不復以人數。英使且以謝過為辭，陵逼百端。」其悲憤可想。蓋英使館繙譯官馬嘉禮被戕於雲南，即第一函所言之滇案，而筠仙適於此時與許鈐身出使英國，故英人目為謝罪。當時大家方極詆各國為夷，深憾其諸役，乘勝陵迫，又以各國每藉題要挾，誅求不已，方引以為深仇大敵。如馬嘉禮一案，朝士皆以為細事，不應有所要求，對外同仇，幾於露刃相向。而筠仙乃盛言各國之富強禮義，欲以壇坫周旋。夫以國恥方殷之時，凡司外交者，殆無不受人重謗，筠仙不過其中之一例耳。

其第三函，是在倫敦所作，爭喀什噶爾之失地，是何等縝密忠誠。末段言孫琴西一節，殆琴西亦隨眾口作謗傷者。第四函，則直抉劉錫鴻傾陷筠仙之繇來，謂出於李高陽之授意。此節以今度之，必皆確可信。劉錫鴻所以陷筠仙之理由，即所謂「蔑視國家制度而取效洋人，是為無君」。劉之理由，即李高陽之理由。而筠仙最受傷之議論，即為第一函中所言：「彼土人才，實勝中國，為能養之而使盡其學，用之而使盡其職也。」筠仙此言，彰明抬高西洋，謂其勝中國，此乃中國士大夫最不服氣處。蓋一時上下見解，方以為除卻大炮輪船，中國不如外國，不得不低頭以求，其餘皆是我勝於彼，而何來此昌言媚外、無君無父之人，竟謂外人能養人才，盡其學，盡其職，是非所謂漢奸乎？於是雖以李高陽之老成，亦不得不主持羅織筠仙矣。

夫自尊固是健德，愛國亦屬人情。而彼時號為士大夫者，務為虛憍，橫生議論，不一考求事理，專事攻掊異己，日夜詈仇諸外夷，若不共戴天，孰與往來，即詆為漢奸，而於反躬自毖之道，始終不措意。愈凌夷，愈衰弱，愈糊塗，愈失敗，讀筠仙諸書，憫其志節，哀其逢時不淑，誠不勝掩卷歎嗟也。

郭嵩燾論財稅函

郭筠仙有二箋，是咸豐十年在僧王幕次所作，時肅順方為戶尚，以理財之法，諏於筠仙，因以此報之。居間傳書者，未審何人，原箋附致龍皞臣緘中，殆即龍也。第一箋云：

日前傳諭，令舉目前所宜行者，輒舉一端以對。昨聞朗亭少農言，司農公極意經營理財之法，旁求博採，其志甚銳，此誠國家之福。晚來得來示，令補論鹽法，鄙人於此能通知其意，而未習其事，附上一議，未必能洞中窾要，要所能行者，亦略具於此矣。為轉達是荷，名心叩。

第二箋云：

海商課稅，與變通鹽法兩事，曾為子鶴尚書言其略，僧邸問籌餉之術，亦以此告之。朗亭少農，以山西潞鹽抽稅有成效，欲舉以為法。僕謂朝廷設法，當攬其大綱，設卡抽稅，既苦苛煩，而鹽之出無窮，卡之設有限，亦不足盡鹽之利，此各省督撫權宜籌餉之計，非可著為常法者也。鄙意徵收場課，先從兩淮試行，蓋江淮被兵日久，引課已虛，事宜變通，由部奏定章程，擇一運司馳往，即可迅速舉行（創法之始，為求詳審，以後恐難補救）。行之有效，然後推行各省，庶無與阻難者。少農極以謂然。惟少農之意，欲特派大員辦理。竊計此等原一運司可了之事，在任得其人而已，不必過計也（申夫、杏農足勝此任，惟恐職位未能及之）。蒙所知者二人，曰升用道黃冕，曰侯選運司金安清。金君頗多訾議者，然其才氣實足幹事，吾知任以理財而已。見小而謹守者，可與治民，不可與治財。意有所見，故附及之，不必有所推薦也，並以達之司農公。枉召不能赴，歉歉，名心叩。

案：此兩箋以外，度尚有一節略，附第一箋內。所謂海商課稅，與變通鹽法兩事，衡以今日理財術語，即關稅鹽稅也。當時玉池眼光已注及此兩者，但場課當時尚在萌芽耳。申夫姓李，杏農則必尹兆霖。此時筠仙尚未敢造謁肅雨亭，札中有枉召不能赴之語，殆肅慕郭名先託沈朗亭致意，或居間人招之。於此尤可見肅之愛才，與認真辦事也。

郭嵩燾與英法聯軍之役

柳堂之〈罔極篇〉，實記其母歿於圍城事，其原本與《慈禧外記》重譯者，有詳略之不同，蓋柳堂敘及西后為懿貴妃時弄權專擅處，後來皆刪去也。其敘英法聯軍入北京事，廷議之不定，民心之悲憤，軍隊之潰敗，皆可為歎惋。當時唯恭王留京任和議，而懿貴妃尚自熱河傳詔，欲殺英使巴夏禮，危迫間，廟堂之主張，矛盾至此，與諫官及民間，但知痛恨夷人者正同。上下交譎，其對全局絕無貫澈理解，尤可哀也。當時英法聯軍入京焚掠，士論激昂，十人而九皆主戰，固不俟言。戰事亦非不出力，科爾沁僧王，於己未防天津海口，且擊敗兩國兵船，甚自豪。郭筠仙自序中，記此時僧王事云：

科爾沁僧親王，辦理天津海防，回京度歲。一日在朝房就詢嵩燾，東豫捻匪，天津海防，二者辦理孰宜？答言：「捻匪腹心之患，辦理一日有一日之功。洋人以通商為義，當講求應付之方，不當與稱兵。海防無功可言，無效可紀，不宜任。」僧邸默然。其後至天津有所匡益，必蒙駁斥，至於上說帖一十有七次，大致以為今時意在狙擊，苟欲擊之，必先自循理，循理而勝，保無後患，循理而敗，亦不至於有悔，為畫數策，終不能用。其後官江蘇糧道，崇地山宮保，遣知州黃惠連持普魯斯和約至上海互換，天津與舊相識，一日過談及僧王，惠連言：「僧王於嵩燾咨嗟歎息，欽若神明。」驚問其故，曰北塘潰敗，諸軍盡散，惠連探知僧王沿邊趨永平府，徒步追從之，衣履盡失，每過一縣，得銀二三兩，充旅食。出古北口，見僧邸立營處，寥寥數百人，幕府隨員無一留者，乃告護衛通報。僧王聞即趨出，見惠連，問曰：何為狼狽至此？遂大笑，呼左右，速命水與澡洗，即時送具衣履靴帽，並銀二百兩，連發使速之。因上謁。僧王見即問曰：翰林郭君，去歲從吾，吾愧無以對之。其初擊洋人，人皆歌頌，獨力爭以為不可。其後炮石如雨之中，無肯來營者，又獨渠一人馳至。見利不趨，見難不避，天下安有此人？吾深愧當時之不能相察也。

觀此可知郭筠仙當時上說帖至十七次，所言度皆當時人不欲聞者，及僧王敗後，始念及之。而筠仙亦非絕不主戰者，但云：「今時意在狙擊，苟欲擊之，必先自循理。循理而勝，保無後患，循理而敗，亦不至於有悔。」三十三字而已。所謂理者，即對於任何事件，其本末是非，彼此情勢，須絕對瞭然，然後蹈正義以行之。不揣本而齊末，徒知效韓亡後之博浪椎，以相狙擊。豈知韓亡後之狙擊，乃循理而不悔者。韓未亡，而凡事皆但如博浪椎，則無益而又害之矣。柳堂在當時尚為明白人，觀其〈罔極篇〉末語，忠憤如畫。然吾人雖服吳之忠憤，而尤惜未覩郭之十七說帖，作何語也。

郭嵩燾左宗棠仇隙

吾友丁在君，素不刻意鑒藏，一昨過之，案：上忽有裝潢尺牘，迺為郭筠仙致丁雨生手書，凡四通，皆撫粵時作。玉池人品書法，照耀一代，書中所言，亦可供史料，亟假抄得之。四書次序，疑有顛倒，今錄其一，其中有憾於左文襄者，以資考鏡。書云：

雨生仁兄大人閣下，昨呈一函，想蒙賜鑒。弟於子美、少銘兩軍門，望之至殷，約之至夙，意謂賊勢西竄，此軍必由粵境跟追，早屬惠潮道張壽泉，儲峙軍食，以徯其至，并妥為迎護照料。嗣接段小湖信，言須粵中公牘，以定行止。即星夜具咨移之，另專足賫信往迎，前後三輩，軍米及支應委員，亦已早抵潮州。忽聞左帥有奏調此軍北剿捻逆之信，又以一書與左帥，辨證得失，請仍由潮州進發，各函均未達覽。得小湖廿六日廈門回信，美帥已前赴上海，銘帥亦旦夕行矣。此軍自初奉派援閩，鄙人即決計邀其赴粵，初以分軍為請，繼以便道入粵為期，始終不得一望見其麾節，真非意想所及。左帥會江浙各軍入閩剿賊，仍假蘇軍之力，數千里浮海轉戰，一收廓清之功，由閩達粵，比鄰相接，而迫以浮海南歸，竟以朝命督之，若惟恐其一入粵境，使此賊速了者，竟莫測其所以用心。而前後具報軍情，隨時咨報，獨此一節，隱祕為之，至今未一咨示摺稿，尤使人念之茫然。省城相距過遠，一切無所聞，李星衢近在咫尺，坐視此軍之去，漠然不以為意，處功名之地，君子之所甚難，自古然也。粵軍精悍能戰，將弁亦多佳者，而苦於積習太深，紀綱法度，一切廢弛，公亦當能知其詳。鄭、林兩軍，後先挫衂，傷亡奔潰，尚待招集，卓軍移駐興甯，遂至一散而歸，省垣亦不相過問，此時所恃，一不知兵之督辦，一無紀律之方軍，恐難遽以澄清責之。小湖謂粵事急，此軍仍可復來，此所不敢以請於伯帥者，特以私商之閣下，求賜酌畫，如小湖之議，尚屬可行，再以上達於伯帥。筱翁委員來粵迎致此軍，日昨始赴潮州。左帥此舉，辜數省之望，遺累無窮，深所不解。手此敬請勛安，即乞復示一一。愚弟嵩燾頓首，六月初八日燈下。

案：此書為同治四年乙丑所作，考三年甲子，筠仙雖已撫粵，其時六月金陵始下，冬間汀州始告警，與書中所言情形不符。四年，左宗棠既就閩浙總督任，以蔣益澧護巡撫，增調王德榜軍至閩，三月、江蘇軍郭松林來會師，太平軍棄漳州，出大埔，五月進攻永定，李世賢、汪海洋屢敗，宗棠進屯漳州，躡之武平，於是李、汪竄廣東之鎮平。筠仙作此書，正粵境吃緊之時也。書中子美、少銘兩軍門者，郭松林，字子美，湘之湘潭人；楊鼎勳，字少銘，四川華陽人。此兩軍奉命援閩而文襄不欲令其入粵，蓋文襄與筠仙仇隙至深，欲孤其勢，促其行。未幾筠仙卒罷去，文襄以其親信蔣益澧代郭撫粵，於是始使康國器、關鎮平兩軍入粵剿追，此實文襄褊隘處，筠仙終身憾之，宜也。丁雨生（日昌）時佐李文忠幕，為上海道，書中伯帥，即文忠，同治三年六月封一等伯爵。筱翁者，李瀚章，字筱荃，是年方為湖南巡撫。四書皆《養知書屋文集》所不載，此箋對文襄尤憤然不平，可知當時左所以扼郭甚烈。

予始頗疑筠仙右曾文正，故文襄忮之。嗣聞方叔章談，左、郭隙末之繇，迺以同治三年，湘陰文廟忽產靈芝，是年郭筠仙拜廣東巡撫之命，而七月左文襄以功封一等恪靖伯。筠仙之弟意城，致書其兄，謂文廟產芝，殆吾家之祥，蓋戲詞也。左聞之大不懌，謂湘陰果有祥瑞，亦為吾封爵故，何預郭家事乎？乃以千金延周荇農（壽昌）侍郎，為〈瑞芝頌〉，稱述左之功德，今文襄集中，猶載〈謝周荇農書〉，即此事。文襄意終不釋，復致書筠仙讓之，往返相稽，以茲小故，寖成大郄。又考朱克敬《瞑庵雜識》：

> 駱文忠公秉章巡撫湖南時，左宗棠為幕客，頗見信用，將吏多忌之。會秉章劾治總兵樊燮，樊疑左所為，訴於京師，事下總督。總督先入蜚語，遣官逮宗棠，期必至。宗棠懼辱，託應禮部試，入都。總督詗知之，密奏左宗棠潛身入都，營謀脫罪，請敕步軍統領，訪擒送鄂。時郭嵩燾直南書房，上召入問左宗棠何如人？曰：「有才，肯任事。」上曰：「何不理於人口？」對曰：「性剛且疾惡。」上曰：「向嘗召之，奈何不至？」嵩燾曰：「左宗棠非求官者。若皇上有意驅策之，當不敢辭難。」上頷之。會大理寺卿潘祖蔭亦疏言，方今之勢，天下不可一日無湖南，湖南不可一日無左宗棠。上意益解。宗棠至襄陽，遇嵩燾南歸，言事已解，胡林翼亦遣人追留，乃更就林翼於松滋。至則曾國藩已先在，相見悲喜。明日有旨寄曾國藩，問左宗棠勝何任？國藩奏：「宗棠剛明耐苦，可大用。」上乃授宗棠太常寺卿，督兵浙江。初駱秉章疏辨宗棠無罪，上諭有劣幕把持之語。或署左門曰：「欽加劣幕銜幫辦湖南巡撫左公館。」及閩浙平，而謗者譽矣。

朱記此事甚翔實，欲逮左者，即官文，而為左首辯護者，實筠仙也。又按《清史稿・左宗棠列傳》，稱：

同里郭嵩燾，官編脩。一日文宗召問，若識舉人左宗棠乎？何久不出也？年幾何矣？過此精力已衰，汝可為書諭吾意，當及時出，為吾辦賊。林翼聞而喜曰，夢卜敻求，時至矣。

又按〈郭嵩燾傳〉：

> 初毛鴻賓督粵，事皆決於幕僚徐灝。瑞麟繼至，灝益橫。嵩燾銜之，上疏論軍情數誤，劾逐灝，竝自請罷斥。事下左宗棠，宗棠言其迹近負氣，被訶責。左、郭本姻家，宗棠先厄於官文，罪不測，嵩燾為求解肅順，竝言同列潘祖蔭，白無他，始獲免。至是宗棠竟不為疏辨。嵩燾念事皆繇督撫同城所誤，逾歲解職。

合上二節，與朱記參觀，左、郭交情離合始末，大致可見。及光緒十年，文襄視師福建，先期便道返里。筠仙時已乞退家居，文襄年已七十三，清晨衣冠詣其門，請見。筠仙固辭不得，久之，始出見。文襄頓首，稱老哥，述往事，深自引罪，再三謝。筠仙為留一飯而別，竟不答拜。文襄旋卒於閩，而筠仙卒於光緒十七年，年亦七十四。然其晚年別成〈自序〉一文，於左無恕詞。蓋左、郭之爭，左曲而郭直，故左終引謝，而筠仙於逼其解組，畢生怏怏也。郭函中之方軍，為方耀，字照軒。

郭嵩燾荔灣話別圖

郭筠仙《自序》，有單行本，不附《養知書屋集》內。一昨胡子靖先生（元倓）出示所藏筠仙〈荔灣話別圖〉，及《自序》殘稿，合裝一册，綜考玉池老人事蹟者，真當視為鴻寶矣。〈荔灣話別圖〉，為筠仙去粵之祖筵，自陳蘭甫以下，湘粵名流凡數十人，今題字人存者，唯散原先生一人而已。丁雨生時亦返粵，圖末有二詩，丁詩云：

暫拋簪笏遂登臨，領略風光各淺深。病眼看花原似霧，閒雲出岫本無心。巢痕尚記談溫樹，歸計依然載鬱林。欲舉離觴倍惆悵，未能去後卜晴陰。

蒼茫白塔聳平蕪，前盡西樵後海珠。嶺外名山無泰華，古來遊屐有韓蘇。諸公等是萍浮水（王少鶴、何白英、吳子登諸君皆寓公也），未老先愁雪染鬚（座中皆年長而日昌鬚髮皆白）。記取鵁鶄向臺閣，野塘仍憶白鷗無。

跋云：

筠仙憲台乞假將歸，邀同王少鶴太常、何白英觀察、吳子登太史、陳蘭甫學博、古樵明府，遊荔灣，話別。日昌病新起，得陪雅集，賦呈述懷。

錄此，以與在君所藏郭致丁札相印證，《自序》殘稿，可甄錄者，云：

（上闕，皆言粵東政事廢弛云云）鄙人到任後，營辦數月，次第皆與添設，無敢滋事者。

潮州距省太遠，久成化外，不敢率意經營，直至張壽荃署潮州道，始以任之。其時汪海洋大股，已由漳州竄近粵邊，軍情緊迫，左文襄知潮州釐捐之少，而不知潮州開辦之獨遲。壽荃因言，潮州紳民可以順道而不可強制，但邀允准，陸續皆可增加。賊勢方急，而與紳商相持，此危道也。文襄不察事理，不究情勢，用其鋪張詭變之情，使朝廷耳目全蔽，以枉鄙人之志事，其言誣，其心亦太酷矣。非得丁雨生急力為我解說，稍自寬譬，幾無復性命之存矣。所謂去粵又絕朋友之倫，是矣。故事，糧道庫無儲款，而漕折銀兩，積存庫儲亦數十萬，洋人入城以後，括取無遺，而糧庫存無歲儲，遂委為荊棘矣。吾為設籌餉局，令糧道郭毓六司之，凡新設之沙田捐房捐船捐，應領於經費者，仍歸藩司主持，其不領於經費，及諸罰款，始入此庫。兩年中，月餉遇有短之，即取給此庫，以備支放，迨潮州平仍積存二百餘萬，資遣卓方二鎮營，動逾百萬，而吾不及與聞矣。往在胡文忠營，聞公言：「天下糜爛，豈能安坐而事禮讓，當以吾一身任天下之謗，但得軍餉稍給，吾身有何顧惜。」每舉以告左文襄，為文忠悲之。亦自意文襄於嵩燾在粵籌餉情形，亦能知其節要。不謂文襄蓄意攘奪此席，畀之蔣君，舉數年所得之功效，悉數誣衊，以恣其排牴，乃使區區勉求自盡之實，終無能一白之朝庭，嗚乎，抑何酷也。（下略）

此節筠仙自攄痛憤，所述甚詳。冊後有柳翼謀今春一跋，引據詳確，今竝錄之。柳跋云：

耐庵先生過陶風樓，出眎〈荔灣話別圖〉，及玉池老人《自序》殘稿，屬為詳跋。詒徵案：左、郭二公隙末，緣閩粵餉事，左公龕定粵境，郭公不能盡副左公之求，左公以平生雅故，數詒書誚讓，比蔣薌泉代郭，郭尤憾左之奪其位，畀所私，按之諸公書疏，可以得其顛末。陶風樓藏郭公致曾文正公書，有曰：「左君在漳州，初拜督辦三省軍務之命，合廣東督撫而并傾之。其言曰：天下安，注意相，天下危，注意將。今之所謂將者，督撫是也。廣東軍務方興，諸事廢弛，必得李某任兩廣總督，蔣某任廣東巡撫，方能望有起色。其後兩保，皆以便言之。都門信言，朝廷疑子文不任畺事，以太沖求之甚堅，不得已應之。蔣君幕友言，左君錄寄摺稿，蔣大喜，即日刊刻廣東巡撫封條，以必得為期。此兩保，皆交通左君幕府吳、夏諸公贊成之，摺稿皆私寄蔣，鄙人未見及也。最後一摺，直謂廣東軍務，專以騙餉為事，毫無籌畫。臣駐軍大埔，距潮郡為近，詢問潮州釐捐，每年僅得三萬。以潮州之富饒，使果辦理得法，每月當不止三萬。就潮州一處論之，廣東釐捐，辦理不善，大概可知，非得蔣某經理，萬不能有補益。請飭蔣某前赴廣東辦理軍務，兼籌軍餉。此摺尤為喪心病狂，蓋以瑞君一書相搆，肆其淫誣，並潮郡情形亦顛倒以濟其說。前後兩摺稿，所在有之，公豈未及見耶？（詒案：此兩摺，文襄集未載。）鄙人致憾左君，又非徒以其相傾也，乃在事前無端之陵藉，與事後無窮之推宕。如此兩摺之排擠，而曰實未劾及鄙人，此猶其羞惡之良所發端，規以自解而已，於義無害也。而必多方誣及鄙人，春間致筱荃一書，盛稱蔣君功德，以為非鄙人所敢望，人皆以為笑。吾謂左君之服膺蔣君，宜也。所不可解者，左為浙撫，蔣為浙藩也，朝夕與處，又用其力，克復一省城，四府城，四十餘縣，非惟沒其功，又摧折之，詈辱之，蔣君屢致鄙人書，深懷怨懟。已而左為閩督，相距二千里，漳州一保，乃遂信之深如此。蔣君至廣東，為鄙人言，生平受左君挫折至多，始猶相與爭勝，繼乃一力周旋之，勿論其他。其赴閩也，定浙餉每月二十萬，供給年餘之久，皆以每月十二日起解，未嘗一日後期，安得而不保我？即蔣君所言觀之，左君之前後矛盾，輕重失倫，居心果何等也。沅公甚感左君相待之厚，枉書亦略及之，豈知其為心之私哉。粵東使者至其營十餘輩，每見必呼賤名而詬之。且言歸語而撫，放賊入粵者，乃渠親家，賊至閩，我赴閩剿辦，今又赴粵剿辦，汝撫亦知之否。昨赴岳州迎候霞老，聞吳退庵在左君營，終日詬公，兼及鄙人。舉以詢之南屏，南屏云：退庵言，在營日兩食，與左君同席，未嘗一飯忘公，動至狂詬，其于鄙人，似尚從末減。吾謂左君豪傑，惟曾公足當一詬，我豈惟不受其詬，正當反詬之。左君之詬曾公，以怨報德，我則直討有罪耳。公與解釋舊嫌，以濟公家之急，此盛德事也，附會左君，以咎鄙人，則過矣。左君曰：吾未嘗相傾，彼罪自應逐耳。公亦曰：左君未嘗相傾，汝罪自應逐耳。是知燕之當伐，而不悟伐燕而取之者，齊也，所謂知其一，而不知其二者也。霞兄疑鄙人性褊，多與左君較量，復書云：蓮池大師道已成，或問大師亦動心否，應曰：他無所動心，惟聞放榜不自持耳。蓋以應舉被逐而逃于佛者也。鄙人亦惟惡聞左君之名，疑公之斷斯獄也，未得其允，謹鈔錄全案附呈，以備處斷，其于左君之兇橫，亦可略得其梗概，并求一告之沅公。」其憤懣之情，幾于傾筐倒篋而出，顧曾文正復書，則以詼諧出之（見曾集）。有云：「接五月惠書，敬承一切。其謂左公竭力傾公，鄙人雖未見摺稿，而路人皆已知之，不才豈故疑之。其謂鄙人附會左公以咎公，則又似汪鈍翁私造典故，而不察於事理之實也。左公之朝夕詬詈鄙人，蓋亦粗聞一二，然使朝夕以詬詈答之，則素拙于口而鈍於辯，終亦處於不勝之勢，故以不詬不詈、不見不聞、不生不滅之法處之，其不勝也差同，而平日則心差閒而口差逸耳。年來精力日積，畏暑特甚，雖公牘最要之件，瀏覽不及什一，輒已棄去，即賀稟諛頌之尤美者，略觀數語，一笑置之。故有告以詈吾之事者，亦但聞其緒，不令竟其語也。」合兩書觀之，二公之意量自見。又左文襄集載，〈丙寅答郭公書〉有曰：「粵東吏治軍事，玩愒粉飾，與同治三年之閩，無以異，代為憂之。閣下力圖振作，而才不副其志，又不能得人為輔，徒于事前諉過，事後彌縫，何益之有？生平惟知曾侯、李伯及胡文忠而已，以阿好之故，并欲儕我於曾、李之列，於不佞生平志行，若無所闚，而但以強目之，何其不達之甚也？」又曰：「平生好過慮，于密友前言無不盡，屢以此見忤曾侯，茲復以此犯嚴威，極知狂謬。然鄙懷如此，亦不敢有所隱匿。但使閣下稍垂察納，早為區處，勿使我言之倖而中，則所願畢矣。因忠而憤，以直而亢，知我罪我，聽之而已。」平亭此一段公案，又宜合兩造之詞衡之，耐公以為何如？乙亥春二月，柳詒徵謹識。

翼謀，金陵學人弁冕，主盋山圖書館，收藏考證，左右逢源，所裨於史學非淺，不止摭拾聞見，吮墨自悅如予者，覩君長跋，輒有屠門得雋之樂也。柳跋中所錄郭書中之吳退庵，為南屏之弟；霞兄，即劉霞仙。

曾國藩評郭氏兄弟

意城事蹟，《清史稿》附筠仙傳中。聞叔章言，郭氏弟兄三，叔名崙燾，曾文正最譽之。嘗謂文章屬筠仙，若辦事則吾許崙燾。然其行誼，今殊不易考。如文正言，則意城豈甘於腰鼓哉。文正衡人，頗有特長，然間亦有以臆測者，不盡脗合，近人乃有以古相書《冰鑒》，傅以文正名，號為遺著，不知此書道光間吳荷屋已為鋟板，叔章蓋嘗藏之，此則末流之失，徒供撫掌而已。

論曾國藩左宗棠

予頗疑曾文正為一極深沉有心術之人，性毗陰柔，實師黃老。而左文襄則為陽剛，好大言出奇計之人，但麄豪耳。兩人賦性，絕不同，故不易訢合，然兩人皆非效愚忠於滿清者。記日本某君作清史，謂左文襄始曾以策干洪秀全，不用，鎚城遁去，此說理蓋可信。駱秉章實糊塗不能用左，觀其幾為樊燮所搆，可見。曾文正以侍郎歸湘，目擊清政大壞，吏貪民困，宮闈昏暗，初不意能救其亡也。觀其〈討粵匪檄〉，絕不言忠君之義，開篇即言：「粵匪自處於安富尊榮，而視我兩湖三江被脅之人，曾犬豕牛馬之不若。」又云：「舉中國數千年禮義人倫詩書典則，一旦掃地蕩盡。」又云：「無廟不焚，無像不滅。」其文中純著筆於「孔孟人倫之隱痛，上下神祇被辱之憾」兩點，是即文正極狡獪處。故湘軍之興，乃集儒生農夫，為自衛而戰也。文正晚年惟恐功高被清廷所誅，故極謹慎小心，求自免而已。文襄好邊功，稍驕蹇，非遇西后之奸雄，牢籠優禮，殆將不終。此兩人皆不勾結宮廷、王公、太監，稍存書生本色。李文忠則好結內援，宦術深矣。

曾、左本非為世受清恩而戰，而一時謬號為中興，上下交侈，益促滿人之昏瞶驕逸，不數十年清社以斬，宜哉。至王壬秋，本為一跅弛之才，且有帝王思想，嘗以萬方有罪，罪在朕躬，日旰君勤，君無戲言，等語，入於日記中。又嘗勸曾文正革清命，兩人促膝密談，及王去，曾之材官入視，滿案皆以指蘸茶書一妄字，蓋文正畏禍，不敢也。使湘綺稍後數十年生，必一革命黨，無疑。

又曾、左交情晚疏，湘綺日記有云：「季高方踞百尺樓，余何從攀談。」又云：「夜過滌丈，談家事，及修好左季丈事，滌有恨於季，重視季也。季名望遠不及滌，唯當優容之，故余為季言甚力，正所以為滌也。此隙起於李次青、劉霞仙，而李、劉晚共背曾，可為慨然。」此可見湘綺調停之論。

左宗棠

左文襄氣矜之隆，一時將帥，莫之與京。郭筠仙為力相揚扢之入，而與之郄嫌終身，他無論矣。總督陝甘時，與吾鄉林歐齋先生（壽圖）亦相牴牾，卒以籌餉不力，劾歐齋去職。相傳林於左素不滿，左以諸葛自命，嘗署為「老亮」。一日公宴，坐中有言某事者，左詡其先見之明，掀髯大笑曰：「此諸葛之所以為亮也。」無何，某事失機，歐齋戲易其詞嘲曰：「此諸葛之所以為諸也。」（諸意叶豬，文襄甚肥，材官謂其滿腹燕窩魚翅故事，即其腹甚皤之證。）文襄聞之深憾，遂摭事去之，此與其去郭筠仙由於瑞芝之細事相類。今考歐齋集中，〈高將軍歌〉，末三句云：

一生謹慎諸葛君，綸巾羽扇信軼群，胡為殺我高將軍。

自註云：

高、王兩提督，為文襄二健將，賴以平閩殲寇於粵之嘉應州者。高軍門西征，為部下所戕。文襄素以諸葛自命，常署曰老亮，故詩云然。高名連陞。

其不滿左處可見。〈憶昔行〉云：

備胡未久悵移師，北征孤憤攄臣甫。

二句下自註云：

宮保左公，移師征捻，余策捻必踏冰北竄，請於北山口築圍。左公不應，捻竟由此逸去，驚擾畿輔。

〈饋糧歎〉中有云：

不見官兵，乃見賊兵。官兵畏死，汝安得生。生無二三死八九，走報大營逢使酒。申訴未終撞玉斗，昔有蕭何今媿否？

皆極憤懣。與江都史繩之（念祖）〈復程伯宇書〉，所云：

嗟乎，幸僕筆拙目短，不足準古證今，以報足下之命，不然，將歷考其羈縻之失，而追錄其傾覆拙鈍之由，曲述其遁飾之隱，屠戮之虐，搜括羅織之苛，使九邊泣血之聲，千里暴骨之慘狀，一旦而畢呈於足下之前，亦足下之所不忍聞也。足下乃謂僕之西行，可以有為乎？昔者顏子將之衛，請於夫子，夫子曰，嘻，若殆往而刑耳。僕雖不敏，獨不懼死於暴人之前乎？（中略）甘肅僻處天西，風氣朴僿，士人僅知帖括，興兵十餘年，未有能著一書以述攻戰之蹟者。文襄持節西征，又極力牢籠士大夫，結其懽心，使不持異議，故竟無一人能發其驕愎粉飾之情狀。

可相印證。蓋文襄平定西域之績略，皆不徹底，肅州之戰且大敗，與文正殆不可竝論，史箋中謂文襄極力牢籠士大夫結其歡心云云，所謂士大夫指王壬秋、周荇農、吳子儁（觀禮）輩。吳之圭盦詩中，所述陳文襄事亦甚多，皆隱其詞。光緒庚辰、辛巳間，文襄入軍機，旋不安其位，出督兩江。其所以不安之繇，近人某筆記，謂文忠主張召左，以使知樞垣辦事之難。左入京後，果大苦，諸臣頗侮弄之，左顧此則失彼，舉端不能竟委。而薛叔耘《庸菴筆記》謂：李相上〈覆陳海防事宜〉一疏，時適文襄在關外奉召將至，恭邸及李高陽協揆，以事關重大，靜俟文襄至乃議之。文襄每展閱一葉，因海防之事，而遞及西陲之事，自譽措施之妙，不容口，幾忘為議此摺者，甚至拍案大笑，聲震旁室。明日復閱一葉，則復如此。樞廷諸公，始尚勉強酬答，繼皆支頤欲臥，然因此散值稍晚，諸公并厭苦之，凡半月尚未閱畢。恭邸惡其喧聒，命章京藏之，文襄亦不問云云。似皆止述其麄豪莽拙之狀，未足為其失敗之真因。子儁與陳弢庵先生交厚，聞弢老言：《圭盦集》中〈冢婦篇〉、〈小姑歎〉二詩，皆言文襄入樞府受沈文定陰擠事。沈為宛平人，原籍吳江，由山西巡撫入為軍機，極得西后信任。吳之〈小姑歎〉中有云：「事事承母命，處處蒙人憐，深潭不見底，柔蕤故為妍。」皆狀文定之柔媚深婉。文襄以粗才當之，故不必顯相排斥，而時以難題襮露其短，自不能久也。文襄所親文士，子儁以外，若王湘綺及鄧保之（繹），皆頗為文襄張目。文襄對外主戰，甲申之役，文襄即主戰者，今《清史稿》左傳，稱其稟稟向敵，士論於此益附之。蓋當光緒初年，郭筠仙通達大勢，而被詬為媚外。李文忠始終持重，不欲啟釁，而謗為漢奸。文襄好為大言，自命通暢戎機，惜不及見甲午之役，一試其身手也。大抵文襄忠耿有餘，深沉不足，喜諛惡諫，使氣恃功，賢者之過，殆為定論。

同光間海防塞防之爭

清末外債最勇於提倡者，為左文襄，此在近代吾國經濟史上，不能不謂為一大轉變關鍵。文襄所主利用外資者，志在以鞏邊防。蓋在同治末年，文正薨後，國中重臣，已覺內憂雖戢，外患必滋。所謂外患者，不復如道咸間之但知懍畏英法，而已怵惕於東西近鄰之交迫。其作此主張者，可分兩派：左文襄之意，謂宜平定回疆以防俄，李文忠、沈文肅之意，謂宜先鞏海防以備日。光緒二年，文襄欲舉債以平新疆，時沈、李即各疏反對，以為海軍需款方殷，政府財力不能兼顧，文肅一疏，尤詳明剴切。文肅對於國債之見解，略云：

國債之說，徧行於西洋，而西洋各國，受利受病，相去懸絕，則以舉債之故不同，而所舉之債亦不同也。夫開礦造路挖河，巨費也，而西洋各國，不惜稱貸以應之者，蓋剋期集事，課稅出焉，本息之外，當有奇贏，所謂以輕利博重利，故英美等國有國債，而不失為富強。若以國用難支，姑為騰挪之計，後此息無所出，且將借本銀以還息銀，歲額所入，盡付漏卮。

其對於新疆之見解，略云：

新疆廣袤數萬里，戈壁參半，回部皆其土著，根柢深固，既無盡剿之理，又無乞撫之情，似非一二年間，所能就緒。即使事機至順，逆回弭首，諸城盡復，與俄為鄰，互市設防，正重煩朝廷擘畫，而非放牛歸馬之時也。

又云：

然謂西征可停，則臣等又斷斷以為不可。何者？我退則敵進，關隴且因而不靖，徒棄祖宗辛苦艱難締造之地，而列戍防秋，勞費亦正相等。顧臣等竊以為左宗棠此行，不當效霍去病之掃穴犁庭，而當師趙充國之養威負重，將帥無赫赫之功，而國家受萬全之福。誠能扼其衝要，堅壁清野，開水利，廣屯田，考畜牧，關外多一分之產，關內即省一分之運。

其訴海防款事，語尤質實，略云：

查海防專款，奉撥瞬將經年，臣葆楨恐分之則為數愈微，咨請各省儘解北洋，冀可藉資集事。而去歲所報解者，亦僅江西十萬，浙江十萬，他省涓滴俱無。

文肅此摺，不外三點：一、言舉債應用之生產方面。二、言處置新疆不宜全恃軍事，應重建設，尤宜注重陝甘建設。三、則言海防即海軍款項之重要與困難而已。文襄抗疏力爭，對於文肅國債一點，駁之最力，略云：

至論各國舉債攸殊，效有同異之分，尚非探原之論。夫英美富強，甲於海國，由來已久，兵費借其本國之債，不待求助鄰封，自然之理。

又云：

各國衰亡之徵，由其自致，若謂借本國之債者，必富且強，借鄰封之債者，自貽困蹙，而引之為借用各國洋款之戒，非定論也。

又云：

夫西征以復舊疆為義，非有爭奪之心，借千萬鉅款，濟目前急需，可免懸軍待餉。

又云：

平心而言，借用洋款，實於中國有益無損。泰西各國，興廢存亡，并非因借債與不借債之故。

並舉日本之舉外債，為有逞志朝鮮之心，西班牙、土耳其之貧弱，與外債無涉，其眼光議論，居然透切弘遠。得旨准其借款，文襄遂舉外債三次，凡九百七十五萬兩，始收蕩定新疆之功。計此近千萬兩中，首次為五百萬兩，事在光緒二年；次為一百七十五萬兩，事在光緒四年；最後為四百萬兩，事在光緒七年，皆向匯豐息借。後此中英經濟關係之密切，斯亦一因。然左雖戡平回亂，而不能使之長留西北，坐鎮經營，生聚建設，故雖復舊疆，而不能謀充實之術。不但新疆非左自鎮，即關內陝甘，求如文肅所謂開水利、廣屯田、考畜牧者，亦迄無此等事。蓋西征戰功，當時論者，已謂肅州諸役，非勝而敗，勉力戡僇，僅而獲定。其所恃以蕆未竟之功，壯將荼之志者，亦幸而有此數百萬外債耳。此議雖苛，未始非事實也。

文襄平回，及今不過六十年，所遺勳績，唯有玉門大道之楊柳，今日亦垂垂盡矣。夫唯西征之不徹底，故千數百萬元之財力，殆不異擲於鳴沙戈壁間。於此可見用兵之後，若不知繼以政治建設，軍力徒於虛耗。所謂「以馬上得之，不能以馬上治之」，正是此義，可為炯鑒。至文肅、文忠，於明治變法之時，即重視日本，汲汲備防，其眼光視文襄之備俄，或更過之。而其始也，各省袖手不為助，清流訶詆文忠，若不容於口。其終也，平日誤於頤和園，臨事僨於大東溝，二十年間，無量金錢，倉皇虛耗，所換得者為國恥，為罵名，尚不如文襄之猶有毿毿垂柳，吾儕思往，蓋不勝憤惘焉。文肅、文忠，重視日本不欲冒昧一擲之初意，既不為時流所諒解。文襄志業，亦不克終。卒之，清社既屋，陵夷至今，仍無以脫於兩鄰交迫之局，其顛連抑又加甚。斯蓋由晚清政治不良，牝雞司晨，貪妄很侈，雖有武備，等於抱薪，始謀不臧，貽禍無極。是知一切根本在於政治，為政之道，在於廉公；而女戎為害，尤足以彫國脉。此又與前之所言，同為炯鑒矣。

案：文襄西征，光緒初年三次借款外，於同治六年，尚有兩借款，一為百二十萬兩，一為二百萬兩，皆胡光墉在上海經借，謂之洋商借款，由關稅擔保。至光緒七年之四百萬兩一款，亦係胡光墉經手，其始英與德競爭，後卒歸匯豐承借。

郭意城簽正瞑菴雜識所記左宗棠史事之誤

前文雜敘左季高、郭筠仙交誼，引及《瞑菴雜識》。頃始見郭意城為朱香孫簽正數條，中關於駱文忠巡撫湖南條，意城簽云：

此案交湖北主考錢寶青查辦，未交總督，所逮問者，王葆生、黃文琛、葆亨，無遣官逮問左宗棠之事。宗棠至襄陽，胡林翼遣亟足尼其行，遂還就林翼，並未與郭嵩燾相遇。左入都在次年二月，其時樊案早結，未嘗一字牽涉及左，無辱之足懼也。總督遣所親赴都搆陷，事或有之，密奏則必無其事。

意城此簽，朱為刊於卷末，蓋亦深知己之摭拾傳聞，遠不如郭之灼知也。意城為筠仙之弟，繼左文襄入湘幕，歷佐張、駱、毛、惲數十年，為湘軍內幕極有關係人物，雖保至京堂，實未嘗一日為官也。有《雲臥山莊詩集》，及尺牘，以光緒壬午卒。李文忠復其子慶藩書云：

尊公以杜陵稷契之身，託鄴侯神仙之迹，第五之名，既齊驃騎，謝公之教，復見諸郎，楹書已傳，世澤方遠，回思往昔，同濟艱難，數中興人物之宗，盡平日恩知之舊，更尋翰墨，大半雲霄，何期衰朽之材，忝廁名賢之末。今者，問一流則驚其將盡，望九原則悵其誰歸。三年不滅之書，儼存懷袖；千載斯人之歎，已邈山河。重觸山陽懷舊之哀，兼以子桓自念之感。此則檢常侍篋中之句，溟漠徒嗟；擬秣陵重答之書，音徽儻接者也。

為于晦若得意之筆，亦緣李於意城傾倒甚至，故刻意為之。郭集中〈有感〉云：

君子深於情，每為情所誤，情豈能誤人，以不知人故。賢者為情感，傾心報知遇。其次以才屈，亦或以勢附。才勢苟弗逮，轉眼如陌路。才薄勢相臨，忘情遂生妒。若其才勢均，旗鼓輒分樹。用情味等差，優游空大度。咄嗟君子心，先事初不悟。

其二云：

處事和為貴，然亦視所宜。巍然事任屬，有行係安危。古來幹濟才，在斷以不宜。委曲務徇人，混混齊妍媸。好惡無定見，賞罰或逆施。謂可得人和，豈意使人訾。因人成罣誤，轉復為人持。刀劍森環列，當者尚未知。徒令天下笑，事僨名亦隳。君子和不同，諒為志士規。

意城不以詩名，而閱世有得，故能以平澹之詞，說切要之理也。

彭玉麟對外侮之見解

與筠仙同時之彭雪琴，亦三湘名臣也。其對於外侮之見解，亦可於致沈文肅一書中見之。簡單質直，異於筠仙之論，而為眾人所樂聞。前曾錄彭數書，今此札，考其時日，與上錄郭札，似稍前。文肅以元年督兩江，以五年卒於任，剛直卒於十六年，皆不及見甲午之役。而此書言防日本侵長江，即是光緒元年，日本搆釁臺灣番社一案。其時中日已有小齟齬，而此書則必二年春正月所作也。書云：

幼丹仁兄大人閣下。駒光易逝，馬齒又加，柏酒椒盤，已更新歲。頃奉客臘二十八日手教並抄件，領悉種切。彼雖小國，而狡獪最甚，前代之患，所以深也。推之各夷，皆羊犬之性，得寸思尺。誠如來示，斷無人進一步，我退一步，退到無可復退，又將如何處之，實至論至理。為今之計，只有拚死，赤手空拳從事，以報效我輩為國萬分之一之心，即使決裂，亦氣數使然。茲有商酌者，長江炮台，均未操習，雖有若無，彼族兵船堅利如飛，無非以智以巧。彼以智來，我以愚應，彼以巧來，我以拙應，即愚拙之計，必須趕急預備，密中籌防，以免臨時倉卒，徒手豈真能搏虎耶？非商客大架木簰，不為功。懇我公密商諸湯小秋觀察，轉密商諸棉花堤大眾木客，盡其簰，書斷碼價，各登簿子，仍重價僱定該簰工水手，不動聲色，若平時放賣簰一樣，以大半放泊於江陰炮台鵝鼻嘴之上，一半放泊於焦山左近，再籌木簰，泊於五龍山黃天蕩近口左右，萬不可下五龍山口，總以在礮台上游為度。事急，則攔江使其活輪為死輪，以便我水陸圍攻。一面懇我密探該國果來的耗，飛賜示知，於弟當扶疾星夜出江，一面派定輪船一隻，在鎮江下游，候弟登輪舟，上駛下駛，往來調度策應，決一死戰，以報朝廷。所有泊簰處，密派各炮台將官，暗為護衛。如果用動其木簰，照價歸銀，如無事不用動其木簰，亦必按月賞火食。如全不用其木簰，則如天之福，悉歸還各木客，自行生理。此防江急救上游之愚（下游則聽天）而且拙之計也。然彼族甚多，我水陸兩軍，未能分別其輪船，既彼此用兵，難免不玉石俱焚，使各夷類藉口。應懇尊處密擬一公文，俟探該國果來，急飛知上海九江漢口各夷輪舟，在上游者，飛速出海，在海外者，不得入江，庶幾保全各不生事之國，俟兵事竣，再准各國入江。否則誤傷玉石俱焚，不得藉口，此乃江上用兵第一要著。一則我先以禮義信知照各夷，日後長江倭族來時，我兵難分玉石，有焚燒彼輪者，不得藉口開釁端也。一則先行阻死各夷輪，不能暗助倭族之力。一則各夷恐長江用兵，只有倭國，而彼不在事各國，未必坐視不理，肯擔誤生意，或不致肆行決裂，亦未可知也。此不才開誠佈公之見，然否？我公酌之，不妨會敝銜飭各關道，轉行照會各國領事，先使聞之，凡事宜先立腳跟也。弟左偏麻木，前函奉聞，今尚如故，而春來各舊症不免次第舉發，斷不以疾辭犬馬勞也。果有事，則不才得其所矣。惟木簰之事，如果為然，即求密辦，否則作罷論。軍行以火藥炮子為先，急宜措辦，小宋制軍到此，於敝處一日在城，兩日即行，於富陽度歲。匆匆手此，復請大安，統祈心照，不盡欲言。弟麐頓首，新正三日。再者，長江調度，俟有尊處的實示知，弟始調度，否則此時恐若輩張皇搖惑人心也。木簰用時，須聯合先於南北兩岸泊之，庶易合龍。其聯絡之法，必須詢之老篺工，而敝處不諳，亦求小秋觀察密詢各商客。重賞之下，必有勇夫，如應用錨犁椿橛，亦必先為籌備，庶用神速。弟以病手，近日心緒惡劣，字句草率，恕之。又及。

此函開口便言，「各夷皆羊犬之性，得寸思尺，誠如來示，斷無人進一步，我退一步，退到無可復退，又將如何處之？」蓋文肅之言，而剛直引申為犬羊之性，又稱為至論至理也。此說自在情理中。古今自衛其家國者，無不責我之輕諾，而懼敵之婪求。故文肅剛直，所以憂國者，不為謬。唯於此有三者，殆不可不先知。其一，當知退一步進一步者，乃弱昧之果，而非其因，不自去其弱昧，雖切齒疾呼，終恐不能不退也。其二，是否各夷皆犬羊之性？而獨我為禮義之邦？似宜痛自反省。第三，在光緒元二年以來，人人皆抱各夷犬羊之性得寸思尺之懼，而不肯如郭筠仙之所請，「內自訟而引以為恥」。若寸尺尋丈之逼迫不已，六十年來，恐久已不存。而猶栩然得至今日，抑六十年後之士大夫知識，視六十年前進步幾何，此則可為歎息也。

剛直此書，忠憤之氣，溢於行間，即筠仙致李少荃〈定伊犁事書〉之「將帥必主進取」者。蓋當時人議論雖絕不同，而謀國之忠，則賢者莫不相諒。剛直職在守江，不可退而拚死之義，自是正論。正與筠仙求所以禦之之義，其軌則一。至剛直書中謀以木篺禦輪船之策，此屬當時之見解，可不必置說矣。

彭玉麟論江防

崑三出示家藏剛直致文肅公函稿，一巨帙，密行小字，箋紙五色相間，可見前輩實事好文之風。案：沈文肅與彭剛直，皆同治初名臣中，尤砥礪廉隅，切直果斷，見義不稍讓者，故相得益彰。今錄其一書與文肅論江海防者如下，文肅時為兩江總督，南洋大臣，彭則巡閱長江。函云：

幼丹仁兄大人閣下，前月初十日，肅佈一函，尚未及發，恐大旆乘輪舟東下之速，付驛防展轉有誤故也。昨敝處奉密旨，飭同心合力，籌辦江海防務，知我兄分任南洋事務，則肩荷愈重矣。洋務言防海，防江則軍務也，尤須得人相助為理，尤須得經過軍務而有才能者相助為理，始有濟耳；否則無地無人才，不諳軍務，用之非徒無益已也。何也？議論多而成功或少，成功少則糜經費，議論多則易為搖惑，非身歷軍務多年，識不卓而論不確，非身歷軍務而曾經利害，識不透而論多歧。非人才，勿言也；同是人才，而用之不當，與無人才同。甚矣，辦大事之難得人也。不得人，則主政者多受累，而事不行；得人，則主政者獲益，而事多濟。我公艱鉅素任，當以為然也。弟不才，不能知人，廿餘年江上奔馳，獨往獨來，一手經理，加以稟賦氣弱，以此喫暗虧，老來受病日深，執是之故。屢承賜函，亦言杜躬非昔，實以熱血滿腔精神心力用過之故。今仔肩愈重，首以得人相助為理，此是第一義工夫，次再講求治軍政武備各務。恭讀此次密諭，有應需幫辦大員，准奏候簡用。既大員准奏派，而司道有才能足供差遣委用者，亦可奏調。茲有兩人焉，皆尊處素所深知可信用者，似宜奏調奏留。前江西粮道段起，已出都，仍歸坐補原缺，雖調過臺灣，此時似可奏留兩江委用。雲南迤南道蔡錦青，已出都，須回任，請假回籍省墓，經岑中丞奏留廣東籌餉，似可奏調來兩江委用。此兩君，皆剛健篤實而有輝光，久經戰陣，有膽有識，堪為我兄指臂之助，似可信用。可否之處，乞鴻裁酌之。正修函間，頃接四月廿四日函云：辱蒙綺注殷拳，用深銘感。承示臺事得手，剿撫兼施，最得要領。惡者痛剿，良者自易就撫，勞苦功高，敬佩無既。不卜何日交卸東來，以遂大江南北人民之望。弟約厚庵宮保，於江西湖口會面，商議長江一切事宜。昨接彼濟寧舟次來信，須月底方能到金陵，大約交秋始可到湖口。弟晤商後，即行上巡鄂北荊襄一帶，沿途羈滯，料理公事，恐須秋暮冬初，乃能歸我衡陽舊廬。彈指流光，瞬息又是來春下駛時候，明歲荷花生日，當必暢領教益於六朝山色中也。手此專請台安，統祈心照，不盡欲言。弟麐頓首。六月初二日。再者長江防務，在金陵下游，不在上游。凡禦侮，須在大門外，一入大門，則我家乃亂，不能自主。況不守大門外，而僅守房門，捨廳堂不顧，其能勝乎？弟於下游江面情形，往來留心較熟，故去年聞臺事，受李雨帥所託，代為擇要隘請修築炮台者三處。第一重門，乃江陰鵝鼻嘴（在江南）劉聞沙以下，十圩（在江北）一帶。第二重門，乃圌山關南北兩岸。第三重，乃焦山象山都天廟南北兩岸，並江中（即焦山）一處。至於烏龍山一隘，已是金陵廳堂，其南北兩岸之炮台，不過聊備以壯省垣人民之膽耳。至於下關炮台，則房門臥榻矣。焦山南北兩岸刻已築成，以弟力爭始就，而圌山關南北岸，尚未肯築。江陰鵝鼻嘴炮台已成，而北岸觀望羈延，弟再三請之，始動工，而復中止。從來關大門必須兩扇，只關一邊，又何必關耶？且金陵用兵，而糧餉均須仰賴北岸。揚州鹽務所在裏下河，各州縣出米穀，豈南岸獨重，而北岸不重乎？實以諸當道均在南岸，不在北岸，故朝令夕改，昨是今非，議論多而成功少也。將以為省節經費，然有不應修築處，偏又修築，想亦別有會心，未可知也。弟昔為局外幫閒之人，何必反客作主，只好聽之。今乃奉旨有專責，未便如昔之不管理也。昨極力言江陰北岸十圩一帶要修，趁此夏日天長，一工可當兩工，須趕緊不宜搖惑遲疑，已函達金陵諸君去矣。不卜能趕修否？我公自必乘輪舟而東，定必由吳淞口上海一帶查閱，而後入江。懇躬親由江陰南北兩岸察看而上，則鴻才卓著，當有定見也。又及。又密啟者，長江水師，於八年歸標後，以久經戰陣之老哨官老兵勇，而不數載敗壞者，實提督黃翼升任信中軍副將周國興蒙蔽作惡（老哨勇多革去）以壞之也。周乃黃之乾兒，參革後旋丁艱，黃復商李雨帥，復使周國興充當留防水師營官，歸督標，不歸長江管轄，以遂其私。現駐紮金陵城河。此人面善心惡，狡詐百出，不可留用也。因歸督標，統領者制軍也，弟與長江提督未便干預故也。黃翼升偽為君子，實真小人，深堪痛恨，不可交也。又及。再密啟者，金陵籌防局，除桂道身歷戎行，頗能事外，餘雖經軍營保舉者，而實未歷身艱險，似知兵而實門外漢。趙道亦頗能事（乃少荃內弟），但不知其底蘊。至於陸師統領章合才（一大軍），久於戎行，能戰能守，營規肅整。餘則萬化林（兩營）宋國久（兩營）亦久於戰陣。吳長慶頗能幹事，乃少荃中堂親兵分防於此，乃客兵也。江陰炮台乃其修築。其餘統領，尚有數軍，均未見實效。惟嫌金陵陸軍統領多，恐一旦有事，調度不得畫一，誤事耳，謹以奉告。

考彭公此書，有極警策語。如論「議論多而成功少」一段，語甚精卓。又如云「凡禦侮須在大門外，一入大門，則我家乃亂，不能自主。況不守大門外，而僅守房門，捨廳堂不顧，其能勝乎？」誠一針見血之談，可見五十年前言江防者，已不主張以都邑內地為要塞也。有極堪為史料者，如昔人常以彭與楊載福、黃翼升同論為江防人才，觀此書言「黃翼升偽為君子，實真小人，深堪痛恨」，則可見黃之品格。函末諄諄，以一旦有事，恐調度不得畫一為慮，可見老成謀國慮患之深，戒備之夙。若使剛直生於今日，覩此澒洞顛連，正不知如何悲憤也。

彭玉麟早年事蹟

十年前，予歸里，重游石鼓山，陟大頂峯，觀天風海濤亭，曾賦詩紀遊，用十賄全韵，中有「氣吞海若百，勢較日觀倍」二句，倉卒襞積，心似記此二語是前人已道者，而未憶得出何詩。去年再翻《廣雅堂詩集》，乃省予句實出南皮之〈彭剛直公輓詩〉，「天降江神尊，氣吞海若倍」二語也。南皮最推服彭剛直，其督粵時，剛直奉旨防海，南皮於輓詩中手註云：

> **虎門曩為廣州前敵，黃埔為次敵，前粵督以淮軍守黃埔，以水師提督率粵軍守虎門，提督怨之，以致粵淮交惡。公於虎門外，沙角大角二山築炮臺，自督湘軍守之，粵淮兩軍皆愧服，聽指揮無異詞矣。**

觀南皮此註，剛直所以得盛名奏上功者，在於身先士卒，又措置公平也。剛直巡江防海，其姓名極著於婦孺之口，然其少年寒苦堅忍之迹，尤有足述者。

考剛直，以嘉慶二十一年生於梁園鎮巡檢司署，岐嶷穎悟，盼睞有威。年十餘，從父還查江。有田百畝，為親族所乾沒，反以供養責償所舉債，故無所寄止，僦屋以居。父卒，益困。奪田者偲反覆，則或虐其孤，剛直母王氏，山陰儒家女，閉戶戒備，一不與校。弟玉麒，甫數歲，一日偶行田壟間，禾中有人突起，擠之幾墮水。俄聚無賴登門叫呼，反責數其不教。於是族人共憤，怒責奪田者，歸其田十分之二，及屋一椽，令母子居之。奪田者，劫於公義，而怨益甚，日夜伺隙侵辱孤子。王氏召兩子泣告曰：「此鄉不可居，若等皆男子，當遠出避禍，努力自立，成人而後相見。」剛直是時年十六，讀書已通文義，以母命，遂入城居石鼓書院，從諸老生問經義，學詩，習書。諸生以其聰悟勤學，稍稍異之，因與游諸名家貴公孫子間。縕袍敝冠，介然自守，辭氣清雅，風采秀雋，未嘗有飢寒之歎。城中聞之，欣然願交焉。然書院課額少，膏火銀超等者，不足給日食，初學孤生，尚無緣得之。乃投協標，充書識，例補馬兵，得支月餉，兼試書院，月可得餘錢三四千，迎母至城中，母子復相守。而弟已從賈客遠服賈，久不聞消息。貧薄單寒，人所不堪，母子怡然安之，猶以為出水火而履天衢也。

衡州知府高人鑑，以鑒裁自許。一日詣協鎮，適剛直送文書稿未及收，協鎮入內，具衣冠，知府視几下有文字，取視之，問何人所草，對曰營書彭玉麐也。知府曰：「此字體奇秀，當大貴，且有功名。」即召至客坐，見之益大喜，語之曰：「可時入吾署中。」遂執贄為弟子，知府親課之如嚴師，繩摘疵謬，不少假借，然評語輒獎借，每有他日柱石名臣之譽。及當府試，眾以為必第一，乃置第十。越日縣令告之曰：「太守以子名位未可量，不欲其速化也。」學院試，竟黜。明年，學使陳壇取附學生員，賞其文目為國士，而名字大聞於郡縣。協將令為子師，即臨桂麻維緒，後以鄉舉官湖南知縣，有才名者也。

道光末，新甯愚民李沅發，為亡命猺民所脅，稱亂，破城步，戕官，大發兵捕討，徵衡州協標。剛直荷槍徒步從行，營中尊書識為稿公，協將見之，呼曰：「彭公何不騎？」對曰：「方往殺賊，安敢自逸？」協將悚然。言於谷總兵，軍中事往往詢之。自新寧靖州越境至貴州廣西邊，遇寇下溫，敗之。軍屯開泰，奉檄至桂林，軍府總兵以所乘馬借之，遣二兵從。道雨，從兵病瘴不能行，單騎度萬匡山。至軍中，復從戰金峯嶺，寇散走，擒李沅發，上功總督，見銜名列生員，以為武生，特拔補臨武營外委，賞藍翎。鎮將欲為聲敘，更請保獎訓導。剛直辭以年幼，學淺，不堪人師，且效力有日，凱旋侍母，為幸多矣，遂還衡陽。清泉場江子春，有典鋪，在耒陽，值歲荒亂，商旅不能自保，請往經理。至則散錢振饑貧，貸困戹，不責其券息，費緡錢千數，不待請報。眾以告子春，子春曰：「錢已用，可復還耶？」遂不復問。其後郴桂陷寇，耒陽土寇蠢動，日夜思劫掠，然過典舖門，輒曰：「此嘗施惠吾輩，不可掠也。」以此竟從容收貲本還報主家。論者謂：彭一貧生，為人司出納，視其財若己有，放散無所顧慮；子春最謹於財，當其時未必知後當收其報，而無幾微吝惜之意，絕不問其出入，皆可謂豪傑人也。

剛直在耒陽，見坊市無賴聚積，多謀不逞，知必亂，陰條列姦宄渠魁數十名，請縣密捕。縣令不能用。渠黨頗有知，謀伺其出窘辱之。剛直在營，稍習拳棒，恆縛行纏，中置鐵尺，以二健兒護前後。一日遇少年，摩肩過，排之不動，反推少年，顛數步外。又嘗詣縣門，無賴呼譟從之，僅而脫去。是時曾文正以侍郎治兵衡湘，博求奇士，衡陽常豫儀安薦彭玉麟有膽略可倚任，因勸剛直謁文正。剛直時居母喪，未踰年，意不欲出。文正亦居母喪，遣謂曰：「鄉里藉藉，父子且不相保，能長守丘墓乎？」剛直感奮，遂入軍，檄佐曾國葆陸營。自此三十八年，諸將帥或官或罷，或先亡逝，唯剛直旦夕軍中，未嘗一日息，亦未嘗一日官也。

上所述，泰半皆為外間所未嘗知，而湘綺為剛直行狀皆詳及之。其弟玉麒，自幼相失，後在江西為船戶。剛直已貴，或有告玉麒曰：「新任欽差名彭玉麐，得毋汝兄耶？」玉麒姑往詣謁，兄弟始復相見，事亦具見於行狀中。

彭玉麟遺事

午詒述王湘綺所記彭剛直，皆晚年侘傺狀，不復詳其初年騰踔奮發，蓋國人喜言英雄失意，鬱勃倨傲，平人之不平事，剛直亦意匠描寫之鵠也。委巷所述彭宮保軼事，多矣，率振奇言過其實，近見江陰祝吏香（善詒）《聽月軒雜錄》所記彭事五節，頗可采。祝亦同光間舉人，官中書，著有《從軍隨筆》、《悔榆齋文集》、《聽月軒雜錄》等，前所述楊乃武一獄，即其專著，茲皆其雜文。

其一，言彭勸曾文正遣姬事，已見前。其二云，同治癸酉，公巡江至江陰，聞水師哨官某，事母無狀，召之來而數之，曰：「汝私設錢店，與民爭利，罪一；吸食洋煙，罪二；違例陸居，罪三；犯此三罪，當按軍法，念汝愚懵無知，猶可暫緩汝死。至汝忤逆六旬餘老母，役使若婢，稍不如意，壯聲呵斥，即此一端，寸磔不足蔽辜。」命曳出，斬之。副將成俞卿奔救，見公盛怒，氣懾不敢言。會狼山總兵鄭龍標至，叩頭力救，良久得解，某自是不敢復忤其母云。

其三云：光緒丙子夏，忽有偷剪辮髮一事，又有妖鬼作泰西人裝束，夜入民家為種種怪異，民情惶駴，城鄉騷然，晝則巡邏，夜則手燎鳴金，互助防察。六月中，四鄉獲到不識姓名男子十有三人，解入縣署。江陰令沈偉田，湖州人，素懦，不欲樹怨于妖黨，但禁外獄，並不嚴訊。天主堂神父，肩輿入署關說，令聽其言，將悉縱之。民情忿怒，相戒伺妖人出，盡格殺之，毋令一人漏網。是日午刻公至江陰，泊舟南關外，短褐芒鞵，入薙頭店櫛髮。聞其事，大怒，曰：「縣令直如此憒憒乎？」遽返舟，立取信矢一枝，命弁馳赴縣署，提妖人。時十三人者悉已脫械，召至內廨賜酒食壓驚，令慰之曰：「爾等毋恐，日晡當分送爾等出城，星夜遠颺，勿再為江民所獲也。」皆頓首謝。俄弁至，傳諭提人。令見信矢，大駭，亟命役押十三人隨弁去。民聞信俱至南關外，頃刻數千人。公被舊葛袍緞靴，雨纓涼帽，即碼頭假民間一桌一椅坐而問供。十三人姓名籍貫，蜀一，閩二，其九則粵東西也。略致研詰，即行駢戮，百姓歡呼，皆言彭公除此大害，我輩安枕矣，鬨然而散。

其四云：湖北忠義軍統帥提督劉維楨，部下有譚副將者，與其友遊擊張某，為莫逆交，盟為昆弟。張將赴甘肅軍投效，瀕行假重貲于譚，並以其妻相託。妻某氏，年雛貌美，張去後，譚與之通，接至家中，與妻妾共處，屢相交謫，人多知之。張至甘肅，數月無所遇，川資且罄，嗒喪而歸。抵家，知妻移居譚所，心弗善也。翌日往見譚，且迎婦歸，譚忽變色詰責，言爾以婦質余多金，今不償金，遽欲歸婦耶？張憤甚，徧愬朋儕，數與理論，譚不聽。張控之臬司，批飭江夏令拘訊。譚上下夤緣，案遂冰擱。張再控之大府，大府召劉維楨問狀。譚大懼，徧行賄囑，劉因左袒譚，謂張意圖吞債反噬誣衊，卒不得直。譚益肆行無忌，日與某氏懽讌，聞者髮指。張至是冤忿填膺，無可陳愬，惟懷利刃，思于要路刺殺譚。忽聞彭公巡江至楚，溯流迎之，抗聲呼冤，召問之，張伏哭陳狀，公許為申理。張拜謝，出至船頭，仰面呼曰：「天乎，余以不識賢愚，受辱至此，復何面目立於人世哉？幸遇彭公，余冤得申，死瞑目矣。」遂投江死。公至鄂垣，檄召劉與譚至，讓譚曰：「汝強占朋友之妻，能使歷控督撫監司不得直，汝苞苴之術，何其神也？今余已悉底裏，無庸狡辯。」叱左右驅出斬之。時劉方侍立于旁，震怖失措，伏地不敢仰視。公曰：「汝為統領，劣跡多端，余久欲治汝罪，念汝自有節制之人，咫尺間豈無覺察，是以暫止。孰意節制汝者，形同聾瞶，汝便貪縱無忌，顛倒是非，致令張遊擊含憤而死，似此劣員，豈可留之世上？」因大聲曰：「將去砍了。」劉驚顏如土，便溺汙地，戰慄聲嘶，口不能言，惟泥首乞命而已。久之，公乃曰：「暫以首級寄汝頸，後再有犯，殺無赦！」叱之去。劉登岸時猶覺驚魂惝怳，行不成步云。初譚以帶勇故，積貲數鉅萬，妻無出，復納一妾。自與張妻通，屢經訟事，積蓄漸空。至被戮時，親友咸謂張妻以一女子殺二夫破兩家，是不祥人也，當治其罪，趣執之。而是婦早席捲所有，隨人遠遁，譚妻妾遂不免飢寒矣。

其五云：公為皖撫時，嘗易服四出，刺訪民間利弊。一日至東流，忽檄縣令言，有巨案，需吏某某司牘，役某某司緝，共七人，開單徵召。令亟呼七人，告以故而遣之。七人私喜，途中相語曰：「撫軍亦知吾儕能，故以大事相屬，想非吾儕不能了也。」一人曰：「止，此人非易與者，見之各宜謹慎。」既至，公顏色甚和，謂之曰：「吾素知若曹有幹才，今有大憝，久為民害，非若曹自來，不能除，果親身乎？」皆曰然。曰：「如有倩人頂替等，當早言，察出不汝貸也。」皆曰無。復按名呼之，皆噭聲而應。公笑曰：「然則大憝已得矣。」遽驅七人出梟其首，具牒送之縣。令大駭，及發牒，則七人所犯事歷歷詳載。令亟詣公謝罪，拒不見，旋劾之。蓋七人皆貪狡魚肉，小民被其禍者，不可勝計。七人中漕書某尤豪橫，家貲鉅萬，妻子饜粱肉，襲紈綺，所居閈閎壯麗，制擬王侯，諸子皆援例授丞倅等職，縉紳咸通往來，新任縣令必有餽，令皆倚為腹心，聲勢張甚，莫敢誰何。公於半月前潛踪至市廛鄉井，靡不周歷，陰疏七人名，徧訪皆同，無一枉者。自是地方吏胥，皆惴惴奉公，豪猾斂跡，民以大安。

案：祝所記諸事，惟斬譚副將事，最有名於時，諸家筆記，紀之亦眾，餘皆尋常傳說，且有不近情不合法者。予聞吳董卿談，其尊人子梅先生，同治初元，以淮揚道攝江藩，總江南北糧臺，故與中興諸公相稔，尤善剛直。後移官江右，剛直每巡江至贛，偶過談，輒索蒸豚饅首為餉。南昌有賭窟，逋毒已久，剛直至，一夕掩捕，將悉繩以法。犯多顯吏，中有候補道黎某，左文襄至戚也，公不忍登白簡，懼為文襄聲名羞，則召之舟次，數其過，令速他去。某叩首無算。子梅先生適訪剛直，不意覯之，亟代緩頰，始揮令去。先生歸為董卿言，董卿至今猶憶兒時所見剛直狀貌，氣象偉大，聲如洪鐘也。然觀其曲宥黎某事，則亦非不近人情者。祝所記駢殺十三人，及誅七吏事，案證不全，遽尸諸市，或亦傳聞之過歟？

張之洞與張佩綸

客或叩予以廣雅〈過張繩庵宅〉詩，衛公夢儆令狐之出處。案：此典蓋有二說。《唐書・李德裕傳》：德裕既歿，見夢令狐綯曰，公幸哀我，使我歸葬。綯語其子滈，滈曰：「執政皆其憾，可乎？」既夕又夢，綯懼曰：「衛公精爽可畏，不言禍將及。」白於帝，得以喪還。此一說也，李詞甚哀，無所謂儆。《南部新書》：「唐咸通中，令狐綯嘗夢李德裕訴云，吾獲罪先朝，過亦非大，已得請於帝矣。子方持衡柄，誠為吾請，俾窮荒孤骨，得歸葬洛陽，斯無恨矣。他日令狐率同列上奏，懿宗允納，卒獲歸葬。」此一說，語意稍雄特，南皮所採者，當為此條。

考此詩，南皮在南京作，繩庵宅，為侯府，即今日之立法院。又考《畿輔先哲傳・張佩綸傳》，光緒二十一年，攜家居金陵，卜居青溪之西，閉門卻掃，以著書自娛，二十九年卒。繩庵直隸豐潤人，豐潤、南皮，皆在津沽附近，故首詩有「北望鄉關海氣昏」之句。廣雅以光緒三十年甲辰，奉命來江甯議事，繩庵歿已一年，尚未歸葬，故用夢儆令狐，隸事可謂精切，且隱指執政皆其憾。蓋光緒初年之四諫及清流，議論風生，封事劘切，久為西朝所不滿。四諫中，寶竹坡最知幾，故亟以納妓自劾，實求免也。陳弢庵以內閣學士，拜會辦南洋軍務之命，亦宮中彊委以兵事，欲入以罪，會陳丁艱歸，其後卒以薦徐延旭、唐炯案降五級。張繩庵則最不幸，以書生典兵，甲申馬江之敗，身名俱裂矣。識者謂微中法一役，繩庵亦不能獨免，推西后積憾清流之心，說蓋可信。其得獨免者，南皮一人而已。故稍後梁任公作《清議報》、《新民叢報》，詬南皮迎合宦術甚工，其言亦非無所見。

吾讀廣雅詩，亦覺其時有口是心非處。南皮詩最佳者，絕句，純學王荊公。其〈弔袁爽秋〉詩：「江西魔派不堪吟，北宋清奇是雅音。雙井半山今一手，傷哉斜日廣陵琴。」其尊荊公甚至。然其集乃再三標言非難臨川，既有〈學術〉一詩，自註云：「二十年來，都下經學講公羊，文章講龔定菴，經論講王安石，皆余出都以後風氣也，遂有今日，傷哉！」又〈金陵雜詩・老備瞿昞〉一首，又有〈非荊公〉詩一首，皆顯然不肯認此法乳者。細求其故，殆由於南皮先曾保康梁，為之延譽甚力，及戊戌變起，乃亟亟印《勸學篇》以自明。任公時著《大政治家王安石》一書，南皮則亟詆之，吟詠之不足，又躬自註釋，以明其宗尚正大。此中矯揉，皆為逢迎西后，正為自全之一念驅使之。今觀其詩，晚年諸絕句，實宗北宋，尤學半山，豈可諱乎？惟〈非荊公〉一詩，或別有所指，而〈雜詩〉中「惠卿雖敗惇京壽」句，亦必非正面訶斥，度亦陰指朝局也。予聞南皮詩寓諷者甚多，其《讀史絕句》中，〈李商隱〉一詩，聞為詬梁節庵之作。詩云：

芙蕖霧夕樂新知，牛李裴回史有詞。未卜郎君行馬貴，後賢應笑義山癡。

此蓋有恨節庵為端陶齋運動湖廣總督。義山〈漫成〉詩，「霧夕詠芙蕖，何郎得意初。」南皮於此，著新知二字，即言梁與端新相結納。牛李裴回，用《舊唐書》義山為王茂元從事事。末二句，則言勿以結新知為可恃，後來將不為其子所重視，即用令狐楚卒，令狐綯惡李義山背恩事。此說甚可信，節庵欲為陶齋營謀事，為南皮所知，還鄂後，對梁禮遇殊薄，節庵慚沮，求幕府緩頰，久之始已。其幕府今尚有存者，言當年南皮仕宦之熱中，歷歷可徵。然南皮究為書生，究存老輩風度，晚入軍機後，西后既歿，即力主起用滄趣，集中如〈過張繩庵宅〉、〈拜寶竹坡墓〉諸詩，皆甚敦氣類。所惜者，急於仕宦，不肯引繩批根，直論政治崩壞之本原。欲結掖庭恩知，不惜詬人以利己。晚清有言，「李合肥開目而臥」（言一切瞭然，但辦不動。）「張南皮閉目而奔」（言其心知當維新，而一切懵然，不知所以為新也。）殆近之矣。

張之洞的外交思想

劼剛駐英時，有〈與駐英之日本公使談話〉一則云：

歐羅巴洲諸國幅員皆不甚廣，所以能強盛者，同心一志，以禦外侮，得古人合從之意。中華與日本，皆在亞洲，輔車依倚，脣齒毗連。中華之富庶，日本之自強，皆歐洲之所敬畏也。是宜官民輯睦，沆瀣一氣，中華財產足以沾潤於東鄰，日本兵力足以屏蔽於東海，邦交既固，外患可泯，蓋不獨通商之利而已。

此言為東亞兩民族思之，誠通人之論。而累經頓挫，不特此願望不易覯逢，既歐陸合從，亦垂裂矣。予意曾文正公雖未嘗以外交名，而其對合肥所言力主一「誠」字，自是腳踏實地辦法。稍後清流黨起，鋒芒凌厲，已雜以縱橫捭闔之談。南皮於中日戰後，力主用俄以箝日本，予前所錄諸電中可見之。此等外交慣技，弱國行之，未必有效，即效亦別種禍根。而南皮自命，似欲突過湘鄉父子。光緒戊申，南皮管理學部，其時尚書為榮慶，字華卿，某日在學部置酒宴南皮，華卿逢迎之曰：

三儒業已從祀，聞外間亦將以曾文正公請矣。

謂顧黃王三儒從祀文廟，出南皮所請也。不意南皮作色曰：

曾國藩亦將入文廟乎？吾以為將從祀武廟。

坐間愕然。南皮曰：

天津教案，曾國藩至戮十六人以悅法人，是時德兵已入巴黎，曾國藩尚如此，豈非須祀武廟乎？

案：南皮早達，當時士大夫詬罵文正，南皮必亦在內，故垂老無意間猶流露謗詞。實則同治初，遠東電報未通，德兵入巴黎，文正固未能知。進一步言之，天津教案，雖以法為對手，各國皆有人，不速了，糾葛益甚。文正既抱此身殉事之心，宗旨在早了以儆未來，即使其知普魯士大軍滅法，亦未必改方針，此所謂誠也。南皮喜謗前輩，迹其所為，隨機應變，旦晚不同，以作官趨炎之術，行於外交，視湘鄉，瞠然遠矣。

張之洞量隘

南皮在同時諸鉅公中較有識，然量亦殊隘。陳伯弢《裒碧筆記》稱：

張文襄鎮廣州時，林訪西觀察在其幕府。訪西名賀峒，侯官林文忠公長孫也。文襄欲以女妻訪西弟，訪西白庶母意不可，文襄大慚恨，遂與林疏。後文襄督兩江，猶以前事為嫌，訪西終不得進用。吾郡易實甫，亦文襄所特賞，朝夕進見，靡會不從，後以奉命撰擬文稿中，頗用新名詞，文襄大怒，戒從官以後易道來謁，毋得通報，其喜怒有如此者。文襄獎新學而喜舊文，又一日見一某君擬件，頓足罵曰：「汝何用日本名詞耶？」某曰：「名詞亦日本名詞也。」遂不歡而散。

案：伯弢所記皆實事；然亦有誤。南皮之戒閽人不為實甫通報，殆偶然一次以示懲，非遂不見也。至訪西事，予以叩於朗溪年丈（灝深），得報書云，訪伯晚年與南皮論事不合則有之，婚事殆傳聞之誤。

張之洞軼事

南皮督鄂日久，有以「起居無節，號令不時」，對「面目可憎，語言無味」，以嘲之者。下聯取其渾成，良非實錄，上聯則僉謂不妄。近人說部，若《孽海花》，若《官場現形記》，皆於南皮晝寢有影射處。記陳伯弢《裒碧日記》稱：

張文襄用人，成見甚深，凡所甄錄，一、門第，二、科甲，三、名士。晚年提倡新學，兼用出洋學生，舍是無可見長矣。名位本高，於幕府賓僚、初不注意禮數，墜淵加膝，亦所時有。初移節來兩江，余惴惴焉，未敢進謁，恐其幕府我也。後以糧儲胡研蓀同年，屬撰劉忠誠祭文，獲蒙傳見，問答頗為投契，如師弟子然。又詢以近時所看書，余以諸先正奏議對，文襄曰：「奏議仍以汝湖南陶文毅為佳。文毅之文，於規行矩步之中，仍有一種灝氣精光，不可磨滅。作文固當如是，作官亦何莫不然。」言時捋鬚搖頭，余自覺醰乎其有味。後文襄還鎮武昌，蒯禮卿觀察光典果來言，宮保欲攜君赴鄂，余婉辭乃止。聞文襄在鄂時，官場以「號令不時，起居無節，語言無味，面目可憎」十六字，為公贈聯，公亦微聞之。一日語人曰：「外間謂余號令不時，起居不節，事誠有之。面目可憎，則余亦不自知。至於余之語言，何嘗無味，餘人特未嘗與余談耳。」

伯弢此段陽秋不止皮裏，然亦持平，末段南皮自釋語，亦天下之公言也。《石遺室文集》卷四，〈書張廣雅相國逸事〉云：

公日凌晨興，披閱文書，有事則遲明。余初見公，約遲明往，堂上爇燭以待。尋常辰巳見客，午而罷，然後食，有事未而罷。或留客食，食必以酒。酒黃白具，肴果蔬並食，一飯一粥，微醺，進內解衣寢。入夜復興，閱文書，見客，子而罷。有事，丑而罷，然後食，悉如日中。不解衣寢，或不進內，冬寒坐籐倚睡，夾以火爐，蓋分一日若兩日也。奏議告教，不假手他人，月脫稾數萬言。其要者，往往閉門謝客，終夜不寢，數易稾而後成。書劄有發行數百里，追還易數字者。權督兩江時，一日興至旱西門，呼材官詢其處，命駐輿，與談謝安西州門故事，辯證良久乃行。公嘗因置酒，問坐客，燒酒始於何時？余曰：「今燒酒殆元人所謂汗酒。」公曰：「不然，晉已有之。〈陶淵明傳〉云，五十畝種秫，五十畝種稻，稻以造黃酒，秫以造燒酒也。」余曰：「若然，則秫稻必齊，《月令》早言之矣。」公急稱：「秫稻必齊」者再，且曰：「吾奈何忘之？」又嘗閱余貨幣論說，有言金幣中參銅者，疑之，急召詢。余曰：「公創鑄中國銀幣者，銀質略剛，造幣且須參銅，況金質之柔乎？」因言金幣重二錢餘，約參銅十之一。公稱善，其虛心類若此。

案：此可見南皮性嗜大概。以名士而為達官，既為達官，而仍不脫名士習氣，律己簡慢，待物宏獎，史傳所述至多，近代當以南皮為殿矣。

評張之洞年譜初稿

拔可出示，無錫許君溯伊所為《張文襄公年譜初藁》數葉，屬為審校。此數葉迺為南皮督兩江時，一載有餘之大事，起光緒甲午冬，訖丙申春，正中日一役和戰紛紜間之最有關係時期。以南皮之聲譽，兩江總督之地位，其所獻替，所左右者，宜若洪鉅非常，今觀其舉措似側重鋪張應付，專力為物質上之角逐者。不知政治思想苟不更張，人民知識苟不增進，則一切建設，盡成逐末。四十年間，懸崖轉石，前此所恃為富國強兵之要政，及今思之，無量黃金，何莫非擲於虛牝耶？唯緣本原不立，故創造適以資弊。《清史稿》南皮傳，出桐城馬通伯先生手筆，傳中所云，「莅官所至，必有興作，務宏大，不問費多寡」，不能不謂為紀實也。然南皮所造端諸事，皆極有關係，亦皆近代設備所必不可少者，如有廉摯之性行，與精銳之專家，繼續為之數十年，非不能資以興國。所惜者，當時人才缺乏，一切皆以官僚充任，設一局所，祇為候補道增一差使，遂寖成弊藪。（實則此為國家民族缺少教訓淬厲之積弊，民德久喪，至今尚爾，莊子所謂哀莫大於心死，非可專責於官僚也。候補道，亦有辦事極切實者，特至光緒間，兩江官場積習尤重耳。）今悉錄此數葉年譜，存其八九，節其一二。錄之者，第一，使世知清末失地喪師之後，彼時之重臣所規畫為何事。第二，可以溯尋當時規畫鐵路電報船舶製造之經過，與當時練兵籌款之情形。其餘如下關躉船、南京馬路、蘇州日租界、南通紗廠之由來，及南皮處事之短長，亦可推求得之。原稿如下：

《張文襄公年譜初稿》卷五（案：此為甲午年，上稿未見。）十月十二日，聞旅順孤危，敵兵分撲金州大連灣。奏陳關內外軍事應急之策。奏請以彭楚漢署長江水師提督，陳鳳樓留防徐州。調李先義募粵勇六營來江南。籌購船械。購船屢議無成。購械事前後不一，新械運到，率在明年。惟湖廣任內訂購較早，運滬後即分解北洋，並供江防之用。其到兩江後訂購者，至二十一年二月止，本息合計凡二百八十餘萬兩，部議責江南籌還，公請五省分攤，以協餉改撥。嗣部議准以借款撥還，而江南於鹽釐項下認還者，猶七八十萬兩。十六日，接署兩江總督，辦理南洋通商事務欽差大臣，兩淮鹽政，江寧將軍，各篆務。奏准向淮商勸捐助餉。凡一百萬兩。二十四日，奏請敕馮子材，募粵勇十營來江南，辦理吳淞沿海等處防務，並調廣東副將林保芳續募六營，歸馮子材節制。敵與英約，不犯上海租界，不入長江，而製造局在租界外，又南匯川沙金山衛一帶，皆可登岸，故調募粵勇為沿海游擊之師。馮部仍曰萃軍，李先義所部曰廣義軍，林保曰廣保軍。嗣又調黃守忠募足三營來江，曰廣忠軍。設北上諸軍轉運局。

十一月，敵艦南來。上月二十四日旅順陷。初五日奉電旨，嚴飭吳淞各口，加意防守，並於白茅沙、任家港、滸浦一帶，淺水處設防。派員稽查各炮台，多不知法，飭各將領切實考究操練。十四日，奉旨，准江南息借商款十月十二日，公與劉忠誠會奏籌餉事宜，有此一條。部章，息借商款，二年半為期。廣東息借以六年為期，由稅務司簽字給票。江南參用部章粵章，凡收借款二百三十一萬兩。電奏南洋喫緊。敵屢有擾長江警信。募兵無械，請以出使大臣許景澄所購槍五千三百枝留南洋應急。奉旨，現前敵各軍，專待槍到進發，該督輒請截留，實屬不顧大局，著傳旨申飭。布置川沙、金山一帶防務。十二月初一日出省，閱視海口沿江各炮臺。往返旬餘，日期未詳。是行帶洋弁及出洋學習礮台之員逐一查閱，親加指示，凡不如法者，飭速改正。貴州鎮總兵丁槐，熟諳地營，適統軍過金陵，屬至江陰指示。提督楊文彪，經劉忠誠奏調北上，時調募粵勇皆未到，江南空虛，公以文彪尚知炮台作法，令將鎮江各台修改，奏請改派湘軍張桂林五營出關。嚴禁水陸各營剋扣、攤派、攜眷、吸煙諸積弊。設通海、淮揚、川沙、金山、乍浦各電線。自通州至揚州，自海州至清江浦，分投趕造，以通軍情。金山乍浦，同時速辦，時威海戰事方急，敵有攻海州之訊。令徐州鎮道督剿福匪。福匪倡亂於江蘇河南交界，明年二月，獲首要各犯，盡法懲治，匪患以平。歲除，奉寄諭，有人奏，息借商款，江南奉行不善，又有戶捐、鋪捐、房捐名目，騷擾怨咨，命查明指參督飭妥辦。明年四月覆奏，江甯紳富捐款，至上年十二月止，僅收一萬一千餘兩，借款一千兩。蘇州紳商借款三十三萬餘兩，餘為官款及各官借款，上海亦祇一百萬餘兩。戶捐鋪捐，並無此議，房捐未辦。如有貪私之員，借捐擾累者，當立予嚴參。

光緒二十一年乙未，公五十九歲。正月，禁英商紡紗機進口。此洋商於口岸機製土貨之始。是時紗布利厚，怡和洋行謀在滬設廠，軋花紡紗，上年十二月總署照會各使，洋商販運機器，有礙華民生計之物，為稅則所不載者，不准進口。道員盛宣懷請公援案禁止。其後馬關定約，許日本臣民任便於口岸以機器製造土貨，英商利益均沾，藩籬遂撤。粵軍到江南。分駐江陰南北兩岸。以李先義接管炮台。湖北銀元局成，奏請援案歸南洋經理，餘利協濟鄂省，奉旨允行。銀元分五種，大者重庫平七錢二分，次為兩開，重三錢六分，又次五開，重一錢四分四釐，又次為十開，重七分二釐，又次為二十開，重三分六釐，出示江皖贛鄂等省一體行用。布置通海各屬防務。海州之青口灌河口二處，口門較深，防敵兵闖入，斬清江運道。又海門廳為入江北岸首衝，均派兵扼守。辦海州泰州通州海門三路，民漁鹽竈團練，以清內匪。聞敵兵逼近畿輔，奏請調廣東陸路提督張春發率師入衛。奏請借洋款，購軍艦，重整海軍，用洋將練重兵於徐州，備中原緩急。奉電旨，朕欽奉皇太后懿旨，張之洞向來辦事實心，近覽迭次電奏，於料敵籌備事宜，亦多可采。現在軍事方殷，張之洞務當不分畛域，通籌大局，將籌款購械選將籌兵等事，設法妥辦，俾戰守有資，用副朝廷倚任之意。

二月初四日，奏陳割棄臺灣之害。李文忠以正月二十四日奉旨與日本議和，日所要求，於朝鮮自主，中國賠款外，割地，其尤甚者。南洋以月初得報，屢電論奏，時文忠未就道也。十四日，吳元愷等軍潰於石山站，電飭戴罪立功。愷軍旋調甘肅剿匪，事平率隊回鄂。二十二日，敵艦游弋海州，三日而去，飭地方文武嚴禁漁船為敵引水。

三月十二日，海州告警，先後派軍三十餘營，分布河海及清江以上運道。十三日，萃軍到江南，馮子材即日馳赴海州，公飭諸軍悉聽節制調遣。漕標各營，亦由漕督飭歸節制。是日令吳淞江陰各炮臺，洋船有不懸國旗而入長江者，阻止之。籌濟臺灣餉械。馬關條約，停戰二十一日，而臺灣不在停戰之內。二月二十九日，敵陷澎湖，奉旨密籌接濟，撥槍一千六百餘枝，彈一百餘萬。南洋兵輪皆木質，不能赴救。二十三日，中日和約定議。二十六日，聞和約有割遼東、臺灣之款，電奏瀝陳其害，請設法補救。

四月初一日，又知有內地通商及口岸製造土貨各款，再陳權宜救急之策，並飭諸將速備戰守。初十日，聞將以十四日換約，會各督撫電奏，請由各國居間切商展期。十四日，和約互換於煙台，十九日，電奏再籌補救。二十一日，臺灣民電請代奏，留巡撫唐景崧仍理臺事，由各國從公剖斷。停止江蘇各屬軍興捐款。停各轉運局雇養長車。俟在途軍械運竣即將各局裁撤。停辦近海各屬團練。

五月初二日，臺灣民自立為民主之國，推唐景崧為總統，公遵旨停協助臺灣餉械。十三日，景崧率兵千五百人內渡，臺灣有駕時斯美新福建三船易德旗而出。十七日景崧至吳淞，二十九日至江甯，以江南協解之餉銀二十萬兩，臺灣另款四萬九千八百兩，已購未到之洋炮十尊，槍一萬一千枝，并易旗之三船，派員繳還，懇公代奏，應否入京陛見。奉旨，著即休致回籍。是時留守臺灣者，有總兵劉永福，臺灣府知府黎景嵩，苦守三月，餉械俱罄，累電乞救。道員易順鼎始在山海關參劉忠誠幕府，和議既定，至臺灣思有所樹立，而大勢已去。又自臺灣至廈門電公力言之，皆不能應。嗣閩督派船，接官弁兵丁內渡。籌練自強軍日兵以德將教練取勝，公懲前毖後，擬仿德國營制，練馬步炮工兵一萬人。正月間奏請用洋將練兵於徐州，意在重用漢納根，至是延訪德國將弁，求曾經戰陣者，自強軍發端於此。十五日，交卸兼署江甯將軍篆務。籌擴充湖北槍炮廠，創建金山、衛海州等處炮臺，並改修吳淞、江陰等處炮臺。此與練自強軍合為一議。時江南借洋款一百萬鎊，以應軍需。會軍事略定，因電奏請以此款練兵造械。閏五月又專摺言之，謂上海製造局軍火，若敵艦封口，一切轉運，立即束手，必於沿江內地設廠，則開戰方能濟用。嗣部議於江南借款內撥一百萬兩，附入鄂廠，添造新械，責成每年造成快槍一萬八千枝，快炮三百尊，並配足無煙藥彈。如造不足數，即將承辦之員參處。公以部中核算有誤，僅費百萬造廠之成本，必不能歲造值二百五十餘萬之槍炮藥彈，祇可各歸各省，江南設廠另籌善法。疏入報聞。四川民教啟釁，法國兵艦入長江，公電致沿江各省，盡力保護。慮沿江散勇勾結為患，電皖贛鄂三省，盡力保護。萃軍素為法人所嫉，并戒勿生事端，設下關躉船，淮口浮橋。金陵非通商口岸，洋商不得設躉船於此，英領事屢以為言，遂自設躉船，許洋商納租停泊。築馬路自江寧城中達於江岸。築馬路，自城中北達江岸十五里，又南接貢院以達通濟門，為費五萬餘兩，提地方及鹽務捐款應用，不動正項。

閏五月，裁勇三十二營。總兵朱洪章卒於金山衛。洪章貴州開泰縣人，同治三年金陵之役，論功當第一，而名位居次，以蕭孚泗為首功。及是，公追論前勞，請從優賜卹。議留北上湘軍精銳者。北上援軍陸續撤遣，有裁湘留淮之說。公謂淮軍驕悍難馭，湘軍尚多樸勇可用之將，如今時勢，恐內地不久將有變亂，宜湘淮參用，備緩急，維大局，致電劉忠誠翁文恭論之。

奏請修備儲才。凡九事，曰練陸軍，曰治海軍，曰造鐵路，曰各省分設槍炮廠，曰廣開學堂，曰講商務，曰講工政，曰多派遊歷人員，曰預備巡幸之所。密陳豫結鄰援要策。奉電旨，敕議由京至清江興辦鐵路。又以日本約內改造土貨一節，關係最重，敕江浙等省籌於出產處先抽釐金，並招商多設織布、織綢等局，廣為製造，籌款購小輪船，專在內河運貨，以收利權。

六月，公覆奏，仍主先辦蘆漢鐵路之議。遵旨遴保勝任人員，舉前臺灣布政使于蔭霖，前內閣學士陳寶琛以應。並請由上海造路，通蘇州而達江寧，旁達杭州。詢訪紳商，令陳招商設局行輪內河辦法。請申明中法條約正義，限制教堂於內地置產。咸豐十年議中法續約，倉卒覓譯人不得，以法教士嫻華文者充之。教士於華文約本，擅增任法國教士在各省租買田地建造房屋一語，法文約本無此文。此條約上明言以法文為正義，公嘗舉此以折法領事，其氣立沮。是年法使請總署通行各省，凡教堂在內地買產勿庸先報地方官，公奏請申明約章，示以限制。

七月，電奏補救和約事宜。凡十九條，詳見電牘。協濟陝甘槍炮。陝甘回匪猖獗，甘督電請協濟，凡撥解槍四千枝，前後膛各半，車炮二十尊。奏奉電旨，有力顧大局之褒。續裁勇丁二十五營。設內河輪船總局。總局設上海，招殷商分路開辦。上海至蘇州為一路，蘇州至鎮江為一路，鎮江北至清江浦西至江甯為一路，上海至杭州湖州為一路，上海至甯波台州為一路，吳淞至崇明通州海門為一路，准載客拖帶貨船，於上船及到岸時收釐，以行船餘利之半，報効充餉。奏奉電旨，崇明寧波路涉外海，可不必辦，以洋商小輪行駛外海，定章不准拖帶民船剝船故也。議設商務局。分設上海蘇州江寧三處，就息借商款二百三十一萬兩，許商民領款開辦製造土貨各廠，以機器繅絲為大宗，設於無錫，兼開繭行，俾鄉民養蠶省工，蠶利日旺。其餘製造洋糖洋瓷洋燭洋火柴洋酒水泥針氈之類，皆設廠上海。每廠領款不得過十萬，年息六釐，分十年歸還，不入官本，由商自辦，商務局但經理將還款轉付。是年無錫商人集資請開繭行者四十餘家。而絲廠及洋糖之類，息借之款，戶數零星，不願合股，且須領款外自籌資本，力有未逮，訖無成功。議覆產地抽釐。就產地并抽釐金一次，經過各卡，不再完納。限制洋商祇准在內地租棧存貨，不准開行收買。議覆籌辦蘆漢鐵路，並議由幹路分支，達陝西、山東、江西、廣東諸省。以上三事，皆電請總署代奏。奉旨，張之洞近來電奏辭多繁冗，嗣後如有陳奏，非數百字可盡者，即具摺以聞。九月，翁文恭以公三旬中電奏不至，屬文芸閣學士傳語，務照常電奏，并陳明字數難少之故。江夏馬鞍山煤井轟炸。工匠多死者，令從優撫卹。漢陽槍、炮架、彈三廠成。修崇寶沙炮臺。金陵獅子山等處炮臺成。獅子山等處以二月興工，先後奏明有案。嗣部議，獅子山等處在長江門戶以內，似可無需添築。是月接部文，已竣工矣。

八月，築上海十六舖至龍華馬路。十六舖在上海縣城與租界之間，華商精華所萃。七月，江海關道黃祖絡言，法擬拓界，日擬租地，皆注意十六舖，公議先築路以杜其謀。未幾日本人在此勘丈，公聞報立飭興工，自十六舖橋起至先農壇止，凡九百三十八丈，留餘地建輪船碼頭，費八萬兩，借撥出使經費，以所收地租歸還，嗣是華商設廠泊船，綽有餘地。同時有美商擬辦電氣街車，亦以籌款自造拒之。初九日奉電旨，有人奏，湖北鐵政局與大冶產鐵處相距甚遠，以致鐵價太昂，且近處並無佳煤，煉鐵未能應手，犯此二病，即難收效等語。鐵政局經營數年，未見明效，如快槍一項，至今尚未製成，著張之洞通盤籌劃，勿蹈前失。二十八日覆奏，鐵廠、槍炮廠，均已辦成，進呈鋼鐵鋼軌，及鐵路應用各件式樣，以快槍藥彈咨送督辦軍務處查驗。快炮過重，留於江寧。援北洋江南製造局成案，請添撥湖北槍炮廠經費。請就戶部存滬借款撥銀六十萬兩，或在江南所借瑞記款內發用，由鄂廠將所造槍炮分四年作價歸還。並以鐵廠開煉，奏准經費無著，陳明於江南籌款撥用。光緒二十年十月奏准借撥廣東武營報效四成，及銀元局餘利五十萬，而廣東此款已協濟北洋。及提撥海防用款，因於江南籌防局借撥應用，勸諭淮商增復皖岸，及湘岸平江新引，以復左文襄原議，共繳銀三十五萬，又報效銀十五萬，還籌防局借款。遵旨將鐵廠招商承辦，截止用款。時醇賢親王已薨，翁文恭掌度支。公於發摺後，致文恭書，有云度支艱難，節用為亟，計相苦衷，亦能深喻，特以補牢治牖，用費實多，鐵政槍炮諸局，既發其端，不能不竟其緒。今幸已具規模，不能不完此全局，伏望範圍曲成，以開風氣。

九月整頓太湖水師，水師總兵李新燕，捕務廢弛，奏請革職，遴將領廉能果敢者接充。派洋弁測勘寧滬蘇杭鐵路地勢。擇定蘇州日本租界地段。日領事議在閶門外一帶，而人煙稠密，商情不便，又請在青胥門盤門間，則地狹難容，堅持數月，擇定距城六里之密渡橋至燈草橋一段。公與趙撫院商定，沿河留官地十丈，捕房工務局，依寧波章程，悉由我設，界內道路，由我修築管理，先就官地填土興工，以示必收主權。籌議改折南漕。與趙撫院往返籌議，民間完本色折色俱仍其舊，而全行折價解京，歲可省運費八十萬兩。嗣戶部議復，本年冬漕，仍運本色，明年或運或折，由江浙督撫會商具奏。清查吳淞灘地變價升科。上海寶山兩縣，先後查出一千餘畝。

十月致電總署，請改中日通商約務有礙主權釐稅者。調兵船北駐旅順。旅順日兵將退，奉旨將南洋各艦移泊，而南洋各船方在修理，不能如期北上，請先以閩船調防。十一月初一日日軍退出，初六日福靖船自閩北上，初九日南洋寰泰開濟兩船北行，旋又派鏡清南瑞兩船前往。閱沿江炮臺、魚雷艇。蒞考水師學堂。俄將沃嘎克來。言鐵路事，擬直達大連灣。公密奏中俄接路則可，讓大連灣必不可。康祖詒來。祖詒在京師倡立強學會，朝士集者百數十人，是月十五日來見，旋赴上海，設分會，請公列名。公覆電云，群才薈集，不煩我，請除名。捐費必寄。乃助會款五百兩，撥公款一千兩。續裁募勇十四營一哨。劉忠誠所部回防者，遵回防歸併之旨，裁十一營。又滬防三營駐製造局，查知多積弊，以冬防期近，未裁，另委營官接統。

十一月，令江海關道集華洋商化驗湖北銀元。湖北銀元較鷹元成色為足，而滬商訛言以為過差，抑價行使，因令外國化學家有名者，集眾比驗，以釋羣疑，行銷漸暢。議試行輪船於金陵清江一帶。奏明創練自强軍，選募鄉民，責成洋將管帶。先練二千八百人為一軍，仿西法分十三營，半年以後，人數倍之，以增至萬人為止。一軍練成，以華將帶之，移洋將以教第二軍。一軍餉需約四十四萬兩。二十二年冬。公以洋情日變，洋將不宜帶兵，致電劉忠誠，以漸分派安插。奏陳籌辦江浙鐵路。分段籌辦，吳淞至上海為一段，上海至蘇州為一段，蘇州至鎮江為一段，鎮江至金陵為一段，蘇州至杭州為一段。松滬一段，官辦以開其端，其餘籌有的款再定辦法。請開辦郵政局。十八日上諭，劉坤一著回兩江總督本任，張之洞著回湖廣總督本任。又諭，張之洞奏南洋創練新軍，責成洋將操練，並金陵、上海興辦鐵路各摺，照所請行。張之洞既經創辦，條理秩然，即交劉坤一賡續成之，以為補牢之計。至郵政一節，業經總署籌議，粗有頭緒矣。又諭，湖廣地方緊要，鐵廠、槍炮廠甫經告成，現當開辦鐵路，整頓陸軍之際，需用甚繁，煉鋼軌製快槍，實為當務之急。銀元鑄成，能否流通各省，該督回任後，均當加意舉辦，以立富强之本。擬振興白鹿書院。黃漱蘭通政，以九月自開封來，主講金陵文正書院。公議振興白鹿，電商贛撫，請延通政主持。得復，已聘他人，不果。是年梁文忠主講鍾山書院，年終，公回任在即，文忠力辭，延屠梅君主講，亦不果來。編設炮臺專勇。各臺操演漸熟，改定規則，分沿江各臺為四路，臺設專官，合數臺設總臺官，論技術不論官階，選勇專司測演，不當雜差，不無故更換，隨營騰餉，優給薪糧，奏准立案。江蘇盜風日熾，奏請凡斬決情重者，就地正法。延聘兩湖、經心書院主講、分教。公雖在江南，猶注意湖北兩書院，諸生課卷，寄江南評閱。

十二月，嚴核滬鎮兩關淮鹽總棧督銷局公費，節省歸公。江海關歲節省銀四萬兩，鎮江關七千兩，儀棧三萬兩，皖岸督銷局三萬餘兩，鄂岸督銷局一萬三千兩，其餘著名關卡分別節減。創設儲才學堂。分交涉、農政、工藝、商務四門。學生一百二十名，為高等。改金陵同文館為初等，於英法文外，添課德文，學生一百二十名，均延西師教之，年需經費六萬兩，以儀徵淮鹽總棧，皖岸督銷局，節省商捐局用撥給。創設陸軍學堂，鐵路學堂。陸軍學堂，分馬隊步隊炮隊工程隊炮臺各門，學生一百五十人，三年畢業，延德將五人教習。鐵路學堂學生九十人，附入陸軍學堂，延洋教習三人。兩學堂年需經費六萬餘兩，以江海鎮江兩關加解經費，及膏捐充用。復水師學堂原額。光緒十六年，沈文肅設金陵水師學堂，分駕駛管輪兩班，學生一百二十人。十七年裁四十名。公以畢業各生，已著成效，奏請歸復原額。以洋弁稽察金陵軍械所。著為定章，除道員總辦所務外，派洋弁二人，由總辦督率稽查。移建松江火藥庫。庫為江南各營炮臺火藥總滙，舊在城中，逼近民居，奉旨擇地移建，分為三所，一設於松江城外鳳凰山，餘分設於鎮江、江陰，采西法建造。戮散勇為匪頭目。北上諸軍遣撤南旋，其不法者，到處結匪立會，江寧獲匪首唐子鈞等，在關外結會有據，訊明正法。議減本年漕費。漕折定價，向章於公費一千之外，加收五百文。本年錢貴民困，商趙撫院酌減。濬睢河。睢河上承黃河支流之減水河洪河，經靈壁、泗州，而注於洪澤。支流分歧，泛溢為患，歷三四十年。公飭地方官勘定疏濬，需工款十萬兩，以查抄衛汝貴典產充用，奏明立案。河經徐州者，即以是年興工。在皖境者，公回任後，皖撫以泗州民不願為辭，檄州停辦。公致電言其不可，謂民生所關，存款有餘，機會難得，宜竟全功。招商設紡紗廠於通州，在湖廣本任時，招商集股訂購紗機，及運滬而商股無着。機價九萬鎊，合運費凡銀六十一萬餘兩。時陸文端方在籍，公屬集股承領，文端允而復辭，乃以吳淞灘地變價，及湘鄂新增票引指撥機價，並屬在籍翰林院修撰張謇，集股開辦。修撰嫌機貴本重，商款必虧，旋作價五十萬兩，與盛京堂各認其半，上海通州各設一廠。設通州者曰大生紗廠，南通州工商實業，肇基於此。覆奏錢幣不宜招商製造，劉忠誠於上年奉旨，敕招商開鑄銀元，忠誠以為不可。公到任，紳商請設局舉辦，公謂圜法宜統於官，不許。至是奏請敕部通行各省，無論金銀銅何項錢幣，統由官辦，不准商人附股，更不准商人自鑄。調募各營次第裁竣。先後裁一百九營，又四百人。在任時調募各營皆裁盡，所裁勇丁，發給恩餉，以輪船分送各原籍，妥為遣散，不留一人。馮提督子材，仍奏准回粵督辦欽廉防務。運載兵勇，自官輪外，兼雇招商局輪船。先是光緒十一年向旗昌洋行贖回招商局，以無款可籌，將全局產業抵押，向匯豐銀行借款，船牌地契，均易戶名，在英領事署註冊。是年以商局並無損失，本息一并清還，招商局產業始復本局戶名，全為華商所有。議覆裁減制兵。江皖贛三省分別裁減三成，歲省銀二十萬兩。議限制上海租界。已議辦者，開鐵路於洋場東北，築馬路於洋場西南。籌議而入奏者，洋人不得於界外築路，已築者不得再展，我於其地築馬路一段，以截之。華民以界外之地，私賣與洋人者治罪，地方官知而不問者，照溺職例懲處。

光緒二十二年丙申，公六十歲。正月，籌定蘇滬鐵路官本，官商合辦。趙撫院慮公行後築路無成，公意欲開風氣，指定瑞記借款二百萬兩為官本，兩年後，可於兩淮鹽務再籌一百萬兩，餘招商股。定自強軍的餉。裁減制兵省銀二十萬，蕪湖新增米釐二十萬，蘇滬米釐停撥洋款騰出三十八萬，充新軍的餉。公回任後，劉忠誠欲以自強軍歸湖北督練，而湖北無的餉，遂止。請加鄂、湘兩岸引票，以課釐湊解洋款，並統籌歸還之法。以上三軍，同時並舉，為江南立富強之基礎。選派學生四十人，分赴英、法、德三國肄業。仿曾文正督兩江時成案，而選已通西文者，期以六年畢業。於瑞記洋款項下撥二十萬兩，存儲備用。覆奏改折南漕辦法。上年有旨，飭與江浙兩省，及漕督會籌具奏，而往返電商，意見不一，戶部亦慮近畿荒歉，采辦價昂，至是交卸在即，單銜具奏。請於江西興辦內河輪船，仿製洋式瓷器，自吉安至吳城，自吳城至九江，自九江至饒州，分三路行駛小輪船淺水輪船。仿製瓷器，請免稅釐十五年。江西素不產蠶，請於高安縣設學堂，講求種桑育蠶之法。創辦蠶桑學堂。議定通海棉花布匹百貨出境統捐。行銷寧滬淮三屬棉花。行銷寧屬布匹，行銷通海百貨，釐捐按產地統收由商人包認，共二十六萬串，較平時減二十分之一，飭司局州縣籌議至再，以交卸在即，令地方官來省面商，已定議矣，而商民猶有不慊，為之長歎。十五日，劉忠誠公行抵江寧。十六日，電商趙撫院速辦蘇州租界馬路捕房等工程。是時交涉未決，公議先發以折之。既而交涉中變，二十三年，定租界章程，界內道路橋樑以及巡捕之權，均歸領事管理，沿河十丈之地，作為懸案。十七日交卸篆務，即日啓程。是夕至牛渚有詩。江行登采石磯，太白樓。過蕪湖，袁忠節張讌於官廨，縱談竟日。西上登小孤山、石鐘山，經廬山下，先約陳太傅同遊，太傅不至，遊亦輟。至黃州，遊九曲亭、寒溪寺，所至皆有詩。二十二日至田家鎮，閱炮臺。二十三日至大冶，觀鐵山。二十五日至江夏馬鞍山，觀煤井挂線路。二十六日至漢陽觀鐵廠。二十八日過江，至武昌。

許君有跋云：

公初署兩江，凡一年又四閱月，自籌防迄於善後，其間無一日休息。始至金陵，未受篆而奏陳軍事，籌購軍械。及奉旨仍回本任，於兩江吏治民生，力謀所以整飭裨補。嘗聞張望屺先生言，乙未除夕三鼓，猶在幕府治事，丙申元旦，亦在署竟日。今集中載此數日發摺凡十餘件，其一證也。於商務壹意振興維持。滬商葉成忠、何端棠，聲譽素著，御史張仲炘言其運糧濟寇，密旨嚴拏懲辦。公疏言兩人素有身家，且或為各路軍營，或為臺灣後路糧臺，委以采辦軍米重任，則其平日為人，必當為各該軍營等所深信，當不致悖謬若此。臣遴委司道大員，三次詳查密訪，不能得其影射私售之實證。此等違禁濟寇重情，既無確據，礙難以展轉流傳之詞，率興大獄，株累商民。應請毋庸置議。此事保全甚眾，滬商不知也。於官邪吏蠹，則釐剔必嚴，查覆文武大員各參案，皆據事直陳，無所迴護。道員劉麒祥總辦上海製造局，言路劾其任意揮霍，虧空鉅萬。是時製造局以整頓軍械，故直隸於督辦軍務王大臣，有旨敕公督飭劉麒祥認真規畫，毋庸王大臣督辦，並飭查有無虧短。公奉旨，即飭劉麒祥交卸候查，不以有督飭規畫之旨，稍存瞻顧。論才以廉樸為先，宜昌鎮總兵劉鶴齡，甲午冬奏調來江辦理防務，年老矣，以不營私財故而用之，欲激厲諸將，挽回風氣。鶴齡既卒。為奏請優卹，稱為廉將。乙未冬，舉行計典，致趙中丞電云：「黃道開張，馬道樸素，鄙意擬先儘樸素者」。黃謂上海道黃祖絡，馬謂江安糧道馬祖培也。湖北副將劉恩榮，因公虧累，公致譚敬帥電云：「劉副將操守最好，不缺額，不扣餉，因公受累，似可不必參辦」。此皆見之奏疏電牘者。本集不能備載，附記於此。

予案：許君此譜，是未定初藁，管中窺豹，頗以為似李翰章之《曾文正公年譜》。蓋其心目所景仰者，若甚龐大，落筆遂甚敬謹，取材不得不狹隘，凡舊日官文書所表現者，大人先生，往往如是，未可為許君病也。其實南皮之事功，不如文章，意存建樹，而力希忠寵，故有創而鮮獲。然其真性情，可從詩文字句裏鉤稽得之，此是書生本色，不宜忽也。以事功言，即如乙未歲南皮第一大事，為力主廢約，聯法存臺，不論其當否，要是一種主張。顧此主張及其動機，非偏考當中日戰後各國間關係，及許竹篔、唐薇卿以及合肥等之函電，未易豁然呈顯。予前所錄南皮幕府中之十四電，庶幾一斑。今迺以數言括之，實失於略。南皮畢生，如此有關中外之主張，良無幾事也。又如南皮以中法諒山之役，慕馮子材名，使之繕備江南軍事，其後軍紀不飭，南皮亦心病之。又如始營江浙鐵路，限制外人內地置產，限制租界，以及裁撤勇丁遣散安插之方法，皆不妨加詳。又如康南海設强學會，南皮助款而不列名。又如翁文恭憎南皮文字冗沓，其後又由文芸閣傳語，照舊陳奏。又如南皮以用錢過多，函翁求諒，試與後此南皮之痛詆康梁，又切齒常熟對較，便可見政局鈎心鬬角之內幕。若能儲集材料，如劉伯繩之《蕺山年譜》，焦廷琥之《理堂年譜》，多附錄雜事，或薈集眾說，則不論南皮之真價如何，而光宣四十年間之史蹟，與此老之生平，皆可躍現矣。年譜之種類方式至多，異日必有蔡上翔、錢德洪輩出，以彰荊公、陽明者。是許君此譜，又未嘗非佳史料也。

張之洞集外書札

前談南皮年譜，以為當勤搜詩文佚著，可以因微見顯。比承許君溯伊以南皮集外書札見示數通，中蓋有極關史料者，度是廣雅後人供編譜之資。予則以為其高談經世者，固足覘學識所極；而隨意短箋，臧否人物，議論朝政，尤可見一時士風政態之真。大抵南皮之談政治經濟，在四川學政之後，前此固純乎詞臣也。南皮當時與蕢齋、弢庵為莫逆交，今所錄者，蓋從豐潤家轉輯出者較多。蕢齋時已為閣學，嘗欲約張、陳兩公分考史事切於實用者為一書，南皮則擬為《經世文續編》。南皮致蕢齋書云：

來示四條，皆考今不考古之事。西域畿輔水利，前人早有專書者也。釐金不須論古者也。（自注）宋之經制錢即有似乎今之釐金。此事祇論今日利病，不必究其源流也。東三省古事甚略，且今昔逈殊者也。（自註）《盛京通志》荒率已極，私家考訂必更不易。即使既博且精，不過考明黃龍府在何處，斡難河在何方，何關經濟？近日諮訪自遼來者種種怪謬敗壞之狀，非疇昔所有，蓋本朝異於前代，今日又異於全盛時矣。欲講求此三事，惟在稽諸近日奏牘，或訪之故吏老兵，期於洞悉今日情形而已，至於古今竝考之說，乃就成功後貫串旁通言之，若用功下手之時，定應分為兩事，（自註）惟地理家援古以釋今，注經之名物一類，可舉今以證古。此為古今同時竝考者，與今日之意皆不合。

又云：

昨夜思之，若欲有所選述，他體裁皆不宜，擬為《皇朝經世文續編》，止須蒐羅五十年來奏疏吏牘，並近日名家文集選擇錄之。此體有畔岸而無偏倚，得尺則尺，漸次推廣，可以求日進之功；惟奏牘須求諸樞曹史館內閣部署及積年邸報，亦不易耳。然此體有今無古，若以古今通為一書，思之未得其方，望閣下與伯潛兄商度見教。

又云：

來示極是，經濟之學，讀官書尤須讀史傳，前夕之談，弟所以亦以考古之說進也。若各為一事，古今兼考自無所妨。惟三人結課，如何考校印證，思之未得其方，望與伯潛兄議之。

案：此數札之前，有一札，言建先哲祠及松筠庵公祭事；先哲祠創於光緒六年，楊忠愍以嘉靖三十四年十月三十日遇害，都人士歲以此日公祭松筠庵，是考史著書皆在光緒六年之冬。時三公以議俄約事過從甚密，觀此三札可見。至南皮與蕢齋論時政者，本集所載缺漏殊甚，溯伊從豐潤家藏手札鉅帙節出甚多，其尤要者如下。其一云：

得天津發書甚慰。合肥事以求傑士汰宵人為第一義，戰艦以多為貴，蠡船既不可恃，鐵船不必阻止，勿購廢壞者而已！閩廣人不可不用，赫德不可不訪，大要如此，尊論洞達，朝夕贊畫，宏益必多。中國今日人材物力，海防易，海戰難，控大連灣旅順是海戰也。戰倭易，戰俄難，兩鐵船僅足備倭耳。合北洋三口之稅以養水師，沿海屯防，自是勝算，能力贊之否？求開屯之人才而不得，決無此理。初五日集議駁去一條，晦庵先生所謂徒多為人所憎惡而已！

其二云：

時事如此，孰不痛心？乃有傾危細人竟欲乘機徼利，令人憤恨。某已危言切論，力排其說，不知果能中輟否？可歎可歎！

其三云：

藥釐事恪靖專疏言之，不提稅但加釐，已下海關督撫議行，津門當已備知。並未知照威使，此舉奇橫有趣。中國事向來失之弱懦，此卻太橫。但積弱之後，稍變局面，亦可令彼族奪氣。十日之內威使必至譯署饒舌，諸公須撐持得力方妙耳！

其四云：

適間露坐，偶一仰觀彗星，已掩四輔犯北極，指勾陳，第一、第二星之間，光氣尚長尺餘。鄙人素不信占候，安得天下人盡如鄙人堅持天遠人邇之說，力掃術士陋談乎？臺官如曉事，不以此搖惑人心則善矣。（以上光緒七年）

其五云：

閻丹老處昨遣弁持書往，但云有旨須當面傳知，未言何事。答書以體病天寒辭，屬將中旨錄寄，並云如係起用，實難任職，但候至四月間調養稍愈，無論出山與否，必當入京面聖等語。已再派員敦請，二月初十日邊方有回信。總之丹老無病，精力猶強，年才六十五，其心亦未忘君國，所以堅臥不起者，自云因在山東奪情。（自註）絕非因黃巖事。丹老自向人屢說之，以為於心無愧，如引疚，不說矣，傳言妄也。據所親及山西眾論，皆云不願作京官，且不願進京，恐花錢耳。前年臘月，衛放晉撫時，或譌傳放丹老，聞之絕無遜謝之辭。時在解州，次日即回朝邑候旨。以此觀之，心未忘此，可見。

其六云：

此間有知縣黃縉榮因公降調，查例有「得有升階可以抵銷」之條，遂援此例上請，竟遭部駁。大冢宰之賢，何乃不能與文法吏爭乎？若從此開一准抵之門，豈非愛惜人才之道，亦賢冡宰所樂為也。擬為再接再厲，尊意如何？

其七云：

江南加新引，以兵威塞蜀鹽以下峽之路，此是霸道，且亦非霸道，乃亂道也。既許楚抽淮釐，淮本愈重，川私之本愈輕，其能塞乎？

其八云：

潛邸決計四月入覲，渠自有謝疏驛發，當已早見明文。渠此疏辭大農而允入京，以愚見肊度之，自是文章波折層次。十召不起，超遷卽來，於理欠圓，不能不爾，加以諄命，必可拜官，一出真不容易，想朝廷必不肯放之還山也。總必為此老費盡氣力，曲折甚多，尤要在馬卿一人之力。大農位置自是極好，鄙人因到此聞其願外不願內，故初意盼以疆圻耳。

其九云：

新疆郡縣定議若何？劉、張兩疏甚中事理，藥稅不宜云憎，必以遞減為度。前醴陵有書海外事，某可自請與聞，此豈所能自言者哉？竹筠不來，總由某命應勞苦耳。

其十云：

入臺以來，豸冠增氣，激厲之道，可得聞乎？丹老想時相過從，能隨事開說，化其厭薄洋務之見為佳耳。（以上光緒八年）

其十一云：

大賢讀卷，首甲不應無人才。殿撰陳君是何等人，幸以見教。越事朝議若何？聞寶使又留，非無轉機也。仲弢首選可喜。

其十二云：

近日諸詩家詳加品第，空同一，大復二，青邱三，牧之四，水部五，和清六，若此數家，與仁者聯鑣而進，則為詞壇全璧矣。六如詩筆，老于頹唐，近乎油矣。北雁詩亦不出色，近有一疵。

其十三云：

讀蒲州所發大咨，知旌節已近，至為慰仰，何神速乃爾？歎服！歎服！改道一節，尊意以為不便，當仍於王胡驛奉候。霍州、蒲州兩次人回，賫到手書，具悉一一，兩公極賞碧川，足徵具眼，誠今日晉史第一長才也。承詢各節，體訪不得端倪。此次軺車所過，清風肅然，歷來未有此六論也。

其十四云：

奉復書具悉一一，聞黑旗之捷，甚快，日來又有戰信否？誠公過慎重，已屬滋老力鼓舞之。樂山樸實端方，一洗塵俗，此等舊書陳畫，置之琉璃廠中，大非俗目之所悅，而鄙性之所嗜者也。昨日得外縣報，忽亡一賢太守，（自註）阿林亨潞安守為之頓足悼惜，不能已已。人才本少，俄損其二，（自註）謂林以病去真不可奈何也！口外大青山以北甚旱，（自註）去秋至今夏駝馬僵斃殆盡，站夫逃散，臺站中絕（自註）謂賽爾馬蘇一帶此非小事。（以上光緒九年）

其十五云：

此間冬春無雪，以致新年無歡，兼有刑案數件糾纏，毫無佳趣，日來始稍輕快耳。鐵鑛正是鄙人刻意經營之事，正在籌辦，適奉公函，欣幸之甚，敬當奉行。但既責以此事，惟望天不奪吾晉，始可有成耳。洋軍火已籌鉅款往購，趙任所置，今烏有矣。此間軍裝局直同兒戲，所存有狼牙棒、月牙鏟、三股叉之類，全是戲劇，辦軍需二十年，糜費千餘萬，而其械如此，可恨！可惜！此卽陳湜諸人所為也。聞稷門妄談窘急之至，詳具明齋詩中，其詞危苦，若猶不見諒，只有乞蓮花池作祠祿耳。

其十六云：

時事憤急不可說！邸報見閣下乞假，宵旰憂勞，假滿必宜速出。總之，閣下今日萬不可退，退則此局全輸矣。國事如此，家事祇可寬懷。高誼極欽佩，惟萬不可激，枝節愈多，形迹愈離，以後無從補救矣。此事公私雜糅，是非互見，氣宜壯，心宜平，神宜定，方可為也。（以上光緒十年）

此十六箋，首二言李合肥，爾時蕢齋尚未㒈於李氏。中兩箋言閻朝邑，其間有勸蕢齋開說文介處，可見已較開通。其論詩家，絕非論詩，必以隱語指同時朝官與黨。空同，殆指高陽。其言山西「軍裝局所存狼牙棒、月牙鏟全是戲劇，辦軍需二十年糜費千餘萬，而其械如此，可恨可惜」等語，可見光緒初軍備窳弛，官吏侵吞之狀。而南皮於此等處，視昔之紅燈照卻槍，今之大刀隊勝敵者，其知識自迥不同也。

張之洞書生之見

近見有談翁李之隙者，纚然可觀。此自為甲午至戊戌之間一大公案，直關士氣與國運之興衰，非止談掌故也。予前述常熟與南皮之隙，南皮至於終身憾之。然常熟之扼合肥，其時南皮亦未嘗援李以抑翁。相傳辛丑和約時，南皮嘗力爭，合肥誚之曰：「香濤作官數十年，猶是書生之見耳。」語為南皮所聞，忿然曰「少荃議和二、三次，遂以前輩自居乎？」時人以此二十八字，匹仗天成，傳為絕對。今日姑不論李張兩語，孰為中肯，先考中日戰後立於翁李之外，別立一幟之張文襄，爾時究何所主張。拔可尊人次玉先生，甲午之役適在南皮兩江幕府，任文案，濤園先生，則總文案也。拔可家藏其先人手錄爾時南皮與各方面往來密電一帙，及今觀之，俱為掌故，而翔實珍祕，又為官中所或闕者。其時，南皮所自命之幹濟，於茲具見。亟假錄其中密電數通，借以為平亭茲事之助。

李冊中一電為：「天津胡雲楣致其弟芸臺電」。旁註：「四月初四日到」。案：此乙未四月也。電云：

和議現待許使覆電。蘷帥雖奉廷寄，昨到唐山與劉帥會議，大致以外事紛起，未曾道及戰事確有把握否？若一經毀約，盛燕兩京，能保得住否？請兩帥一決。明係難題目，津帥已遜謝不遑，劉帥曾翻案，頗難自圓其說。香帥電奏底稿，痛切已極，兄於二十日亦上稟商辦，軍務處不置可否，樞議一無擔當，時事難望轉機，可嘆。棻頓首。

二電為臺撫唐來電，初六日到，案：此臺灣巡撫唐薇卿景崧也。電云：

來示法願阻臺，若奏入，恐入間不肯商辦。此時聞俄阻遼，已大慰，誰復顧臺？乞公速電王星使，密告法俄德，一併阻臺，不然恐臺為英得。倭得臺三國不措意，英得臺，則權勢偏重，俄法必忌，故須使三國知之，蓋歸人保護，不如為人阻止之，為妙。且英未必真允保護，仍無補於大局，批約不知展限否？公有聞，祈示。景崧。

三電為唐撫又電，初七到，電云：

頃粵撫轉示北洋電，稱內外力爭，上意動，將廢約，十四日後，畿輔可危云。際此一線轉機，崧又歷陳割地之非。臺未失而割，各國將援而索地，尤不可。京師之重，重在皇上。巡幸而出，彼無恫喝，必不力攻，即所以保京師。公言較重，及此回天，一鬆將恐必有變矣。崧叩。

四電為天津偵探委員汪喬年來電，初八到，電云：

和議事，廷臣交劾，上問計峴帥，復奏有三戰必克語。現上意不允和。喬年稟。

五電，為南皮致巴黎王欽差，初八丑發，電云：

接總署初七來電，奉旨，張之洞電奏等因，請即遵旨，速赴外部切懇法力阻倭占臺灣，相機籌商。昨接閣下冬江兩電，均照錄電奏，並請旨即派閣下切託外部，力阻倭占臺遼，並探其所欲，許以厚謝，一面暫宕，力託各國展限換約等語，並將撫臺電稱臺民將變，現已聚眾鬨撫署，戕中軍，欲劫留唐撫，及軍械割地各激變各情形瀝奏。此次奉旨內將來電所言各節商辦等語，自係包括懇阻臺，恐民變，探所欲，許厚謝，託展限，四層在內。所謂切實商辦者，必須肯用兵力脅倭，方為切實，祈速商速復。聞上意已動，將廢約，結援尤要。若翻約而無援，則更可危矣。之洞。

六電，為各督撫聯銜電。電云：

奏云傳聞十四日烟臺換約，此舉一定，實關大局安危。各國現正商辦，有已有辦法者，有未得確音者，但有強國出為排解，總可挽回幾分。伏懇宸衷務加審慎，迅飭總署使臣，力懇各國切商倭人，展限數旬，停戰議約，以便詳加斟酌。縱容數旬，各國必有真實情形，彼此交忌，必然相爭，庶可因時變通，相機補救。此時懇各國助戰則難，懇各國展期則易。若倉卒換約，各國皆歸責於我，豈不多樹數敵，鑄成大錯，悔不可追。謹合詞籲請，惶悚迫切，請代奏。之洞、寶泉、繼洵、德馨、秉衡、景崧、聯桂。

案：此兩江張之洞、閩浙邊寶泉、鄂撫譚繼洵、贛撫德馨、魯撫李秉衡、臺撫唐景崧、桂撫張聯桂合奏者。七電，為使法王欽差來電，十三到，案：是王之春。電云：

奉旨後偕龔赴外部，據云輿地歸不便居功，現雖連合西班牙，正議保臺，聞新約批准以後難辦云，業已電署請旨，再籌辦法。前庚電包括四事，龔不令繙譯，言意藉推卸，殊與上不忍棄置臺民之意不合。生靈百萬，係在我師一人，祈商臺撫仍亦激變情形設法，則法可著手，乞轉唐。再，事急矣，外部所欲擬即預籌，或可補救，一面令慶開導，乞示遵之。春叩。

八為武昌譚護督來電，十四未刻到，電云：

蒸電悉，審公聯銜電奏，展期換約，深中鄙意。頃惲道得其弟祖祁電稱，曾奏上動宸聽，和約展期，俄法均助我云云，大局冀可挽回。惟念彼所挾者，偪處燕京，必有以破其所挾，庶無他慮。西幸雖經敝處陳及，前接公電，亦云非定計西幸不可，此時若得公會同各疆臣合詞籲請，則上意可堅，大局幸甚。展期一節，如未得有確音，可否一再聯銜電陳？仍祈卓裁。繼洵。

九電為南皮致巴黎龔欽差、王欽差，十三發，案：龔為心銘。電云：

急，俄已爭回全遼，望見法外部，激切與言。英船已有在臺者，若稍遲，則法落後著矣。洞。

十電為天津汪喬年來電，十五申到，電云：

今日烟臺換約，中日使者已集，本早俄德法駐使臣突告總署，俄廷已與倭言，勿得取奉天地，換約日期可展緩七天，等語。相傳電伍聯轉告伊東，候旨再換，伊東忿欲立時回國。伍電相覆奏，午後奉旨趕緊互換。頃伊籐來電，又云照議暫停換約，經相電奏，未奉旨。現倭船均回國，俄艦六法艦德艦均在烟臺，又訪聞俄要奉天、法要臺灣，德謂賠款，有向該國息借，等因。似此紛紛，干戈未已，奈何，喬稟。

十一電為湖北譚制台來電，十七未到，電云：

銑電，知展期將已辦妥，乃為伊東恫喝迫挾，功敗垂成，真堪恨歎。公卓見有何斡旋之法？俄法德各國，聞日來有動作否？湘省士民公憤，無不願出死力爭之，其如鑄成大錯何？繼洵。

十二電為臺撫來電，十七戌到，電云：

> 法輪無論到否，臺民絕不讓臺，請派員入都叩閽，固無聊之想，亦應有之義。茲派姚道文棟入都，竊思公既統籌全局，姚道應否趨謁，請援機關，再行北上，抑毋庸謁，乞示。崧。

此十二電，乃予從李册中百十電間摘錄而得，觀此自可知當時南皮所以自命，翹然於翁李之外者，乃為阻止簽訂合約俾得運動法人，阻日得臺而已。此事從今日論之，其策良楛，固不值剖析。而可慨歎者，吾國彼時外交方針，已不知求己，但思求人。觀胡芸楣電，可知彼時樞譯（即軍機大臣總理衙門之簡稱）之全不肯擔當責任。劉坤一主戰，而胡電稱不能自圓其說，其言三戰必克，亦是不可不有此言耳。唐薇卿號稱力守臺灣，其後自稱伯理璽天德，而觀其電，亦不過主以臺與英、與法，其他滿腔歎恨，而不能有辦法者，更不必說。盈廷之訟，其勢仍不能不取決於合肥。夫戰敗而不欲和，事勢固不可得，言和則又詆為賣國，合肥之處境，亦太窘矣。即此觀之，南皮之主張亦已昭然，其所以有異於「書生之見」者，又安在耶？

梁鼎芬陳寶琛致張之洞書札中史料

屬筆竟，纕蘅出示所藏梁節庵、陳弢庵與南皮書札兩巨帙，其有裨予之載記不少，真絕妙史材也。節庵一箋云：

比聞公傷悼不已，敬念無既。（旁注云，斷斷不可如此，憂能傷人，況涕泣乎？）今思一排遣之法：長素健談，可以終日相對，計每日午後案牘少清，早飯共食，使之發揮中西之學，近時士夫之論，使人心開。蘇卿遺札，檢之淒然，親知若此，何況明公。然已判幽明，悼惜何益，尚乞放懷。鼎芬向編有《師友遺詩》，現擬請玉叔將江、柳二詩鈔付入集，以存其人。（旁注云：并加數語，述其生平。）壺公前輩左右，鼎芬頓首。

又一箋云：

長素於世俗應酬，全不理會，不必區區於招飲，鼎芬亦可先道尊意與近事，渠必樂從。如可行，今日先辦。或欲聞禪理，兼約禮卿使之各樹一義，粲花妙論，人人解頤，連日皆如此。康、蒯二子，深相契合，兩賓相對，可以釋憂。比仲弢病苦，鼎芬忙苦，此舉可支五日。五日之後，中弢可愈，鼎芬卷可少清，便能接續矣。尚書足下，鼎芬頓首。

此兩箋是當時南皮延重康長素之鐵證，而節庵居間尤力。首箋中所言蓋南皮之喪其長孫，次箋則竝言蒯禮卿及黃仲弢也。陳弢庵一箋云：

達公前輩執事，匆匆出都，遂闊音問，晉陽新政，四海所瞻，公之勤勞，亦已至矣。（中略）去國半年，時局略異，少農罷政，庶子掌臺，舉錯如斯，方惜公與丹公不即柄用。更生乃忽自汙，以快讒慝，令人憤懣欲死。譴責固所應得，然其數年來忠讜之言，隱稗朝局，亦中外所知也，當不為一眚所掩。既不蒙曲宥，若久于廢棄，恐亦難饜人心。侍與之同年，縱跡又密，欲論其事，則涉阿好黨護之嫌，望微言輕，亦恐難回天聽。閱鈔後，彷彿數晝夜矣，公能為大局一言乎？在渠疏野之性，棄官如屣，方且愎而不悔也。（下略）手此敬問興居，不盡百一。侍寶琛頓首，二月十二日，袁州試院。

弢老此箋，蓋為竹坡自劾而發，竹坡既革職，意求南皮疏為之復官也。更生者，劉向之字，以比竹坡，言同姓之直臣也。南皮時任山西巡撫，弢庵則江西學政，錄此以為當時清流相惜氣類之一證。他札夥頤，以不涉上述事，不為具錄。

梁鼎芬致張之洞書

梁節庵上廣雅一箋，藏戴亮集處，凡四紙，筆意飛迅，予久疑為節庵力勸南皮殺唐佛塵者。但佛塵先生就義，為庚子七月廿九日，此書月日草書似作四月，故久未能決。以叩於竹君先生，亦莫能定，欲攜以問石遺老人，師欵又下世。今錄此函如下，附疏吾見。

鼎芬閒坐江上，忙花院中，竟能手辦一大賊，報國愚誠，可以少慰。惟一賊甫獲，羣賊蠭起，勢極洶洶，禍將不測，看此舉動，明係合夥同謀，妄思欺奪君權，破裂孔教。鼎芬定計辦理此股賊匪，心力堅果，本可不必商量。敬念我公清望冠時，素以天下為己任，殺賊報國，肅清海宇，功有專屬，責有專歸，此等大事，當語仁公，首先料理。但恐執事顧忌游移，心慈手軟，但切隱憂於私室，不能昌論於公廷，徘徊一月，纏緜千語，計尚未定，賊已渡河，此時縱有百部守約書，百處正學報，百間武備學堂，於事已恐無濟。今特專誠奉懇，公必能奮然興起，昌言討賊，任事剛決，發議正直，鼎芬伏處瓜牛，自聞風鼓舞，心悅誠服。如仍居寬厚之名，為博大之事（如特科薦梁賊啟超之事），未能同志，無可屬望，鼎芬即還我故山，合天下志士，誓滅此賊，不復告公。禍在眉睫，要辦即辦，乞公一言，請即定志，明晰示我。若同坐抱冰堂，千懷萬語，散時仍無著落，則此日可惜，此賊難辦。鼎芬剛腸直性，未能久羈，日內告辭，回山辦賊。區區愚誠，上愛吾君，下愛吾友，國危至此，賊勢猖獗又至此，真不勝痛憤憂迫之至，皇天后土，實聞此言。謹上尚書足下，鼎芬頓首，四月三十日。

又附箋云：

羣賊起事，是廿五日，大賊誅除，是廿七日，此事仍是大賊所為。又辦旨有督撫送部引見字樣，督字請公細閱，萬萬勿以薦特科辦法（如薦梁賊啟超、蒯匪光典之事）致使天下志士灰心。

案：此箋，必是戊戌後所作，似尚未至庚子拳亂，箋中之四月，非己亥，即庚子，己亥湖北無事，故必是庚子四月，大賊必指南海，以有破裂孔教字樣也。佛塵先生未被逮前，頗運動南皮合作，南皮亦頗為所動，馮自由《革命史》述之甚詳，故節庵以危言怵南皮，懼其與佛塵合作，所謂請即定志明晰示我也。故此書雖未必為搜捕佛塵，而實即一事。今考是年三月二十一日，梁任公有一書論羅伯堂、唐瓊昌眷屬被捕事，以意揣之，湖北或已有逮捕何人，或參革何人之事，而節庵張皇以為己功耳。節庵是時似又新自焦山來，故有瓜牛之語。前錄節庵薦康長素、蒯禮卿於南皮一箋，所云「康、蒯二子，深相契合，兩賓相對，可以釋憂」者，今則一指為賊，一詈為匪，前後矛盾，姑不具論，而戊戌朝局一變，紛紛以君權孔教相標榜，號呼載途，羅網踵後，抑亦何可笑耶？

南皮手札叢稿

南皮手札叢稿一帙，纕蘅所藏者。首頁是詩稿，晚年在京師作之絕句，〈食陶菜〉、〈哀舊〉、〈道路〉、〈長安〉、〈學術〉、〈此日足可惜〉凡六題，詩並已刊集中。唯〈食陶菜〉一首，原自註名曰「陶菜」，上有「廣和居」三字，後以墨鈎去。第五頁，是兩聯詩鐘，燒鴨嵌第一字，詩云「燒仍不盡香山飽，鴨豈能言魯望諧」；又云「燒指羣迷韓愈表，鴨頭殘字右軍書。」下自註，右軍有《鴨頭丸帖》。此兩聯亦尋常，首聯差勝。後有黃仲弢為擬致許竹筠、袁爽秋、樊雲門、王廉生函稿，是仲弢手書，南皮塗改，皆庚子拳變時，致書此數人於京師乞其詳告者。其附箋云：

再前奉高密相公覆電，言至痛切，憤恨無極。惟其中尚多未盡之詞，自肇事至今，內間祕密宗旨，兵事曲折情形，務懇詳悉示我。其有關重要者，請速用密碼繙好，付原差至保定電發，以便早得聞知。洞又啟。

此附箋所稱高密相公者，榮祿也。榮字仲華，漢高密侯鄧禹，亦字仲華，故稱榮為高密相公也。另有致喬茂軒、甘少南、王弢甫書，亦是仲弢手書稿。其後有手書電稿十餘通，則係甲申中法之戰，致李合肥、曾沅浦、張幼樵、何小宋及陳伯潛者，皆言法人謀臺灣，及粵軍援閩諸事。中有上總理衙門一電，敷陳戰略，頗足資考鏡。此紙云：

總署，密且。聞法又圖臺，此中國之利也。即有竄擾，內地不驚，一。土人頗強，兵食足用，二。瘴熱崎嶇，主利客否，三。非戰無策，軍民並力，四。法雖增兵大舉，斷不能深入全臺，鈍兵久留，數月必困。外兵援閩，勢有不及，敵注臺則閩解，他海口亦紓矣。擬請速敕劉督辦設法，誘之怒之，優旨懸賞，激厲軍民，力戰固守，能使敵牽留於臺，即以為功。昔鄭成功逐荷蘭，乃臺能勝夷證據。前旨詢出奇牽制之策，此或是困敵之方，遵旨再陳，請代奏。通州電宜速接至京，彩服期宜否？之洞肅，敬。

此電開端「密且」二字者，在今日當作「且密」，清時以密碼記號，放在密字下也。所陳以臺灣誘法之策，今日自不必批評，虧他想出二百餘年前鄭成功逐荷蘭之古典，當時皆以法夷英夷，猶是二百餘年前之嗬囒紅夷也。號稱通達時務者，不過如此。試思法國以何理由，肯注全力於臺灣，而不侵內地乎？策略與人情相遠矣。又案：南皮此電有云：「非戰無策軍民並力」，與上載王旭莊致張繩庵書，「聲罪致討布告中外」云云，同為主戰論者。用知吾國名流，不拘何派別，自古及今，一遇夷侮，皆為主戰論。可惜「將為何人，勇在何處，槍炮子藥由何省應付」之言，必待馬江敗後之張佩綸，始肯形諸筆墨耳。甚矣，名流之不好談準備也。

庚子兩宮西幸時之湖北貢品

南皮手稿有一箋似是疏中之附片原稿，今錄全文如下：

> 竊查鄂省每年冬間，督撫向有貢品，此次自當循舊備辦。惟例貢品物，只係相沿舊式。竊念關中地氣高寒，兩宮宵旰憂勞，服御所需，或有未備。茲謹於例貢之外，賫呈天生野朮兩種，以備宮廷頤養葆和益壽之需。歷代史鑑、名臣奏議文集，以及有關治道之書十二種，以供萬機餘暇，考覽古今之用。並服食所需，陝省罕有各物十四種，藉申芹曝之忱。派湖北候補知州英勳，賫赴行在呈進，仰懇俯賜賞收。除例貢另行具摺恭進外，臣等謹合詞奏陳伏祈云云。

考《廣雅堂詩集》紀恩詩十五首中，第三首，「敢道滹沱麥飯香，臣慚倉卒帝難忘」，下有自註，述西幸在陝時湖北貢品，豐足濟用，此詩與附片所述，即係一事。附片係庚子所上，紀恩詩則癸卯入覲作。意南皮當時必選那拉后喜御之日用物品進貢，故大搏歡心，事隔四五年，尚於召見時述之。當時所云，陝省罕有之物十四種，不知原單為何物，度必漢口、上海採辦者，故曰豐足濟用也。

樊增祥致張之洞私函中之政治祕辛

樊山入民國，年已六十餘，予於癸丑秋作滬游，以沈愛蒼先生之約，覿翁於樊園。及後翁來北都，文酒之會，月必十餘次，少亦五、六次，篋中所藏翁詩札最多，雖少長相懸，而蹤跡甚數，前塵宛在，記亦不勝記也。日昨忽見戴亮集購藏翁上南皮一牋，蓋私人祕札。樊歿後無新刊之集，即刊集，亦斷不收私函。然此等書札，乃是人生真面目，不但其中包含無數史料。亟備錄之，加以註解，匪惟記樊所以特受南皮之知，清季政紀之壞，於茲亦可得旁證。

樊箋云：

受業樊增祥謹稟，夫子大人鈞座。敬稟者，抵京後，三肅稟函，度可次第上達。頃由摺弁齎示手諭，欣悉福躬康復，惟脾溼未除，尚望隨時節宣，輔以上藥，去病猶平賊，要當剷除淨盡耳。受業抵京，因有兩月耽閣，賃居北半截巷（三遷然後定居），幼樵故居之間壁，事定甫投文。據部友云，凡告知近有底缺者，先以起復引見，近來朝命，均係勿庸坐補原缺，則以知縣歸起復班候銓，不准呈請仍歸原省，此時指捐陝西，便可省卻捐離直隸一款，惟指分後，又須晝接，則是兩次引覲矣。此月廿四日，吏部驗到，兩覲均在十月，出都總在仲冬。伏蒙垂念捐項，摯愛逾恆，受業茍有缺乏，亦惟有向函丈呼籲。所幸此次雖多引見一番，卻省卻捐離一款，受業所攜貲用，儘可敷衍出都。惟到陝後，恐定興中丞以幕府見縻，懇祈函丈貽一紙書，屬其予一地方，缺無論肥瘠，但求免首劇，不勝幸甚。受業前過天津，與豐潤傾談兩日，渠雖居甥館，迹近幽囚。據云：合肥始以津通之故，意不能無望，自函丈節次電信，深相推挹，渠已渙然冰釋。至三廠交伊接替，則自云無出山理，且云不婚猶可望合肥援手，今在避親之列，則合肥之路斷矣。又云在甥館本不與公事，惟函丈三廠事，若有稍近瑣屑，不欲徑達合肥者，可電致渠處，渠當代達云云。又云：合肥此次得書甚喜，渠在旁云，事事皆可助，惟錢不能助。合肥云：錢亦能助，如部撥山東修河之六十萬金，若推延不解，我亦可代催。又如鋼軌既出，我少買洋軌，多以軌價付鄂，俾資周轉，是亦相助之道也。受業窺此兩人，均已為函丈所用，豐潤尤有結托之意，但使時時假以書問，必效臂指無疑。渠又云：密電可不用，緣電報房密遞合肥，若渠致鄂電，密不能繙，必使合肥生疑，此亦實情。在津時，渠云：合肥三日內必復書，渠俟見合肥信後，再作復函，此時想均達籤室矣。總之，幼樵識見之明決，議論之透快，其可愛如故，吾師何妨招其游鄂？縱不能久留，暫住亦復甚佳。渠在津窘迫已極，郎舅又不對（小合肥欲手刃之），絕可憐也。蘇鄂對調，由於高密自危，求救於濟甯。高密之弟（現已物故），是濟甯門生，前此高密在京，亦夤緣以弟子禮見濟甯，絕愛憐之。其必調蘇藩者，聞博泉前輩述北池語云，軍機處得星下書云，醴陵盡鬧脾氣，此次鄂藩需才，遂有此調。樞意以為壽丈與函丈必不相下，欲使同室操戈，以快渠輩之意。受業與再同早見及此，再同謂祥云：我寫信，老人必不聽，而最信君言。祥於五日前，已詳致壽丈一書，備言夫子艱鉅孤立之狀，及欲得壽丈共事之心，懇其勿信浮言，彼此匡助。（傳說函丈令莊道開湘中富人名單，莊道不肯，湘人以是怨函丈，不審有此事否？）緣湘人近來頗與函丈樹敵，壽丈得湘人書，意不能無惑。總之，函丈與壽丈，同一為國為民之心，其本原無少異，所稍歧者，外著之規模耳。此次壽丈到鄂，惟求函丈優加禮貌，傾心委任，如于次公之在粵，不惟吾黨之幸，亦天下之幸矣。祥若早知此事，必不遽行，若使增祥奔走其間，似不無少裨也。都門近事，江河日下，樞府惟以觀劇為樂，酒醴笙簧，月必數數相會。南城士大夫，借一題目，即音尊召客，自樞王以下，相率赴飲，長夜將半，則於筵次入朝。賄賂公行，不知紀極，投金暮夜，亦有等差。近有一人引見來京，饋大聖六百（大聖見面不道謝），相王半之（道謝不見面），洨長二百（見面道謝），北池一百（見面再三道謝），其腰繫戰裙者，則了不過問矣，時人以為得法。然近來政府仍推相王為政，大聖則左右贊襄之，其餘唯諾而已。高陽與北池締姻，居然演劇三日，習俗移人，賢者不免，仍今信之。（祥與比鄰，不堪其擾。）竹篔昨日談及，大聖近來於函丈，亦不甚為難。常熟雖不合，然渠亦自命清流，夫子負天下重望，渠決不肯顯然樹敵。戶部自子開物故，實為函丈之福，往日挑剔皆此一人之鬼蜮，今則廣東報銷，無復他慮矣。竹篔又云：凡兵部有所駁斥，函丈初疑洨長為之，實則不然。兵部現由香山當家，渠以治吏部者治兵部，以故事多扞格，由其不在行也。邱病初甚危篤，（七月底已愈，八月初又犯，既而反覆多次。）傳說身如枯木，山東林令來聲言無碍，人初以為妄，近日居然大愈，稟賦可謂極厚，亦國家之福也。京師故人，廉生氣體頗壯實，再同病甚，頭童齒豁矣。黃漱丈不動不變，老輩風流。李蒓翁得御史後，牢騷漸平，（欲有所陳，尚未封上，但談時政，不事搏擊。）函丈之意，祥已轉達，渠甚感幸也。黃樓、百泉，謹飭可喜。玉叔稍不羈，致有鹽大使之訟。

博泉前輩，想已函告，不復贅陳。然博翁亦有過聽者，如云玉叔煙癮甚大，玉叔實無此癖也。前函久不達，恐有浮沉，此稟與前兩函互為詳略，想不斥其繁複。來弁索書甚急，燈下草草，恭請福安，伏惟鈞鑒。受業增祥謹稟。（如有電諭手諭乞徑賜祥寓為叩。）九月十三日漏三下。

此函內所述諸人表字或隱語，今先就知者釋之。幼樵、豐潤，皆張佩綸。定興者，鹿傳霖。高密即榮祿，解已見前。濟甯者，孫毓汶。醴陵、壽丈，皆指黃子壽（彭年）。博泉者，劉恩溥。北池者，張子青（之萬）也，時住北池子，故云北池。再同者，黃國瑾，彭年之子。大聖亦指孫毓汶。汶長，指許庚身，切許姓。竹篔即許景澄。廉生，王懿榮。潄丈者，黃潄蘭（體芳）。蒓翁，李蒓客（慈銘）。黃樓、百泉、玉叔，皆南皮從子。

全書可分三節，首敘在津與張蕢齋長談，兼為合肥、南皮居間事。考二張交甚厚，不待樊之為介。唯當時清流名士，多集矢李文忠，蕢齋獨壻於合肥，度爾時必尤為新舊所嫉，若南皮則宦術甚深，自不避結納。書中「津通之故」，指當時海軍衙門，欲修天津至通州鐵路，而南皮反對之，奏造京漢，合肥不悅也。三廠事，指湖北紡紗、織布、繅絲等三廠。樊述李伯行欲手刃張蕢齋云云，恐過甚其詞。然張之就婚，出自文忠夫人意，其家不以為然，此說有因，孟樸《孽海花》所紀，亦傳聞有自。次敘黃彭年調湖北布政使事，考《清史稿‧黃輔辰傳》，附子彭年：

十六年調湖北布政使，總督張之洞尤倚重之。然守正不阿，遇庫款出入，斷斷以爭，雖忤其意，勿顧也。未幾卒。

據此，則醴陵性之剛執可見，南皮雖倚任，而不能無忤，宜樊山之急為兩家道地也。復次敘當時朝局樞府惟以觀劇為樂，酒醴笙簧，月必數數云云，即舊都俗所謂唱堂會，爾時正皮黃、秦腔兩者皆全盛之時，汪大頭、余紫雲、時小福、十三旦皆當盛年。又賄賂公行云云，考光緒十六年軍機大臣，為禮親王世鐸、額勒和布、張之萬、許庚身，孫毓汶。案：樊箋所述，引見者饋金數目，以孫為最多，世鐸次之，庚身又次之，之萬為殿，額文恭不與焉。（當時朝士有流行之謔，以「額勒和布」對「腰繫戰裙」，一時稱絕，樊函之腰繫戰裙，即指額筱山。）今考《清史稿•許庚身傳》稱：「時樞府孫毓汶最被盼遇，庚身以應對敏練，太后亦信仗之。」又考額傳稱：「額勒和布，木訥寡言，時同列漸攬權納賄，獨廉潔自守，時頗稱之。」以兩段與樊箋印證，可知所言悉為事實。清政自茲益壞，奕劻用事，賄賂乃什百倍之矣。此外箋中「邸病初甚危篤」數語，此邸，指醇邸。案：醇賢親王，光緒十六年八月病甚，十一月薨，醇王為德宗之父，故曰國家之福。再同病甚、頭童齒豁二語，案：黃彭年父子，竝卒於是年，彭年歿於鄂藩任內，國瑾以憂卒。此書作於九月十三日，與前錄王可莊一箋，當為同時者。南皮以光緒十五年七月由兩廣調湖廣，蒞鄂不久，故銳意結納。樊山是時正以知縣赴陝，不久即出京，以通門籍故，其語甚親切周密，可見樊之幹才，不十年遂直陟監司矣。（編者案：作者所加註釋，尚漏所謂「兵部現由香山當家」之「香山」。以當時之《縉紳錄》考之，當指兵部右侍郎白桓，以「香山」為隱，切其姓也。）

樊函中有「李蒓翁得御史後，牢騷漸平，欲有所陳，尚未封上，但談時政，不事搏擊」云云。以樊山與蒓客之親密，此數語，宜可信。然蒓客得御史後，實不如此。考蒓客以戶部郎中考御史，資淺不及格，於是黃漱蘭、盛伯希代捐俸滿。考取後，自期言人所不敢言，一補御史，即參順天府府尹孫楫，辱詈屬員，威逼自裁。屬員者，東路同知郝聯徽，為蘭皋先生之孫，實有此事。而摺交潘文勤查復，文勤徇情面，強取郝氏家人切結了案，蒓客因深鄙潘鄭盦。樊函殆尚未知蒓客劾孫楫時所發，而所謂「但談時政，不事搏擊」八字，即南皮居諫垣時之祕訣也。

張之洞軼文

南皮歿已二十餘年，近日其家搜輯遺文，檢遺篋，有敗楮書百餘字，言胡石查戶部刻印之工。其曰：

石查戶部，承學青箱，博文玉府，書儕能品，畫究南宗，東廣微能識漆書，戴安道自溲瓦屑，輪扁椎鑿，皆見道真，張衡渾儀，自由懸解，琴觴餘事，刀筆多能，鑄三十五舉於胸中，舞萬六百文於肘後。初宗陳趙，已軼文何，近復麾斥旁流，極研太始，白文則摹周璽，朱篆則主秦章，將使籀鼓齊肩，斯碑卻步。苕華璀璨，美人贈之以刀，棘刺纖凝，見者請觀其削。君入宣和印史，當令萬馬皆空，我慚皇甫弁言，敢書百名以上。

案：此當是石查作〈印譜序〉，而未定稿者。又〈送王壬秋歸湘潭〉詩原稿，有小序，本集無之。序曰：

壬甫才調冠時，善談經濟，〈哀江南〉一賦，海內知名，徧歷諸侯，朝貴折節。其始來上計，在咸豐未申，江海擾攘之時。其重入都門，在同治十年，鐘簴奠安之後。舊游雨墜，尺波不留，既被禮部駿放，盤桓無遇，浩然思還。蓋是時朝野熙然，方謂中興之業，而壬甫亦將老矣，將道金陵，謁湘鄉幕府，泝大江望衡嶽而歸。水閣宴集，言送將歸，四座親知，或有篇詠。余感虞卿之著書，□馬援之慷慨，撫山川之今昔，悲秋氣之泬寥，命篇敘意，不知感慨之無涯也。

南皮此詩，有老女句，喻湘綺甚肖。朝野熙然三句，甚佳。後湘綺再入薊門，有〈法源餞春序〉，詞意亦與此頗類。南皮所以刪此序之用意，殆亦以朝野熙然句，有弦外之音也。

王仁堪致張之洞書中史料

王可莊先生（仁堪），以光緒丁丑狀元，出知鎮江蘇州府，惠政流傳，前所述與張蕢齋絕交書之旭莊先生（仁東），即其弟。王氏昆仲，在光緒初年，繼武清流，有直聲盛名。昨覩其與南皮一書，雖尋常箋候，而所言已多關故實，書法尤茂密。牋云：

壺公前輩大人座下，午節得電，並蒙厚賜，百務匆促，乃未裁謝，愧汗，愧汗。都門淫潦，屋壁皆頹，同人惟蓮生、仲弢住屋未漏，敝居六十餘間，幾無片席乾處，修葺牆宇，整比書帖，近始復舊。東弟濕疾生癬，纏綿月許日，秋爽始能出戶，鄙人拙於肆應，遂無刻暇矣。〈蘇齋圖〉，乃長樂初家物，價不少讓，已為他人購去。昨於廠肆，得萬季野先生《明史稿》本，惜有殘缺，略校《明史》，多不同處，只儒林、文苑兩門，萬本多出列傳，幾及百篇，姓名不見《明史》附傳者，且四十人，與蓮生爭購，書賈益復居奇，故為價甚昂也。前月始見雪城諸君光復之諭，山東劉侍御（即劾文芸閣者）疏論此事，謂一劾一舉，無兩是之理。疏上留中，劉意不平。或謂劉曰：君疏再發，豈非三是耶？劉亦一笑。臺北越石，以煤礦包給洋人，邸眷大衰，前數日有密諭，召張蓉軒，張不肯就，故處分特致革留。夾袋人才，搜索及於此公，何其窘耶？小合肥以洋債自媒，既得倭使，遂改債約，小人技倆，雖復可恨，然未始非國家之福。官中飼蠶，南北海隙地，來歲悉種桑田，慈聖每膳後自覓桑秧，出地甫寸許，以綵旂標識之，中官分段司其灌溉，槁死，或為麋鹿踐食，輒鞭之。綵旂高下彌漫林阜間，而中官望之，咸蹙頞也。中元北海放燈，以紅綠紙翦花若葉，粘木片，插短燭，翌晨入直，醉紙淚蠟，拍浮水面。苑內火車路，以數十人牽挽之，若冰床然。兩宮出入，多乘東洋小車，製如滬上，惟黃幄朱輪耳。蠶市口洋樓，發銀六十萬，不用內府，交總署監修，大約一切陳設器具，皆要洋式，耳聞目見，殊非好氣象。涉筆偶及，千萬付丙，防《申報》傳刻，聞者不免解體，不獨守溫樹之戒也。鄂中礦物奚似？便中幸示數行。手此奉布，敬請台安，順賀秋禧，諸惟垂察不備。晚生堪謹啟。

此書不署年月日，予所考定，必為光緒十六年庚寅所作。其證有三：一，為書中稱都門淫潦屋壁皆頹等語。案：庚寅夏，北京大雨，綿延四十餘日，城內各市巷，水深二三尺至七八尺不等，永定河漫蘆溝橋，水至永定門。又水壅順治門不能開，牽出象坊二象，以鼻拽之，與嘉慶十三年光緒十九年之雨，同為北都三大水災。二，為書中臺北越石，指劉壯肅公銘傳。考劉省三為臺灣巡撫，至光緒十七年辛卯二月，以病免。此書必庚寅作，爾時劉猶撫臺也。三，為書中小合肥，指李經方。考《清史稿》德宗紀，光緒十六年七月癸巳，派道員李經方充出使日本大臣。此書稱其既得倭使，遂改債約，則作書時至早亦在七月杪，觀有秋爽語，或竟至八月初。證以四十餘日之雨，修葺牆宇，整比書帖，自當延至秋間也。繇斯以觀，王作書之年月，當無疑義。

〈蘇齋圖〉之收藏者，長樂初，當是長善，容續考。此圖為陳弢庵所得，弢老又以贈南皮，其後又以李爵畫，從張君立易歸之，去可莊先生之歿已久矣。其稱劉銘傳邸眷大衰，此邸字指禮邸。始盛伯熙攻恭邸、高陽，黜出軍機，今考十六年軍機大臣之首列為禮親王世鐸也。（編者案：甲申朝局變後，秉國政者實係醇王奕譞，禮王不過傀儡而已。此云「邸眷」，自指醇邸；作者謂係禮邸，誤矣。）雪城，即王秉恩（雪澄）。李伯行，當時羣以小合肥呼之。其時朝士皆反對合肥，尤鄙言洋務，出使外國，幾為朝官所不齒。吾鄉羅稷臣（豐祿）曾為出使英國大臣，於外交界負盛名。其喪歸里，卞寶第為總督，佯語藩臬司道，問羅豐祿為何如人？羣知卞意，答以不知。故延宴闔城文武，不許往弔。此皆其時輕視使節之一證。而庚寅辛卯間，正常熟一系柄國之時，合肥極不得志，李經方為日本駙馬等謠，所由起也。宮中飼蠶地，在今北海之東偏，別有繚垣。蠶市口之洋樓，度即西苑之海宴樓，今名居仁堂，在春耦齋後。金息侯之《清后外傳》，稱光緒十五年增葺西苑，當即指此。其時士大夫聞建洋樓，皆蹙頞太息，雖近固執，然那拉后之淫侈土木，不知圖治，朝政日非，所謂殊非好氣象者，亦自為事實。

此箋友人戴亮集所藏，蓋前歲新以賤價得之者。春夜無俚，偶拾所知為註釋，居然連紙。惟萬氏《明史稿》尚存否？當馳書以訊王家羣仲也。

張之洞前身爲猴

吾國人好自詡前身由畜生道轉來，尤喜稱猿猴轉世；宋明諸筆記所載，不具舉，近代如袁子才，即傳前身為點蒼山老猿。此殆文人詡祕錮習，今日固不足再道，然酒餘茶後之談助，亦聊以適意也。

張南皮為猿猴託生，予在光緒末年，侍立客座，即聞諸老輩言之。時文襄尚為湖廣總督，未入軍機也，可知此說流傳之早。南皮下世近三十年，今欲徵證，頗不容易。許溯伊為《舊館綴遺》稱：「世傳文襄生有自來，黔中人言興義山中有猿，得道化為老人，月夜山巔獨坐，山中人往往遇之。文襄既生，老人忽不見。」又云：「貴陽南門內六峒橋，即老猿隱形處。」前一說詢張氏後人，云亦聞之。案：袁忠節（昶）為〈香嚴老人六十壽言〉，云公生於黔，有異徵。忠節為文襄門下士，〈壽言〉經文襄寓目，此說而誣，宜在刊削。今此文刻入《漸西村舍叢書》，則異徵之說，必有所指，未可以為妄語也。

案：今所傳《清代野記・猴怪報怨》一則，中有云「壯武之孫（無錫王壯武公鑫）（註）名恕，字心如者，藎臣太守之第三子也。時在署，女亦常與款洽。一日恕問女曰：爾母爾妹則常來，爾弟何不來？女曰：『但聞其轉世為大貴人，今在湖廣大衙門，亦不知湖廣為何地。』問姓名，曰：『不知，但知其為湖廣最大之官耳。』」著者於加論斷云：「據女言：則人云張文襄前身為猴，非虛言矣；文襄之貌似猴，飲食男女之性無不似猴者，亦奇人也。」予以為諸傳說之來源，大致皆出於「貌似猴，飲食男女之性無不似猴」，此三語恐是實錄，由此而轉變附會，卽文襄亦居之不疑矣。

今世科學日昌，六道輪迴，人禽轉劫之說，斷無人肯信之，肯談之。筆此以見文字中言肖何禽何獸，皆以其性欲舉止之大體言之，不宜膠柱指為託胎也。

附註

此處似有錯誤。清代謚壯武而名王鑫者，乃湖南湘鄉人，諸生，以創辦老湘營與太平天國作戰得大名，卒贈布政使銜，謚壯武，《清史稿》卷四〇八有其傳記，無錫縣並無另一名王鑫而謚壯武之人，黃濬所云，似有錯誤。

張鍈治績

張文襄之尊人名鍈，字又甫，道光間官貴州，歷任清平、安化、貴筑、威甯、古州諸廳州縣，以治行稱。所稱者：一、廉，二、善聽訟，三、治盜，四、義倉，五、興書院。尋擢興義府知府，賊攻興義，以善守城稱。其神道碑云：

漢回夙相怨，興義城西隅，有回數千家，多為營弁者；方賊攻興義時，官紳懼內訌，公召其長慰勉之，回叩頭願效死，公卽以西面城守委之，不置他將他兵。回捍拒益力，西壁守遂固。其後數年，興義復被兵，官紳所為與公相戾，濫殺回，遂為滇回報復攻屠，士民始服公之德化識略焉。

上所述五可稱，與調馭漢回之道，至今皆可為師法。近日當道方力策吏治，吾意為治之術，不外此數者也。惟世傳興義被圍，文襄亦在守城之列，此則讆言。文襄以十三歲自貴州回南皮應試，上距圍城時，文襄不過十歲左右，何能任役乎？然此說亦有所本，鹿文端傳霖，為文襄姊壻，鹿撰〈太僕張公墓道碑〉云：傳霖先嘗館於舅氏，與宮保同學，相親善，興義圍城中與宮保兄弟同任守陣之役云云。此則臨文自伐之詞，至兩人年齡較之，守陴乃不可能也。咸豐壬子，文襄鄉舉第一，年甫十六，猶以紅絨結辮。榜發，其家老僕不信，詣榜前諦視，大喜，歎曰：「這也罷了！」南皮恒追述之。

袁世凱與張之洞

光緒壬寅，項城丁內艱，給假回彰德。假滿，不北行而南下漢口取道南京上海，遵海返天津，此殆項城最後之經過寧滬也。袁之南行，意義甚富，尤以南皮方署兩江總督南洋大臣，紆道結歡為首務。案：壬寅是光緒二十八年，今考徐又錚〈與馬通伯論南皮書〉云：

> 自合肥李公逝後，柱國世臣，資望無逾公，幹略無逾項城。公於項城，爵齒德俱尊，而輩行又先，項城功名中人，仰公如神。其時公果涵以道氣，馭以情真，兩美訢合，共憂國是，項城不憤親貴之齮齕，盡其材畫，戮力中朝，公雖前卒，而武昌之變至今不作，可也。詎公與相遇，殊形落寞，項城執禮愈恭，則愈自偃蹇以作老態。壬寅之春，公過保定，項城時權直隸總督，請閱兵。既罷，張讌節府，樹錚躬侍陪席，親見項城率將吏以百數，飭儀肅對，萬態竦約，滿坐屏息，無敢稍解，而公欹案垂首，若寐若寤，呼吸之際，似盡盡然隱鼾動矣。蓋公去後數月，項城每與僚佐憶之，猶為耿耿也。

又錚所言，出於目覩，自是事實；而書中之壬寅，則必出誤記，或筆誤。壬寅是項城訪南皮於江南，其明年癸卯夏，南皮始入覲，遵京漢鐵路，過保定，下車公讌。其時記在五月或六月，予時居宣南與畏廬先生連巷。不久吳翊庭師（曾祺）來京下榻予家，應考經濟特科，亡何南皮奉命為經濟特科閱卷大臣，是其時也。袁張壬寅南京一談，世傳張假寐，袁拂袖先行。去年徐凌霄弟兄考此事，引及癸卯之《新民叢報》，及李寶嘉之《南亭筆記》，謂事容或有之，又疑《南亭筆記》近於小說家妝點，不知此為實事。近與石師董卿，談此事顛末甚詳。袁當時先至漢口，端午橋督鄂，袁藐之，晤鄭蘇戡，口讚南皮在湖北規畫之弘大，因言當今唯吾與南皮兩人，差能擔當大事。《南亭筆記》謂，袁襲魏武帝「使君與操」之言，此語意誠有之，而非對南皮所談也。南京之行，袁意在結張懽，故談讌絕洽。宴後，屏退從者，密談二小時許，而南皮忽隱几入寐，袁悄然竟出，屬僕從勿驚動張大帥。清制，總督出入轅門皆鳴炮，袁以現任直隸總督北洋大臣，蒞兩江，督轅於其行，自如儀送之。南皮聞炮，驚寤，急追至下關，相見各致歉忱，申約後期而別。《南亭筆記》所謂，袁在柁樓拱手稱再會，與《新民叢報》所云，張復邀袁下船再宴盡歡而別者，蓋兩失之。至南皮之何以入睡，與翌年保定公讌，又錚所覩之若寐若寤者，世人泰半疑南皮偃蹇作態，又錚書中謂項城之耿耿，亦必是事實。顧南皮果何所取義，而以倨傲鮮腆之老態凌折同僚乎？又錚致通伯書中所謂：

> 一色息之細，不能稍自節束，以籠絡雄奇權重之方面吏，徒使其心目中，更無可畏可愛可敬之人，生與竝世，漸滋其驕譎之萌，致力於拒納之術，以遺後世憂。當日袞袞諸公，何人足以語此？此亦清室興廢一大關鍵，而《春秋》責備之義，所不容不獨嚴於公也。

此說殊正，以南皮之諳練，豈見不及此乎？心亦竊疑之。其後屢聞諸老言，南皮不慊於項城，賓筵吟集，偶一吐露則有之，故慢以取嫌，則必不至此。丁未以後，張袁同入軍機，則張極心折袁，一時號為廉藺。惜張雖盛推袁，而項城已勘透南皮本領，非如王寅間之誠意相結矣。此中影響，殆如又錚所言，而仍無以解於客座假寐也。最後，石遺先生始為述其故。蓋南皮實以一日作兩日者，每日加卯即興，午飯畢，不加未即寢，弛衣酣睡，入夜復起，終年如是。繇是推之，南京、保定兩宴，皆必在午未之交，南皮晨起周旋，至是時梏於習慣，頹不能興矣。斯蓋生理之關係，而非心焉輕之之心理關係也。聆此，印以諸說，悉相貫通。特筆記之，以補近入考據所不及，而使人知起居無恒者，其病足以及於政局也。

馮子材鎮南關之捷

惜陰老人筆記中，有〈紀甲申中法戰事馮王關前諒山之捷〉一文，馮，謂馮子材，王，謂王孝祺也。老人記此事，中附以己見云：「戰勝之理，全在統領得人。其人必德優於才，廉能服眾，始堪駕馭部將，保衛士民，功成身退，不致造成一派，如我之南北，鄰之長薩，乃禍福倚伏，非謀國所宜。」老成燭照，可謂名論。卽以鄰邦近變言，其尾大不掉生心害政之理，又何待重臣喋血，始知其弊耶？

中法諒山一役，予以吾家與唐薇卿雅故，幼時讀其《請纓日記》，心儀黑旗劉永福之功，然亦早知馮子材之名。尚憶少時讀黃紙《京報》，見有太子少保貴州提督馮子材遺摺，再三繹誦，此是光緒末年事。馮已八十六，告老後又起用，此是第四次出山，光緒三十年，應西林之約，治團練也。惜陰所記，是光緒九年至二十一年事。文曰：

> 中國自道咸以來，因屬禁雅片，英人啟釁，肆意侵擾海疆，始粵而至浙至蘇。庚申英法復犯津沽，且燬及圓明園，劫奪寶器，恃其軍火精利，我每戰輒北。迨光緒六七年間，法人蠶食我越南無忌，該國王阮福時具呈遣使，至粵至京告急，法使亦屢向總署詰問，秉政者悠忽推宕，遷延不決，致釀成中法之戰。嗣以淮軍宿將潘鼎新任桂撫，督兵鎮南關外，屢戰失利。光緒十年四月，朝命張南皮署粵督，至十二月邊疆警電日至，潘撫潰退入關，且至龍

州。先已奏起前廣西提督馮子材，其時在欽州本籍，即令募勇十八營，由欽州迅赴鎮南關，並飭調粵之淮軍統將王孝祺，率所統成八營，自粵省前往，會馮軍合力攻敵，始有十一年二月初八日鎮南關之大捷。十三日進拔諒山又大捷，法人受創而退，是為中國與外兵交鋒始稱戰勝之一次也。同時滇邊岑軍覃修綱在臨洮府亦獲大勝。法國因此次戰敗而更換政府，立向我要求停戰議和矣。當日奏報，僅可述戰勝之跡，不及論戰勝之理。戰勝之理，全在統領得人。其人必德優於才，廉能服眾，始堪駕馭部將，保衛士民，功成身退，不致造成一派。如我之南北，鄰之長薩，乃禍福倚伏，非謀國所宜。今橫暴日逼，聽鼓鼙而思將帥，願今有人，毋讓馮、王專美於前。述馮、王可記者，以告來茲。馮少年時為同輩牽累，被拘至廉州府署前，適府教授過見之，謂汝係善良，即向府尊保釋之。既達後，馮於兩公子孫，報之終身。咸豐三年已統兵駐鎮江，與江寧粵寇相持數年，鎮人至今德之。旋升授廣西提督，與巡撫徐延旭不合，特摺奏劾之。以提督劾巡撫，向未有也。任廣西提督最久，土匪李揚才等，擾邊多年，馮率部三次進剿，至關外及越境以平之。撫循地方，邊民越族，同深愛戴，均以馮爺爺呼之，表尊而且親之意。自西提乞病在欽州本籍，因越事奏辦團練。甲申十二月忽接粵督南皮遣員賚書，並餉銀五萬兩，書中聲明一面奏聞，不及公牘，先此函達，速募勇成軍，迅赴桂邊。馮謂南皮係巍科名流，乃能識我，越事已急，我允之矣，隨即招募部署赴鎮南關。潘鼎新自統鼎軍五營，騷擾地方，商販裹足，累及駐關各軍，無從購糧。迨馮軍一到，鄉民自輂米至馮營，馮優值以給，各軍轉從馮營得之。商民亦漸集，軍心一定。馮軍抵關，邊民越民並越之教民，見馮爺爺來，均各採法營消息，時時來報，法人深忌之。向戰驅越民在前，教民在次，乃易以法兵在前矣。馮以關前形勢寬散，防彼馬隊衝陣，即趕築長牆一道以扼之，我軍越牆而出戰。乙酉二月初八日黎明，馮、王兩軍當先，馮以帕裹首，短衣赤足草履，拉王手曰：「福臣（孝祺號），此是我輩報國之地，不得退一步。」凱旋後，至粵省，福臣告我：「老馮七旬臨陣，奮發如少年，使人欽佩。予亦能自勉，為彼重視，引為同心，真幸事也。」王福臣向隸淮軍，李合肥平吳時，初到上海之偏裨。張靖達調粵，已簡廣西右江鎮總兵，未到任，人極誠篤，儀表偉然。予就兩廣中軍幕時識之，言於南皮，南皮亦已在可選之列，即商督辦粵防彭剛直奏派援越。彭不能免湘淮之見，謂王福臣是看馬，意為徒具儀觀。迨二月初八日捷電一到，予對南皮言，「看馬今為戰馬矣」。略一吐氣。馮尤能廉儉自勵，統領月薪八百兩，不多取一分。向來統領在各營撥或三十名、五十名額餉充親兵用，馮從未撥扣，故各營悅服。兩子相榮、相華，派管帶，均隨眾衣冠入見，與部下一律。戰功開保文職，應候吏部核准，部胥遝函所保之員索費，此亦各軍常有。馮乃大怒，即特參吏部尚書。以提督劾部臣，更前所未有也。均足見其拙直之性，非人可及。馮常喜寫字，有求書者，僅書天地正氣四字，亦署上下款，足見此老胸中只一團正氣。中日甲午之戰，南皮由兩湖調署南洋，防務日急，復奏調馮募粵勇十營，於次年三月到鎮江暫駐，分防海州及寶山獅子林海口。聞欲自帶紅單船百艘，係粵東內海巡緝之帆船，直擣三島。此船何能渡越重洋？亦不顧，年逾八旬，壯志益堅，亦足以激勵懦夫。乙酉七旬生日，南皮特親作駢文壽序兩篇，一自送，一代粵省文武以榮之。吳清卿中丞為繪臨陣小像，帕頭易以翎頂。予得刻印一紙，尚存篋中。

按《清史稿・馮子材傳》：

光緒改元，赴貴州提督任，七年還廣西，明年稱疾歸。越二年，法越事作，張樹聲薪其治團練，遣使往趣駕。比至，子材方短衣赤足，携童叱犢歸，啟來意，卻之。已聞樹聲賢，詣廣州。適張之洞至，禮事之，請總前敵師干，衛粵桂。逾歲，朝命佐廣西邊外軍事。其時蘇元春為督辦，子材以其新進出己右，怏怏。聞諒山警，亟赴鎮南關，而法軍已焚關退，龍州危棘。子材以關前隘跨東西兩嶺，備險奧，迺令築長牆，萃所部阨守，遣王孝祺勤軍其後，為犄角。敵聲言某日攻關，子材逆料其先期至，迺決先發制敵。潘鼎新止之，羣議亦不欲戰。子材力爭，親率勤軍襲文淵，於是三至關外矣。宵薄敵壘，斬虜多。法悉眾，分三路入。子材語將士曰：「法軍再入關，何顏見粵民？必死拒之。」士氣皆奮。法軍攻長牆亟，次黑兵，次教匪，炮聲震山谷，槍彈積陣前厚寸許，與諸軍痛擊，敵稍卻。越日，復涌至。子材居中，元春為承，孝祺將右，陳嘉、蔣宗漢將左。子材指麾諸將，使屹立，遇後退者刃之，自開壁持矛大呼，率二子相榮、相華躍出搏戰。諸軍以子材年七十，奮身陷陣，皆感奮，殊死鬥，關外游勇客民亦助戰，斬法將數十人，追至關外二十里而還。越二日，克文淵，被賞賚。連復諒城長慶，禽斬三畫五畫兵總各一，乘勝規拉木，悉返侵地。越民苦法虐久，開馮軍至，皆來迎，爭相犒問。子材招慰安集之。定勦蕩北圻策。越人爭立團，樹馮軍幟，愿供糧餫作鄉導，北甯、河內、海陽、太原競響，子材亦毅然自任。於是率全軍攻郎甲，分兵襲北甯，而罷戰詔下。子材憤，請戰，不報，迺挈軍還。去之日，越人啼泣遮道，子材亦揮涕不能已。入關，至龍州，軍民拜迎者三十里。

此段敘次頗有聲色，度以馮行狀、墓誌之類為依據。其敘二月初八日之戰，亦特詳。然以此與惜陰老人所記對核，則亦有不同者數事。惜陰言，奏起子材者為張文襄，而此言為張靖達。兩者相較，自以《史稿》為長。蓋張樹聲以北寧失守引咎辭總督職，請專治軍事，得旨報可，以之洞代，此是十年四月事。靖達雖卸總督任，仍留粵治軍，故起用馮子材治團練，正是靖達權限內事。惜陰文內之「先已」，亦正指南皮未到任以前，靖達所為。靖達不久革職留任，旋病卒，以後悉南皮事矣。觀史稿中有「禮事之」三字，可知南皮所以籠絡名將者甚至，惜陰所謂「巍科名流乃能識我」者，亦正吻合。所微參差者，何人先出奏耳。至惜陰記馮以提督特摺參巡撫徐延旭一節，案：徐延旭為廣西巡撫，在光緒九年，及十年，法軍陷北寧，不久遂逮問。而子材初任廣西提督，在同治末年。光緒元年至七年，馮皆在貴州提督任，七年仍提督廣西，八年即稱疾歸。自此至十年，皆在欽州本籍。又考徐撫桂時，提督為黃桂蘭，與馮無涉。若馮有劾徐事，當在光緒八年，是歲徐以廣西布政使督辦海防，得專摺奏事，馮方在提督任，若有齟齬，必此時。劾徐後，引疾歸里，而必非以提督劾巡撫也。徐曉山此時方為南皮、蕢齋所疏薦，朝中恃以部署越南防守，馮萃亭一莽夫，即拜疏，烏足以撼之？及甲申北寧、諒江相繼大敗，徐與唐鄂生（炯）拿問，於是向之力保徐、唐之南皮，亦不得不折節以禮羅萃亭。此誠事勢之常，而亦可見邊患日深，非書生空言所能折衝也。

王孝祺與覃修綱

惜陰所記之王孝祺，淮軍宿將也。覃修綱，則岑襄勤部下名將，皆以中法之役得名。

孝祺本名得勝，安徽合肥人，初入淮軍，以敢戰名，從李鴻章規三吳，積勛至守備，又從張樹聲克常昭諸城，釋平湖圍，歷遷副將。論克宜、荊、溧、嘉、常功，擢總兵，賜號「壯勇巴圖魯」。從援浙，連下湖州、長興。是時樹聲弟樹珊攻湖北德安陣亡，坐失主將，貶秩。戰敗東捻，復故官。西捻平，晉提督，更勇號為「博奇」。旋赴山西防河，大搜馬賊。值晉飢，斥家財以濟，民德之，賊所竄匿，輒先詗以告。事甯，賜頭品秩。光緒六年，樹聲督兩廣，奏自隨。歷署潮州碣石總兵，九年徙右江鎮，主欽廉防務。明年潘鼎新來乞師，領勤軍赴龍州，而鼎新已遁，迺從馮子材詣鎮南關，截潰勇。宵襲文淵，入街心、馬蹄，亟易騎，率死士繞山後，攀崖上破二壘。俄而法軍分路入，直攻關前隘，復自後路仰擊，敵稍卻。李秉衡集諸將，舉前敵主帥，孝祺曰：「今無論湘粵淮軍，宜亟受馮公節度。」秉衡稱善。右路者，西嶺也，其部將潘瀛，袒臂裸體衝入敵陣，故傷甚獨多。至日暮，孝祺擊敗之，奪三壘而還。攻諒城，瀛執幟先登，併力克之，復取太原，予世職。孝祺與蘇元春齊名，其難能，在肯為人下也。

覃修綱，籍廣西西林，隸岑毓英麾下，與馬淮騏齊名，征回有功，累遷至參將，賜號「勤勇巴圖魯」。從克雲州，晉副將，更勇號，曰「隆武」。宣光之役，修綱獨阨夏和清波，分兵取嘉峪關，復招越民九千，分頓要隘，綴法軍。緬旺，前接山西興化，後達十州三猛，為敵所據，出不意，襲克之。次年劉永福戰失利，軍潰退，修綱仍堅持不動。戰臨洮，斬其二將，夜半時率死士短衣搏擊，法人大敗，乘勝復各郡縣，北圻諸省皆響應，修綱出奇兵直搗越南中部，而奉命罷戍。事甯，賞黃馬褂，署川北鎮總兵。

以上二人事皆據史稿補惜陰所記。論爾時諸將，皆以勇敢善搏得功，而受馮子材七十老翁韡刀陷陣之影響，當不在少。世事日新，戰術日異，而不惜死者，究為戰爭精神之極峯。聞鼙鼓而思將帥，吾人終當謌詠袒臂衝鋒之猛士也。

馮子材參劾吏部書辦索賄事

惜陰所記馮子材以吏部胥吏逕函所保人員索費，大怒，特參吏部尚書，此事當時頗震動，奉旨拿辦吏部書辦者，即何平齋也。平齋記此事云：

余在吏部曾充司務廳掌印，司務廳，固管全部胥吏也。時廣西提督馮子材，以吏部寫信索賄奏參，密旨令吏部堂官拏辦。日將夕矣，徐蔭軒尚書（桐）、許筠庵侍郎（應騤）尚在署未散，乃以「沈錫晉」三字告余曰：「此廷寄飭拏之部吏也。」余曰：「部吏藉保索賄，決無真名，在署萬難弋獲，須得其住址，或可圖也。」尚書乃復寫出「炭兒胡同」四字。余又曰：「一人不能獨行，須滿掌印同辦方可。」乃同滿掌印惠樹滋（森，後任浙江運使。）同出城，訪北城坊官不遇，不得已先回寓晚飯。少頃坊官來寓，告以來歷，坊官極力推托。余告之曰：「坊官未有不識部吏者，此廷寄所交拏也。汝其敢抗乎？」坊官曰：「炭兒胡同，卻有兩個姓沈者，但未知那一個是部吏？」余怒其詐，乃厲色與言曰：「汝既知有兩個姓沈，則那個是部吏，汝豈有不知？我不能為汝指實，汝自裁之，若賄放，則罪汝無赦。」臨行又告曰：「此欽犯也，須帶一穩婆往，若本人脫逃，可帶其家屬來。」在當時亦不過故作嚴厲語耳，誰知坊官前往圍門搜拏，該吏卻在家，潛匿內室不敢出。穩婆入，於牀下得之。明日覆奏，上乃大悅。蓋前數日，戶部亦有似此之案，上面諭戶部侍郎密拏，侍郎一人到部，下車坐於車櫈，攔門口，禁人出入，而遣人入署搜捕，卒以不得主名，致被脫逃。當時都下喧傳，遂有「戶部堂官不及吏部司官」之語。余曰：「此亦偶爾事耳，堂官固拙，司官未必甚巧也。」

平齋記此事，未詳舉馮所參為尚書，抑僅劾部吏。以理案之，當必為劾吏部堂官失察，始入奏，旨逮胥吏也。舊日部吏之弊，罄竹難書，馮恃老恃功，故敢露章彈之，使稍圓練，則必曲意敷衍矣。

陳寶琛

弢庵先生，以今年驚蟄前一日逝於舊都，年八十八矣。老成人漸盡，輒有靈光忽積之歎。散釋近以事北歸，先生尚屢詢余何以不來？散釋因申余請，乞書，亟言，必為之。因言，今年腕力衰，前日為人書一中堂覺憊甚。然猶健飲啖，健談，舊曆元日，尚為詩，有「蟄坏欲動身滋耄」之句，而上元後，驟患肺炎，遂不起。

先生為同治七年進士，光緒初，與張蕢齋（佩綸）、寶竹坡（廷）、鄧鐵香（承修）號為「四諫」，以直言風節聲於天下。又與張孝達（之洞）、黃漱蘭（體芳）輩，號為清流，蓋皆為高陽李文正公之羽翼也。先後典學甘肅江西，而江西得士尤盛。陳散原（三立）、朱艾卿（益藩），皆所得士。既拜會辦南洋軍務之命，與南洋大臣曾沅浦（國荃）議事不合，會以丁艱歸，遂居鄉不出，垂三十年。營聽水齋於鼓山，而所居螺江，有滄趣樓，故海內稱聽水翁，或稱滄趣老人。聽水齋，在鼓山靈源洞下，絕壑谽谺中貯一齋，泉石奇敻，余曾兩過之。滄趣樓，則面隔江尚干鄉之方山，五峯插天，摺疊如雲屏，廉悍過於匡廬五老，然尚未若其方廣巖所營之聽水第二齋，幽潭怪石，密竹參天，面對百丈飛瀑之為尤勝也。那拉后既歿，始重召為禮部侍郎，則南皮之力。南皮臨終遺摺，實先生手定，事見《蒼虬閣詩》。已而有毓慶宮行走之旨。辛亥拜山西巡撫，未行，而革命軍興，遂居北平天津，以迄今日。近人但稱為清室太傅，狀貌恂恂，而未知六十年前，此老固踔厲風發，朝中目為清流黨魁也。

《滄趣樓詩》，謹嚴精密，屬詞使事，罔不銖兩悉稱。其〈感春〉及〈落花〉詩，尤馳誦一世。然先生嘗語余，其得力實在陸務觀，此恐為謙詞。其字則早學山谷，晚參誠懸小歐，六七十所作最精，八十五後，則有老態。記先生七十初筵，有〈貽壽〉詩者，中二語云：

新篇謝客應爭席，細草涪翁愈逼真。

此一聯，真知言也。生平愛惜其詩，字斟句酌，不肯付梓。其門人南豐趙聲伯（世駿），工書，能作逸少黃庭及褚河南體，一時稱最。嘗從容致請，欲乞詩稿，書以剞劂，如林鹿原書漁洋山人詩事，先生卒未許。聲伯旋歿，世以為憾事。先生曾祖望坡尚書，祖弼夫方伯，四世皆有顯名。其同懷弟仲勉太姻丈（寶瑨），少先生一歲，前年歿於里，年八十五，先生哭之慟。曾書二絕句見示，題為「太夷來書，引後村〈惠州弟哀詩〉，及注語，并示近作『殘年況味今參透，只是生離死別忙』之句，寄答二絕」。詩云：

凌寒雙竹倏中分，轉自裁哀釋主麈。廢樂故非緣阿萬，十年絲竹幾曾聞。

殘年如客讓先歸，少待黃泉有見時。歲歲相望艱一面，儘將死別當生離。

此詩，首用謝公為弟萬喪輟樂事，而先生自辛亥後未嘗聽劇，故云。其第二詩，則尤沉痛。

是年春，散原翁八十生日，先生寄以一詩，並寫以寄余。詩云：

平生相許後凋松，投老匡山第幾峯。見早至今思曲突，夢清特地省聞鐘。

真源忠孝吾猶敬，餘事詩文世所宗。五十年來彭蠡月，可能重照兩龍鍾。

此詩海內稱傳其佳，抑豈知其佳處，乃在無一句無著落。後七句諗二陳者多知之，首句似虛而實。蓋翁為光緒初年先生典試江右所親拔士，其試題，則為「歲寒然後知松柏之後彫也」，故首句意實雙關。散原是年春，尚居廬山，冬始北行，耄年師弟，猶得懽聚者又一年有餘。北書昨來，言翁病癃閉時作，久戒絕篇章，然今日殆不能無沈泉之詠矣。

陳寶琛事訂誤

滄趣之歿，士林悼惜。近見一士在《國聞周報》為〈談陳弢庵〉一文，大體無舛，唯有數小訛字，聊於此訂正，以當郵箋。

其舉張繩庵挽陳母聯，周公瑾三字，當作孫伯符，蓋伯符小於公瑾也。陳即以丁內艱，由會辦南洋軍務歸里，薦唐、徐降五級之譴，在丁艱後。其舉〈贈陳三立〉詩首句，亦誤，檢周報之〈采風錄〉便知。

〈哭竹坡〉詩，隆寒渴葬，皆事實，竹坡歿於十二月，貧甚，幾於無以為殮。豐潤充軍後，陳有一詩寄之，所謂「東坡飲啖想平安」者，亦極沉摯。

又予前舉滄趣〈落花〉詩，原題為「落花和遜敏齋主人韵」。遜敏齋者，載澤也，其實為自步〈感春〉前韵，陳晚年彌謹慎，不欲自明。其第四首，〈流水前溪去不留〉一詩，王靜庵最愛之，為人書於扇頭，而未註為弢老作。未幾，王自沉於昆明湖，此詩即紛傳為靜庵作，以中有「委蛻大難求淨土」句，近於蓄念投湖也。已而報端有人又言為李義山詩，尤可噱。弢老與門人談及此事，有「淄澠莫辨」之語，此則本為以訛傳訛無須自明者耳。

滄趣樓詩

弢庵先生《滄趣樓詩》六卷，聞已付鋟，散原為序，凡三百餘言。先生生平於所為詩，珍吝千萬，不惜百遍改竄。初以付散原翁評定，翁為先生及門，而詩境不同，見解亦微異，故簽定以為可刪者較多。別有二稿為石遺師及梅生評定，則存者眾，今不知以何稿剞劂也。

滄趣與張繩庵交最深，予已屢詳之，其詩亦以為蕢齋作為最佳，此殆天下之公論。稿中為蕢齋作者，逾十餘題，皆纏綿沉摯，足見生死交情。其〈蕢齋以小像見寄感題卻寄〉一首云：

> 十載街西形影隨，五年南北尺書遲。夢中相見猶疑瘦，別後何時已有髭。機盡狎漚原自適，聲銷賣藥漸無知。江心憶拜張都像，熱淚如潮雨萬絲。

此詩夢中一聯，當時南北最馳誦，而詩中可箋者亦多。首句「十載街西」者，弢老以同治戊辰初至北京，寓丞相胡同路西，與王可莊同居，蕢齋則寓北半截胡同朱修伯家，兩巷複連，過從最密。「機盡」、「聲銷」兩句，言蕢齋當馬江未敗時，以好直言，又氣太盛，謗者蜂集，及喪師謫戍，侘傺憂傷，深自韜抑，又三四年，毀語始稍息也。「江心」句，言洪塘江上小金山之張經祠像。閩江下游，有馬頭江、馬尾江之稱，稍上至南臺，稱臺江，自洪山橋上，則稱洪塘江。溯江不十里，有小洲，名小金山，上著一寺，寺有塔，客堂供明都御史張經像。考經，閩之侯官人，字廷彝，正德進士，官至右都御史，專討倭寇，選將練兵，為擣巢計，與趙文華不協，趙劾經糜餉殃民，畏賊失機，詔逮經論死，天下冤之，隆慶初，追論復官，諡襄敏。閩人念經禦倭有功，故祀其像。張蕢齋中法之役，督師馬江，未入城即臨前敵，以書生未經戰事，又使氣不洽眾口，既敗，自請革職，而銜之者眾，左文襄查辦心知其枉，僅覆奏交部議處，朝貴素恨清流，卒戍軍臺。時弢老先以丁艱回籍，蕢齋結吏議，始終居馬江。至是由馬江溯流，經洪塘，又泝至建溪，始遵陸北上，弢老送至小金山始別。以蕢齋之身世，與張經之遭際較，將毋相同，故其愴時惜友之語，有特沉痛者，熱淚如潮，殆必實事。觀弢老後有〈滬上晤蕢齋三宿留別〉，其第二絕句云：「卻將談笑洗蒼涼，三夜分明夢一場。記取吳淞燈裏別，不須寒雨憶洪塘。」寒雨洪塘，即拜張都像時之雨萬絲也，可見握別時印感之深刻矣。

予乙丑回里月餘，歲暮將北歸，與舜卿表兄，從臺江買舟上溯，飲於洪山橋酒樓。薄靄欲作，江聲含悽，遂更呼棹，乘流而上。過黃店，訪小金山，江水如碧玉，夾岸遠山如黛，近山或赭或翠，雜以荔樹綠陰，而天寒風怒，江無他舟，蕭寥荒迥，四顧紫煙，揚舲中潭，望旗山摩空蒼凝，如翠旓起天半。寺絕小而荒，塔尚孤聳，一拜張經像而出，此情此景，及今思之，倍為悽警。昔有詩刊《南遊初稿》中，云：

空江唯著一舟閒，舷外千山碧玉環。香界浮圖真湧出，吳兒洲渚漫飛還。岸容惜別添新暝，沙尾迴風作淺寒。此是黃塘歌唱地，荒殘今日眼中看。

晨箋滄趣詩，不覺復憶此遊，連綴記之，何日扁舟泊江潯，當更為詩，一洗離悰也。

寶廷

北居累二十餘年，晚近十載，幾於無一句不涉足西山昆湖者，故所得詩獨多，比見石遺先生詩話，稱余〈游西山詩〉，殆如樊榭之於西湖，過譽良不敢承。然余頗信所作，視近賢中以西山詩名之竹坡侍郎（寶廷）當能別出蹊徑。竹坡晚年隱於西山，所作以五言古詩為夥。余則謂今日之西山，已不純宜於古體，蓋光景常新，非深入淺出之句法，不能畢肖。五言詩自陶韋以還，寫景者無慮萬數，號為清微澹遠，而字法意境，易涉雷同也。竹坡當日以直諫名天下，厥後朝局變，亟以納江山船妓案自汙，遂棄官入山，貧病以死。滿洲敦禮臣（崇）所著《芸窗瑣記》言，竹坡被議後，自為詩曰：

江浙衡文眼界寬，兩番攜妓入長安。微臣好色原天性，祇愛蛾眉不愛官。

此詩世所不傳，竹坡門生，如太夷石遺，摯友如弢老，皆未嘗為余言及。今考兩番攜妓者，第一次為癸酉典浙試事，《李蒓客日記》中，言其買一船妓，吳人所謂花蒲鞋船娘，入都時，別由水程至潞河，及由京以車親迎之，則船人俱杳然矣。據此則第一番攜妓，未嘗入長安也。蒓客與當時四諫，張蕢齋（佩綸）、寶竹坡（廷）、陳弢庵（寶琛）、鄧鐵香（承修）皆不睦，蓋蒓客本不滿於李高陽一系者，故竹坡此案，《越縵堂日記》中醜詆之。曾孟樸《孽海花》中，所引

「宗室八旂名士草，江山九姓美人麻」兩句，實有此事。以吾所聞，此詩即蒓客所作，今全詩載《越縵堂日記》三十九册中。

續記寶廷事

前記寶竹坡自劾事，引《越縵堂日記》所載詩。頃憶此聯，有作「宗室一家名士草」者，以《竹坡詩集》，曾自署宗室一家草也。此較八旗句勝，以草字較有著落。竹坡所納妾，名檀香；是為光緒壬午年，竹坡年四十三歲。其自劾附片中有云「奴才以直言事朝廷，屢蒙恩眷，他人有罪則言之，己有罪，則不言，何以為直」等語。孟樸《孽海花》所據，當係蒓客所記，上說當亦孟樸所知，暇當馳札詢之。

寶廷罷官後貧況

竹坡先生之貧特甚。罷官後，徜徉京西諸山間，得詩數百首。春寒如嚴冬，而著縕袍，面破棉見，松禪詩中之長貧，蓋記實也。直聲著天下，身為貴冑，交游徧朝端，而窮餓不顧以死，非徒今人所難能，古亦不多見。聞先生歿時，無以為殮，弢庵哭以詩云：

大夢先醒棄我歸，乍聞除夕淚頻揮。隆寒並少青蠅弔，渴葬懸知大鳥飛。千里訣言遺稿在，一秋失悔報書稀。梨渦未算平生誤，早羨陽狂是鏡機。

渴葬亦記實。梨渦二句，言以壬午納妓一案，借此求去，尤見竹坡心事。林畏廬、陳石遺皆先生典試閩中門人，記祕魔崖畏廬亦有題句，惜未抄得。《石遺室詩話》云：「後二十餘年，同弢庵、畏廬至祕魔崖，壁間題字尚如新。賦二十八字云：尚餘二客話山邱，卅載門生亦白頭。絕似平山堂下過，龍蛇飛動壁間留。」用歐蘇事，尤精切。此當亦在庚戌、辛亥間事，與前述弢老之游，必稍後矣。

寶竹坡題壁西山

流連山水，攬勝憑高，往往題詩泚墨為識，此風匪唯吾國所尚，卽歐美在百年前亦數覯之。近代交通綦便，游屐升降頻繁，不以為艱，又巖壁欄楯，率日臻美好，於理不當刓剜，故東西人士游覽咸不復命題。返顧我國，則相承不易，往往近郭寺宇或山水最佳處，其牆壁皆塗鴉千百，惡詩怪語，不可究詰，或以刀翦鏤抉，雜述同伴年月，此誠敝俗，令人作嘔也。唯其到處如是，故間逢舊時賢士名公石隙巖阿，一二墨跡僅留者，彌覺可珍。黔沅山水屢有宋人題字，西域殿舍，間見唐代筆蹤，今皆不述，述其近者。

今人游舊京，無不到西山，午發西直門，不及未已至。然在五十年前，游翠微八大處者，必一日，香山，必二日，戒壇，潭柘，必五六日，其得之也艱，故諷詠題識亦最盛。八大處中祕魔崖在西山之盧師山，為證果寺舊址，《宸垣識略》稱：「盧師於隋仁壽中居此，馴二童子曰大青、小青。」說固荒誕，然崖於翠微八寺中稱最勝，巨石一片，岭岈如鯨呿，對面絕壁，草木秀蔚，春深秋初，蒼紫萬態，下臨絕礀，夏雨初過，奔洪一發，則四山皆響，此在北方不易覯也。寶竹坡罷官後，以西山為家，朝夕攀陟，尤數數就茲崖，題詩壁間幾滿。多五言古詩，下署「偶齋」二字。予尚抄其一云：

雪後山氣清，仲春如深秋。落葉滿澗底，冷泉凍仍流。陰巖覆餘寒，枯苔殘雪留。靜坐人語絕，悄然忘樂憂。問君何能然，此心無可求。

狀難狀之景，甚有味。其旁有翁松禪一詩云：

衮衮中朝彥，何人第一流。蒼茫萬言疏，悱惻五湖舟。直諫吾終敬，長貧爾豈愁。何時霜月下，同坐四山秋。

案：竹坡以光緒八年投劾去官，自此留滯西山，行吟憔悴，至十六年歿。翁文恭於竹坡為前輩，而柄國至光緒廿四年始歸田；此詩度是十六年庚寅以前所題，以其詞意竹坡尚在也。蒼茫句，似是指直晉、豫飢，竹坡應詔陳言請罪己，並責臣工條上放荒四事；其下直諫句稍廣泛，然亦似指吳柳堂尸諫時，竹坡奏論為穆宗立嗣事；悱惻句，則指納江山船女事，以況鴟夷也。由庚寅後二十年，宣統二年，陳弢庵起用，重游茲崖，題一詩於翁詩側，云：

山靈不愠我來遲，急雨迴風與洗悲。破剎傷心公主塔，壞牆掩淚偶齋詩。後生誰識承平事，皓首曾無會合期。三十年來聽琴處，祕魔崖下坐移時。

自註云：「曾與偶齋、壺公、蕢齋聽琴於此。」

案：弢老此詩，題為〈庚戌七月十九日同嘿園遊翠微盧師諸寺〉，詩中之後生，即指嘿丈也。清流四諫與翁叔平不甚洽，然觀翁此詩於竹坡殊致欽挹，弢老詩則開口便沉痛，以下洗悲，傷心，掩淚，皓首，備極感愴。蓋此時四諫唯弢老僅存，聽琴者亦唯壺公尚在，此則並關掌故，不止名士墨緣，故可寶惜。崖石袤廣，僧於其腰界以短牆，牆內為洞，祀盧師，牆外突出若臺，繚垣半規，雜置數石可坐，此數詩皆書於牆者。盈尺之間，縱橫墨瀋，凌亂無隙。偶齋題詩四五首，悉就漫漶，十年前纕蘅以濃墨界三詩翹示後人，而無識者寖亦複書其上。予居舊京久，歲必三四至，夏聽奔泉，秋眺紅葉，每過必諦翫再三，辛未正月初三日復游此，因以攝影機照此三詩影以歸。別有一詩，中有云：

宗臣昔作江潭放，逐客老蒙宣室召。俱摩壞壁寄千悲，新篇還挾雍門調。可憐朝士並成塵，惡札連翩填石竅。

云云，此影片今亦不存。別翠微又五六年，不知壁題無恙否！北國憂危，風輪眩轉，此在文字史中，何啻雪地一痕，不意瑣瑣記之，遂數百言也。

嚴復與海軍

嚴幾道，以同治十年辛未，在船政畢業，被派至建威艦練習，南至星加坡檳榔嶼各口岸，光緒二年丙子，始派赴英國。今考《瘉壄堂詩集》，〈送沈濤園備兵淮揚〉四詩，第三詩：「尚憶垂髫十五時，一篇大孝論能奇。」下有自註云：「同治丙寅，侯官文肅公，開船廠招子弟肄業，試題『大孝終身慕父母』。不肖適丁外艱，成論數百言以進，公見之，置冠其曹。」據此幾道以丙寅入學，如是則海軍實際在丁卯前已成立矣。中表池滋鏗君，撰《海軍大事記》，幾道為作序，今節錄之：

不佞年十有五，則應募為海軍生。當是時馬江船司空，草創未就，借城南定光寺為學舍，同學僅百人，學旁行書算，其中晨夜伊毗之聲，與梵唄相答。距今五十許年，當時同學略盡，屈指殆無一二存者。回首前塵，塔影山光，時猶呈現於吾夢寐間也。已而移居馬江之後，學堂卒業，旋登建威颿船揚武輪船為實習，北踰遼渤，東環日本，南暨馬來息叻呂宋，中間又被檄赴臺灣之背旂萊蘇澳，咸與繪圖以歸。最後乃遊英之海軍大學，返國年廿七八。合肥李文忠公，方治海軍，設學於天津之東製造局，不佞於其中主督課者，前後二十年。庚子排外禍作，清朝羣貴，以祖宗三百年社稷，為之孤注。迨城下盟成，水師學堂，去不復收，蓋至是不佞與海軍始告脫離，而年鬢亦垂垂老矣。軍中將校，大率非同硯席，即吾生徒，甲申法越，甲午日韓之二役，海軍學生，為國死綏者殆半。（中略）顧三十年前，曾與總稅務司赫德談燕，赫告予曰：「海軍之於人國，譬猶樹之有花。必其根幹支條，堅實繁茂，而與風日水土有相得之宜，而後花見焉。由花而實，樹之年壽，亦以彌長。今之貴國海軍，其不滿於吾子之意者眾矣。然必當於根本求之，徒苛於海軍，未見其益也。」今日政體雖異，然迴思赫言，猶足使吾國民與當路者，憬然於海軍盛衰之故也，乃為牽連記之。

案：赫德所告幾道者，其言深切明著。蓋國家一切根本，自在政治教育，此而不良，海陸軍何有焉?予前所謂海軍不熸於甲午，亦必盡於庚子，當時中外有識者，殆早知之矣。

嚴幾道詩

幾道先生，化去倏逾十年，每憶麈談，輒滋涕淚。先生於予最厚，夜燈娓娓，窮研人天，晚年將歸，忽贈二詩有云，「皇天容老眼，看爾著先鞭」，見集中，霜鬢江南，深慚期許矣。何敘甫（遂）歐戰時奉令觀戰歐陸，歸出紀念冊，乞先生題詩，得口號絕句。近敘甫以此詩示石遺先生，今竝錄之。

其一云：

太息春秋無義戰，羣雄何苦自相殘。歐洲三百年科學，盡作毆禽食肉看。

自註云：

戰時公法，徒虛語耳。甲寅歐戰以來，利器極殺人之能事，皆所得於科學者也。孟子曰：率鳥獸以食人，非是謂歟？

其二云：

汰弱存強亦不能，可憐橫草盡飛騰。十年生聚談何易，徧選丁男作射弸。

自註云；

德之言兵者，以戰為進化之大具，謂可汰弱存強，顧於事適得其反。

其三云：

洄漩螺艇指潛淵。突兀奇肱上九天。長炮扶搖三百里，更看綠氣墜飛鳶。

自註云：

自有潛艇，而海戰之術一變。又以飛車，而陸戰之術亦一變。炮之遠者及三百里外，而綠氣火氣諸毒機，其殺劇於火器益進彌厲，況夫其未有艾耶？

其四云：

牛女中間出大星，天公如喚世人醒。三千萬眾膏原野，可是耶穌欲現形。

自註云：

本年陽曆六月一日，有新星現於牛女之分，光芒煥發，過於一等星。此自輓近星學家言之，固若無與於人事也，而其所以異者，獨見於時而已。四年苦戰，死傷總數，逾三千萬，宗教家用其書之默示錄語，疑世界乃近末日，抑救主有復臨之機。此自人心亂極思治，其然，豈其然歟？天道固遠，然地球等八行星，為太陽系，不得謂其不相關。自哈雷彗星幾壞地球而不果，嗣是革命共產思潮流行全球，間以歐戰，安知非彗星戾氣所感動耶？

其五云：

由來愛國說男兒，權利紛爭總禍基。為憶人弓人得語，奈何煮豆亦燃萁。

自註云：

自愛國之說興，而種族之爭彌烈，今之歐戰，其結果也。英有看護婦，名迦維勒者，在比，扶裹創夷，雖仇敵不歧視。嗣緣英俘之逃，以嫌疑被法。臨命，告監者曰：「吾有一語，煩告人間。」監者問何語？則曰：「愛國愛國一言，殊未足以增進人道也。」語已，受

槍而死。夫愛國之義，發源於私，誠不足以增進人道。然彼之相為屠戮者，猶以種族異耳，顧同種並化之中，獨以予奪奮虐，此真百喙無以自解者矣。

先生此五詩，不收集中，度是隨筆所書，自不留稿。歐戰至今，已二十年，彌天殺機，又勃勃垂發，使先生猶在者，覩此烈火奔洪，眾生同盡，正不知如何悲憫也。

先生博學通識，瀟灑自喜，歸國始治學，而至老矻矻終年，手不釋卷，非近日學生所及。予輓以二詩，有云：「瀛海九州看輸徧，滄江一臥恨歸遲。」憾其不早歸，以有洪憲之強汙也。又有云：「雍容辯囿標天演，斟酌謨殤（借用）迄夜分。太息少年終喜謗，譯林誰策導河動。」言其氣度淵淵，喜為長夜談，其沒時，已里居，南北軍閥，方擁兵相鬨，學校少年，土苴前輩，更無稱述其老學之輝光也。一代才人，奄忽如斯，可為扼腕。今按先生第五詩注中，似亦竝隱刺當時國中連兵相殘之武夫也。又先生溺好文字，而不憚屢改。丹黃塗乙，次第井然，予所藏手稿數通，皆如此。狄平子《平等閣詩話》，載其〈哭林暾谷〉五言排律，與《石遺室詩話》所載者，迥不相同。由三十二韵，改為二十四韵，詞句亦彌鍊飭。予所見前輩虛心問學，殆無逾先生者矣。

魏瀚

前記《新樂府》，因及魏季渚先生。季渚，名瀚，為船政第一期學生，與嚴幾道同赴西洋，事在光緒初年，蓋船政之先輩也。在校時，刻苦自厲。家故寒門，爾時朝廷獎向學者月給津貼四金，魏移其半，私延師課國文，以沈文肅公主校，令諸生專力肄英法文治各科學，不許多讀本國文，懼分其精力也。先生學力冠絕同儕，既留法，考入都龍造船學校，各科皆及格。都龍之校，限制最嚴，學生多以保送入；以試入者，先生而後，至今無幾，法人猶震稱之。歸國後，歷主船政、製造、水師等職。光緒中，船政為法人杜臬爾所把持，非學術資歷在杜上者，莫能去之。糾紛滋大，乃自天津移先生來會辦船政，杜臬爾懾而謝去。已而與將軍崇善忤，大怒，移官粵東，長軍備諸校。民國元年，項城禮延來北京，先生已六十餘，問以繕備禦侮之方，答以唯有致力於航空設備，為之規畫大綱。已而帝制作，先謝去，主礦事，歿年八十餘。先生魁梧奇偉，嚴正有遠識，常與李文忠抗辯，李為之屈，而獎掖後進若不及，執業者至眾。晚年修髯洪聲譍答，遠人皆稱佩其才，服其名德。而不善自襮，其名不及幾道，而世亦漸昧其名。固繇世風重少輕老，抑亦二十年來言軍備者不嘗用英法學生也。先生與畏廬為摯交，而長外交之高子益，譯《茶花女》之王子仁，皆其高足弟子也。先生所為〈新樂府序〉，今節錄如下：

夫行道未有不自近始者，聖人之道，人知其至微至遠也，乃欲童子一蹴及，如蒙塾以《大學》、《中庸》課童子之類，於古人小學之理，是否有合，姑勿深辨。但學庸之理，塾師尚弗能悟，而欲童子熟讀而自會之，使空靈之腦氣，壅窒眩惑，終身蠢蠢然，眼前日用之理，一無所覺。迨乎內訓，而又教之以崇神鬼，信讖緯，庸俗拘忌之事，動息皆足制脅，天下至理，愈膜隔而不相符。復日督堅坐，凝滯其氣，必盡磨其稜角，然後名為成材，則華人之訓蒙，直戕賊其子弟耳。歐西東洋之人，下至為兵為捕，人人率知書明理，彼之所教，豈有高於吾聖人之道？正於童騃時，訓導必取其淺明易曉者，漸漸引以世事，又漸漸入以國事，鼓其英氣，令胸中洞然於天下大勢，故視國之仇若己仇，視國之利若己利，國日以強，人亦日以勇。又其法多以歌訣始，歌訣，有韻之文也，讀之順口而易入，以天下之理匯入其中，經父兄指授，愈有神悟，志氣日益發越，所益夥矣。學庸之理雖極誠正，而童子不加鞭箠，幾復不能成誦，正以不知其中奧妙，瞢瞢瞑瞑，口納心拒，迨鼓盪以科名之榮，始奮然趨之，其奮，為科名奮也，故有至老不知外事，並不知有生人之事者。甚哉，蒙養得失，係國之強弱也。吾友畏廬子，自言為村學究二十六年，生徒至眾，執業率以帖括。畏廬子苦口道之，終莫奪其科名之心。畏廬子憤切莫告，一日以白香山諷諭詩課少子，感懷時事，乃編為《新樂府》三十二首。余見而求其稿，將鐫板以授家塾。畏廬子笑曰：「二十六年村學究，乃欲吟詩為童子啟悟之階，自度吾力未至也。且吾不善為詩，俚詞鄙謬，旁收雜羅，談格調者，將引以為噱，而吾又不樂為詩人也。」余曰：「不然，世局危迫，固執者既萬不可變，吾輩子弟無罪，不當使其瞶瞶至老。子之詩雖無救於世局，然使吾子弟讀之，亦知有人間之事，不死於帖括之手，為功豈不偉乎？且《新樂府》之體，固不妨為俚鄙者也。」既語畏廬子，乃強取而授之梓人。光緒丁酉年十一月閩縣魏瀚序。

此為光緒三十二年所作，已可覘老輩改革文字，與啟發青年愛國心之見地，故節采之，且以見季渚先生學識之一隅也。

江瀚

長汀江叔海先生（瀚），以經學名海內，其先世宦蜀，因家焉。短身火色，髭鬚皓然，廣筵酒面。作巴人談，不知者，斷不料其為閩人也。清末，先生官開歸陳許道，於龍門八節灘，白傅游址，建白亭，徵四方人士為詩。予時弱冠，石遺先生介予作一五言古，起云「殘花何軒軒，白亭聞新落」，先生極賞之。民國初年入京，就長君翊雲養，始得陪文酒。二十年間，春秋佳日，無不覯翊雲將車扶杖而至，時人比之岷峨之蘇。先生亦自謂蜀為釣遊之鄉，與蜀人士最稔，趙堯生、宋芸子，以逮傅沅叔年丈、鄧壽遐輩，莫不掎襟相稱道。然先生尤習湘綺，及散原、實甫父子，其詩中與陳、易倡和最多。翊雲《趨庭隨筆》云：

光緒二十四年正月，家父與喬茂萲丈同客長沙，適值召開經濟特科，茂萲丈薦劉裴村於湘撫陳右銘太年丈，乃以人才與楊叔嶠同舉，遂罹於八月十三日之難，右銘太年丈雖坐此去職，然初不識裴村也。是科所舉，共二十四人，以壽富伯茀居首；伯茀為竹坡侍郎寶廷之子，死庚子京師之變。其餘如曾廣鈞（重伯）、屠寄（敬山）、易順鼎（實父）、俞明震（恪士）、汪康年（穰卿）、謝鍾英等，皆以文學有聲當世，家父亦名列薦牘。同時江蘇學政瞿鴻機（子玖），亦保家父，暨陳三立（伯嚴）、孫詒讓（仲容）、丁立鈞（叔衡）、夏震武（伯定）、湯壽潛（蟄仙）、鄒代鈞（沅帆）等十五人，是年保舉特科，皆咨送總理衙門，唯瞿附片奏。其事旋罷。

二十九年重開經濟特科，瞿已為軍機大臣，張劭予侍郎以家父及孫葆田（佩南）、沈曾植（子培）、陳遹聲（蓉曙）、蒯光典（禮卿）、章梫（一山）、秦樹聲（幼衡）等十九人應詔。家父雖至京師一行，仍未與試。此次徵辟僅三百餘人，本不為多，因光祿寺卿曾廣漢保有上海《游戲報》館主筆李寶嘉（伯元），一時群議為濫。然伯元所著小說，如《官場現形記》諸書，盛為今日主張白話文者所推許，是人亦曷可輕耶？

此雖紀朋簪，實亦可供掌故也。先生所著《石翁山房札記》四卷，早行世，中皆考證經史辨析同異之言，湘綺最稱之。湘綺甲寅與先生遘於京師，日記中有「江瀚來，又欲做藩臺耶？然老矣。」蓋即指開歸陳許道護布政使時事，以為嘲戲。晚年居舊京，小車行樂，意氣健舉。嘗謂雲：老而不健，則生趣盡，老亦奚為？故舉其暮歲，無一日不涉酕醄撫絃索以娛其天者。今冬驟患肺炎，遂不起，年七十九。先生以民國十一年講學於晉祠，築難老別莊，予有詩奉訊之，中有云：「白亭舊築應驂靳，顧怪前蹤欠揭櫫。」以亭林游晉日久，集中不見晉祠詩為疑。後十年，沅叔年丈於藏園置酒賞海棠，先生娓娓為予言晉祠故實，其後南來，遂不常見。昨成輓詩，並及之，蓋鄉前輩留滯故都者，今凋零殆盡矣。

先生詩札貽予者至多，皆六十後作，予獨愛其蜀中諸詩，特謹嚴。如〈登鑽天坡宿洗象池〉云：「百道靈泉奔，千仞峭壁立。天門一何高，飛鳥愁振翼。迤邐攀修條，參差履龜石，拂衣白雲散，仰面青霄逼。曰余愛奇境，未忍吝登陟。（于晦若至此怯其險峻，欲止。余再三慫恿之，乃上。）落日梵宮棲，塵寰從此隔。」〈自夔門入巫峽作〉云：「仲夏蜀江惡，犯漲來夔門。淫預正散髮，瞿唐堪斷魂。驚濤濺雪飛，怒石作雷喧。櫂歌自高唱，輕舟任傾翻。俯視黿鼉遊，仰看熊羆蹲。松孤覺風高，嶂密使晝昏，消搖送飛鳥，悽愴聞啼猿。騷騷夕流駛，靄靄朝雲屯。境險景彌異，命微憂無存。憑窗獨吟賞。還復傾芳尊。破浪平生志，請附宗慤言。」此皆甚似子美西歸時諸作。先生詩故擅選體，與湘綺、芸子相似，爾時之風氣也。

江瀚自輓聯及遺囑

前記叔海先生逸事，殊略。昨翊雲寄示先生自輓及遺囑喪制。自輓，迺庚午孟春所作，句云：「入仕初無繫援，官止旬宣，幸全清節。讀書不分門戶，學兼漢宋，勉附通人。」蓋六年前預作者。遺囑預定喪制云：「屬纊後，殮以常服薄棺。三日成服。無所謂接三送庫。由門人訃告。世俗孤哀子之稱，既屬不典，泣血稽顙，尤涉虛偽，抆淚拭淚，亦強為分別，並無取。不作哀啓。不搭喪棚。不製冥器。不焚紙錢。不延僧誦經。不請人題主。兩星期出殯，踰月而葬。若有葬地，則不必出殯，兩星期即葬。」亦可謂明事達禮者矣。近見石遺先生輓翁詩，「孤艇下峨岷」句下注云：「君足微跛，尊翁官蜀捐館後君始東下。」又言，黎蒓齋官東川時，選《續古文辭類纂》，最後一篇，錄及叔海先生文，是異時亦可補入《世說》者也。

曾紀澤之國家觀念

舊日服官，皆言忠於朝廷，或效忠皇上，鮮言國家者。蓋古昔帝者家天下，不欲臣下於君之外言國，又吾國緜來大一統，不知有他國也。明末梨洲、船山諸儒，痛心胡禍，稍申君與國之辨，清網一密，諸說闃然。清末能知世界大勢怵心亡國者，郭筠仙之外，唯曾劼剛。劼剛議論中，已大膽以國家為一單位，不復斤斤於「聖清」、「我皇上」之習說。如〈倫敦復陳俊臣中丞書〉云：「此次不振，則吾華永無自強之日，思之憤歎。」其復邵筱村李香嚴函，語氣並同。〈倫敦再致李傅相函〉云：「西藏與蒙古同，乃中國之屬地，非屬國也。」其詞皆極明確。可徵劼剛實有國家思想。文正之起湘軍，非為一姓效忠而戰，前已論之，劼剛似甚得乃翁心法。但文正父子雖心病清廷，或不為拘墟之議，卻絕無革命之意，晚年尤兢兢自保。世所傳〈思雲館上梁文〉，工匠頌云：「兩江總督太細哩，要到南京做皇帝。」乃湘鄉土人鄙俚無知之詞，非出曾氏兄弟意也。

劼剛以三十八歲出使英、法，四十歲調使俄，四十六歲而頤下毿毿，五十歲歿，則光緒十六年庚寅也。其元配賀，乃耦耕女，此與前述文正景仰耦耕，可作一證。繼娶劉霞仙女，光緒十三年回國，劉夫人攜歸絨織衣袴線織衣邊等，是為近代毛織物入國之始。事皆見《崇德老人自訂年譜》。

曾紀澤之外交識力

曾劼剛輩行後於郭筠仙，而奉使歐洲實與筠仙同時；筠仙以通曉洋務自負，亦負天下重謗，劼剛則賴有其老世丈先任其謗，得以差全其名，抑亦文正公之門蔭也。然文正公以再造元勳，而辦理天津教案，受上下之陵轢詆毀，幾於不能自存，匪唯弱國外交之不易辦，而吾國士大夫愚闇忮刻，好借外患以傾其所仇，尤不樂成全人之有豐功令名，病之中於民族生心害政者至深，更於此等處可見。

劼剛之績略行事，具見其本集暨其日記中。尚有〈中國先睡後醒論〉一文，乃以英文刊於西報，劼剛使英時所作，當時傳誦歐洲，而文集中不載之。光緒初年，滬上有顏詠經與袁竹一譯為中文，惜其文字拖沓，為八股所累，詞不達意。今夏賓客得之以遺予，繹閱再三，審其為國家宣傳之作，即表示爾時之外交方針，其最扼要一段云：

竊以天下所經歷之災難，固屬不少，然一國之難，惟一國自知其從來，而自能專主。大凡國家遇有災難，固須承當，苟能隨時措置，更能遇機會而即取為用，則大幸矣。中國目前所最應整頓者如下數事：一、善處寄居外國之華民。一、申明中國統屬藩國之權。一、重修和約，以合堂堂中國之國體。夫寄居外國之華民，屢受陵侮，非獨致辱於外邦，兼且遺笑於中國。蓋中國不卹其民，致受此困，近日已簡欽使查閱情節據實回奏，望諸國曲體中朝顧卹其民之意，嗣後一例寬待。寬待華民，不特合乎萬國公法，亦合乎以善待人之道。至中國管轄藩屬，法本妥善，乃近日歐洲每垂涎亞洲以至藩屬之事，西國屢有違言，而中國已失外藩數國。今決欲鑒察藩國之所為，不任其私自專主，並且設法照顧保護，俾餘國不被侵蝕。現已欽派大臣往高麗、西藏、新疆經理其事，藉以維持大局，後有侵奪該藩屬土地或有干預其內政者，中國必視此國為欲與我棄玉帛而事干戈矣。凡國之敗於敵，其敗易忘，敗後另生之牽制及一切遺害，則難忘。譬人身受杖擊，其痛易忘，被帶常常紮緊而所受之痛則難忘。中國道光年間一戰之夙怨，已久消釋，至戰後所立和約未能平允，則其怨難消。蓋所立之和約，係中國勉强設立，中間有傷自主之體統，今不能不設法改訂。比如咸豐六年間歐洲諸大國與俄國訂立和約，其中黑海一條礙俄之體統，隨於同治十年在倫敦商酌廢去。中國亦必如是。所云有傷體統，即通商各口租界一條，曁今不及備載諸事。若此者，郤奪中國地主之權，不能置之不問。今擬於第三次十年換約之期，將此數條廢去重立，以免後患。夫他國已有似此而貽後患者，即埃及國可證，蓋該國事權概在他國之掌握，而地主轉難聞問也。竊以更改此條或有難處，中國亦非不知，然此次決當力任其難，以免將來或任更難之事。亞洲之諸國，彼此常存嫉妬，甚有過於歐洲之忌亞洲者。亞洲諸國有同患之情，不應嫉心相視，自宜協力同心，務將與西國一切交接基於國誼而立之國約，非基於敗衂而立之和約。以上所云三事，中國決派欽使分詣諸國往復妥議，必不隱忍不問。第事體重大，其整頓也自不免多延時日。然此一世界，固非將近終窮，太陽又非行盡軌道之圈數，為時尚永，中國盡為國之職分，正可以暇日行之，而無事亟迫也。

原文至此終，茲所節者為最後一段。其所云三事，換今日常見之名詞言之：一、中國絕對保護外人生命財產，各國亦宜平等保護華僑。二、中國對於各屬地邊境有絕對之治權及宗主權。三、廢除不平等條約。是也。文首述外人疑中國將亡，實則中國乃暫時之鼾睡，今且已醒。於是引李合肥經營海軍及恭王輔政為證；此即代表一國者應有之聲明。蓋爾時出使各國者，除郭曾數人外，皆闒茸無識，遺矢於床唾痰於案之輩，并此文亦不知作也。嗣有南海何啟，三水胡禮垣二人，以曾論過於側重外交，不言亟革內政，以為本末倒置，為文數千言書後，其說亦甚通，且頗具革命思想。但不知劼剛爾時之地位及外交官應有之詞令耳。然觀文中，劼剛所注意者，為高麗、新疆、西藏。且云：「亞洲之諸國彼此常存嫉妬，甚有過於歐洲之忌亞洲者。亞洲諸國有同患之情，不應嫉心相視。」其注重之方隅，今日輿圖或變色，而尚不止；或名存而實若亡；其所憂相嫉之邦，今日已儼為寇讐，不自懺改，行為世界燎原之燄。則劼剛外交之識力，固自不亞於玉池老人也。

馬建忠

劼剛日記中，有〈記馬眉叔條陳〉一段。案：甲午歲，京曹羣詬李文忠為大漢奸，眉叔為小漢奸，今不妨一讀眉叔之議論。惠敏《出使日記》云：

初八日抵天津，泊舟登岸，至官亭中，與司道出迎者，如冠九年丈，丁樂山、鄭一峯、鄭玉軒一談。拜李相，談極久。並謁文正公祠，行禮。未正，至吳楚公所寓焉。飯後李相來談，極久。冒雨回紅船，閱郭筠仙丈致李相函，及諸鈔件。有郎中馬建忠者，李相派至法國學院講求學術。其上書略云：五月下旬，乃政治學院考期，對策八條。第一問，為萬國公法，都凡一千八百葉，歷來各國交涉與兵疑案存焉。第二問，為各類條約，論各國通商譯信電報鐵路權量錢幣佃漁監犯及領事交涉各事。第三問，為各國商例，論商會匯票之所得持信，於以知近今百年西人之富，不專在機器之創興，而其要領，專在保護商會，善法美政，昭然可舉。是以鐵路電線汽機礦務，成本至鉅，要之以信，不患其眾擎不舉也。金銀有限，而用款無窮，以楮代幣，約之以信，而一錢可得數百錢之用也。第四問，為各國外交專論，公使外部密札要函，而後知普之稱雄，俄之一統，與夫俄土之宿怨，英法之代興，其故可覼縷而陳也。第五問，為英美法三國政術治化之異同，上下相維之道，利弊何如？英能持久而不變，美則不變而多弊，法則屢變而屢壞，其故何在？第六問，為普比瑞奧四國政術治化，普之鯨吞各邦，瑞之聯絡各部，比為局外之國，奧為新蹶之後，措置庶務，孰為得失？第七問，為各國吏治異同，或為君主，或為民主，或為君民共主之國，其定法執法審法之權，分而任之，不責於一身，權不相侵，故其政事綱舉目張，粲然可觀。催科不由長官，墨吏無所逞其欲，罪名定於鄉老，酷吏無所舞其文，人人有自立之權，即人人有自愛之意。第八問，為賦稅之科則，國債之多少。西國賦稅十倍於中華，而民無怨者，國債貸之於民，而民不疑，其故安在？此八條者，考試對策凡三日，其書策不下二十本，策問細目，蓋百許條，逐一詳對，俱得學師優獎，刊之新報，謂能洞隱燭微，提綱挈領，非徒鑽故紙者可比。近日工課稍寬，間至炫奇會遊覽，四方來巴黎者轂擊肩摩，多於平日數倍。但炫奇會陳各國新得之法，令人細玩，會終標奬，其最優者，原以激勵智謀之士。然炮之有前膛後膛，孰優孰劣？彈之貯棉藥火藥，何利何弊？附船之鐵甲，有橫直之分；然海之電鐙，有動靜之別；水雷則有拖帶激射浮沉之不一，炮壘則有連環犄角重單之不同，均無定論，是軍法之無新奇者。煤瘴之伏礦中，無定法可免，真空以助升降，無善術可行，此礦務之猶有憾事也。機織之布，敏捷而不耐久，機壓之呢，耐久而不光滑，機紡之綢，價廉而無寶光，此紡織猶待考求也。下至印書釀酒農具，大抵皆仿奧美二國炫奇會之舊式，并未創有新製。至於電線傳聲，與電報印聲，徒駭見聞，究無大益。惟英太子之珠鑽玩好，法世家之金石古皿，獨闢新奇，乃前此所未見。然此不過誇陳設之精，供遊觀之樂，以奢靡相矜而已，豈開會本意哉？但法人設此會，意不在炫奇，在鋪張。蓋法戰敗賠款後，幾難復振，近則力講富强，特設此會，以誇富於外人。有論中國賽會之物，掛一漏萬，中華以絲茶為大宗，而各省所出之綢，未見鋪陳，各山所產之茶，未見羅列，至磁器之不古，顧繡之不精，無一可取。他如農具人物，類同耍物，堂堂中國，竟不及日本島族，豈日本之管會，乃其土人，而中華則委西人之咎乎？此巴黎炫奇會大略也。忠在歐一載，初到之時，以為歐洲各國富强專在製造之精，兵紀之嚴。及披其律例，考其文事，而知其講富者以護商會為本，求强者以得民心為要。護商會而賦稅可加，則帑藏自足；得民心則忠愛倍切，而敵愾可期。他如學校建而智士日多，議院立而下情可達，其製造軍旅水師諸大端，皆其末焉者也。於是以為各國之政，盡善盡美矣。及入政治院聽講，又與其士大夫反覆質證，而後知盡信書不如無書之論，為不謬也。英有君主，又有上下議院，似乎政皆從出；不知君主徒事簽押，上下議院徒託空談，而政柄操之首相，與二三樞密大臣，遇有難事，即以議院為藉口。美之監國，由民自舉，似乎公而無私矣。乃每逢選舉之時，賄賂公行，更一監國，則更一番人物，凡所官者，皆其黨羽，欲治得乎？法為民主之國，似入官者不由世族矣。不知互為朋比，除智能傑出之士，如默耶諸君，苟非族類，而欲得一優差，補一美缺，戛戛乎其難之。諸如此類，不勝枚舉。忠思於各國政事，彙為一編，名曰《聞政錄》，首曰開財源，二曰厚民生，三曰裕國用，四曰端吏治，五曰廣言路，六曰嚴考試，七曰講軍政，而終之以聯邦交，現已稍有所集，但恨少無所學，每有辭不達意之苦。然忠惟自錄其所聞，以上無負中堂栽培，下無虛西人教誨，敢云立說也哉。聞建忠年纔二十有六，精通法文，而華文函啓，亦頗通暢，洵英材也。爰取原函，稍為潤飾，而錄存之。

觀眉叔議論，乃殊不滿英美法政制，其所判斷如何？另是一事。而可歎息者，即京曹所呼之小漢奸，本人卻并不滿意於外國，此等處正自哭笑不得。又可知京曹風氣，凡稍通外國情勢者，一遇事變，略當其衝，即被呼為漢奸，此等習慣，由來已久。

陳寶箴調停曾沈交誼及沈席相爭事

右銘先生蓋嘗入文正幕府，且曾調停文正與沈文肅之爭。散原集中〈先君行狀〉，未詳及茲事，朱克敬《暝庵雜識》，乃詳之。克敬字香蓀，以盲於視，故號暝庵。初不為官，而長於文牘，皋蘭籍，久居於湘，於同時曾、左、郭諸公皆至相稔，所言殊有根據。雜識卷四云：

曾國藩移軍安慶時，與江西巡撫沈葆楨約，釐捐均歸大營，有事則分兵回救。既而江西寇四起，曾軍益東，葆楨懼救不時至，上疏請留釐金養兵，詔許之。國藩疑葆楨賣己，絕不與通，葆楨以書謝，亦不答。會陳右銘游江南，聞之往見國藩，從容言曰：「舟行遇風，柁者篙者槳者頓足叫罵，父子兄弟若不相容。須臾風定舟泊，置酒慰勞，歡若平時，甚矣小人喜怒之無常也。」國藩曰：「向之詬，懼舟之覆，非有私也。舟泊而好，又何疑焉？」右銘曰：「然曩者公與沈公之爭，亦懼兩江之覆耳；今兩江已定，而兩公之意不釋，豈所見不及船人哉？」國藩大笑，即日手書付沈，為朋友如初。

而行狀中乃詳平亭沈文肅與席寶田之爭，及得洪福事，亦足補國史之闕。行狀云：

曾文正公大治兵，用兩江總督屯安慶，府君稔曾公命世偉人，又幕府盛招致天下賢士，遂往游。曾公引為上客，喜過望曰：「海內奇士也。」幕僚亦爭交懽，相引重。李公鴻裔專幕職，尤挾府君得代己。府君雅欲親戰事，謝去，就席公寶田江西軍。道彭澤鄱陽間，飢民連數縣，振者率應故事，勢且盡斃。府君惻然，就逆旅齋沐起草，馳書巡撫沈文肅公陳其狀，幷類及江西政要所關，凡數事，中言振而不能活，猶弗振，活而不能久，猶弗活。沈公感悟，大發帑全濟無算。其時江西為寇衝，蔓延郡縣，餘軍多觀望，獨得席公軍支拄四應。席公自府君至，累用奇策決勝。然寇方蟻集，勢盛，而席公軍單，沈公席公又頗乖隔，不相能。每軍牘往還，席公輒取抵地曰：「吾死此文法吏矣。」府君笑曰：「沈公賢者，坐不知公耳。」因謁沈公極陳席公沈鷙，必能用智略平寇，勝艱鉅，明公當開布腹心，席必為盡死；不則席敗，大局危，公安所措足乎？沈公以為然，立增席公五營，遺書披誠相拊慰，自是沈公、席公深相結，卒以殲寇，竟大功。偽幼王洪福瑱之竄閩也。府君度其時日曰：「我間道疾趨廣昌石城間，宜可獲。」席公移軍窮晝夜追之，至楊家牌巨嶺，會暮，軍憊極，前鋒植旗山下，士卒皆臥地。席公怒，命斬前鋒，於是復起追，嚮明，嶺盡，遂虜福瑱還。府君語人曰：「吾雖臆決幸中，然非席公堅忍用將士死力，福瑱終不可得，席公於用兵，天授也。」

此段極寫陳之謀略，席之戰功，沈之推誠，與朱瞑庵寫文正之豁達，皆極相似。然席之獲洪，厥後曾、沈又因以起釁，此則釐捐以後之事，右銘所不能調停，瞑庵所未記也。洪福瑱當作洪福，瑱字，真王二字之印文，說見王湘綺《湘軍志》。

陳寶箴在湖南之建樹及影響

繙吾國史事者，皆知近百年間之興衰治亂，與湖南人士相關咸極深切。前此湘軍，曾、胡、左、郭之功業學識，世所共曉。後則譚復生、唐佛塵、黃克强、蔡松坡輩，其言動足以左右四十年來之朝野，尤灼然可徵。湘軍之導源，由於賀耦耕、陶文毅、林文忠，前已詳之。然湖南至光緒初年風尚極閉塞，前記郭筠仙受窘諸節，可以見之。湖南之煥然濯新，實自陳右銘撫湘始。當時勇於改革，天下靡然從風，右銘先生與江建霞、黃公度、梁任公等入湘，併力啟發，一時外論以比日本變法之薩摩、長門諸藩，可見聲勢之烏奕。而散原翁於右銘先生之撫湘，其行狀中尤以畢力詳之，匪唯敘政績，記識力，其上下四周所盪摩影動者，實與二十年間之思想變故有關，信可錄也。

《散原文集》中，〈先君行狀〉一節云：

> 詔授湖南巡撫。府君故官湖南久，習知其利病，而功績聲聞昭赫耳目間，為士民所信愛，尤與其縉紳先生相慕響。平居嘗語人曰：「昔廉頗思用趙人，吾於湘人猶是也。」府君蓋以國勢不振極矣！非掃敝政，興起人材，與天下更始，無以圖存。陰念湖南據東南上游，號天下勝兵處，其士人率果敢負氣可用。又土地奧衍，煤鐵五金之產畢具，營一隅為天下倡，立富强根基，足備非常之變，亦使國家他日有所憑恃。故聞得湖南，竊喜自慰；而湖南人聞巡

撫得府君，亦皆喜。是時湖南旱饑，赤地且千里，朝廷以為憂，趣府君赴任，勿入覲，遂取海道入長沙。蓋湖南所被災州縣二十餘，瀏陽、醴陵、衡山最鉅。府君先傳電諸行省大吏，乞互助，旬日達覆電，有助金五六十萬，府君用是稍得藉手矣。首大振三縣。瀏陽伏匪倚災數倡亂，用縣人歐陽君中鵠領賑，得無事。初府君甫視事，即嚴禁販米出境令。亡何，米舟逾千艘聚岳州譁變且竄出，府君以米禁大係安危，遣某總兵持符亟遮之，誠立誅其首梗令者。由是悉挽而上，人心大定。凡府君所設方計，得次第賑活都百數十萬人。當是時，非府君為巡撫，湖南幾大亂。

府君承困敝之後，綱紀放弛，吏益雜進，貪虐竊偷之風相煽，而公私儲藏既耗竭，萬事壞廢待理，方不可勝數。府君以謂其要者在董吏治，闢利原，其大者在變士習，開民智，敕軍政，公官權。于是察劾府縣以下昏墨不職二十餘人，而代以幹良者，復劾顯僚豪幕最有氣勢者二人。桃源令貪暴無人理，上其罪至遣戍，羣吏懍然，遂改觀。既設鑛務局，別其目曰官辦，商辦，官商合辦；又設官錢局，鑄錢局，鑄洋圓局，以朱公昌琳領之。朱公七十餘，負幹略，行賈致鉅富，以義俠聞四方，老謝客，獨勉為府君出。又通電竿接鄂至湘潭，以張君祖同領之。又濬城北河使舟有所泊，且興高利，仍以朱公領之。而時務學堂，算學堂，湘報館，南學會，武備學堂，製造公司之屬，以次畢設。又設保衛局，附遷善所，以鹽法道黃君遵憲領之。又屬黃君改設課吏館，草定章程。又選擇赴日本學校生五十人待發。其他蠶桑局，工商局，水利公司，輪舟公司，以及丈勘沅江漲地數十萬畝，皆已萌芽發其端。由是規模粗定。當是時江君標為學政，徐君仁鑄繼之，黃君遵憲來任鹽法道署按察使，皆以變法開新治為己任。其士紳負才有志意者，復慷慨奮發，迭起相應和，風氣幾大變，外人至引日本薩摩、長門諸藩以相比；湖南之治稱天下，而謠諑首禍亦始此。

先是府君既銳興庶務，競自強，類為湘人耳目所未習，不便者遂附令搆煽，疑謗漸興，其士大夫復各挾黨擠排，假名義相勝，尋復有周漢事。周漢者，官至道員，甯鄉人，積以張揭帖攻泰西教煽亂，為湖廣總督落其職，而海內多獎謂忠義，尤為鄉人所信重，至是復刊帖布鄉縣。府君方痛膠州事，大懼，傳燬其帖。周漢毆傳吏益橫，府君乃排眾議下之獄，愀然曰：「非此無以全大局，亦無以曲全周漢。」世竟用此爭齮齕府君矣。後復以學堂教習與主事康有為有連，愈益造作蜚語，怪幻不可究詰，徒以上意方嚮用府君，噤不得發。二十四年八月康梁難作，皇太后訓政，彈章遂蠭起。會朝廷所誅四章京，而府君所荐楊銳、劉光第在其列，詔坐府君濫保匪人，遂斥廢。既去官，言者中傷周內猶不絕。於是府君所立法，次第寢罷，凡累年所腐心焦思，廢眠忘餐，艱苦曲折經營締造者，蕩然俱盡。獨鑛務已取優利，得不廢；保衛局僅立數月有奇效，市巷私沿其法，編丁役自衛，然非其初矣。

府君學宗張、朱，兼治永嘉葉氏、姚江王氏說，師友交游多當代賢傑，最服膺曾文正公及沈文肅公；兩公以茶釐事交惡，用府君言，得俱解，與郭公嵩燾尤契厚。郭公方言洋務，負海內重謗，獨府君推為孤忠閎識，殆無其比。及巡撫湖南，郭公已前卒，遇設施或牴牾，輒自傷曰：「郭公在，不至是也。」

散原此節，即以文言，亦極精采。時在戊戌後，故不敢言延梁任公主時務學堂，其實此事所關尤大。歐陽中鵠字節吾，湘之名士，官至廣西按察使，予倩之尊人。朱昌琳即朱雨田，前記郭筠仙欲辦招商局，衣冠求其協助，即此公也。

陳寶箴父子對李鴻章之責難

前所采拔可尊人次玉先生在南皮、兩江督幕中錄藏光緒甲午乙未間中東戰役諸電，即南皮、唐薇卿力謀聯法保臺者。冊後尚錄其時散原老人自武昌致南皮一電，以馬關和約簽定，請籲奏誅合肥以謝天下，此電南皮未作復。當時士議僨騰，主此說至多。散老今年八十三，是時年才四十一，與丁叔雅、譚復生、吳彥復號四公子，風采踔發，物望所歸。故其時右銘先生雖開藩直隸，而散老忠憤所迫，不遑顧慮，輒敢以危言勸南皮也。予初未諳散老此電命意，故甄錄不敢遽及。近讀《散原精舍文存》中，自為其尊人右銘先生行狀，有云：

> 馬關定約，和議成，府君痛哭曰，無以為國矣，歷疏利害得失，言甚痛。

觀此，則對和約之不滿，義甯喬梓，固一以貫之。行狀又言：

> 其時李公鴻章，自日本使還，留天津，羣謂且復總督任。府君憤不往見，曰：「李公朝抵任，吾夕挂冠去矣。」人或為李公解，府君曰：「勛舊大臣如李公，首當其難，極知不堪戰，當投闕瀝血自陳，爭以死生去就，如是，十可七八回聖聽。今猥塞責望謗議，舉中國之大，宗社之重，懸孤注，戲付一擲，大臣均休戚，所自處寧有是耶？其世所蔽罪李公，吾蓋未暇為李公罪矣。」卒不往。

得此一段，不啻兼為散老之電下一注解。蓋義甯父子，對合肥之責難，不在於不當和而和，而在於不當戰而戰。以合肥之地位，於國力軍力知之綦審，明燭其不堪一戰，而上迫於毒后仇外之淫威，下劫於書生貪功之高調，忍以國家為孤注，用塞羣昏之口，不能以死生爭，義甯之責，雖今起合肥於九京，亦無以自解也。信繇斯說，則散原當日之憤激，自在意中，固卓然可存。原電云：

讀銑電愈出愈奇，國無可為矣，猶欲明公聯合各督撫數人，力請先誅合肥，再圖補救，以伸中國之憤，以盡一日之心。局外哀鳴，伏維賜察。三立。

案：散老此電，乙未五月十七日由武昌發，戌刻至江甯者。

陳寶箴早年事蹟

散原有「四公子」之目；而右銘先生則亦嘗有「三君子」之目，家風甚似東漢之太丘也。初先生庚申會試落第，留京師三歲，得交四方雋雅之士，於易佩紳、羅亭奎尤以道義經濟相切劘，時稱「三君子」。會咸豐北狩，先生條防守六事，上樞府，適當道憂通州倉米為寇掠，驟無所為計，先生曰：「設傳駝更運，前明于忠肅成法也。」由是旦夕畢移輦下。一日飲酒樓，遙見圓明園火光，因搥案大哭，盡驚其坐人。時易、羅約南還將湘軍，遂歸湖南，易以前受駱秉章檄，募千人號果健營，防來鳳龍山間，羅副之，遂與先生俱扼次岩塘。石達開率眾號十萬來犯，死守累月，糧且盡；先生獨身間走澧州、永順以募餉。永順守張修府故儒吏，延見右銘先生風雪中，見其單絮衣，乃取狐裘覆之。先生卻曰：「軍士凍餓久矣。即何忍獨取暖為？」張為流涕，趣召父老輸銀米濟軍。得即持去，守益堅；石不得逞，引去。於是果健營之名，聞東南；其乞師狀與退之書南霽雲事相類。又適得賢太守以成其奇俠之行，又可見當時名公鉅卿，皆躬歷戎行，以磨練志節，其有成就，良非偶然。

陳三立峙廬記

右銘先生，先以道員需次湖南甚久，故散原幼即從湘中名士游，與伯弢狎比若弟昆，函中之仁弟，非世俗之稱及門也。散原第二書中之平江墓廬，即詩集中數見之峙廬，此非讀先生之〈峙廬記〉，不能知其詳。記云：

西山負江西省治，障江而峙，橫亘二、三百里，東南接奉新高安諸山，北盡於彭蠡，其最高峯曰蕭壇，下紛羅諸峯，隆伏緜綴，止為青山之原，吾母墓在焉。墓旁築室，前後各三楹，雜屋若干楹，施樓其上為游廊，與母墓相望，取青山字相並屬之義，名峙廬。初吾父為湖南巡撫，痛窳敗無以為國，方深觀三代教育理人之原，頗采泰西富强所已效相表裏者，倣行其法。會天子慨然更化，力行新政，吾父圖之益自憙，竟用此得罪，免歸南昌。因得卜葬其地。明年遂葬吾母，穴左亦預為父壙，光緒二十五年之四月也。吾父既大樂其山水雲物，歲時常留峙廬不忍去，益環屋為女牆，雜植梅竹桃杏菊牡丹芍藥雞冠紅躑躅之屬，又闢小坎種荷，蓄儵魚。有鶴二，犬貓各二，驢一。樓軒窗三面當西山，若張圖畫，溫穆杳靄，空翠蓊然撲几榻，須眉帷帳衣履，皆映黛色。廬右為田家老樹十餘虧蔽之，入秋葉盡赤，與霄霞落日混茫為一，吾父澹蕩哦對其中，忘飢渴焉。嗚呼！孰意天重罰其孤，不使吾父得少延旦暮之樂，葬母僅歲餘，又幾葬吾父於是邪？而峙廬者，蓋遂永永為不肖子煩冤茹憾，呼天泣血之所矣！嘗登樓迹吾父坐臥憑眺處，聳而嚮者，山邪？演迤而逝者，陂邪？疇邪？繚而幻者，煙雲邪？草樹之深以蔚邪？牛之眠者鬥者邪？犬之吠，雞之鳴，鵲鴝羣雉之噪而啄，呴而飛邪？然滿目淒然，澌聽長號而下。已而沉冥以思，今天下禍變既大矣，烈矣，海國兵猶據京師，兩宮久蒙塵，九州四萬萬人皆危蹙莫必其命，益慟彼，轉幸吾父之無所睹聞於茲世者也。其在《詩》曰：「誰生厲階，至今為梗。」又曰：「莫肯念亂，誰無父母。」曰：「凡今之人，胡憯莫懲。」然則不肖子即欲朝歌暮哭，顦悴枯槁，褐衣老死於茲廬，以與吾父母魂魄相依，其可得者？廬後檻階下植二稚桂，今差與檐齊。二鶴死其一，吾父埋之廬前尋丈許，親題碣曰「鶴塚」。旁為長沙人陳玉田塚，陳蓋從營吾母墓工有勞，病終峙廬云。

案：此文庚子作，《散原精舍詩》峙廬之作，歌哭萬端，皆特佳。江西亂後，始轉徙居廬山，前三年又北居。比聞先生有南歸訊，方春花發，杖履相羊，固江表所跂踵也。

梁鼎芬致楊叔嶠函

亮集示所藏梁節庵與楊叔嶠二札。梁髯達後，作書多寥寥數語，牋紙絕精，旁槧某簃某室，筆致疏俊，僅足玩賞而已。此則委婉長言，差資考鏡，蓋其失意時所作也。第一札云：

鈍叔三兄座下。病起曾致書為謝，並有肖巖一函，又前者有三弟一書致上左右，想都察及。月初返山居，擾可莊、衕齋一月矣。旋聞二弟逗留海上未發，適親串來問疾，遂同赴滬料理。二弟前赴山東，昨甫啓輪，三弟電來，說二十自粵行，因復少待，自茲吾兄弟三人，遂天各一方，家人亦都分散，求如往時團聚不可得，人生有幾，能不傷心！次棠與我書，言待一、二年後，仇彼者漸去，便回家變賣產業，復將數世坟墓，用土培厚，然後攜家遠行，弟所遭頗相同云。三弟離省過久，非我初意，亦由家中久居，一時遷動不易，故遲遲耳。太邱已交卸，王之春來矣，何以不得山西巡撫，專發牢騷，殆交情不逮胡聘之耶？三弟讀書太少，久居武昌不宜，同鄉中口舌尤可畏，歸後得一外差，尤妙，惜太邱離任，恐不易言。（往與之春周旋數年，未嘗食彼一飯，干彼一事，三弟即得差使，亦是南皮義寧交情，與之春無涉也。）月內仍回海西廬，今度歲於此。君與伯嚴捐款未見寄來，盼之至。天寒，珍重千萬，伯嚴同候。鼎芬頓，十月二十一日。

第二札云：

岳州書院講席，有賢太守為主人，發端自南皮，數書勸行，若足下，若陳公子，江湖漂泊，當代大賢君子殷拳於鼎芬者如是，此舉真當光明磊落四字，揆之初願，亦所欣為。惟病後體氣自虧，非若昔者，於接見生徒，講書論學諸事，均恐延誤，無益太守之政教，有乖來學之盛心，不可一也。鼎芬無意於世久矣，往者廣雅一席，特以南皮高誼，遂忘鄙陋，為之年餘，究亦何補於學子。自前年浮海，日與世遠，由茲以往，方欲愈深愈密，無知我姓名者，保遺體之清白，存此身於亂世。若復玷講席，重與冠裳，非我初心，媿予夙夜。君素愛我，當亦鑒之，不可二也。乙酉迄今七年矣，一書未成，三十已過，前三年則悴於院事，近者以兩弟官事，費盡心力，今均有成，以後歲月寬閒，正欲尋諷故書，刊落人事，若使日對數十學子，自待轉輕，有違孟子之訓，不可三也。君為謀之忠，發言之誠，每展手札，彌用敬佩。鼎芬亦深知親友之惠，不可久邀，講席自食其力，事至明順。然心之於事，先已不親，勉强為之，定滋疚恨，與其素餐於講舍，不若傳食於親朋。籌思再四，仍發函粵中，為明年薪火之計。講學之事，至為煩重，今志在謀食，厥旨已非，不可四也。私計李瀚章年七十一矣，一、二年後，可以得謚贈官，屆期當遄返故鄉，覓一靜處，設館授徒，為終老之計，此生便欲與官場隔絕，故萬萬不可為院長耳。君知我有素，死填溝壑，固意中事。昔亭林以游為隱，茲意大佳，實心慕之。此時但恨無腰纏，無健僕，否則將西出嘉峪關謁左文襄祠，北至伯都訥，為次棠祭墓，豈非壯游乎？區區之意，乞委婉代陳於南皮之前，無任翹禱，謹謝。叔嶠三兄，鼎芬頓。

纕蘅跋云：

叔嶠丈別字鈍叔，故友朋書問亦稱叔子。節庵先生以言事罷官，讀書焦山海西庵，故書中有「今年回庵度歲」之語。余藏節老致叔丈遺札，亦有數通，皆寄自海西庵者，想見兩賢投分之篤。余〈過京口〉詩之一云：「梁髯大隱海西庵，蜀客衡寒恣夜談。獨我回車思舊痛，舍人墓草已毿毿。」即詠此事。

纕蘅又自註云：

節老集中有〈酬楊三舍人山中雪夜見訪〉詩。

予案：此二札，紙墨筆意皆頗相似。第一札所云「太邱交卸，王之春繼之」，此指陳右銘先生任湖北布政使事。考右銘兩任湖北布政使，一在光緒十六年庚寅，一在光緒十九年癸巳，此當為庚寅。第二札以「乙酉迄今七年」句及李瀚章督粵考之，必為十七年辛卯所作。其言乙酉者，光緒十一年六月節庵以編修劾合肥，至是有旨追論誣謗大臣嚴議降五級，遂放浪江湖，讀書焦山。適王可莊守鎮江，節庵大喜，有詩：「帝命詞臣守潤州，聲名諤諤出時流。」云云是也。梁讀書為海西庵，遺迹具存，今不復贅。其第一札中所言王之春，節庵直舉其名，似輕視之，此節頗可談。

王之春，字爵棠，湖南衡山人，彭剛直所識拔者。相傳王以微秩滯粵，剛直莅廣州，初不識王。剛直生日例不稱觴，屬僚以手版致祝而已。是歲不知如何，王羼入幕僚中，遞帖庭參。彭見之，大訶詬。已而悔之，念其微官，又同鄉里，當眾折辱，良自慚，次日特過所居謝之。王踉蹌迎談，頗稱意，且謂其相貌奇偉必貴，遂薦之南皮，不數年顯達矣。又傳王微時業木匠，及漸貴，湘人好事者以賦嘲之，中警句云：「帖包門第，繩匠胡同，帽兒戴綠，頂子緋紅。門前帶馬之人，新交格老，座上吹牛之客，舊好梅公。」帖包門第者，王自謂為船山後人，船山遺訓子孫不許仕清為官，但許為胥役，如執帖包奔走之輩，故曰帖包門第。格老者，余誠格，梅公者，陳梅生。綜此觀之，王當為便黠之暴發官僚，故名士鄙之，節庵數語可以想見也。

至第二札中之瀚章，即合肥之兄，世稱李大先生。節庵以劾合肥降官，度必深憾於李氏，故不願回粵。次棠者，于蔭霖字。計節庵自乙酉鐫秩，沉滯十七年，至庚子始簡武昌遺缺知府。命下之日，大喜，曾作一聯云：「遠追二千石餘規，我輩當如漢吏。恩起十七年廢籍，斯人恐誤蒼生。」下聯語氣自佳。又節庵知武昌府時，其夫人曾來視之，節庵衣冠迎於舟次，住署中三日而去，世所傳「零落雨中花，舊夢難尋棲鳳宅。綢繆天下事，壯心銷盡食魚齋」一聯，即是時所作也。

李文田與梁鼎芬

節庵何以劾合肥？相傳順德李芍農侍郎（文田）精子平風鑑，有奇驗，且謂節庵壽只二十有七，節庵大怖，問禳之之術，曰：「必有非常之厄乃可。」節庵歸，閉門草疏，劾李鴻章十可殺，其舅張某力阻，不可，意謂疏上必遣戍，乃竟鐫五級，二十七歲亦無恙，此說流播已久，存之而已。然芍農風裁峻整，初不以命相為趨避，在當時清流中主持正論，尤為德宗羽翼。光緒二十一年乙未冬歿。文道希記其事云：

李芍農侍郎文田，學問賅洽，晚節尤特立不苟，將死語不及私，惟諄諄以朝局為慮。見汪長二侍郎被黜時，病已篤矣。猶喘息言曰：「吾病死不足惜，但某相國與某官者朝夕聚集，密謀欲翻朝局，吾親家某侍郎亦與其謀，可若何？」不越日卒，故余輓聯，以「魯連蹈海杞婦崩城」擬之，沈子培刑部輓聯，以「威公淚盡萇叔心孤」擬之，皆所謂知其深者也。

案：汪長兩侍郎被黜事，指乙未長麟、汪鳴鑾召見言及宮闈，立即革職一案也。芍農相楊蓮府（士驤）必至一品，相王文勤（文韶）拜直督後，必入相，且生還鄉，皆奇驗。然吾又聞石遺老人言，節庵劾合肥摺，原係易實甫戲擬，以示節庵，喜而攫為己有；又言節庵夫人龔氏，來視節庵，是其署按察使時事。

梁鼎芬聯語

飲禺生家，因話及梁節庵棲鳳宅食魚齋一聯。劉云：梁監督兩湖書院時，有一聯，懸於監督堂云：

燕柳最相思，憶別倚門三十載。
楚材必有用，教成君子六千人。

蓋兩湖先為書院，後改學堂，肄業者，先後六千人也。有改此聯嘲之云：

君子一無成，人來梁上。
倚門何所憶，鳳去樓空。

下聯仍言節庵京寓棲鳳樓本事。

張蔭桓

瘿公數為予言，伶人秦稚芬銳身送張樵野事。瘿公之《鞠部叢談》，及近人《常惺惺齋筆記》皆述之，稚芬者，五九也。癸丑春，予常與瘿公訪五九於韓家潭，談移晷。五九為清德宗所眷唯一之伶，予見之時，德宗殁已四年，國祚亦移。五九談及景皇帝喜自撾鼓諸事，涕猶熒熒然，不久病狂易，入醫院矣。予為散釋〈題菊部叢譚校補〉詩，有「撾鼓憐孱帝」，即指此。張樵野之生平，則極關政局，為甲午至戊戌間之幕後大人物，祁景頤《鞠谷亭隨筆》所述頗詳，今全錄之，以存史料。祁云：

南海張樵野侍郎（蔭桓），起家小吏，同光時，隨其舅氏李山農觀察（宗岱）於濟南，落莫無聊。時朝邑閻文介公為山東巡撫，勵精圖治，留意人才，丰采凜然，屬吏皆嚴憚之。一日，有應奏之事，屬幕府起稿，凡數易，俱不愜意，公自為之，亦覺未當，因以囑李山農觀察。李歸，為張言之。張固工文詞，請於李，試為之。稿成，李以呈文介，意不過塞責。文介閱竟，見其敘事明通，悉中肯綮，深為嘉許。蓋奏章重在明顯簡要，上見之，或交軍機，或交部，大抵無不准之理，不必文采紛綸也。文介問李，何人屬稿？李以張對，遂令進見。與談，大洽。文介剛傲不易相處，張乃因勢利導，倍加倚重。時各省傳教之士，驕縱不守繩檢，張承撫臺命，遇事操縱得宜，是為侍郎外交之發端。繼文介撫東，為寧遠丁文誠公，亦激賞之，累保至候補道，分發湖北。漢口華洋雜處，交涉繁多，頗善處理。旋以軍機處存記，特簡安徽徽寧池太廣道。光緒甲申，文介入樞府，薦其堪任洋務大臣，乃開缺，以三品卿銜，在總理各國事務衙門學習行走。正值法越事起，文介與錢塘許恭慎公，同兼總署，朝命與侍郎會同辦理定約劃界事，外有李文忠公折衝，我以諒山大勝，法乃遷就議和。時侍郎躬操權柄，銳意任事，又恃樞援，意氣不免驕矜，為人側目。當時風尚，京朝九列清班，除滿蒙外，漢則居恆甲科出身，少則亦由門廕，家閥隆重，罕有雜流羼入。侍郎以外職崛起，至於卿貳，即不露鋒鋩，亦難久安於位，況機鋒四露，遇事任性耶？故被劾四次。給事中孔憲瑴參其私致書上海道，次日醇邸承旨，撤總署崑岡、周德潤、陳蘭彬、周家楣、吳廷芬、張蔭桓差使。已而授直隸大順廣道，復以三、四品京堂候補，出使美日祕，蓋李文忠所薦也。海外使還，超擢侍郎。辛卯冬，錢侍郎應溥，赴河南查辦事件，命張署其禮部右侍郎。故事，禮、吏二部尚侍漢缺，非翰林進士不可，拔貢朝考用部，反能補署，舉人亦且不能得。昔年曾忠襄公，以功勳重臣，曾署禮尚，起自優貢，人雖未敢明言，然期期以為不合舊制。時高陽李文正，方為禮部尚書，嘗與其門下一、二翰林言之，以張署侍郎為不當。迨侍郎二次入朝，貢獻不貲，揮灑巨萬，兩宮時有供奉，結納內侍，所用尤鉅，吳漁川觀察（永）《庚子記事》，謂其於中官不甚理論，殊不盡然。甲午日本事起，曾命偕邵撫部（友濂）往議和，日本忽拒之，謂其位望不足，乃改命文忠。次年丙申，和議成，言者蠭起，劾其與海鹽徐尚書（用儀）納賄辱國。李文忠留京入總署，翁文恭亦得兼職，凡遇交涉，必使侍郎為處理，文恭尤為推重，其籠絡手段，每日函牘交馳，侍郎亦慇懃納交，款接益密，即

《庚子紀事》中所言者也。侍郎在朝，資用豪侈，饌食豐美，又好收藏書畫，同列無與倫比。李文忠以舊輔再出，眷注甚隆，在總署亦惟侍郎之言是從。常熟有時利用侍郎以排同官，表面無間，心亦不洽。如總署考滿章京，侍郎出題閱卷，翁言：「樵野閱卷，余收卷點數而已。四十年老於典校，當此一嘆。」次日考漢章京，翁言：「樵野欲一人專主，余不自量，看六十本，而樵仍覆閱。伊加圈頗濫，余笑頷之而已。恭邸託一人，余曰：某已擯之矣。因不覺力斥其妄，不歡而罷。比校通一過，樵既加圈，不能不儘前，大為所苦。」不滿之意，溢於言表。德宗立意維新，孝欽久生疑忌，宵小內豎，從而搆之，嫌怨日深。侍郎翕熱功名，又恃兩宮俱有援繫，德宗召見時，私有所陳，兼進新學書籍，如康南海之進身，外傳翁文恭所保，其實由於侍郎密奏也。戊戌四月，常熟被放，侍郎詣之，告以軍機同見，上以胡孚宸參摺示之，摺仍言得二百六十萬，與翁平分，上諭以極力當差。又言：是日軍機見東朝，極嚴責，以為當辦，軍機大臣廖尚書壽恆力求始罷。更傳有旨張某拘拏，已而無事。此即《庚子紀事》中所記，侍郎被傳無事，後有新疆之命，所記小誤，蓋前事為本月初，侍郎發遣在八月嚴辦康梁以後也。使侍郎不以他途進，遇德宗召時，剴切陳言外交大事，各國情勢，徐圖更張，未始不能見功。不使昏愚，妄測正人，激成庚子拳亂，清社以屋，國家亦隨之一蹶不振，則侍郎一生宦蹟，於中國不無關繫也。侍郎豐頤廣顙，言論伉爽，乙丙之際，楊文敬公（士驤）官翰林時，與侍郎交密，余時於文敬坐上見之，遇人亦和平寬厚，而心計甚工。文章雅飭才贍，與當時名流，如盛伯羲祭酒，王文敏公諸公，以時往還。不意於庚子秋，竟遭奇禍於萬里外，可謂慘矣。尤奇者，其子仲宅，於民國後，為強有力者以黨案鉤甏之，父子皆不善終，是為可怪。

案：祁所記，具見樵野平生。然樵野雖結內援，實陰為帝黨。王小航〈方家園雜詠〉中有云：

南海為張蔭桓所蔽，堅執扶此抑彼之策，以那拉氏為萬不可造就之物。

此可徵樵野卓識。又介伊藤博文進覲德宗，欲用為客卿，傳亦樵野之謀，《國聞報》曾紀之，可徵其謀略。以予所知，康南海之得進於德宗，實樵野所密薦，常熟詗知德宗意，始具摺保康。從南海自編年譜中，數見當時康、梁與樵野往來之密。（或疑《南海年譜》中，言常熟者多於樵野，以為南海純得常熟之力，此實大誤。南海來京，主樵野，此事瘿莽孺博皆言之。常熟負重望，又有知己之感，故數言之。樵野結納深，而為謀主，故不數言之也。）廢八股，亦樵野力贊之。南海有奏請仿歐洲各國製新器、著新書、尋新地之事，摺交總署，樵野即屬任公，擬稿議定。吾聞當時樵野與康、梁，私人抵掌談政治，輒昌言無忌，實為致死之繇。王伯恭記南海與陳次亮談：兩江曾九帥出缺，可以劉峴莊補一事，謂：「康撫掌稱善，陳言便可決計，無用游移。兩人問答如此，直忘其一為員外而章京（謂陳），一為新進之主事，乃妄人耳。」云云，此自不知政客之地位。蓋政界中，別有一種位不甚顯而言論風采可以動干時政者，不可以皮相也。如南海之與樵野常熟，又孰能必其不可進而為劉峴莊繼曾沅浦之主張耶？樵野之死，乃於庚子夏義和團方熾時，京中突有密電致新疆當局，屬陰置張蔭桓於死地，相傳此電乃西后授意者，南海曾述之。見於官文書者，乃云：「有密旨以張蔭桓通俄，就地正法。和議成，始昭雪，復原官。」

秦五九者，傳其祖秦某，亦伶人，五十九歲稚芬始生，故以為小名。飾青衣，為樵野所眷，置宅營娶，皆樵野任之。樵野既以康梁案遣戍新疆，以平日氣燄甚高，又在六君子被戮後，親戚朋友，無敢送者，獨稚芬送至正定府，故時人稱之。其人頎而面微削，唯目美耳，而德宗與樵野皆悅之。五九門徒，有唐采芝者，能琵琶，癸丑三月初三日，任公先生修禊於三貝子花園，瘿公招采芝來，當筵搊索，予聽之亦為移神，其攝影中，趺坐於地者，是也。五九、采芝，今皆死矣。樵野之子似於民國初年，以反對項城，為陸朗齋（建章）所羅織，其詳俟考。瘿庵《鞠部叢談》誌五九事，上有樊山眉批，所言與予記微有異詞，今並節錄為參考：

秦稚芬小名五九，為張尚書蔭桓所奇賞。尚書以戊戌黨禍遣戍，稚芬送至張家口，揮涕而別。戊戌後，杜門匿影，不復與人晉接矣。稚芬能雋談，熟諳宮禁親貴掌故，余喜與之談，光緒間名流，無不識稚芬者。其書學孫過庭《書譜》，殊秀逸。熟《通鑑》，常執卷詢魏匏公。匏公曰：「吾腹中久無字矣，若詢戲曲，可詳對也。」吾每過談，見其筆硯縱橫，恒作長幅書，惜當時未索取之。育化會成立，稚芬充文牘主任，後得狂易疾，不能會客矣。

樊山於其上加小評云：

張尚書並不賞識五九，其遣戍新疆也，由燕，而晉，而陝，而甘，亦未至張家口也。至謂五九揮涕而別，更無其事。五九乃其子仲宅所眷，晨夕不離，日以三金，畀九和興飯館，為秦郎膳費。

予案：瘿公所記，唯樵野遣戍行程有誤，信如樊山言，五九當時乃送至正定也。樊山所言，乃太武斷。樵野與瘿同為粵人，五九與樵野事，眾所周知，正不能以其子所喜，迺謂其父未嘗識之。瘿公作《叢談》時，去與予同訪五九，約六七年。樊山評此，在甲子後，年已八十，容有耄忘，其誤抑不足怪矣。

羅正誼

國人舊俗，好詆司外交者。無論國勢凌夷，易受挫辱，即無所喪失，而與外人往還，好為先識高論，皆不能免謗傷，其少年勇銳不欲自明者，馴至以身殉之，可哀也。湘人尤倜儻，敢於任事，蒙毀亦最甚，郭筠仙其尤著者。偶閱湘綺丙子日記中有一節云：

> 樾岑繼至，言時事多拂人意，余不欲聞。唯傳罵筠仙一聯云：「出乎其類，拔乎其萃，不容於堯舜之世。未能事人，焉能事鬼，何必去父母之邦。」（此集《四子書》句）筠仙晚出，負此謗名，湖南人至恥為伍。余云，眾好眾惡，聖人不能違。

湘綺與筠仙最稔，而不能為之明，猶云「眾好眾惡，聖人不能違」，則甚矣眾人之好惡，足以殺人而誤國也。

筠仙之徒，有羅正誼者，亦勇於研習外交，且習知緬甸、暹羅國情，於今日蓋裒然為通才，而當時爭訶之，侘傺憔悴以死，散原老人為之傳，斯人亦可紀也。陳傳云：

> 羅正誼，字宇彌，湘潭人。家貧好學，究宋儒性道之詣，語默造次，秩如也。壯遊長沙，學益進，侍郎郭嵩燾延課子弟。嵩燾始使海外，還負天下重謗，而意氣議論不衰，正誼自是稍習夷事矣。光緒九年，法越難作，兵部尚書彭玉麟，遣四品官出詣暹羅，迺以正誼副行。既至，與大猾陳金鍾深相結納。陳，福建人，賈於暹羅，擁資鉅萬，因執國柄，正誼得備悉

泰西形便及政俗法制立國之本，至是奏記玉麟曰：「竊以南荒徼外藩服有三，曰越南，曰暹羅，曰緬甸，縱橫萬六七千里，東南海際，西極孟加拉，北毗粵東，西雲南。□朝初迄嘉慶五朝，咸奉正朔，未敢攜貳。道光之季，海疆多事，泰西諸國，競以兵船游弋往來，而緬甸所屬之漾貢，阿拉于麻塔班梯泥色領，暹羅所屬之檳榔嶼，新加坡，長買，越南所屬之西貢東浦，遂為英法所侵占。數十年間，三國菁華繁富之壤，蕩然已盡。雲南者天下奧區，五金之產，甲於九州，夷眈眈相伺，非一日也。猥以三國犬牙遮錯，無能繞越，今則控帶經營，制其要害，志已得矣。考英吉利入滇鐵道圖有二，一自漾貢北行，繞甸都折班磨，達雲南永昌。一自漾貢迤東行，循邁亮老撾，由江東達雲南思茅。法蘭西入滇鐵道圖亦有二，一自河內西行穿老撾緬甸，經阿瓦，會英道，達雲南永昌。一自河內迤北行，遮北圻天洞山，達雲南蒙自。咸已定謀成約，五六年間，二國鐵道輸車，必交萃於滇境，不可不深計卻慮，輟其後禍，而為長駕遠馭萬全之策也。傳曰，「備豫不虞」，又曰，「萬事豫則立，不豫則廢」。何以言之？暹羅諸國之比於西夷，非有慕于彼也，勢成孤立，外無大援，苟得託以自保耳。近聞緬君昆弟有隙，英人欲因以廢置，緬君怨之，密與法夷通商，冀以牽英，果中國能護翼之，彼未必一意於法也。今之暹君，頗稱明達，議遣巡視郡侯陳金鍾，來干中國，通商聯好，如其情而曲導之，非僅羈縻之利而已。謂宜入告國家，如朝鮮近例，亟與通商，兼於暹羅暨南洋群島，廣設領事，置大臣公使一人統之，略如漢唐校尉都護之制，用以宣布威德，維繫睽散，而圖未形。蓋華民留占緬甸尚祇七八萬人，而暹羅則孟角國都六七十萬，唐哈西郎胡椒黨二十餘萬，鐵狄門孟去瑞瑞坤西十餘萬，大橫小橫數亦盈萬。南洋則英吉利屬之新加坡十四萬，檳榔嶼十五六萬，柔佛十萬，麻六甲五六萬，婆羅洲二萬；荷蘭屬之葛留巴五六十萬，蘇門答喇二十餘萬，西利伯七八萬，摩鹿三四萬，地門固冰七八千；西班牙屬之蘇祿六七萬，蒲路灣四五千，小呂宋七八萬，馬乃渡六七千；葡萄牙屬之地門的里二三萬。統華民三百萬有奇，皆寄命荒外，為所陵虐，日夜內嚮，懸於不寧。光緒元年，侍郎郭嵩燾，曾請設立新嘉坡舊金山領事。誠能推廣增設，保護安撫，使相親附，不論異類，數十百年之間，乘機觀釁，因事就功，必有收其效者，而固非一時徼倖嘗試之計，可同語也。」玉麟時方主用兵，又以所陳迂緩，寢格其議。比使還，法夷亦遂襲諒山，奪雞籠，攻毀馬江，東南騷然。正誼以文儒後進，不得與謀，義無所發舒。尋法越事亦解，迺引歸，發憤太息，務張泰西之美，而痛中國之所由敝，以為富強自主之術，宜專教育人才，師夷所長，去拘墟之見，除錮蔽之習，不則患未知所底也。每廣座讌飲，輒以為言，聞者駭怪，至掩耳卻步。正誼愈慷慨陳論，滔滔不絕，以故人相戒遠之。正誼滋困無聊，會縣令沈錫周，欲致度外畸士。沈猛厲為治，有名稱，得見正誼，奇其狀貌，執手歎曰：「勉之，歷二十年節鉞專閫，當思吾言也。」正誼故嘗遭相士云，法當立奇功，位方面，聞錫周言，益喜自負，遂復走番禺，謁總督張之洞計事，之洞悅之。未幾，朝廷遣使臣鄧承修、周德潤等行越南邊，按理疆界，正誼與偕。抵鎮南關，觸瘴病卒。將卒，顧側老兵曰：「術者誤我。」之洞聞而悲哀，敕府縣護送其喪，後一年，始歸葬。論曰：正誼悁悁占畢，被服儒者，及馳觀域外，奮其私議，與縫掖相上下，信有不得已者邪？莊周有言，六合之外，存而不論，正誼之取憎當世，有以哉！然而掘其中情，悱憤不發，厥為志士，負聲藩翰之望，飄魂毒淫之嶠。語云，死生有命，富貴在天，術者誤我之言，可為流涕也。

此文敘次簡明，其結語尤悲雋有味。所述南洋形勢，雖今不足為徵，而其志節要不可湮沒。乃正誼師法西人之言，聞者皆駭怪卻步，則無怪外交之日挫日弛。至勇於任事者，既以謗毀，尤無怪放言高論者日不謀根本之計，而亟亟於為孤注一擲矣。

譚嗣同

譚復生致歐陽節吾書，去年精衛先生與佛塵致節吾書，合裝一冊，以紀念有王。復生此書，中間以談禪說理，似與佛塵之務實者，微有不同，中有一節云：

> 大劫將至矣，亦人心製造而成也。西人以在外之機器，製造貨物，中國以在心之機器，製造大劫。今之人莫不尚機心，其根皆由於疑忌，乍見一人，其目灼灼然，其口緘，其舌矯矯欲鼓，其體能極卑屈，而其擘將欲翔而搏擊伺人之間隙而時發焉，吁，可畏也！談人之惡，則大樂，聞人之善，則厭而怒。以罵人為高節，為奇士，其始漸失其好惡，終則胥天下而無是非，故今之論人者鮮不失真焉。京朝官日以攻擊為事，初尚分君子小人之黨，旋並君子小人而兩攻之。黨之中又有黨，黨之黨又自相攻，苟非勢力絕大，亦卒不能有黨。如火中蝦蟹，囂然以鬨，火益烈，水益熱，而鬨益甚，故知大劫不遠矣。

復生之言，殆有所觸而發，而所見固洞垣一方。所謂「其始漸失其好惡，終則胥天下而無是非」，嗚呼斯言，可謂淚盡繼之以血，顧今日能領此語者，又有幾人，則所謂大劫，豈非即建於人人之心域耶？又案：復生所謂並君子小人而兩攻之，必指當時清流內鬨之事。又復生書謂，紱丞（即佛塵）上上等根器之再來人，然不道佛學，云云。故佛塵專言政治，不言大劫。

高樹兄弟

前錄《金鑾瑣記》數詩，近知即瀘縣高蔚然侍御作。侍御名樹，曾為軍機章京，余所肊測趙舒翹與王夔石爭議事，不謬。其記賽金花事，有「城南弟惡之，遞解彩雲回蘇」，所謂城南弟者，其弟枏也。當作澂南，枏之字也。亦為給事中。光緒末年，喬茂軒（樹枏）為學部左丞，與高氏兄弟皆為蜀人宦於京師者。或為聯云：

茂老併吞雙御史

以喬之名，適奄有二高之名也。對云：

輔翁顛倒一中堂

輔翁謂孟慶榮，時為學部右丞，而榮慶適以協辦大學士長學部，孟之名，倒讀之，即為榮華卿之名。此聯妙相綰合，一時傳誦，纕蘅為余言之。蔚然先生年逾八十，化去不久。

王闓運章炳麟梁啓超

叔章招飲，壁間有湘綺手書詩屏四，皆金陵公讌之作。蓋以匋齋之招，光緒三十四年，復客江表。數詩皆純宗選體，而〈贈曾岳崧（紀壽）〉一首，特昦健斬截可喜。湘綺重來北都，余得詣從，不過四五見，以楊晳子之介，見貽數詩，今亦張之壁上。初來時，道階上人，以法源寺丁香盛開，為延湘綺及楊惺吾等，殆百餘人，皆海內文人。宴集既，為〈餞春圖〉，人各賦詩，余亦有二絕句，中以檢討稱湘綺，從其清季所賜官也。湘綺有敘，短而雋，言咸豐末年居肅順幕事，及同治中興，凡三段，此序瘿公錄入《庸言報》詩文選中，世多見者。翌年籌安會興，湘綺以儒林耆望，委官歸里，亦在被派勸進之列，士議頗致訾謷。其實湘綺終始玩世不恭，何嘗有心勸進。其上袁書，余幸有一稿，錄之，箋云：

> 近聞伏闕上書，勸進不啻萬人，竊讀《漢語記》，有云，「代漢者當塗高」，漢謂漢族，當塗高，即謂元首也。又明讖云，「終有異人自楚歸」，項城，即楚故邑也，其應在公。歷數如此，人事如彼，當決不決，危於積薪，伏願速定大計，默運淵衷，勿誘過於邦交，勿撓情於偏論。

案：此箋名為勸進，乃援讖緯童謠，其釋當塗高代漢，語氣支離，隱以曹操況袁，至漢以後史書如海，獨引劉基〈燒餅歌〉，其為玩弄項城可知。當時不獲罪，幸也，而顧以為勸進乎？湘綺八十餘，白髮鬖鬖無幾，猶著小辮，世多譏袁以俳優蓄湘綺，余則以為湘綺心目中，亦未嘗不以沐猴而冠視項城也。湘綺早年游俠，晚殊頹唐，至民國三年，已八十三四，扶持須人，自難以太炎、任公之行動責之，其立身本末，亦各不相同也。

太炎先生初來燕京，極受禮遇，及後錮於錢糧胡同路北之某家花園，任看管者，陸建章也。其始尚居寓所，有衛兵四人。一日太炎乘間出門，留書與陸，卒為衛士追回，其書云：

> 朗齋足下。入都三月，勞君護視。余本光復前驅，中華民國，由我創造，不忍其覆亡，故入都相視耳。邇來觀察所及，天之所壞，不可支也，余亦倦於從事。又迫歲寒，閒居讀書，宜就溫暖，數日內當往青島，與都人士斷絕往來。望傳語衛兵，勞苦相謝。

此書陸以呈袁，一笑置之，遂移禁錢糧胡同矣。至任公先生於帝制時，間關脫險，事詳其集中，時袁以參政羈縻之，任公瀕行，猶留一辭呈，蓋防袁窮追，欲以放洋語，塞赴滇之疑也。呈詞亦極諷刺，其文云：

> 比覺百脈僨張，頭目為眩，外強中乾，而方劑屢易，冬行春令，則癘疫將興，偶緣用藥之偏，遂失養生之主。默審陰邪內閉，災沴環攻，風寒中而自知，長夜憂而不寐。計非澄心收攝，屏絕緒緣，未易復元，恐將束手。查美洲各屬，氣候溫和，宜於營衛，茲擬即日放洋，擇地休養。

云云。袁始大怒，終哂笑曰，「卓如只會耍筆桿耳」。其實袁亦無法追尋，祗能彊顏笑也。

章太炎

太炎先生下世，儒先淪墜，歎悼曷極。民國二年，先生始來北京，住東單二條，蒙古學會內，予承乏文書幹事，幾於昕夕侍見。尋被項城幽於錢糧胡同某邸，會其旁舍同居，為予鄉鄭在莪，因得陰從候起居，且間問奇字。逮先生出都，十餘載間，契闊不復見。及去年相遇於蘇州車站，朱履小帽，腴白紓徐，意謂當享上壽，未料俄然乘化也。先生為曲園弟子，其造詣文辭，皆在春在堂以上，千世當有定論，固不待自彰於〈謝本師〉一文。憶曩年得《新方言》讀之，中雜考閩越今音，有新且碻者，私意最喜如：

《漢書・律曆志》，用銅方尺而圜其外，旁有庣焉。鄭氏曰，庣，音條桑之條，蓋凡中窊之器，可以容物者，皆謂之庣。《方言》云，鍬，燕之東北，朝鮮、洌水之間謂之斛，此田器中窊容物者，謂之庣也。《說文》，銚為溫器，《方言》盌謂之銚銳，此食器中窊容物者謂之庣也。其鐎斗刀斗諸名，亦皆放其聲類，並以中窊容物得名。今鍬之名，不專用於田器，如炊時運置火炭者，為火鍬，其斟藥斟羹之小匕，亦謂之鍬，實皆庣字也。斟藥者，漢人謂之刀圭，即十分方寸匕之一，刀即庣字。圭者，〈律曆志〉云，不失圭撮，孟康曰，六十四黍為圭，是也。今斟藥斟羹者，多謂之鍬，斟羹者或借瓢名，惟江南運河而東，至浙江福建數處，謂之刀圭，音如條耕，正合庣音，圭讀耕者，支佳耕清同入對轉，圭聲字多轉入耕清，如圭田即頃田，跬步作頃步，烓讀如同，從烓之字為耿，《爾雅》注，以黽為耿黽，耿黽即《說文》所謂鼃黽也。今音刀圭如條耕，正符其例。或說當為調羹，非也，此以斟羹，非以調羹，人所盡知。

下有一則云：

《說文》：箸，飯攲也。今惠潮嘉應之客籍，謂飯攲為箸隻，其餘通謂之叏，讀若快。尋《說文》：叏，分支也，今人以箸可分浚羹肉，故謂浚叏，語亦甚古。《易》稱，作書契者，取諸叏，今箸書之名，即本於箸，籑述之籑，又即饌字，故箸亦取義於叏，日本飯攲，以一竹上合下分，正象叏字之土形。按陸容《菽園雜記》，謂舟人諱箸為快，幡布為抹布，梨為圓果，苫為豎笠，然亦合於字訓，故為證明之。

此釋刀圭為今之庣，即閩音讀如條耕，詁義審音，皆絕碻。晚近有所謂藥匙者，中畫線三，以盛藥，有分別，正是古人刀圭遺意。銚與鐎本一字，《說文》：銚，溫器也，曹憲《廣雅音》云：銚今人多作大弔反。太炎云：今淮南謂小釜為銚子，音正作大弔反。予謂：燕人有溫器，埴如薄瓦，謼作薄弔，當作薄銚，決無疑義。其釋箸為叏，亦合。其謂箸書之名，即本於箸，此義固普通，籑述之籑，即饌字。案：《爾雅》：篹，取也，字亦借籑為之。《方言》：凡取物而逆謂之籑，郭璞音饌，今南人謂中飽財物者謂之籑錢，音如饌，實有拾取與吞食兩義也。

又有一節云：

《方言》：一，蜀也。《廣雅》：蜀，弌也。《管子·形勢》曰，抱蜀不言，謂抱一也。蜀音市玉切，音小變，則如束。《後漢書·劉焉傳》，焉造叜兵五千助之。注，漢代謂蜀為叜是漢時蜀本音叜，今時北方皆讀束，一音之轉。福州謂一為蜀。一尺，一丈，一百，一千，則云，蜀尺，蜀丈，蜀百，蜀千，音皆如束。蘇松嘉興，一十諸名皆無所改，獨謂一十五為蜀五，音亦如束。

蜀之為一，居所習知，以協閩音，則敏悟也。此書間有申叔、季剛所箋，上所援者，不知孰是。此是光緒丁亥日本所刊，有申叔一序，其時章劉尚未分趨。迨元二間，喧寂亦判，申叔居南池子老爺廟時，予數詣談，真書癡也，貌白而露睛狼盼，疑當橫終。時孫少侯亦露睛，意竊疑二君當以籌安會罹故，幸咸未驗，然皆不壽。季剛盛氣絕學，篤仰本師，壬申三月遇予談詩，予舉其近作「白日曨曨流水遠」兩句，以為似中晚唐，君大喜。今劉、黃並逝矣，因憶章先生，並摭書之。

太炎先生論文不喜吾鄉嚴幾道、林畏廬，而頗許王壬秋，次則馬通伯，見所為文。而湘綺甲寅居北京時，獨取林譯小說盡翫之，人或以此驗其等差。然湘綺詞氣淵婉，與章不同，大抵章湛精訓詁，言種族大政，文章寖淫秦漢，而短於韻。世言先生不解山水趣，然則所憾不止不信甲骨文一端也。

王闓運日記中之趣味記事

偶讀《湘綺樓日記》，甲寅重入都門者，三四葉間，突梯滑稽數數，展卷猶想見皓髮矬身短辮而咍然也。日記，自三月九日至四月十五日，間或中斷。所記來客得姓氏四十三人。予逐一校之，今存者祇五人：熊秉三、鄭叔進、夏劍丞、伺厚齋、方叔章；此外有陸孟孚等五人，予不識之。其餘已逝之三十九人，皆曾識面，或摯知師友，風輪彈指，思之感喟。中唯湯濟武、饒石頑非考終，袁抱存歿年最少，餘皆令名有聞。今年江叔海先生新歿未盈月，叔進近亦以風廢，彌足嗟歎。日記中稱抱存為陳思，蓋項城當國時，世皆以曹植儗之。湘綺又稱袁三少爺，凡兩見，此或筆誤，抱存行二也。有一節記趙芝山、宋芝棟在北半截胡同開孔社博覽會事，良可發笑。記云：

回車出宣武門，至北半截胡同，見張設新棚。入一矮屋，而內甚曲邃，見宋伯魯、趙惟熙，推我主祭，博覽而釋奠，所未聞也。免冠常服，實為夷禮，既至，當從主人，凡三跪九叩，半時許，奏洋操樂，乃得免出。

此數十字，雜糅矛盾之狀畢露。憶民國初元，形色雲湧，先有釋道階與孫少侯等，舉行釋迦文佛降生二千九百若干年紀念大會於法源寺，陳設瑰眾。一時朝官命為儒者，鬨然傚之，爭設孔教會之屬，或出書畫陳覽，招邀粉飾，日不暇給，真不知所謂也。湘綺又記：

至崇效寺看〈紅杏青松〉長卷，國初諸人及近年故人均有題記。翁覃谿八十四歲題字，余八十三，欣然繼之。字更小於覃谿，亦雅於覃谿也。

此頗自矜詡，湘綺字遠不及覃谿，能書小字工夫，亦不逮之，題圖更雅，會逢其適耳。相傳覃谿每年元旦試筆，於一粒胡麻上，書「天子萬年」四字。晚年目力最減，猶書「天下太平」四字。其書細字，亦差有練習。按《山居新話》云，延祐武神童嘗為中瑞司典簿，善寫小字，一粒芝麻上，寫「天下太平」四字。又《江南野史》載，應用嘗於一錢上寫《心經》，一粒芝麻上寫「國泰民安」四字。《明語林》謂宋景濂能於一黍上作十餘字。是此事自古已有之。國人習於筆札，雕蟲之技，固知相習已舊，非必傳說之雷同演變也。

湘綺晚年字拙樸有致，甚似張叔未，亦以愈細愈佳，予曩以晢子之介，乞得之。學人及耄，書寫積多，字皆有味，兒時謁謝枚如先生於十三本梅花書屋，謝已八十四，吾家所藏謝札，其字亦頗似湘綺矣。

王湘綺玩世不恭

湘綺玩世不恭，是其本色。其初肅順極傾倒之，欲結為異姓兄弟，湘綺已諾而嚴正基貽書勸之，乃止。其日記有云：「偶談司馬長卿、卓文君事，念司馬良史，而載奔女，何可以垂教？此乃史公欲為古今女子一開奇局，使皆能自拔耳。」在光緒四年，已發如許解放女子之議論，可見其平日主張。其在成都尊經書院山長時，侍之已有羅嫗，始言其為貞節孝婦，後羅忽嫁其僕蘇彬。光緒五年十二月二日記云：「夜寢甚適，羅氏侍也。」十四日云：「遣蘇彬上岸，余臥與羅婦談，蘇彬已還船，余未知也。」其通脫可想。所暱者從其日記考之，有金嫗、湛嫗、狐嫗、周嫗、房嫗，而房、周尤久，周即世所傳之周媽也。其光緒二十五年五月四日日記云：

> 房嫗勞困，鼾於臥側，余避入內。坐未定，外報幹將軍來，披衣出迎。方與嫗話，若早一刻，直入臥內，有可觀也。柳下煦入懷之女，《毛傳》以為避嫌之不審，余則審矣。

二十八年二月二十二日記云：

> 晨未起，房嫗怨怒，請死。莊子所不能治，乃以孔子門內治法治之。房嫗非可云恩，正所謂怨，怨近不遜之女小耳。業已養之，因而恩之，又家長之一法。

九月十六日云：

> 周嫗欲教其子，而力不制，乃借助於回紇，遂成大亂，先請余勿問，既亂亦不能問矣。好

用計者，自弊，所傷甚多，余閔默久之，無良策也。李少荃所云：婦女不可共事者已，終日不怡。

二十九年五月二十一日云：

周嫗多心，疑我厭之，反以言挾我，余但笑而已。臧武仲要君，卒以自奔，智計不可過用，此嫗亦殊不可量，鄭詹類也。後之人將多求於汝，則奈之何？然近今大臣，殊無廉恥，余但取其力疾從公而已，安能鬥智。然自喜善用人，能得其死力。

宣統三年八月二十六日記云：

周嫗酣臥不起，自往喚之，亦不醒，如慈禧遇李蓮英，無如何也。

奇文昵語，皆可噴飯。前清末年，賞翰林院檢討時，湘綺有一聯云：「愧無齒錄稱前輩，喜有牙科步後塵。」一時稱絕，蓋徐景文新成牙科進士也。又民國元年湘綺生日，忽著朝珠補褂紅帽，延宴賓客。譚組庵方為都督，詣之，莊語調之曰：「清既亡矣，先生何事服此？」時組庵適衣西裝，湘綺執袂曰：「我與汝穿的都是外國衣服。」相與鬨堂一笑。徐仲可康居筆記敘此事，不知即組庵也。

湘綺樓

湘綺樓聞於海內，樓果安在？世多莫徵。予案：王秋先生有〈七夕詞〉十五首，自光緒壬辰至丙午，十五年間，每歲七夕，各系一絕句。其第十首云：

湘綺新樓望故居，百人無復集纓裾。疏星渡漢年年換，雁過南樓怕遠書。

自註云：

辛丑大駕還京，余還山莊暫憩，時門人弟子為起樓山莊，而石牛故宅，已再易主。前時子姓同居過百人，今皆零落，余乃有四子十女，並內外孫男女子婦，亦將五十人也。

第十一首云：

黃綺樓邊更作樓，正看初月上簾鉤。分頭選蒂來瓜使，殘暑全消玉簟秋。

自註云：

壬寅獨居東洲，改大雪琴矮屋，上更作樓，以通前後三樓，其西樓舊題黃綺，取太子少傅意名之也。衡無好瓜，功兒每歲專使送致，是歲諸女山莊，亦遣使進瓜。

從此兩詩中觀之，湘綺樓蓋有故樓新樓黃綺樓之分。近從譚瓶齋獲覩湘綺未刊文稿，中有〈湘綺樓記〉一篇，敘次特詳，文亦委婉細密，可資故實，讀之可補前詩所未釋者。記云：

湘綺樓者，余少時與婦同室之室，僦居無樓，假以名之。後倚長沙定率故臺，實面湘津。

謝擬曹詩曰：「高文一何綺，小儒安足為。」余好為文，而不喜儒生，綺雖未能，是吾志也。宴居一年，湘軍治兵，出參軍謀，歸讀我書，鄰園有鶴，夜鳴輒起，徘徊賦詩曰：「鶴唳華池邊，氣與秋空爽。平生志江海，低羽歸塵鞅。」翛然有世外之志。憶弱冠時，夢余所居五楹通樓，前臨平田，綠野無際。後游吳城湖樓，怳惚似之，但白波連山，無稻田耳。及避兵武岡，六年還城，家無擔儲，月供房稅，靡尗水之福，有長刀之苦。乃身至廣州，求得蠻女，偕妻上湘，借居衡陽，依朋友以資衣食，妾汲婦炊，大治羣經，屋壁皆長女篆書，妻妾兒女，夏簟冬爐，每讀誦楚詞相和。嘗寄詩夸示高伯足云：「知君一事苦相羨，新得西施能負薪。」余之逍遙物外，自此始也。然所居有軒無樓，連房五間，前堂兩夾，容郄而已。自甲乙遷居，歲逾一紀，潛虬為戾，承水暴漲，山莊沙掩。余方承修《湘軍志》，携妾城中，妻孕，少子涉波而免，歸視沙浸，未易掃除，乃謀城居，迄無安宅。丙子秋，始得陳氏故廬，道光初，湘藩裕泰購贈其書記陳花農者也。余舊與丁果臣、張鳳衢、彭笛先游，得識其子小農，恆至其居，似甚寬廣。至是小農子魯詹，官蜀乏資，以宅質余，余憶前游，欣然許之。丙子十月，成券入宅。宅殊湫隘，堂後益暗，乃撤屋作樓，始題舊名。方鳩工築垣，三營將弁，快韡行袿者，三四十人，指畫樓前，若有所疑。余出問之，則對曰：「此樓基公家地也，君何侵焉？」詢以據，則請驗契，以滴水為界，比出滴水方丈，視契良然。余告之曰：「吾有所受之也，君等尋前主究之，吾固不吝。」期以三日，而四日不至，樓成，徐詢其由，則由前軍官居之而自侵公地云。樓之後，俯臨荒園，曠望三方，上作重臺，目送湘帆。帉女七八歲，日登危欄，踴躍其顛，余後作其哀詞云：「居子十年，一日千回。昔訶爾去，今望魂來。」記其事也。與余游者，莫不登焉，女士則曾彥，雜家文廷式，樓客之異者也。營弁既妒余作樓，乃收其餘地，作屋數百間，樓便不能空曠。大兒又恩平臺之危，乘余出游，拆去重曾，又不能見帆。戊子水災，大改前制，樓雖巋存，亦并新之，為內外二間，無前四周回闌之制。諸女適人，妻妾殂逝，始去茲樓，逡居山莊。年七十，門人張登壽倡議醵金，於山塘作樓，以致慶祝，弟子多聞此言。子婦楊氏兄度斂錢，許銘彝許拯以為不然，語聞於余。余以為倡議誠非，阻者亦未是也，為師作室，亦弟子之職，因惜費而訾之，與己不能而求助者，庸有愈乎？且此議既聞，而夏巡撫、唐衡州，俱有助資，楊、許議廢，抑又何說？度幡然更督其工，費四百金，為山中湘綺樓，孤居田邊，過者笑之。余不得已，又自作前堂東房，樓乃有寄。然地勢迤下，自余室至樓，三下始登，樓頂適與地平，又一奇也。乙巳，風雹吹損窗檻，楊、張皆棄學師倭，不顧湘矣。獨余益繕完兩樓，城樓更作回廊別室，山樓盡庋九經雕板，歲偶一居，忘樓主人，然有樓未若無樓之綺也。人以樓名，長白鄭公子遠為之圖，而城樓左右盡子婦孫女居室，客不得復上。山樓被風災時，巡撫特檄委員會縣令來勘，即宴於樓。自是客來必宴之，春有桃花牡丹，夏有荷池，秋有紅葉遠桂，冬看松雪，若使科舉不廢，練軍不興，則學使案試，朝使督撫閱兵，皆過門停驂，吁其盛也。舊樓記有銘，被火失之，續作新樓記，亦未鐫錄，今特銘兩樓緣起，及名樓之意，俾知我者有述焉。丁未中秋，王闓運作于清泉東洲黃綺樓。黃綺者，彭雪琴所作以居我，因官官而名之也。

湘綺此文，不刊本集，蓋光緒三十三年所作，去革命才四年，未及剞劂者。文碎，而紆徐為姸，於名以湘綺之義，釋之特詳，鋪夸中時有玩世不恭之意。如稱文芸閣為雜家，稱楊皙子棄學師倭不顧湘，皆有語妙。文中，湘藩裕泰購宅贈其書記陳花農，又述諸人醵金為王秋築樓前後，皆可見舊時大官禮遇文士之厚。

龔自珍與李慈銘

繆藝風〈說龔定庵〉云：己丑，龔卷落王中丞（植）房，閱頭場第三篇，以為怪，笑不可遏。隔房溫平叔侍郎聞之，索其卷，閱曰：「此浙江卷，必龔定庵也。性喜罵，如不薦，罵必甚，不如薦之。」王薦而得售，揭曉日，人問其房師，龔大咍，曰：「實稀奇，乃無名小卒王植也。」王後聞之，怨溫曰：「依汝言，薦矣，中矣，而仍不免罵，奈何？」案：此與李蒓客事絕相似。蒓客出吾鄉林贊虞先生門，考《越縵堂日記》第三十四冊《荀學齋日記集》上云：

光緒六年庚辰四月十三日晨，敦夫出闈，知余卷在林編修紹年房，初不知所謂，以問其鄉人陳編修琇瑩。陳君力贊之，猶不信，更質之錢辛伯。辛伯謂通場無此卷，始請陳君代擬評語，呈薦於翁尚書。尚書大喜，廿五六日，即以次三藝發刻，本中高魁，後以景尚書取本房一卷作元，乃置第十九名。既翁尚書欲以余卷束榜，始置一百名，而仍刻入闈墨，意別有在也。王益吾在闈中，見余首場及五場，即決為余作，辛伯亦以為然。填榜時，兩君及敦夫汝翼營企之甚，甫填十餘名，益吾即出告外收掌官，先取墨卷視之，知為余書，亟入語敦夫，共以欣然。下午謁房師，送贄銀八兩，門茶九千。又記：「五月十七日送房師林編修卷格價廿四金。編修固讓，作書與之，迺受。」

蒓客此日記，雖非如定庵之罵，然「初不知所謂」五字，自夸亦已甚矣。予聞蒓客之中式，陳芸敏實力主之，日記所言非誣。而蒓客亦循例謁林公，稱老師，不失禮。其後某日造謁，贊老諄勸之曰：「賢契學問雖佳，而字殊欹斜，恐朝殿考差，尚須努力。」蒓客唯唯，退則大詬，遂久不通問。及贊老以直諫忤西后意，謫雲南昭通府，聲名動天下，蒓客大歎服，亟進謁，致慰餞，執弟子禮甚恭，此與定庵又大異也。

龔李皆浙人，皆喜罵，皆不工楷書。藝風述龔事，又稱：「龔補中書，考差，先君問徐星伯先生，定庵如得差，所取必異人。」星伯先生曰：「定庵不能作小楷，斷斷不得。如其夫人與考，則可望矣。」蓋頡雲夫人有書名也。此亦如蒓客不工楷。蓋有清三百年，名士以不能作楷書湮沒終身者，不可勝道也。

李慈銘好罵人

李蒓客文中，好用「貲郎」，前已記之。蒓客有一札致潘伯寅，附呈《蘿菴小志》，潘以其中詆傷友朋者勸其節去，蒓客又作一書報潘云：

承示志中宜刪一節，具承風義，勉我古賢，刻狀虺豺，誠汗簡牘，當如來旨，即事芟除。但弟與二周，慽深創鉅，迹其射影，直可滅宗，固交道之必無，亦士林所僅見，遠近同憤，道俗羞稱。弟初以家難頻仍，屢試被放，不自揣量，思効明時，二豎遂因之生心，賣人設計，甘言苦口，變亂是非，致違親棄家，入資自汙。二豎乘其便利，為季得官，乃得包藏禍謀，從臾北上，攘肥棄瘠，中道背言。弟上負老親，下慚鄉里，進退無據，出處都非。至庚申之冬，老母知慈尚阻吏銓，時寇氛逼江，越中危甚，衰親弱弟，猶于倉皇之中，鬻田數十，得四百金，將謀寄都，而季侹公肆無良，刼敓以去。老母痛恨逆豎，兼念遠人，積憂成疾，京師識與不識，無不駴歎，而叔雲洋洋自得，若為不聞，弟猶強與周旋，未遽棄絕。迨今夏五月，叔雲忽得重貲，儼然安富，弟適纏災疾，宛轉簀牀，連函呼救，深拒不應，延至秋初，乃始投書告絕，此弟與二周之始末也。嗚呼，銅臭司徒，名士所恥，貲郎微末，尤不足言。然弟既已破產為之，便不得不視為性命，而二周鬼蜮百變，畢力擠排，使之生為愍隸，歿為轉屍，書生之魂，羞歸舊壤，窮人之影，難見天日。近得家書，病親崎嶇兵火之中，猶諄諄以不肖官事為念，弟所以痛心疾首，思食二豎之肉者。弟雖無似，幼承義方，一行一言，傷人是戒，乃至朋友，尤冀保全。若此所為，自絕人理，仇關家世，非僅一身。自恨力強手孱，不能白刃相報，聊因執事垂教，故略及一二而已。

此書斷斷如此，幾疑為不共戴天之仇，後乃知起釁亦關於「貲郎」。書中之「季侹」者，季況也，易為惡名，以快意也。「叔雲」者，昀叔也，顛倒諧音，以避諱也。蒓客初與祥符周星譼（沭人），周星詒（季況），周星譽（昀叔），同里王星諴（平子），結言社於浙中。周為祥符望族，高門名士，既相結納，各以言之偏旁為名。蒓客之原名為星蕚，與周氏亦有戚誼。昀叔見蒓客之局促鄉里，勸其入貲為員外郎，蒓客從之，斥金託季況為之上兌。時季況方捐同知，知閩之丞缺，有一小花樣者，可補，貲不足，乃移蒓客金以足之，僅為蒓客捐雙月之候選員外，蒓客不知也，貿然入京，欲到部，格於例，不可，乃大困，怨季況甚。書中所云「中道背言，出處都非」云云，皆指此事。

蒓客既困於京，乃居昀叔寓中，昀叔為之游揚於翁、潘，又薦其教授周相國祖培邸中，由是知名京師。及會稽趙撝叔入京，昀叔亦以薦於潘伯寅。潘嗜金石而厭詞章，撝叔大得意，蒓客嫉且怒，斥之為天水妄子，而與昀叔日惡。又常貸錢於昀叔，數靳不與，遂痛詈之。傅節子以禮常言：季況既得汀州同知，即以前挪蒓客之金付予，使還蒓客，予語季況云，彼已以〈行路難〉之詩詈若，若可不還矣。季況但笑而已。

蒓客生平善罵，與王平子亦有隙。徐鐵孫（榮）守紹興，試邑童，文題為「巧笑倩兮美目盼兮」，詩題「李郭同舟」，得舟字。蒓客提比，有「胡天胡帝之容，宜喜宜嗔之面」二句，極自負，謂必獲首選。榜出乃次於平子，大詈之。平子亦詬之，謂爾用隱士舟，謬，我但知有孝廉船也。平子得案首時，母病亟，提學將按臨，而母卒，其父令平子匿喪應試。將及第，蒓客為平子作傳，亦述及之，蓋揚其隱慝以報。

讀《越縵堂日記》等，見其罵人處，多如牛毛，若以其申申之詞，謂為必有深仇固恨者，是不知其癖好如是也。

余誠格調侃譚延闓

前記于晦若致函袁慰廷封面書法，頃又憶一事。余壽平（誠格）為湖南巡撫，到任未逾月，而武昌起義。譚組菴時以諮議局事至京師，甫歸湘未久，且進謁，余亟拱手稱「大都督」。蓋其時黎宋卿已推為鄂軍都督，余逆知湘之人望屬譚，故預稱之。九月一日，湘事起，余奉其父遁，焦某懸賞千金購其頭，余逃至安慶，浼朱家寶為代奏，而身走滬，號為遺老。既而與書組菴，略言：「到湘月餘，自問無開罪湘人處，家中財物，乃多遺失，民軍舉動，固如是乎？」又言：「湖南財政極困難，龍硯仙身當其局，以今視昔，抑又何如？」函面大書：「中華民國湘軍都督翰林院譚大人」。組菴得書，登一廣告於《長沙日報》曰：「余壽屏君鑒，財物悉封存府中，毫無遺失，請派妥員來領，湘都督譚延闓白。」此封函題頗與于函肖，然于函猶謬為恭敬，余書則顯為調侃，異時並可入《嘔噱錄》也。

岑春煊之幕府奇才岑熾

偶見報章，載岑西林幕府，有陳家熾云云，案：此必岑熾之誤。

桐城陳劍潭先生，名澹然，宣統間客京師，予晤之於石遺室，長身斑鬢，亦奇士也。劍潭雖桐城人，其為文章，閎肆跌宕，不守方姚家法，拔戟自成一隊，當時即為予述岑盛之奇才。今偶憶及，因檢得陳所為岑事略，及岑之戚晚，吾友陳灨一所記岑事，竝綴之，以傳此奇人。陳劍潭述岑盛之先生事云：

先生姓岑氏，浙江餘姚人。尊考諱傳，歷宰河南、永甯、閿鄉諸縣，以廉稱。先生生於濟南，儀表魁梧，音吐宏壯，長身高顴，見者詫為異人，而天秉奇特。同治初，隨侍居潼關。捻寇謀入陝，官軍林集，紀律蕩然，一夕兵卒數人，持鎗騰屋上，將入掠，先生急，手無彈鎗叱之，輒駭去，聞者訝之。幼貧，失學，弱冠研精經史百家學及詩古文辭，見輒成誦。性倜儻，有奇氣，語言簡重，負幹濟才，而志潔慮深，獨恥榮利，慨然慕林宗、靖節之為人，雖歷佐兼圻，不樂以功名顯夫下，天下高之。同光間，尊考沒閿鄉，窶甚。先生方弱冠，繼母命以縣丞仕陝中，非其志也。嘗權甃漢中，腴甚，任職朞月，歎曰：「此錢多不法，汙孰甚焉。」輒棄去。歷城林馥庵先生，為秦循吏，有聲三輔間，一見驚為偉器，與訂忘年交，時先生年甫逾冠也。嗣權長安縣丞，抗直與郡守忤，即辭去。新城陳葆珊觀察，子鶴尚書公子也，以甘肅甯夏道赴任，一見偉其才，以愛女妻之，其為時推重如此。一時名臣，如閻相國敬銘、李布政用清、松制府壽、張布政岳年、陶制府模，輒相推重。張公嘗曰：「子真國器，奈何鬱鬱風塵耶？吾當假巨資，為捐知府，然後可為也。」亡何張病歿，事輒罷，聞者惜之。陶公之任秦藩也，檄令治文案，兼權長安縣丞，優禮甚。厥後曾撫部鉌，以秦臬擢隴藩，堅乞偕行，待以賓友。先生感之，乃舍官之隴上。適陶公自新撫擢陝甘總督，駐蘭州，見之狂喜，兩府樞密，咸取決焉。光緒戊戌秋政變，孝欽太后再臨朝，擢曾公撫鄂。曾公擬疏言變法，先生歎曰：「公言固當然，朝局已更，疏入，且得禍，公奈何事此哉？」疏入，孝欽果震怒，禍不測。先生歎曰：「曾帥大臣得禍，則言路將益塞，吾為末吏，雖死猶榮。」毅然上書總督，自承乞代死。子女環泣止之，不可，則泣叩陶公。陶公歎曰：「今之古人也。」格其書，不上，乃太息止焉，其肝膽如此。己亥，西林岑宮保春煊官隴藩，聞其狀，亟禮致幕中。佐岑幾十年，名益重，而迹益奇。庚子兩宮幸山西，岑公誓師入衛，先生極贊之。岑公乃以眷屬託先生，兩人揮淚而別。未幾岑公以衛駕功，擢秦撫，屢電乞佐之。先生復書曰：「公能興禮樂，某當馳驅以報其意。」蓋以諷之也。岑公曰：「唯命。」先生乃入秦。辛丑，岑公移撫晉，而聯軍方入固關，晉危甚，先生為畫策卻之，敵乃退。壬寅，岑公督蜀平巨亂，移督兩粵，平桂疆，輒任先生總文案，內則室家，外則印旗文電咸屬焉，禮誼在師友間，情益篤，倚任之重，近世寡儔，顧未有因其參樞而一肆譏評者。清季大府幕賓，爭納餽，高者亦希薦擢，為進取階。張制府鳴岐，即以岑幕起。先生處大幕二十年，寮屬餽遺未嘗一納，聞者怪之。久之，岑公重其奇節，勞苦功高，屢思薦舉，以為己副，先生輒峻卻之。客曰：「公參帥幕，獨卻薦，何也？」先生笑曰：「達官多驕慢，幕居賓禮，始克諫諍，薦則一屬僚耳，尚能行吾志哉？」曰：「公既不官，縣丞末吏，奈何不並去之也？」先生復笑曰：「幕之為職，合則留，不合則去。縣丞雖末吏，五斗米尚足贍吾家，吾之不棄原官，猶農之不棄其產也，去此奚為？」其高潔如此。天性清直，見親貴貪黷，嘗扼腕憤歎，深懼國祚傾移。獨見岑公當重寄，嫉惡太嚴，則切戒以防其過。當岑公之移郵傳部尚書也，勢駸駸入樞府。先生歎曰：「過剛則折，微特不克報國家，且恐為僉壬所中。」瀕行，諄諄以疏不間親相機而動惕之。及岑公入覲，劾親貴，親貴嫉之，復出為粵督。先生歎曰：「國事不可為，西林尚能赴粵耶？」急致書請退。岑公納之。既退，而先生亦返姚江，不復與人家國矣。當先生之未歸也，錫制府良，李制府經義，張撫部曾敭，重其賢，爭禮聘焉。先生笑曰：「吾勸西林辭粵督，乃復佐人幕府？」悉卻之，其勇退如此。生平無嗜好，壯年善飲，飲輒狂嘯高歌，五十後乃自節。修髯異表，瞻視若神。改革後，抑鬱孤愴，鬚髮已盡白矣。久居幕府，不染一塵，又嗜義輕財，喜急人患難，歸里後，茫無田宅，至無祭室以祀先人，稱貸經營，勉葺三楹，供先祏，祭則必誠必敬，而因寄孥於其側。天姿奇敏，讀書偶暇，鍼紉烹調百工之事，靡或弗精。而尤精八法，年居七十，猶伏案作楷書，見者詫為殊質。襟懷疏曠，不以著述自矜，所撰詩古文辭及公牘文多棄去。壬子以還，憤時嫉俗，與世相遺，匿跡江皋，惟讀書畫託嘯歌以自遣。

案：此為岑七十初度，劍潭所述以徵壽者。時已革命，劍潭尚滯北京，沈南雅出《國學萃編》，數錄陳文。至晚近陳瀚一述岑盛之云：

岑熾，字盛之，浙江餘姚人。諸生，博通群籍，為文典雅可誦，書法亦超絕，麤如烹飪縫紉，靡不工。家貧故，橐筆餬口於四方。嘗遠訪所親江右，其人有事於新城；新城，吾邑也，在贛之東，萬山重疊，途窄艱于行旅。熾至，人已先日如省垣，大失所望，行則乏資，留無宿糧，進退狼狽，姑以善製衣裳，自薦於其地之縫工，意將稍稍積資而後東返。故鄉縫工，睹其豐儀俊偉，未之信。已見其手持針剪，作工若素習，異而叩熾身世。熾太息曰：「事出意外，情不獲已，士之淹倒至此，可謂人厄而天復窮之。」縫工曰：「甫相見，識為非常人，果爾，則俗眼不謬，公達人，稍安，毋戚戚。」其時先伯葆珊景謨以甘肅按察使乞病歸，將終老家園，新年乘輿拜客，見某宅大門七言春聯，詞句雅切，所書飛舞若襄陽，審非高雅之材，莫能為，彌驚異。蓋先伯當時與魯芝友琪光並有善翰墨之譽，於鄉之親故，恆往還，諸人之迹皆可辨，是則未經見者。一時名流共睹，歎為不及，終莫得其人，乃詢其宅主。某某曰，此名士之作也，宜公見而歡喜讚嘆，其人方流落此間，始以縫紉為活，察其言，觀其行，不獨文士，亦才士、奇士也，吾已事以師禮，行將歸越，公不可不一見。先伯曰：「今日當令庖丁治豐饌以娛嘉賓。」及暮，某偕熾至。熾長身鶴立，雅度雍容，言次暢論經史書畫之學，熾所言，發而皆中節，終述家世甚詳。詢以娶否，曰否。先伯曰：「此天假之緣也，余季女未字，才德俱優，貌亦端正，偶君可乎？」熾肅容對曰：「令媛生長閥閱之門，我一窮書生，非偶也。」先伯曰：「君子固窮之說，子所素守，以如斯才學，他日之名位當出老夫上，奈何以貧為辭？吾言由衷而吐矣。」卒議婚焉。因納粟為貳尹，入陝甘總督陶模幕，授長安縣縣丞，以模介識布政使岑春煊。春煊先世固浙籍，序行輩為同族兄弟，久之，二人交益厚。熾廉潔自好，方正不阿，春煊既擢陝撫，遂以師禮迎熾居署中，百事諮商而後行。自是而晉，而蜀，而兩粵，未嘗一日離左右。故事，大府幕僚年終考績，例得銓敘其官，俗所謂保案者是。春煊每置熾名於疏首，熾往往執筆塗去，怫然不悅曰：「非吾所欲，不可強耳。」煊以為謙抑，曰：「此何說耶？」熾曰：「是亦足矣。」煊知其志莫可奪，遂不復言。熾於煊之舉措，適於情合於理無不贊其成，反是，面諍不稍恕。煊平日於諸人之言，言之當否，皆不屈，獨視熾為良師益友，言聽計從，糾彈奕劻等疏，俱出熾之手。辛亥鼎沸，煊再起為蜀督，電召熾往，不赴。固請，乃渡輪之漢皋，語煊曰：「天下將大亂，是不過微露其苗耳，進退出處，公自決，吾老矣，不能相從。」遂歸。歸後易裝為道士，徜徉山林泉石間，吟詩高歌為樂。某歲，扶杖登泰山謁聖曲阜，咨嗟太息曰：「大道之不行也，久矣，天下大亂不遠，吾不忍睹焉。」年七十有幾而卒。

予交西林公猶子有常，訊以岑盛之及二陳所紀事。有常方校先生年譜，因得諗先生本名象坤，其訂婚在同治十年，劍潭所記禦變兵，及灝一所記訂婚，迺俱在是年。其年譜乃自訂自書者，其同治十年，年二十歲，下有兩節，一云：

駐關統領馬自明軍門德昭，向守西安，頗有功，晚乃犯及老在得之戒。會奉文遣撤，不得欠餉恩餉，八月某日，兩營譁潰，擄掠市面，受害不輕。變起，寬甫公閉二門，余與所帶張僕，在二門外。俄有一潰勇，提刀自前廳平臺下至院中。余取小手槍立階上擬之，相去五步之內，其人搖手，聲言尋仇無他意。寬甫公開二門，手煙筒出，以好言撫之去。當殺聲滿城，余心實震驚，及此人來，轉無所懼。然擬以手鎗，猶是失著，蓋余尚未習此，機復鏽澀，幸而虛擬作勢，若按納不響，將為所乘，不如老人之安閑善語。若張僕，則當時竄伏無影，以是見膽識自為高下也。

據此，則劍潭所云，手無彈槍者，微誤。其二云：

> 道光咸豐朝，江右陳子鶴公（孚恩），兩入政府，其兄服籽公晉恩，曾任鞏秦階道，幫辦陝西團練，流寓長安，在紅埠街。服公長子同叔先生（景綸），刑曹一榜，仲子硯芸先生（景綬），以通守需次，少子介眉先生（景琪），讀書有聲，象坤居筠伯宅，時與有往還。一日偶至習武園會場遊覽，入茶座，遇一人，昂藏和靄，接談知為南豐舊家趙君惟岐，字朗山，需次梁園，不得志，將出關投新疆之嵩武軍，與陳府至戚，下榻其寓中。次日象坤至陳，訪趙，遇葆珊公在座，貌與朗山先生頗相似，而清秀之氣殊勝。旁請於介眉先生，知為子鶴公冢嗣，從京來，將游宦蘭州，過此暫駐，與趙為嫡親姑表。公亦詢象坤家世名字，敬告之，遂辭出。次日朗山先生來答看，道公意，賞象坤舉止安詳，願收為門壻。象坤慚惶囁嚅而對曰：「請覆待嚴君。」因以情上陳寬甫公，復曰：「葆公美意殊可感，惟如此高門，慮非寒素所宜攀，姑辭之。」此際趙已西行，因丐介眉先生婉達。公曰：「何言此？吾家姻婭，儘多清寒，且尚書公遭抑遠戍，尚敢以門第自高？家又中落，所欲字者，備知艱難，吾欲得梁鴻壻，豈計富貴耶？切弗辜吾意。」傳命感涕。

此節，亦與瀞一所記異。案子鶴先生，即以端肅一案謫戍，至岑譜中所述之趙朗山，予肊謂必即趙芝山（惟熙）之兄弟行。

雜記易順鼎

漢壽易實甫先生，鼎革後，再入都，與予相遘於瘿庵處。後此數年間，過從綦密，游衍之歡，文字之役，不可殫記。當時先生貽予詩札，高可數尺，今悉零落矣。年光不能倒流，秋宵無俚，念及言笑，徒增悵觸。最不能忘者，初識先生不久，一夕飲於宴賓樓，客祇嘉應黃遵楷、泗州楊毓瓚及予三人，先生獨挾一粲者，頎而皙，以詞為介，曰：「此李三姑也。」遂出所製長歌相示。歌甚長，但記言其美非世間所有，有之，唯若子建之賦〈洛神〉。予雖隨聲附和，數目三姑而疑之，意謂舍頎皙外，亦中人之姿耳。明晨過瑟君，質所疑。瑟君大笑曰：「此易五先生之新變也。」發行篋中，出紅格紙五，皆端楷細字，則先生自述與三姑邂逅好合，瑣屑麗詭，匪夷所思，乃與瑟君撫掌咋舌。此事今已逾廿餘年，瑟君逝亦垂十年，絕世奇文，不知尚存天壤間否？

昨檢敝笥，見先生甲寅年見貽一箋，云：「去年宴賓樓之飲，得君詩足以歷劫不磨，謝謝。全篇神光離合，乍陰乍陽，亦與洛浦神人，無以異也，此扇得兩寶，洵可珍耳。」始憶當時予有一詩，為先生書摺疊扇，其反面瑟君作工筆畫，故書中云云。然予此詩，則攢眉苦憶，不能得一字矣。

又有一事可記：女伶孫一清，方與金玉蘭齊名，遽為袁君房（量珠）聘去。此本習見之事，先生乃以二詩揭於報端，起二句云，「銅臺高峙濁漳橫，飛去美人天四更。」在先生方自詡用《紅線傳》中語，綰合無迹，而見者大譁，謂銅臺濁漳，是以鄴下阿瞞，隱誚當道也，幾罹不測，賴抱存右之，得免。

又憶：一日先生與予及抱存坐流水音松石間，適有命婦冠服趨過。先生聞抱存述其微時事，而翌日即為小詩揭之，亦幾以此飽拳。其通脫不羈，皆類此。

然先生實至惇篤君子，自以少有高才，承家學，早通籍，一時名公鉅卿，折節論交。及革命，年已五十餘，侘傺不遇自傷自放。故辛亥後所為詩，皆刻意恢奇奔肆，盡取俗語入詩，託體俳近，大為同輩所議。實則樊易齊名，平心論之，先生真本領真性情，皆在樊山老人之上，千秋識者，必以予為公言也。

先生詩，刊者，有《四魂集》，《丁戊之間行卷》，及《廬山詩》。《四魂》不及備讀，《廬山詩》至瑰壯謹嚴，《丁戊之間行卷》，則至纖麗，其生平才語，若九天珠璣，不可悉數。辛亥後作，似未見刊行。其中為伶人作者甚多，然先生於諸伶亦取瑟之意，非有何交暱，而詩中好作奇語，昵語，世遂譁稱龍陽才子，主持風月，以予所知，半非信史。至於寄情絲竹，則當時朝士，十九從同，不過不盡如先生之能文大膽耳。先生晚有二詩題為「自贈索諸公和」，予以為字字自然，樊山所不及，今錄之。其一云：

井水旗亭遍碧紗，哭盦老去尚風華。大瓢乞食歌姬院，團扇留書小吏家。梅子有詞賦梅子，蓮花無貌唱蓮花。醉眠不管佳人笑，錦瑟旁邊著畫叉。

其二云：

聽雨蕭然在鳳城，哭盦老去太淒清。杯殘炙冷思冥報，漏盡鐘鳴戀夜行。天下已秋悲木落，人間何世著桑生。他年有物銜牛斗，埋骨空山氣不平。

二詩雖淒清，而仍風華，記是癸丑所作，其後所為，未如此二篇之閒適。其為孫一清作，幾賈禍之詩，今亦錄之，則堆砌對仗，一露樊易體之本色矣。詩亦二律，題為六月初十日紀事。其一云：

銅臺高峙濁漳橫，飛去美人天四更。筮月有黃奔后羿，占星太白竊梁清。銖衣迷霧原無質，羅韈凌波豈有聲。鸚鵡烏龍都睡了，步虛誰聽董雙成。

其二云：

連昌詞裏念奴嬌，化作三紅線拂綃。已感金仙辭漢武，尚勞玉女問燕昭。（唐人游仙詩云，玉女暗來花下立，手搓裙帶問昭王，去之本日，尚有書訊余也。）燕辭百姓翻歸謝，（余戲改唐詩云，尋常百姓堂前燕，飛入舊時王謝家。）雀築三分僅鎖喬。獨有舞臺腸斷客，梁塵珠淚一齊飄。

此詩為癸丑抑甲寅作，尚俟考。

至其晚歲奔放酣恣之作甚多，六十後有〈和樊山禳天韵自述〉一首，其手稿尚存予處，今錄之，可當先生小傳讀，亦可作先生創造體格之代表作讀也。題為「病榻借樊山先生為余禳天詩韻，自述生平，成長句一篇，呈樊山先生，示由甫六弟，兼諗親友及海內知我者」，詩云：

嗟我未生時，有仙告我父，謂純甫舅氏，為明張靈，與子後緣方長，父意姑妄言之，姑妄聽之。三歲坐母懷中，行萬里，五歲聰穎純厚，能作韻語，人已呼為聖小兒。六歲陷賊作偽王子，由漢中至應山，半年多在馬背上，幸遇僧忠親王，我書王掌上，王抱我膝上，授應山令送歸故里，出險不死真便宜。十五入泮，十八領鄉薦，郭公筠仙周公荇農張公文襄左公文襄見我所刻行卷，驚為異人，譽為國士，意似非阿私。光緒丙子公車待詔，伏闕上書，首劾封疆大吏李與崇，二次上書又劾部院大臣，蜀中欽使恩與童。春官四試，求一進士不可得，乃以舉人捐職，簽分刑部學習之郎中。此時南北山川登臨遊覽留題已不少，詩歌以外，又喜考据古籍箋魚蟲。改官河南，官曰試用道。年未三十，忽作厭世之想，若有千悲萬感交與胸。手修《三省黃河圖說》，進呈御覽，得拜二品頂戴賜，瞥然舍去，逕攜妻子築室匡廬五老峰下，三峽澗上，停樓日聽瀑與松。老父不肯遠遊，乃獨迎母入山住半載。母歸之後，豈意昊天不弔，竟令女中孔孟，棄我不孝兄弟，歸真天上之霞宮。母降乩，言所居，曰紫霞宮我有女兄孀居奉佛，歿後降詩數卷，自號真一子，仙去十載，喜與我母天上逢。我居墓廬，朝哭夕哭逾兩載。南皮夫子詔我節哀，招我遊鄂，勸我不必王裒同。韓人龍作，輿論難定罪與功。侵寇氛亟，朝議始策守與攻。新甯劉公奉詔督師招我同北上，駐師渝關，亦如裴度討寇淮蔡，統轄愬武與古通。嗟我墨經從戎，請借一旅前驅，意在戰死得殉母，豈料棄韓割臺，和議早定，使我不得痛飲趨黃龍。我請隻身渡臺，往從臺北之唐，臺南之劉兩守將，乘一竹筏出入十二銀山，驚濤駭浪，連珠九疊，如坐秋千索上，搖曳于長空。臺北唐已內渡，臺南劉尚無恙，遺民迎我，守將留我，尚欲上請朝旨，命我觀軍容。吁嗟乎？名將非施琅，降王似鄭理。我求偏師暗襲臺北，所請不遂，兩求戰死皆不死。既不得為忠臣，又不得為孝子。不死空歷險與艱，方知世上一死難。既不得死于渝關，復不得死于臺灣，又不得歸于廬山。七旬老父，迎我于鄂，攜我同返里，墓門痛哭，哭聲直似海倒山崩然。里居侍父，人天唱和，更有白仙呂祖，以及女仙董何費張輩，時或安車奉父，來往九江、漢壽、長沙間。至是竊閱父書，始知純甫舅氏張靈後緣說，回憶山西藩署，有仙謂我前生王子晉、張夢晉者，前後脗合。其仙稱同秋生，亦知為何仙。劉公還督兩江，念我家貧父老，使我居湘筦鹾稅，一兩年內坐收一兩萬餘之金錢。平生膴仕暴富，即在此兩載。誰知兩載以後，旋即散盡，自笑賦命窮薄，詎敢尤蒼天。劉公趣我入都，覲見宮中二聖之天顏。持疏薦我謂我賢。我乃前席陳詞，痛陳內憂與外患。己亥之冬，方恐搖動聖主聖，庚子之夏，豈期召集聯軍聯。兩宮西幸，我亦麻鞋赴行在，目睹秦中，流離凋殘，情狀殊堪憐。劉公、張公合奏，令我駐秦督轉餉，我仍感嘅時事，上萬言疏，跪奏宮門前。乘輿還都，我再入都，始簡粵西右江道，調任龍州關道，不及數月，遽忤大吏，劾以名士畫餅落職，自笑命宮磨蝎，何故與我半世相牽纏。九江哭父，扶櫬歸葬，一病九死，竟再活，服闋入都訴冤復職，再簡滇南蒙自，旋調粵東廉欽缺，已在帝后上賓，賢王攝政，宣統之初年。兩任廣肇羅道，高雷陽道，共三稔，篋中惟有弭盜安良之策，勗吏諭民之牘，千萬言，更有巡方問俗，登山臨水，撫時感事之作，數百篇。欲鋤荊棘培芝蘭，欲翦鴟梟養鳳鸞，乃因戇直，又忤大吏，決計將挂冠。忽遭武昌兵變，全國革命，一旦大海生狂瀾。太息二百餘年完全宗社，難保黑水與白山。自憐五十四歲沉淪宦海，尚保綠鬢兼朱顏。曩在汴闈監試，曾遇日者，謂我壽僅五十有九齡。豈意語語皆驗，此獨不驗，入民國後，已過六十猶偷生。然雖偷生，而從前無病者，此三年內忽乃多病，疢疾暗已積累成。吁嗟乎，造物太無情，彼蒼何太忍，既已使我境遇窘，又不使我壽命永。固知再實之本根必傷，躍冶之金誠不祥。然我雖非奇才同豫章，亦復尚有微惠留甘棠。而且一生大類柳下與鄒嶧，所遇臧紇、臧倉皆姓臧。讒謗屢誣西域賈，時宜不合東坡肚。半年額瘡不愈，已如星宿之連珠，一旦腹脹奇劇，又似雷門之布鼓。平生第一知己樊山翁，為我手寫七八百字詩一通。焚香請命于上帝之深宮，公方夜殿陳詞向天虔禱，冀邀天意從。我且法庭起詩，與天爭訟，正恐天詞窮。

樊山為先生禳天一詩，稿記當時亦以示予，中嘲誚語多於慰藉語，且多短句。先生此作，則千二百字，長句較多，似近人所謂散文詩，殆盧仝體之變本加厲也。先生歿後，予有一詩哭之，有「一生酷類何平叔，九牧終憐盛孝章。未信楹書真失託，故應篋句未全忘」句。夏吷庵近摭以入詩話，今其公子君左才名能世其業，則予之言終中矣。篋中先生詩尚多，記有〈午日書感〉一詩，頸聯云：「夢傷骨肉通宵哭，家寄音書對客焚。」沉痛似晚唐韓冬郎、許丁卯筆意，亦可想見爾時懷抱之惡。

八指頭陀書札

辛亥秋，始從道階上人識八指頭陀，兩讌於法源寺，又明日突聞怛化，癭公督予為輓詩，時散原先生與樊山翁在滬，方以眺嘯諸險韵相倡和，因亦次其韵以輓之。初癭公庚戌游天童歸，為予縄寄禪上人詩，然予於頭陀，非夙諗也。彼時數得與楊晳子過從，晳子又數言寄禪風味慧定，中心愴悼，亦不盡繇癭庵言，今二十餘年矣。春夜過叔章寓齋，觀所藏湘賢手札，末附頭陀一書，致吳雁舟者，云是絕筆，語殊超妙。頭陀詩凡前後十八卷，文一卷，未著錄此書，良可錄存。書云：

寶覺居士同參。春申江上一別，草木又七度黃落矣，誦寒山子「山水不移人自老」，彌動苦空無常之感，矧當此刹土變遷，新故交替，滿目瘡痍，俯時哀世，悲從中來。吃衲曩有「青天欲墜雲扶住，碧海將枯淚接流，獨上高樓一回首，忍將淚眼看中原」等語，不圖今日竟寫此支那慘象也。良由眾生殺業，釀成刀兵，帝釋修羅，戰鬥頻聞，吃衲二十年前「孤嶼吐寒翠，萬山爭夕陽」句，又酷似今日競爭時代之小影耳。而孤嶼吐寒翠，寧非我寶覺生乘願再來救度末劫，現居士身而說法者？況現值波旬蔑戾摧殘法幢人天掩泣之秋，忽我公自黔還湘，組織佛學會，演無我無人，惟人惟識，慈悲救世之旨，正如火燄中灌以甘露，使人頓獲清涼，此淨名為藥伽薄所讚歎者也。吃衲徒高僧臘，無補緇門，內傷法弱，外憂國危，每一念及，輒欲絕粒，促此報齡。又苦被大眾，謬推總持佛會，負責有在，死非其時。且恐僧徒無識，為外界激刺，資生既失，鋌而走險，依附外人，更起國際宗教交涉，祇得忍辱苟延殘喘，妄冀能續一線垂危之慧命，用報佛恩。適南嶽月賓和尚來甬，出示華箇，遠豁神襟，禪悅法喜，匪可言喻，遂與聯袂北上，覺雲海盪胸，魚龍聽梵，不辭燕臺峨峨，冰雪載途，但願佛日重輝，法輪再轉，粉身碎骨，俱勿惜也。倚錫肅復，以答故人，湘上早寒。伏維珍衛，祇頌道安，八指老衲敬安和尚，陰曆八月晦日。

案：吳嘉瑞，字雁舟，湘人，篤好佛教，時與叔章、雷道亭創佛教會。寄禪口吃，故自稱吃衲，二字殊新穎。

楊度撰八指頭陀詩文集序

晳子所為詩古文詞，不多見，《八指頭陀詩文集》，最後為晳子所刊，有一序，今錄之，不第傳寄禪，亦兼傳晳子之文翰也。序云：

予世居湘潭之姜畲，寄禪師為姜畲黃姓農家子，幼孤貧，為人牧牛，十餘歲時，投山寺出家為僧，然兩指供佛，故名八指頭陀。師長予將二十歲，予幼時即聞鄉有奇僧，具夙慧能為詩，初不識字，以畫代書，不知壺字，輒畫壺形。其時姜畲鐵匠張正暘，及余妹叔姬，皆不學詩而自能詩，鄰居三里以內，有此三異，鄉人傳以為奇。而王湘綺先生，隱居雲湖，相距纔十餘里，予輩咸師事之。其地又有老農沈氏，能學陶詩，群呼為沈山人，又有陳梅羹處士，亦居姜畲，博學能詩，不事科舉，刻有《陳姜畲集》，一鄉之中，詩學大盛，高談格調，卑視宋明，漢魏三唐，自成風氣。惟師自出家後，遠游於外，其先塋在姜畲，偶歸拜墓，因來相訪，予始識之。聞其自言初學為詩甚苦，其後登岳陽樓，忽若有悟，遂得句云：洞庭波送一僧來。後遊天童山，作〈白梅〉詩亦云，靈機偶動，率爾而成。然師詩格律謹嚴，乃由苦吟所得，雖云慧業，亦以工力勝者也。師曾宿予山齋，予出屏紙，強其錄詩，十字九誤，點畫不備，窘極大汗，書未及半，言願作詩以求赦免，予因大笑，許之。自後師不再歸，予亦出遊，湖海流離，十有餘載，中間未曾一見，惟予居日本時，師自浙江天童山寄詩一首而已。民國元年，忽遇之於京師，遊談半日，夜歸宿於法源寺，次晨寺中方丈道階法師奔告予曰，師於昨夕涅槃矣。予詢病狀，乃云無病。道階者，亦湖南人，妙解經綸，善修佛事，師之弟子也。予偕詣寺視之，遺歸葬於天童，並收其平生詩文遺稿以歸，待乞湘綺先生為刪蕪雜，以之付刊。先生暮年眈逸，久未得請，予亦因政變，身為逋客，未暇及此，湘綺先生旋復辭世，更越二載，予得免名捕，復還京邑，始出斯稿，以付手民，然未敢為刪定，僅整齊次第之而已。師詩曾由義寧陳伯嚴、湘鄉王佩初、同縣葉煥彬先後為刊十卷，其未刊者八卷，師自定為續集，今為輯合而全刻之，附以雜文，都為十九卷。道階及予妹壻王君文育，同學喻君味皆，友人方君叔章，為之校字。文育，湘綺先生第四子也。凡校刻經八閱月而始成，距師逝世，逾七年矣。世變孔多，劫灰遍地，而此稿猶存。端忠愍辛亥南行，從予借取叔姬詩稿以去，云將鈔稿見還，後乃携以入蜀，革命事起，端既被害，稿亦遺亡。副本雖存，然不備矣。予丙辰歲逋亡，出京之日，隨身手篋所儲，只此故人遺稿，故未散滅，以至於今，執彼例茲，寧非獨幸。世間生滅無常，一切等於此物，師何必有此作，予何必無此刊。事與教法無關，而於因緣足述，故詳敘之於此。民國八年十二月湘潭楊度序。

晢子亦耽禪悅，故了然緣法，至今讀之，猶如見謦欬之雍容，辯才之條秩也。

八指頭陀自述

案：寄禪有〈自述〉一篇，附《詩集》後，似是光緒戊子、己丑間所作，傳誦已久，今為印證楊序，並錄之，述云：

余俗姓黃氏，名讀山，出家後，本師賜名敬安，字寄禪，近迺自號八指頭陀。先世山谷老人裔孫，宋時由江西遷茶陵，明末由茶陵遷湘潭之石潭，業農，父諱宣杏，母胡氏，嘗禱白衣大士，夢蘭而生余，時咸豐辛亥十二月初三日也。數歲時，好聞仙佛事，常終日喃喃，若有所吟誦。七歲失母，諸姊皆已嫁，父或他適，則預以余及弟寄食鄰家，日昃不返，即嚎號蹤跡之，里人為之惻然。年十一，始就塾師授《論語》，未終篇，父又歿，零丁孤苦，極厥慘傷。弟以幼依族父，余無所得食，迺為農家牧牛，猶帶書讀。一日與群兒避雨村中，聞讀唐詩，至少孤為客早句，潸然淚下。塾師周雲帆先生駭問其由，以父歿不能讀書對，師甚憐之，曰：「子為我執炊爨洒掃，暇則教子讀，可乎？」即下拜。師喜甚，每語人曰：「此子耐苦讀，後必有所樹立，余老不及見耳。」亡何，師以病歿，然余遵師訓，不欲廢業，聞某豪家欲覓一童伴兒讀，即欣然往就。至則使供驅役，自讀輒遭呵叱，因悲歎以為屈身為讀書計，既違所願，豈可為區區衣食，為人奴乎？即辭去，學藝，鞭撻尤甚，絕而復甦者數次。一日見籬間白桃花，忽為風雨摧敗，不覺失聲大哭，因慨然動出塵想，遂投湘陰法華寺出家，禮東林長老為師，時同治七年，余甫成童也。是冬詣南嶽祝聖寺，從賢楷律師，受具首，參恆志和尚於岐山，專司苦行諸職，暇則隨大眾坐禪。越五年，頗有省。時精一首座為維那，間以詩自娛，余諷之曰：「出家人不究本分上事，乃有閒功夫學世諦上文字耶？」渠笑曰：「汝髫齡精進，他日成佛，未可量，至文字般若三昧，恐今生未能證得。」後有舅氏至巴陵，登岳陽樓，友人分韻賦詩，余獨澄神趺坐，下視湖光，一碧萬頃，忽得洞庭波送一僧來句，歸述於郭菊孫先生，謂有神功，且曰：子於詩，殆有宿根，遂力勸為學，授《唐詩三百篇》，一目成誦。後精師見余所作，大奇之。然以讀書少，用力尤苦，或一字未愜，如負重累，至忘寢食，有一詩至數年始成者。念生死事切，時以禪定為正業，一日靜坐參父母未生前語，冥然入定，內忘身心，外遺世界，坐一日如彈指頃，猝聞溪聲有悟。嗣後遍遊吳越，凡海市秋潮，見未曾有，遇巖谷幽邃，輒歗詠其中，饑渴時飲泉和柏葉下之，喜以《楞嚴》、《圓覺》雜莊騷歌之，人目為狂。嘗冒雪登天台華頂峰，雲海盪胸，振衣長嘯，睡虎驚立，咆哮攫前，以慈心視之，虎威亦解。又曾於深山，遇一巨蟒，御風行，頭大如斗，舌電尺餘，因念佛，亦無怖。旋養痾皋亭山中，中夜聞剝啄聲甚急，啟關，月明如晝，四顧無人，如是者數次。次夕伺叩門聲急，開戶，見一黑團亂躍，余與群犬窮追，抵山腰，厲聲曰：「我是個窮和尚，不擾汝，汝何惱我？我豈汝怖？」病尋愈。住四明最久，窺天童雪竇，窮攬霞嶼月湖之勝，郡中呂文舟、徐酡仙、胡魯封、易文齋、沈問梅諸君，相與唱酬。余口吃，字拙，嘗作詩寄李炳甫茂才，有花下一壺酒句，書至壺字，忘其點畫，遂畫一酒壺於上。酡仙書法名一時，出紙強余為書，筆畫誤落，左右易位，如倒薤然，每讌會，酡仙懸之中堂，諸客觀者，無不絕倒也。余平日於文字障深，禪定力淺，然好善嫉惡，觸境而生。嘗渡曹娥江，謁孝女廟，叩頭流血。同行者曰：「奈何以大比丘而禮女鬼？」余曰：「汝不聞波羅提木叉，孝順父母，諸佛聖人，皆從孝始。吾觀此女，與佛身等，禮拜亦何過焉。」甲申，法夷犯臺灣，官軍屢為開花炮所挫，電報至寧波，余方臥病延慶寺，心火內焚，脣舌焦爛，三晝夜不眠，思禦炮法不得，出見敵人，欲以徒手奮擊，死之，為友人所阻，因萌歸志。太守宗公源翰，贐之，是秋八月返櫂長沙，余年三十有四，計行腳已閱十霜矣。越明年，省先塋，宿莽縱橫，不可復識，望窮山慟哭，幸村老有存者，指示方能記憶。蓋自兒時葬先君來此，倏忽二十餘年，罔極恩深，生不能奉甘旨，死不能導神識，不孝之愆，真百身莫贖也。（下略）

案述，即古之自序，今所謂自傳也。觀頭陀所云，零丁間阻，自是傷心畸人，然其實乃一熱心腸人，如三晝夜不眠苦思禦炮法，及前錄致寶覺書，皆可見其熱烈愛國，其大聲疾呼忠孝，亦是在家僧之說法也。

八指頭陀與陳散原

《寄禪集》有〈陳師曾自日本歸，遇於金陵感而有作〉一首云：

昔日陳童子，重逢鬢已蒼。萬千餘里別，十四度重陽。有口真難說，無言轉自傷。人間何限事，歷歷在滄桑。

頭陀與散原翁交誼篤，故言之摯。頭陀又有〈贈吏部第五郎七截五章〉，小序云：

吏部五郎，為長沙上林寺慧舲老宿後身，吏部尊人佑民中丞任鄂臬時，一日於衙齋，見老宿忽至，轉瞬已渺，正驚訝間，僕婦報少夫人產一男，合掌跏趺，端坐出胎，隨函問湘中道俗，則是兒生辰，即老宿寂日。老宿行腳時，曾住峨嵋金頂，有〈看佛燈長歌〉一首。後為成都草堂寺知客，同治初，別工部祠堂還湘，句云：「錦水春風公入蜀，草堂人日我還湘。」楊海琴兵備贈老宿，有「雪天歸自大峨來」之語。老宿平日持不殺戒甚嚴，雪中宿玉池山，曾驅一狐陷冰池死，常語人曰：此狐與我有七世冤結，今又斃其命，當入輪迴，與之解釋。老宿與予師東老人為法門莫逆，常指余謂眾僧曰：此子骨相不凡，後當大建法幢，惜吾老不及見耳。庚戌秋余來白下，問吏部，則五郎年已十七，訪余於毗盧寺，一見如故，其言簡氣肅，酷肖老宿，追憶前塵，竟成後會，佛說因緣，諦信不疑，因為五絕句贈之。

案：所云五郎，當是陳彥和，名隆恪，亦能詩。至寄禪所云如何？則彼諦信不疑，予亦無能評剖矣。

賽金花

名妓賽金花，老死故都，報章競紀其逸蹟。予雖未及見洪文卿侍郎，然猶憶庚子後，賽在京先張豔幟，後入刑部事，蓋有數前輩退食，日過寒齋，心摹口說其宛轉縲絏狀。其後民國二年癸丑八月，予南游，下榻濤園先生家，一夕就酒樓燕飲，朋輩飛箋為召賽寓來，逼視之，粉光黯暗，問年三十餘，實已四十一、二，予有一絕句紀之。後六、七年，從慕蘧識魏復漚。魏黧面偉岸，嘗挾賽徘徊稷園茗坐間，已垂五十之鳩盤荼矣。心念此嫗，得樊山為作兩詩，得孟樸為作說部，實至幸運，使非親見暮年憔悴之狀，必想像如《西樓記》所寫之穆素暉為神仙中人也。乙丑、丙寅間，予常來南京，至必訪孟樸長談，語及賽，恒相撫掌。其實古來說部稗史所記，若《江南野史》之尹永新、《郡國雅談》之薛濤、《天寶遺事》之楚蓮香、《雲溪友議》之李端端，以及崔徽、蘇小之倫，何可悉數。當其盛容豐鬋，胡天胡帝，其實，未必皆美。即美矣，而白髮無情，觀河皺面，老死相及，寖假而骷髏卓立，雖有孌羡，亦復何從著筆咏歌。「伶元曰：其人俱灰滅矣，盛時疲精神，逞嗜慾，寧知終歸荒田野草乎？通德掩袖視燭影，以手擁髻，凄然泣下。」千古才人，讀書至此，未嘗不臨文短氣，正不暇為美人黃土哀也。

顧吾人出世未能，長生無術，借一、二色相，以自澤其筆端，亦是恒情。故韓幹為寶應寺畫壁，其中什梵天女，悉為王縉妾小小等寫真；而晁具茨回憶汴京，祇為師師、元奴輩，覓得佳句。此誠悲生之有涯，而悟物無真美，迺欲乞靈筆墨，自傳所傳，尤可太息也。前憶〈後彩雲曲〉中，以李師師況彩雲，良非其倫。近憶予絕句中似亦以師師擬之，同為失詞。唯賽之身世，窮於比擬，其前半遭際，可謂翂格。然使穆宗冶游所幸土娼，若有人以文詞張之，豈非儼然一李師師耶？

又案：皇帝狎妓之例甚多，宋理宗愛幸官妓唐安安，而事不著，於此更可見自師師以至賽金花，皆偶然享名之幸運兒耳。

賽金花與況夔笙

孟樸近為賽金花事，在《滬報》有談話甚詳，想筆硯正自多暇。其實如傅彩雲者，何足辯證。鶴亭言，況夔笙舊與彩雲自命甚暱，願載筆為傳。彩雲漫諾之。夔笙一夕具紙筆，造粧閣，首詢身世，已自十問答二。又據《孽海花》，叩以阿福事，則色然報以白眼曰：「瞎說八道。」夫欲從老妓口中徵其往事，而又期為信史，此誠天下之書癡。夔笙已極癡矣，近人乃不信孟樸所述，而反欲徵於彩雲，輒詢以洪文卿與下堂事，則其癡與不曉事，蓋不讓前輩也。

續記賽金花

比見南、北報紙數紀賽金花事，大率拙滯可笑。獨劉半農所為傳記，余未及見，半農今已化去，見亦無從質之。其所作大抵徵於賽之口述，恐未可據為信史。庚子至今，才三十餘年，耳聞眼見，說之可憑者不少，迺使老妓自言其遭際，其必為所愛者諱可知，執筆時毋乃過勇耶？但樊山〈後彩雲曲〉，所述儀鸞殿火，瓦德西裸抱賽穿窗出云云，余嘗叩之樊翁，亦僅得之傳說。若瓦賽跨馬并遨，略無顧忌，則眾所共知。瓦歸國後，卒不得志，云亦緣此事。樊曲中又以李師師簷溜濯足擬賽，亦不倫。師師聲價舄奕，百倍過之，身侍道君，晚遭國變，所謂「檀板一聲雙淚落，無人知是李師師」者，蓋其淪落亦倍甚，故所言所遭，有足紀者。賽雖流落江湖，其初衣食溫足，樊山作此曲時，賽正逾中年，其後又兩嫁兩出。余癸丑九月在滬，觴座見之，記其幟名為「賽寓」，其時不止河山依然，抑且門巷如故，焉可與東京亡後之李師師相擬乎？

又《金鑾瑣記》中有一詩云：「蜂狂蝶浪亂官儀，妖孽天生此夏姬。鐵面丹心騘馬使，飛符驅逐出京師。」原註云：「賽金花、傅彩雲，戶部尚書楊立山暱之，莊王妒甚，使拳匪誣殺之。彩雲下處，京朝官車馬雲集，實天生一夏姬也，城南弟惡之，巡城時遞解彩雲回蘇。」案：此詩擬賽於夏姬，則年齒身世，尤不侔矣。而事實亦大誤：立山所眷口袋底名妓，名綠柔，殺之者載瀾，非莊王也。由此可見咫尺間事，猶易傳訛，矧文筆故實之比附乎？惟樊山在辛壬間必有感聯軍入京，故落筆時易涉想及於金兵之陷汴梁。而晚清士大夫皆匿怨於那拉氏，故於女寵穢亂宮闈，特倍為詬責，此則論詩論世者，所當知耳。

唐才常預見俄日之患

唐佛塵致歐陽節吾書，謂時局如此破壞，雖武鄉復生，無可下手處，此言可見爾時志士憂國之切。其時清政雖不綱，局面猶未全碎，其如此言者，蓋已知本實先撥，全局終必縻爛也。佛塵此書，又曰：

俄人西扼于地中海，改而東趨，其勢非盡得新疆及東三省不止。今日本又崛起東方，蠶食朝鮮琉球臺灣，及我奉天之半，駸駸有席捲燕雲之勢。推原所以強盛之本，亦非漫然而致者，如俄之彼得羅，身游英、法、荷蘭諸國，習其技藝而歸，遂開諸武備學堂，化柸榛為禮義，易貧瘠而富強，由是舉欽察阿速之邦，積受凌侮於韃靼者，一旦而雄視五洲。日本一島國耳，維新以來，力矯其數千年相沿之弊政，一掃而空之，故其地則祇中國二十五分之一，其民亦祇中國十二分一，而事事求其精實，人人予以執業，稅重而民不怨，事煩而下樂趨，行之二十餘年，遂為東方首發難之國，而愕眙莫敢誰何，此其明效大驗可立覩，不待智者而知之矣。前此丁日昌謂其陰而有謀，固屬可慮，其窮而無賴，則更可憂，老成先見，有如龜卜。

此一段真有如龜卜矣。乃歎國非無人，病在有遠識有志量能說老實話者，往往不見容於世。佛塵父子皆殉國，吾昔每過有王所居，觀壁上節吾先生書，未嘗不愾歎終朝也。

唐才常的思想

石遺稱佛塵筆墨精警，固無虛譽，佛塵自作〈正氣會序〉文，開端云：

> 四郊多壘，卿士之羞；天下興亡，匹夫有責。憂宗周之隕，為將及焉；與四方之瞻，蹙靡騁矣。昔者，魯連下士，蹈海而擯強秦；包胥纍臣，哭庭而存弱楚。蕞爾小國，尚挺英豪，詎以諸夏之大，人民之眾，神明之胄，禮樂之邦，文酣武嬉，蚩蚩無覩，方領矩步，奄奄欲絕，低首腥羶，自甘奴隸，將非江表王氣，終於三百年乎？

此雖隨筆為偶文，亦見忠義悱發。案：唐上瓣薑書，正在中日甲午戰後，今再檢其書，有云：

> 今日之事，即能僥倖一勝，亦不過長其虛憍之氣，如人病癆瘠，外強中乾，遇事尚能傲很相競，迨血枯氣絕，始委頓以死。方今中國之世，何以異是，而況並不能一戰以幸勝，其究又將如何耶？

又云：

> 竊嘗靜觀朝政，穢濁之氣，充塞天地，和議諸款，亙古未聞，現在南北紛紛撤散，而倭人添兵不已，朝旨云倭人未必即有他意，殊不可解。臺北已失，唐中丞微服內渡，虎頭蛇尾，特恐吳中丞之無偶耳，可嘆，可恨。現在臺事日益危急，雖以劉永福宿將鎮之，將奈之何？

天下事不問可知，而各督撫中亦無竇融、錢鏐其人者，將毋尚在草澤市井間乎？

此兩節，其評爾時局面，曰虛憍，曰傲很，曰穢濁之氣，皆切中情弊。蓋政治不改革，幸勝固無用，故其終希望於草澤市井，是其時心中已安排革命之實行。昔日烈士謀國之忠，慮患之周，赴義之勇若此，初不曾為高論也。

唐才常失敗之原因

佛塵先生之失敗，固由於與南皮不能合作，而其間尚有一重要關鍵。孫仲璵（寶瑄）《日益齋日記》戊戌八月十七日云：

十七日，祖荔軒（蔭庭）談及漢口之役，相與太息，謂新黨即欲舉事，宜俟東南腹地土匪徧起，官軍不暇兼顧，乃借團練為名，掃除一片土，漸擴充其權力，如是或能保衛一隅，立自主之國，未可知也。今者南部大吏，方與外聯和同之約，鎮衛長江一帶，而土民又無蠢動者，新黨竟先為禍首，亂太平之局。故英領事有公文致鄂督云，南方有所謂大刀會、哥老會、維新黨諸種，皆與北方團匪相彷彿，有為亂者，即速擒捕，敝國決不保護。

此亦是事實。當時佛塵與狄平子，共任長江方面起義，佛塵之字為伯忠，任公書中言忠者，皆指佛塵。平子先生比日老病頹唐，去年一覿於兆豐花園，亦未能談往事矣。

唐才常之死

《石遺先生年譜》：

庚子，四十五歲。八月，以唐才常之亂，先母挈全家歸里，家君後歸。唐才常本兩湖書院高才生，後歸長沙，辦《湘學報》，學問優長，筆墨精警，戊戌政變後，實行革命，義和團起，富有票徧長江上下，才常為其首領，潛蹤於漢口某處，被獲，僅有徒侶十數人，鏽澀洋槍數枝而已。械送武昌，嚴鞫於營務處，終日，夜二鼓，斬於水陸街，十一人皆健步就死，才常最後出，則兩人挾而拖，殆已服毒就斃矣，體貌甚偉，而頭尖甚。

此段所述，足參考者，為十一人健步就死，見聞最確。佛塵先生就義事，馮自由《開國前革命史》云：

二十七日，漢口泉陸巷某剃髮匠，偵知同街唐姓形跡可疑，遽向都司陳士恒告變，陳跟蹤拿獲黨人四名，始悉黨人有大舉動。張之洞聞報，即照會租界各國領事，於二十八日清晨，派兵圍搜英租界李順德堂，及寶順里自立軍機關部與輪船碼頭等處，先後逮捕唐林及李炳寰、田邦璿、瞿河清、向聯陞、王夫曙、傅慈祥、黎科、黃自福、鄭葆晟、蔡丞煜、李虎生及日本人甲裴請等二十餘人，同時圍搜某俄國商店，擬捕其買辦容星橋，容喬裝工人而逃，戢元丞則避匿劉成禺家，賴姚錫光父子設法得以出。唐等被擒後，司道府縣在營務處會訊，唐供辭謂因中國時事日壞，故效日本覆幕舉動，以保皇上復權，今既敗露，有死而已。餘人羣呼速殺。二十八夜二更，乃押至大朝街滋陽湖畔加害，一時延頸就戮者，共十一人。尚有日本甲裴則移交駐漢口日領事訊辦。自是張之洞乃大興黨獄，湖北殺人殆無虛日。

持與《石遺年譜》較，大致固相合也。

踐卓翁與天蘇閣

林畏廬晚年自署踐卓翁，踐卓之義，眾皆莫解。久乃知先生民國初元以北大教席事，與教育次長董恂士（鴻禕）迕，大怒，踐卓者，踐董卓也，董卓者，恂士也。此真匪夷所思。

又徐仲可署所居為「天蘇閣」，亦莫詳取義。比聞夏吷庵言，徐先生以為女子以蘇州而天足者為美，故曰「天蘇」，此尤想入非非矣。

陳衍

石遺先生以七月八夕捐館舍，予中夜聞耗，悲不自勝。先生僑居蘇州，歲歸里銷夏以為常，今年買舟春申，予詣送，出寄趙堯老一律詩敂質，才十日事，未料忽然一瞑。予有三詩哭師，所謂：「歸里歲銷夏，北帆秋為期。今年獨詣送，逆旅還說詩。回思凍梨色，神彩猶植鰭。」所謂：「老為過江人，還敂鶴市屋。每要車中談，輒恨驛路促。壞牆見西山，此景謂不復。豈知造化妬，萎哲嗟更速。」皆雜述近事，「壞牆能見翠微山」，余〈重過小秀野草堂〉句，先生所屢稱者。然終慙不及眾異輓先生第二詩中之「死生真細事，吾恐書種斷，國危兵又起，一去宜不返」二十字括舉而沉痛也。先生學窮天入，生平治《說文》，治古文辭，皆至精，而世但傳其說詩。然先生《詩話》，及為朋輩詩序，其至者，海內才人皆斂衽無閒言，浸饋至深，而筆妙亦無兩。予北面請業逾三十年，所藏北大文科時，論說文、論文數札，筌奧出新，與先生文集中諸解經治小學文字相表裏。先生著撰，世所知十五六種者外，尚有《尚書舉要》，為力闢偽古文之作，見解甚博而搠。《鍾嶸詩品評議》，則七十後論詩之菁華。《音韵學》、《羣書舉要》、《史漢研究法》，各若干卷，皆累年講席鏗鏗說經所得。眾異挽詩中，所謂「竝世不數人，我里見尤罕。誰能治樸學，著眼到文苑。公兼暢園長，每繩左海短」者，事實，亦公論也。

先生小名尹昌，故字曰叔伊。其以「石遺室」稱者，弱冠夢至一處，重樓疊閣，闃其無人，有書數百橱，隨手抽數册，閱之，書邊印石遺某某書，中似是自己著作，時方閱《元遺山集》，因遂自號「石遺」。後細思此二字與叔伊頗相合，遺伊國語同音，石拾同音，叔又訓拾，乃號所居為「石遺室」。先生著述，十之五六皆已刊，生平持論，謂書必須木板，板不須精，而必須身及見之，故所槧各集，皆如所言。詩集至四五續，限於工力，字尤漫漶，唯文集有佳紙初印本，亦不多見。

先生長君公荊（名聲暨），先先生十餘年下世，文筆能傳其家學，在北都常過從。《石遺年譜》者，公荊刺取先生日記及過庭所聞者纂之，至五十三歲止，北行未暇續。及公荊歿，及門王真又續成至七十五歲止，後此七年，尚闕如。世人妄疑謂先生自作，予諦觀筆法，皆出公荊，蓋合先生詩文集，及蕭夫人《戴花平安室筆記》而成，其中紀事自必請命覈得其實。傳可傳之人，以子述父德，良法美意，固猶近代有聞者之自述也。且譜中所敘，皆有根據，無溢詞，當時政局軼聞，儒林風尚，隨地可見，而《戊戌年譜》中所敘，尤有關係。蓋戊戌為前清新政與名流消長之一大關鍵，而是歲適先生入南皮幕府，又適與沈子培相遇，在先生個人學術環境上，亦一大關鍵，今節錄是年所紀者。《石遺先生年譜》：

戊戌，四十三歲。正月五日，携一僕赴鄂。九日至，主梁節庵丈寓。廣雅約次日遲明見，節庵為備飯，備輿。至節署，則儀門以內，庭燎光徹大堂，主人已衣冠候於花廳門內。

廣雅長不及中人，而廣顙偉鼻，目三稜有光，髯及腹，行坐揖讓，儀觀秩然。自黎明坐至日午，勺水不入口，談不絕聲。首詢何以名衍？答以先君年五十得衍故。又問，何以字叔伊？答以小名尹昌故。又問《考工記》、《元詩紀事》外，尚有何著作？答以《周禮》、

《禮記》、《說文》各辨證，《說文舉例》，《尚書舉要》，皆未梓。又問在上海館穀外，更有何歲入？答以授徒賣文。又問在上海久，所識海內有學問之人必多，鄙人所未知者，能分類舉其最優者否。答以：散體文有直隸新城王樹枏、義寧陳三立；駢文有武進屠寄、泰州朱銘盤；考據之學，可信者有瑞安孫詒讓、善化皮錫瑞，皆當老帥所已知（老帥者，當時僉以此稱廣雅也）。此外尚有浙江章炳麟。廣雅聞至此，即大不謂然，曰：梁啟超文字宗旨頗謬，然尚文從字順，章某則並文字亦怪異矣，足下何數及此人？答云，章某能讀書，實過於梁，老帥似未見其《左傳》著作。（後家君入都，聞廣雅召章君至，月薪百餘金，而梁節庵與其徒朱強甫，方以忠君宗旨取悅廣雅，章君識強甫，乃與昌言革命。強甫詰其先代有仕者，何得出此言？章君言此為強暴所汙耳，子孫當幹蠱。強甫以告節庵，節庵以告廣雅，脅廣雅當逐此人，否則上聞。廣雅辭章君，贈以五百金，購其《左傳》撰稿。節庵復扣留其款，章君狼狽歸，至滬至杭覓家君皆不遇，留書而去，故知之詳。）於是橫風打斷，言他事。忽論及桐城古文，姚視方何如？答以：姚雖言考據、義理、詞章三者缺一不可，然方根柢遠過於姚；人皆謂姚勝方，衍謂方勝姚，即惲子居亦勝姚，惟佞佛無謂耳。廣雅頗以為然。又談及蘇堪詩，甚為稱許，惟言所見不多。答以趙甌北評元遺山詩，學不甚博，才不甚大，惟以精思健筆戛戛獨造，蘇堪似之。後遂談《求是雜誌》事，可以棄彼就此，此間亦擬出一雜誌，因此言及李同之為人。答以李同不修邊幅，濫用錢，有之，然未嘗媚外，薛叔耘忌之，其言不可信也。餘瑣屑不能盡記。廣雅服御樸儉，外褂貂皮將禿，炕墊紅呢破，稻草見焉。

次日家君上七言二首。是夕廣雅招飲，大圓桌白木無漆，罩以舊白布而已。同席者，節庵外，有王雪澄觀察（秉恩），華陽人，癸酉舉人，熟目錄之學；王捍鄭主政（仁俊），字幹臣，吳縣人，甲午進士改庶吉士，散館改吏部，著作甚富，皆廣雅門下士。朱強甫茂才（克柔），嘉興人。命雪澄騰出紡紗局官屋三進，為家君卸裝地。坐間廣雅言，中國自大創於日，朝廷厲行新政，然起行必由於坐言，擬稍集留心時務者，研究政學，庶有裨於萬一。次日來答拜，使節庵道達誠意，請本年起，留鄂辦理一切新政筆墨，暫任官報局總編纂，鄂中度支不足，月先致薪水百金，勿棄菲薄。諾之，乃函辭滬館。

廣雅遂檄雪澄觀察為官報局提調，派捍鄭、強甫幫同辦理筆墨，捍鄭薪水七十金，強甫五十金。時節庵為兩湖書院山長，調兩省高材生分科教授，實具學堂性質，經史輿地外，兼有測量槍操各門功課。又次日，節庵招飲兩湖書院。院正座居兩小湖中，一名墩子湖，一忘其名，大門內兩邊長廊抱湖，向北進，學舍書庫在焉。正座一大講堂，堂上大樓，兩旁分教各員室，正座後兩長廊抱湖，亦如之。是日識楊惺吾、馬季立、鄒沅颿、陳善餘、陳仁先諸人。節庵尚能豪飲，以方三寸深二寸小斗，飲盡八九斗，夜深散，仍回節庵寓。節庵精治饌，最嗜魚翅，家君即用其廚宴節庵，拚酒大醉。其表弟龍伯鸞秀才（鳳鑣），順德人，刻《知服齋叢書》數十冊，雕板頗精，贈家君兩部，是日在坐。數日，移居紡紗局，王雪澄觀察招飲於織布局。初廣雅在文昌門外江邊剏設紡紗織布繅絲製麻四廠，皆雪澄為總辦，絲麻二廠未開工，先開紗布局，其辦公處設於布局，故紗局屋空也。數日，廣雅令擬〈開設官報序言〉一篇，又撰〈時務論說〉二篇，廣雅甚稱許。

二月廣雅忽使節庵促入都會試，登第後早來。辭以無意科名，不悅，謂尚未中年，豈宜過於自廢。不得已遂請假。廣雅、節庵、雪澄排日飲餞，有〈再至兩湖書院視節庵〉詩。廣雅平日出言極斟酌，偶有未當，已隔數句矣，將前言重提起，謂頃間所說，不是如彼，乃是如此。家君嘗謂廣雅不但文字有添註塗改，言語亦有添註塗改，然可見其為人不苟矣。獨餞家君畢，送出，乃云，此去狀元及第，好為文山，期許之重，不覺其失言矣。

三月，入都，寓爛麪胡同蓮花寺，大世父以選人至同住。時海內言變法者蜂起，公車集輦轂下，尤人人晁、賈、蘇、王矣。康長素、梁卓如外，若宋伯魯、楊深秀、譚嗣同、唐才常、陳虬、宋恕之倫，遽數不能終。林暾谷先生以援例為內閣中書，到衙門，京師強學會興，日奔走其間，與張鐵君等興閩學會，與王書衡、張菊生等興通藝學堂。長素寓上斜街，有所謂萬木草堂者，梁卓如、麥孺博諸人，日夜論議，方上萬言書，開保國會。暾谷聳於其說，又日至家君處談藝，談國事。家君語以子向習詞章，經濟非所長，時局會有變，盍姑少俟。既下第，強使出都，同遊杭州。廣雅與湖南巡撫陳右銘（寶箴）皆欲致之，而中朝方令京外大員薦舉人才，翰林學士王錫蕃薦之，召見，特命與楊銳、劉光第、譚嗣同以四品卿銜充軍機章京參與新政，繁然有所更張，十日，而四章京之難作矣。

方家君之在都也，朝命廣雅入覲，將使入閣，廣雅聞召即行。至滬，朝命止其來，則常熟翁叔平師傅（同龢）沮之，時景皇方親政，常熟方在樞廷也。家君出都至滬，船上謁廣雅，廣雅言還鎮亦好，子可速來。閏三月，家君以寓滬八年，未同先母至杭州，今將他適，遂同往，有〈三至西湖同道安〉二律。時琴南、嘯桐、鄭稚辛諸丈，與暾谷、拔可相繼亦至。

六月，大世父往正陽關愛蒼丈處，丈早調該關榷鹽也。聲暨挈眷赴武昌，移居豹頭堤。堤在督署旁，屋頗高敞，花廳有花木，外有空園。武昌夏暵本至酷，以臨江一帶，自漢陽門、平湖門、文昌門至望山門，城皆西向，江水一曲抱城，陽燄自朝至暮，曬成千萬斛沸湯，此氣熏蒸至夜未退也。是夏尤甚，家君至畏熱，夜張大床空園中，舖竹簟露宿，如是者月餘。武昌城內多小湖，皆種白蓮花，一文錢一朵，日中買數十朵插瓶，夜半聞香，則盡開矣。黃鶴樓亦向西，不宜夏，冬又西風淒緊，賴有西日。漢陽晴川閣龜山，皆無足觀，桃花夫人廟亦不存，鸚鵡洲徧地竹木廠，惟伯牙琴臺高臨郎官湖，環以萬荷，稍有涼意。有〈沈乙盦招遊月湖夜話達曙〉詩。

乙盦丈名曾植，字子培，嘉興人，嘉道間鼎甫侍郎（維鐈）之孫。侍郎曾督學福建，林文忠公（則徐）、郭遠堂中丞（柏蔭），皆出門下，屢持文衡，廣雅父為其分校會試所得士。乙盦丈庚辰進士，官刑部郎中，總理衙門章京，博極羣書，尤長史地，與順德李芍農侍郎（文田）、桐廬袁爽秋太常（昶）論學最相契。工詩，近澀體，蘇堪丈亟稱之。嘗自謂吾詩學深，詩功淺，深者謂閱詩多，淺者謂作詩少也。因丁內艱，廣雅聘為兩湖書院史學分教，至亦住紗局西院。始相見，乙盦丈諦視家君名刺，曰吾走琉璃廠，以朱提一流，市君《元詩紀事》者，今日始相見。自是多聚夜談，至三四皷，索其舊作，則棄斥不存片楮矣。家君因謂君耽史地，吾喜考據，其實皆無與己事，詩文卻是自己性情語言，且時足以發明哲理。乙盦丈因言，吾夙喜張文昌《樂府》、山谷《精華錄》，而不輕詆前後七子。家君進以宛陵，乃借《宛陵集》，亟讀之。

武昌既酷熱，廣雅又喜夜談，每約家君及乙盦、節庵、雪澄、捍鄭諸人，集織布局廣臺上露坐，夜深乃散。集必有酒肴，當時物力尚廉，一席以四餅金為度。廣雅不多食葷饌，多食水果，酒黃白俱備，終席食飯一小盌，粥一小盌，或饅頭一、二。一夜指白酒問坐客：「燒酒始於何時？」家君曰：「今燒酒殆金元人所謂汗酒。」廣雅曰：「不然，晉已有之。《陶淵明傳》云，五十畝種秫，五十畝種稻，稻以造黃酒，秫以造燒酒也。」家君曰：「若然，則大酋之秫稻必齊，〈月令〉早言之矣。」廣雅急稱秫稻必齊者再，曰「吾奈何忘之」，其虛己不護前如此。

八月，北京政變，言變法者多獲罪。先是那拉后雖歸政景帝，自居頤和園，而用榮祿為北洋大臣，某為步軍統領，袁世凱練兵小站，兵權皆在握也。而景帝珍妃、瑾妃，皆編修文廷式女弟子，珍妃最得寵。既慫恿景帝大考翰詹，預知賦題，為水火金木土穀，漏泄於其師，使宿構，考取第一，並代妃兄某捉力，列高等。既而與那拉后爭諧價鬻官，先鬻廣州織造於玉銘，又鬻江海關道於魯伯陽，諭旨下，兩江總督劉坤一不識魯伯陽為何許人，電奏詰問，為那拉后所知，坐內殿召珍妃訊而撻之，而幽之，母子間，嫌隙深矣。於是帝黨謀矯旨召兵，縶后於頤和園，召世凱。世凱以告榮祿，那拉后半夜回內廷，嚴訊景帝，懼而吐實，於是楊銳、譚嗣同、劉光第、林旭、楊深秀、康廣仁六人就逮，數日未具獄詞，遽斬西市，廣仁以康有為弟而誅，深秀以常言得三千桿毛瑟槍圍頤和園有餘也，康有為、梁啟超跳於英使館而免。各省惟湖南行新政最認真，得罪最甚，巡撫陳寶箴，學政江標，巡警道黃遵憲皆革職，寶箴子三立與焉。自是啟超避地日本，既作《清言報》醜詆那拉后，復作《維新報》，痛詆專制倡言革命，章炳麟《訄書》、《革命軍》各印本出，人人皆有革命思想矣。時廣雅雖主變法，而所言一切變法，與諸新進者議頗不同，乃著〈勸學篇〉，由門生侍講學士黃紹箕進呈之。紹箕字仲弢，號鮮庵，瑞安人，前通政使黃漱蘭先生（體芳）子，庚辰進士，博雅工詞賦。

九月，廣雅因新政一切停頓，官報亦停，令家君入參幕府。初，廣雅以新政既停，乃奏請設《商務報》，改為研究實業，月出三冊，實雜誌體，廣雅自定凡例，自作序，署本年八月，而籌備一切至次年始開辦也。初識周彥昇明經（家祿），與乙盦丈同住節署，劇談多至夜深，有〈哀晚翠〉、〈憶高昌舊居花木〉、〈冬夜感懷季新亡弟〉詩。新識湖北紳士吳星階侍御（兆泰），為經心書院山長，翰林院編修周少樸（樹模）。

此一大段包涵甚廣，述初見南皮一席談，極有趣，一可見南皮見解，一可見爾時風氣。其秫稻必齊一事，先生別有文記之，已錄於前。與沈子培相見一段，乃采先生〈海日樓詩序〉，隱括生平論詩宗旨。其敘時事政局，則公荊據所聞於先生者直書之，後來可為史料。其中大世父，乃指先生伯兄木庵先生，名書，字伯初，先生所從學者，長於先生二十餘歲。

予幼而離鄉，覯先生迺在舉經濟特科時。予家於宣南，去畏廬先生居一牛鳴路，而吳翊庭師（曾祺）亦舉特科，寓予家，旦夕，三數公皆來就先公與吳師談，讌飲恆竟日。記石遺先生來，與畏廬先生每談必力爭，輒至面紅耳赤，齗齗然，翊庭師撚鬚微哂而已。至具衣冠登小秀野草堂學為詩，則已稍後。今春相見秣陵，譚及公荊葬事，先生奮然曰：「送葬詩，多作戚語，吾送大兒葬，乃曰：『此路他年我必由，一棺扛入萬松楸。』可謂迎面一棒矣。」言已大笑，初未信奄忽易簀也。

先生軼事不可勝記，暑汗中聊掇拾其一二，以實吾札。眾異詩中之惕園，為陳庚煥，長樂經學家，以與左海及先生皆姓陳，皆鄉之名儒，故咏及之。

陳衍匡廬遊記

匡廬近為逭暑奧區，自吳靄林廬山兩志以來，昔人吟題記述，攟摭殆盡。然面面看山各不同，仁智所見，朝夕所遭，載筆之倫，仍無盡也。《石遺文集》中，遊記甚多，獨無廬山遊記，而先生於光緒中實嘗游廬，今乃於年譜中檢得之，其記廬山論瀑布，頗有別解，可補吳志。《石遺先生年譜》：

甲辰四十九歲。六月，同王俶田我臧遊南昌，止乙盦丈官齋，數日。夏暵，飽啖撫州枕瓜，甘潤遠出上海種上。乙盦巨木構露臺，高出樹杪，夜間用納涼其上，故家君別乙盦丈詩，有「豫章青白桐，離立時往參，露臺出其杪，下見江影涵」云云也。將遊廬山，丈贈四十餅金為遊資，命大官舫送至南康。南康城下為匡廬之麓，前臨鄱湖，澗百道迸集，湖湍峻急，小舟不能停泊，非大舫莫至也。南康郡守葉至川，寧波人，同治癸酉舉人，寶竹坡侍郎門下士，與家君為同門友，乙丈先馳書告之，聞家君至，命僕帶肩輿出迎。家君方攜一小竹床，科頭赤膊，臥於鄱陽門下，僕至，愕眙久之，乃述主人云：「星子縣（南康首邑）人夫只廿四名，知縣帶往鄰封相驗，須明日方回，請先到郡署暫住。」遂往。城中空曠，大半無人居，郡署自大門至二門，路約里許，殆南康軍舊址也。官齋高爽，葉郡守善飲，治饌甚精。言地方清苦，若連雨十日，則城中米罄，須入鄉採買。略談山中名勝。次日輿夫回，共用十五名，每名一日官價只二百銅錢，飯食在外。先至開先，漱玉亭，亭已就圮，開先有二瀑，晴時一瀑乾，惟存溜痕，一瀑舟行鄱湖中已見之，瀑廣僅二三尺，長僅兩三丈，徒以山界江湖間，高而易顯耳。太白詩云：「海風吹不斷，江月照還空。」人稱其工，不知此正言其瀑之不甚廣，若廣至尋丈，則吹之自不斷，照之亦不空矣。時與傚田漱沐濯足其下，未幾山雨驟至甚急，則二瀑竝下，廣狹如一，東坡詩所謂「劈開青玉峽，飛出雙白龍」者矣。若譬以銀河落九天，則大言而已。至寺坐觀許久，雨未止，乘輿至歸宗寺，阻雨三日不得出遊，日徙倚於山門，想望栗里。雨晴，澗水泝漫，冒險渡澗，至栖賢橋，暢觀三峽澗，澗中水石千狀萬態，坡公兄弟之激賞，有以也。是夜宿栖賢寺，五老峯在寺旁，仰止久之。次日至白鹿洞下山，復宿郡齋。此行有〈滕王閣〉，〈百花洲〉，〈南昌別乙菴太守〉，〈歸宗寺阻雨兩宿〉，〈雨後重過開先觀二瀑布〉，〈三峽澗〉五言四十韻，〈至白鹿書院〉，〈下匡廬〉，〈宿南康郡齋〉，〈視葉至川太守，兼寄乙菴太守〉各詩。而葉郡守又命官舫送至九江，湖中遇風，遇大雨，至湖口停泊，有〈雨中登石鐘山〉詩。石鐘山，周遭樓觀，頗似北固，而山界江湖交流處，巖石玲瓏，則勝之。

此段寫沈子培於南昌署以露臺避暑，及由南康取道上山，南康情狀，與夫官價等瑣事，他日皆可供掌故。其箋太白詩絕妙，先生最長說詩，如此類正不可悉記。又七十五後，成《要籍解題》一書，聞甫畢經部，凡經學有用之書，皆反覆箋解命名，論其長短，誠有裨後學之作。前誤記為《羣書舉要》，附識於此，以告求師門遺著者。

長樂三高

長樂有三高，皆以文章氣節鳴天下，高嘯桐（鳳岐）、子益（而謙）、夢旦（鳳謙）三兄弟，所謂「三高如麟鳳」也。嘯桐先生試御史第一，竟不用，以與岑雲階善，為奕劻深甚。子益先生，任外交最久。夢旦先生去冬歿。夢旦嘗自言其家無過六十者，晚病胃甚羸，然竟立志日行若干里以療胃，得愈，遂登六十，幾七十矣。子益嘗解《論語》，食不語，寢不言，謂語乃低聲說話，當食人聚，低聲恐人見疑，言乃高聲說話，當寢高聲，妨人睡寐。王子仁《曉齋遺稿》，述此說，以為至當。

汪榮寶詩文

袞甫先生之歿，忽已三秋。光緒甲辰，先生為教習，授史學，予才弱冠，先生二十餘歲，從日本歸，短髮新剪，束以絲絛，講論猋起，意氣絕盛。革命後，始從陪文讌。自後使歐使日，每歸國必相見，情意亦每度加摯。及罷官居舊京，尤數過從。一日訪予，以出處相商，為指陳所知，先生亦慨然，翌日以〈讀史有寄〉詩相示。壬申八月，予以事北行數日，猶及會談，而知其有疾，歎其倜儻奮發之氣，終甚騰上，恐不能久。其詩沉浸義山，晚彌慨慷，音蓋亦稍變矣。故予輓詩，有云，「越吟伉激知難忍，燕市湛冥豈遂便」之句。記其捐館後，《大公報・文學周刊》為出專號，述其學詣，並舉數詩，而最稱魏武〈和旭初〉一律，此是弔項城之作，典切沉至，集中最上乘，吾亦云然。顧其《思玄堂詩集》中，可供史料者尚多。如〈許侍郎哀詞〉，為輓許竹篔作。如〈泰山〉四首，為與李柳溪同登山宿後石塢草擬憲法作。〈與仲仁追論舊事〉，為與張仲仁追論朗潤園議官制作。〈題廣雅詩集〉五首，則記南皮逸事，其〈百歲恩仇〉一首，似指翁張之隙。〈歐洲戰事雜感〉八首，〈尼哥拉第二哀詞〉三首，則皆詳歐洲近代史事。〈無題〉四首，則詠民十一曹吳之事，竝雅切可箋。其〈網毬〉一詩，則甚似宋人〈象碁〉之詩（記《宋詩鈔》中有此題是南宋人作），可詳近代角藝之時尚。今錄〈尼哥拉第二哀詞〉，及〈網毬〉詩，為學人楷式，以饒於趣味也。〈尼哥拉第二哀詞〉三首：

駿烈承三百，宏圖攬二洲，虛持禁攻論，（海牙萬國和平會之建立，帝所倡議。）實定合縱謀。（一八九七年六月，帝會法蘭西大總統腓力福爾於克倫斯他特，宣布俄法同盟。）霸業恢橫海，危機玩覆舟。一夫能作難，豈在大邦讎。

玉帳傳書急，金輿警夢迴。（革命難作，帝自莫給勒夫得后書趣回京，車次維舍剌，道梗不得前。時已深夜，帝方寢，從臣入白帝，始知亂亟，乃云何不早告，今始言之，晚矣。語見法人克洛特阿耐著《俄羅斯革命記》。）稅鑾無處所，脫屣有餘哀。（帝不得入，欲繞道至札爾斯哥耶色羅。中途警報猝至，徘徊婆羅哥耶及特諾間，不知所當適。久之，乃決往不斯哥夫，即於是地下詔遜位。）劍璽隨邊月，河山付刧灰。（帝既遜位，革命政府幽之札爾斯哥耶色羅，未幾徙置西伯利多波爾斯克，後又移耶喀德鄰堡。）園花無限好，灼灼為誰開。（帝性沉靜，車中聞變，始稍驚憤，旋復色霽，語從臣曰：事已至此，夫復何言，苟百姓欲之，余即去位耳。余且往利伐地亞終老余之園中，孰如余之愛花乎？）

舊夢兼天遠，浮生與日亡。百年民惡上，終古屬憐王。龍戰氛猶惡，鵑啼恨正長。禪餘行漢朔，那不羨山陽。

〈網毬〉詩：

客館雖褊小，形勢頗宏敞。前林鬱蓊薆，右野曠泱漭。比鄰富隙地，行樂得寬壤。砥逾馳道平，闢擬射圃廣。畫局弈有罫，周法獵張網。東西儼若序，甲乙書在榜。冉冉薰風至，瞳曈朝曦上。儔侶稍已集，賓主各為黨。入門氣始振，臨敵技愈癢。拱立如有疑，決起忽難象。暫絕笑語喧，微聞擊觸響。明月初入懷，大珠猶在掌。激若奔星流，瞥作飛電晃。一落且及跟，再躍仍過顙。貫餘數援桴，示暇一掉鞅。鬪雞相隨旋，驚鴻自還往。十決寧知疲，百中竟無爽。彈雀亦何有，掇蟬差可仿。多謝逢門子，庶幾痀僂丈。楚漢偶決勝，晉齊迭爭長。質旁佐以史，居高立之兩。紀錄必有程，銓評信無枉。須臾一軍驚，奚啻百城賞。拙手殊紛紜，裹頭空擾攘。十擊恆失九，俯拾不遑仰。欲逆目轉迷，未揮腕已彊。蓺成貴熟精，道勝資修養。習健驗在今，觀德聞疇曩。投壺禮意微，蹴鞠兵謀昉。憑軾儻有會，臨風一長想。

此皆使瑞士時所作。哀尼哥拉詩中，一夫兩句，百年兩句，皆平情之篤論也。先生早承家學，與弟旭初，皆有瑋辭琦行，予親見其在資政院中大聲疾呼，力主釋放汪精衛、黃復生。民國三、四年後，政地將變，先期持節西行，故得免逐流遭謗，然意所不可，斷斷如也。生平於《法言》至肆力，堂名思玄，殆亦此義。早有《疏證》十三卷行世，既而毀去復作，及上海之戰，東方圖書館煨燼，所作稿悉燼，乃更定體例復成書二十卷，今所傳《法言義疏》，季剛為之序者，是也。〈集玉溪〉詩，亦別出心裁，世所莫及。甲子秋，直奉戰時，先生有集李五言律詩十六首，典麗隱諷，予尚存其稿。聞胡伯平言：「先生有異夢，謂五十六歲當死。」近以詢陳任先云：「聞先生十九歲時，病幾殆，夢一紅袍人，謂之曰：子今宜死，以有世德，賜延三紀，故後三十六年歿。」憶予所聞，當不止是，夢幻曶昧，孰得而證之。

羅惇融

近讀吷庵所為《忍古樓詩話》，述羅癭庵詩，因錄予所為〈哭癭公〉三詩，以為癭死後無傳記，予之詩可當羅傳讀。憶乙丑歸里，又點丈亦有是言。顧予知癭公，良未如晦聞之深，輓詩亦未如剛甫之摯。然縷計自甲子至今年丙子一周間，又點、癭公、剛甫、晦聞，並化為異物，江國雨夕，憶之心痗，不能無述。

予識癭公在宣統末年，同官郵部。予初為詩，癭心好之。記辛亥革命時，予戲詠其時各省督撫，或死或逃或降之軼事，各系一絕句，投之陸詠霓所主之《帝國日報》，別為一筆名，獨癭知耳。後予又為一詩，詠項城殺張振武事，癭尤稱不去口。得交陳簡持、梁任公、麥孺博、潘弱海，率癭之介。時癭寓廣州館，敷庵、孝覺皆同學，亦居此，闢一院雜蒔花木，予不常詣前門東，獨為癭庵兄弟往，如是六七年。中間任公刱《庸言》，予與遠生間為小評，而癭任筆記詩文錄，今所傳談掌故文字數篇，為中國近百年史料所甄錄者，皆癭於聽歌之餘，深夜所草也。癭寬溫敦篤，而有特操，於項城有故，而始終不受其祿，其後尤望望然去之，以是貧病死。病甚久，歿時其夫人病狂易，不知癭之死，不久亦殁，夫妻既並逝，家遂蕩然。蓋癭篤於友生，而其弟兄友朋，亦百計賙給之，卒無以救其貧病散佚，天下事可哀可歎，殆無逾於此矣。

癭公詩一卷，嚳虎所刻，卷端有晦聞一序，語語質實。晦聞詩已刻，而文不多見，錄之，不唯存癭庵，且存晦聞也。序云：

甲子元日，癭庵過余曰，吾度歲之資，今日只餘一金耳，以易銅幣百數十枚，實囊中，猶不負聽歌錢也。語未改臘，癭庵遽於是秋八月逝世。既五年，敷庵檢其遺詩，將梓，就余請序，余始得讀癭庵〈癸亥除夕〉詩。其詩有云：自諱囊空念婦勞，其言何溫厚如是耶。〈王風〉閔周三詩，君子陽陽，曰：無所用其心也，有兔爰爰，曰：君子不樂其生也。癭庵之為人，若無所用其心者，然亦時有憂生之嗟，顧其所遘艱難，獨不使夫婦之道見於衰薄，則〈中谷有蓷〉之詩，癭庵之所傷也，讀其詩可知已。人倫之廢亂，極矣，壞於天下，始於家室，當斯之時，一士之行，往往能申其義，三百詩人，若〈谷風〉、〈北門〉，是也。嗚呼，癭庵其知之矣。癭庵馳情鞠部，世有疑而議之者，余嘗舉以相規，則答余書云：「吾欲以無聊疏脫，自暴於時，故借一塗以自託，使世共訕笑之，則無暇批評其餘，非真有所癡戀也。」嗚呼，余今序癭庵詩，敢不揭癭庵立身之義，並其所懷以告後之讀癭庵詩者，使知癭庵蓄義甚富，過乎其詩。至於閔天下之無詩，則余以之悲癭庵者，或癭庵其能知之。余旅京師與癭庵居最近，過從日數，論詩遂踰十年。其為詩蚤歲學玉谿子，繼乃由香山以入劍南，故其造境冲夷，則亦中歲以後，今集所存少作，蓋無幾也。癭庵病中遺屬，以詩付曾剛甫選定，今茲之刻，則剛甫垂歿時所定者，蓋僅存二百餘首。然余知癭庵為詩至多，惟其志不求傳，其〈答客問〉詩，有云：「作書覓句吾不廢，聊遣興耳安用傳。」則其餘散佚之詩，或為剛甫所刊落者，必不為癭庵所惜，雖不存，可也。嗚呼，癭庵與世可深，而不求深於世；學書可深，而不求深於書；為詩可深，而不求深於詩。至其馳情鞠部，宜若深矣，然自謂非有所癡戀，則亦未嘗求深，其絕筆詩尚致歎於嗔癡損道。夫惟其不求深，故萬緣之空（絕筆詩語），猶得在未死之日，否則其懷蚤亂矣。亂則無所不至而義失，義失則詩雖存，存其字句聲律耳，詩云乎哉？抑癭庵游不擇人，言不近物，讀其詩者隨處而可見，蓋其度大也。然使癭庵而不窮，則其志沒矣。然雖窮，而無癭庵之義之懷，則其志亦沒矣，詩云乎哉。戊辰正月十二日中夜黃節序。

晦聞所述甲子元日癭公語，蓋事實。癭公癸甲間病五六次，癸亥除夕少愈，有一詩云：「吾命偏能重一毛，作詩火急似追逃。卻從病久知兒孝，自諱囊空念婦勞。世每憎狂聊復縱，出無所詣誤成高。餘生天許閒中樂，那有煩憂更續騷。」晦聞所舉即此。其後又病，稍閒，有〈病起作〉六詩，第五首云：

明朝有米無，此自明朝事。今日且飽食，萬事付美睡。或言陳後山，終竟以寒死。吾尚存破裘，或亦不至此。有歌必須聽，對酒不強醉。百年固可樂，夕死亦適意。或望子孫賢，此意更無謂。教子盡吾責，非以為自利。吾責既已盡，亦不復省記。華嚴百萬言，游戲而歡喜。吾雖未學佛，斯乃佛所賜。縱非極樂土，恐是初禪地。

此詩最佳。憶癭甲子春在病院，有一札致予，言方讀某書，覩一與予同名者，字曰壺舟。予有二絕句，答之。亡何，病又大作，入德國醫院，卒不起。其最後二絕句，一云：「吞針一鉢同羅什，祖背瘢痕似鄂公。今歲再蒙天所赦，自標新號署蛙翁。」自註云：「住醫院以來，受注射三百餘針，兩臂兩腿，無完膚矣。」二云：「平生自詡安心法，每為嗔癡損道功。今日病中才悟澈，萬緣滅盡一心空。」自註云：「病中楚酷，凡人生痛苦，靡不盡歷，惟滅盡思想，則痛苦漸滅。今則痛苦漸盡，思想漸起，仍當力破嗔癡耳。」此為絕筆。尚有自書遺囑，略言：殮以僧服，訃告中前清官銜皆不書，乞陳散原為書墓碣。遺囑今不復存，予唯記中有「久矣夫，為民國之民矣」一語。癭公晚入京都，喜從私坊子弟游。其後益自放，獎掖諸伶，若恐不及。歿前王癸間，以品第色藝，與朋輩力爭，甚自苦，予嘗笑之以為兩失，臨終亦自懺，故予輓詩有「圓脫信般若」句。輓癭公詩，予所見以曾剛甫為最，與晦聞序相表裏。曾詩三首云：

瓠落名方起，萍浮迹遂陳。廿年為客夢，一代過江人。下筆烏絲近，登歌白石親。頗疑憂畏盡，竟與死生鄰。

結客遍湖海，逢人只肺肝。後時何所惜，晚況益艱難。絲竹存微尚，滄桑付達觀。裏頭餘尺布，事有至辛酸。

寂滅方為樂，難禁一慟情。緣空能澹定，度勝是生平。骨髓誠何病，琴弦欲廢聲。唱衣猶待暝，霜露下嚴更。

鄭文焯與羅惇曧

夒公是年游吳，於天童訪寄禪上人，於蘇州訪朱古微、鄭叔問，夒有詞，記當時《國風報》曾載之，遐庵為夒公刊詩，似未錄及。古微〈西河〉小序中，訪城西聽楓園云云，聽楓園者，叔問為彊邨蘇閭所僦之居。《樵風樂府》卷七，〈驀山谿〉小序云：「吳城小市橋，宋詞人吳應之紅梅閣故地也，橋東今為吳氏聽楓園。水木明瑟，以老楓受名，紅葉池亭，不減舊家春色。且先後並屬延陵，於勝地若有前因。彊村翁近僦其園為行窩。翁所著詞，聲滿天地，折紅梅一曲，未得專美於前也。爰託近意，歌以頌之。」而彊邨和作，亦有小序，中云叔問為相陰陽，練時日，可見其投分之厚，為謀之忠。蓋是時陳矅庵（啟泰）為江蘇巡撫，駐蘇州，陳素風雅，延叔問處幕中，故吳門詞流接武，鼎革後，風流雲散矣。夒公生平亦以友朋為性命者，以叔問老年多舛，為言於任公先生，以其喪偶厚賻之。叔問有謝書云：

別來數更喪亂，感懷雅舊，恍若隔生，音訊闃然，寤思曷極。去臘展誦惠書，猥以悼亡，矜垂甚備，高義仁篤，荷遽相并。重承任公老友厚賻，須逮三百金，周急救困，幽明均感，撫臆論報，銜結深銘。祇以衰病之餘，少稽陳謝，伏惟豈弟之宥，代剖赤情，幸甚幸甚，茲值亡妻營奠有日，敢以赴告，敬求飭送沽上為感。下走集蓼餘年，遭家多難，比來知死知生，彌憎鮮民之痛。昨承寄示子民先生，函訂大學主任金石學教科兼校醫，月廪約四百番

> 錢，禮遇誠優且渥。第念故國埜遺，落南垂四十年，倦旅北還，既苦應接，且聞京師僕賃薪米之費什倍於南，居大不易，蒿目世變，何意皋比，頹放久甘，敢忝為國學大都講耶？業醫賣畫，老而食貧，固其素也。辱附契末，聊貢區區，未盡願言，但有荒哽。

案：此書以戊午正月發，是民國七年也。先生即以是年二月捐館，衰病疲苶，宜其無意北歸。癭公晚亦侘傺，卒年才逾五十，去叔問之歿，不過六年。生無寸椽，殯於蕭寺，寡妻併命，楹書蕩然，文人酷遇，於斯已極。每憶甲子九月，予與辛平視癭公喪於法源寺，輒覺悲從中來，以較樵風身後，又別菀枯，誠汪容甫所謂「九淵之下，尚有天衢，秋荼之甘，或云如薺」者已。

叔問身後，亮集以〈冷紅簃填詞圖〉乞人題詠，弢庵先生題二絕句云：

> 流落江南吾小坡，二窗斷送卅年過。故知一切誰真妄，奈此迴腸蕩氣何。
>
> 三過吳門一面慳，眼中猶是舊朱顏。如何入畫還相避，背坐拈毫對小鬟。

可想見山人早年風度。曾剛甫題云：「西風久下藤州淚，社作今無竹屋詞。解識二牕微妙旨，樵風一卷亦吾師。」剛甫與癭公至交，讀藤州吹淚之句，彌念吾癭庵也。

鄭文焯小城梅枝詞試箋

誰家笛裏返生香，傾國風流解斷腸。頭白傷春無限思，不應此樹管興亡。

到地春風不肯閒，南枝吹盡北枝殘。吳宮多少傷心色，占得牆東幾尺山。

此大鶴山人賦〈小城梅枝〉之起二首也；傷心語，罕見如是淒麗。吳小城，在蘇州，叔問此作，見《樵風樂府》卷九。第九卷雖云起壬寅訖辛亥，然予考卷末〈水龍吟〉小序稱：

昔東坡謂淵明先生《讀史述九章》，夷齊、箕子蓋有感而云。余考其〈蜡日〉篇，發端於風雪餘運，終託之章山奇歌，其詩皆當在元熙禪代時作。時先生年已五十有六，遂以江濱佚老，遯世自絕，其志可哀也已。何意去此千五百餘年，舊國之感，異代同悲，患難餘生，行年差合，今之視昔，身世共之，而變端之來，心存目替，其愴怳殆有甚焉。

而詞中有「落木悲秋，殘尊送臘」語，自是分指八月起義，十二月遜位，是辛亥殘冬所作也。其後〈永遇樂〉，題為「春夜夢落梅感憶因題」，又〈水龍吟〉，題為「人日探梅吳小城，有懷關隴舊遊」，又其後則〈楊柳枝〉八首，是必皆壬子春所作，姑附著於辛亥年者。戴亮集為先生之壻，去年以遺墨屬題，展卷則人日尋梅之〈水龍吟〉，及八首〈楊柳枝〉賦小城梅枝者具在。〈水龍吟〉，凡兩錄，八詠則別寫於淡赭箋，予題兩絕句歸之。案：詞中之陽關曲、欸乃曲、采蓮子、浪淘沙、楊柳枝、八拍蠻六調，皆唐人七言絕句，能歌以侑觴，所謂教坊曲。考郭茂倩《樂府詩集》，王灼《碧雞雜志》，皆言楊柳枝出於古之折楊柳，白樂天、薛能，別創新聲。而歷來詞家註釋此題，皆詠柳枝本意，叔問此作殆變格。然《鑑戒錄》云：柳枝歌，亡隋之曲也，張祜一絕，即楊柳枝。今先生此詞，聲極淒怨，謂為清亡之曲，良是本懷。而《比竹餘音》中，別有〈楊柳枝〉二十六首，悉詠本題。其第二首後二句，云：「不見故宮眢井底，銀瓶長墜斷腸絲。」予意必指珍妃墜井事，已而檢視果為庚子辛丑間作。證以第五首「長條如帶水縈環，難繫離愁百二關。羨爾巢林雙燕子，秋來暫客尚知還。」乃言西狩未歸，兼以唐宋黃巢之亂春燕巢於林木為喻，則前說益信矣。予前記珍妃事，所錄秋深猶咽五更蟬者，乃第十四首也。（叔問後刊《樵風樂府》，此題刪去十一首，存十五首。）人日探梅之水龍吟，亦極悲惋，今全錄之：

故宮何處斜陽，只今一片銷魂土。蒼黃望斷，虛巖靈氣，亂雲寒樹。對此茫茫，何曾西子，能傾一顧。但水漂花出，無人見也，回闌繞空懷古。別有傷心高處，折梅枝怨春無主。隴頭人在，定悲搖落，驛塵猶阻。報答東風，待催羌笛，關山飛度。甚西江舊月，夜深還過，為予清苦。

今年春事苦晚，江梅未動，以廢曆計之，執筆之辰，適為丙子人日。草堂無相寄之貲，花勝乏堪簪之髩，撫時感事，欲有所述，而病未能，咫尺靈巖，亦成隔阻，箋先生此詞竟，悵然滌硯而已。

鄭文焯之樵風別墅

大鶴山人所記之吳小城，實在蘇州城內孝義坊，考《樵風樂府》卷六，〈滿江紅〉小序云：

乙巳之秋，誅茅吳小城東，新營所住，激流植援，曠若江邨，歲晚悽寒，流離世故，有感老杜〈卜居〉之作，聊復勞者歌其事云。

又〈西子妝慢〉，賦「吳小城」，序云：

《越絕書》，城周十二里，高四丈七尺，門三，皆有樓。《吳地記》，引《虞覽家記》云：吳小城，白門，闔閭所作。秦始皇時，守宮吏燭燕窟失火，燒宮，而門樓尚存。是知小城即吳宮之禁門，又謂之舊子城也。歷漢唐宋，以為郡治，舊有齊雲、觀風二樓，竝在子城上，為郡僚賓燕之所，見之唐賢歌詠獨多。明初，惟餘南門，頹垣上置官鼓司更。郡志載：自乘魚橋至金姆橋而東，高岡迤邐，是其遺址。城四面舊皆水道，即子城濠，所謂錦帆涇也。其東，尚有故蹟，號為濠股。今余之所經構，證以圖經，此間乃兼有其勝。五畝之居，刻意林谷，既擁小城，聊當一丘，涇之水，又資園挽，可以釣遊，不出戶庭，而山澤之性以適，豈必登姑蘇，望五湖，始足發思古之幽情耶？分題賦此？因併及之。

據此兩序，似吳小城風景秀異。今考乙巳為光緒三十一年，叔問以七試部堂不售，癸卯歲，始絕意進取，自鐫小印曰：「江南退士」。其明年，王佑遐來蘇州。王之先壠在桂城東半塘尾之麓，因以半塘自號，蓋不忘誓墓意也。叔問嘗謂之曰，去蘇州三四里，有半塘彩雲橋，是一勝蹟，宜君居之，異日必為高人嘉踐。王因之賦〈點絳唇〉詞，見《蜩知集》中。乃半塘於秋間化去，叔問愈增感喟，遂以又明年，買地孝義坊，凡五畝，築室牓門曰「通德里」。秋初落成，遷入。蓋自光緒六年庚辰卜居蘇州以來，至茲二十有五年，而先生年適五十矣。從鄧尉購嘉木名卉，雜蒔庭院，頗擅園林之美。其東高岡迤邐，即詞中之吳小城，復作亭於岡之高處，顏曰「吳東亭」，繞以籬，足供凭眺。孫益庵（德謙），有賀先生新居文，稱「度地新規，洞天別啟，近鄰蕭寺，旁枕清溪」。其後有跋，中云：

> **流寓吳中，愛其水木明瑟，風物清嘉，棲遲者二十餘祺。去禩擇地孝義坊，經營別墅，迄茲落成，足以棲集勝寄矣。其地則崇岡屹立，曲澗前流。東城，吳之故城也，白香山曾有吳東城桂之詠，今先生將闢其後圃，襲此古芬。**

就孫跋觀之，所謂吳小城者，山人華藍繕刱，證以詞中之「山送月來水漂花，出一片吳墟焦土」，可知易荒丘為亭囿，胥賴經營，〈楊柳枝〉中之梅枝，只是園梅餘植，彊村於此，亦有和作，其〈西子妝〉小序「叔問卜築竹格橋南，水木明瑟，遂營五畝。證以《吳郡圖經》，跨流而東，陂陀連蜷，為吳小城故墟，懷昔傷高，連情發藻」云云，亦指此。

樵風別墅，叔問歿後十年，已易主。所謂吳小城者，所謂錦帆涇者，高岡悉夷，殘濠亦堙，別修馬路，名錦帆路，比日太炎先生，即卜居是間。朝市滄桑，事理之常，予懼後來考證吳門勝蹟者湮沒靡徵，將以兩家詞中所指，悉目為蕉鹿之幻，故瑣瑣考錄之。

樵風別墅之石芝西堪簃

樵風別墅，雖已易人，小城帆涇，竝成衢路，而大鶴山人當年誅茅樹屋，猶有逸聞，可資談柄。叔問築園孝義坊之又明年，戊申之秋，於正廳西北隅闢精室三楹，自製〈樵風補築上梁文〉，有敘云：

光緒旃蒙大荒落之年，余既於吳小城粗營五畝之居，灌園著書，寂寞人外，越三年，以石芝西堪隙地數弓，復取新規，拓以茆棟，向陽兩間，約略連簃之制，聊完覆簣之謀。迺簡良辰，上梁迨吉，仿溫子昇體，用作祝文。其詞曰：桂叢之幽，聊可佳留，誅茅西益，善中是謀。巢移一枝，書堆兩頭，蟫翳自欵，計唯周周。既練時日，經始及秋，乃陳三瓦，以應天麻。伐木鶯遷，胥宇燕遊，補我樵風，拓茲菟裘。蔣詡三徑，仲宣一樓。潛顯匪地，宏以勝流，清風作誦，永企前修。

考石芝西堪，是樵風別墅之一簃，今世所傳《石芝西堪筆記》，言金石磁器事甚多，是也。文中所謂「約略連簃之制」，蓋即指此。西堪相傳為連簃制，前後五間，曲房連蜷。至何以取此名，則詩中莫能蹤跡，而實為叔問先生生平奇事。

光緒七年辛巳，叔問年二十六歲，秋得奇夢，游石芝崦，其以「瘦碧」名集，自號鶴道人，或大鶴山人，皆因夢境而然，並倩顧若波繪〈石芝詩夢圖〉，俞曲園、王壬秋為題。叔問詩未刊，今錄其〈記夢〉並序云：

> 光緒辛巳秋七月十三日癸酉，夜夢游一山。洞西向，榜曰「石芝崦」，山虛水深，亂石林立，石上生如紫藤者，異香發越，堅不可采。展步里許，聞水聲潺潺出叢竹間，容裔滉漾，一碧溶溶，世罕津逮，時見白鶴橫澗東來。跡其所至，有石屋數間，題曰「瘦碧」，攝衣而入，簡帙彪列，多不可識。徘徊久之，壁間題「我欲騎雲捉明月，誰能跨海挾神山」，十四字，是去年在西湖夢中所得舊句也，嘗欲補為，卒卒未果，今復於夢中見之，其覺所接者妄，夢所為者實耶？列禦寇曰：神凝者想夢自消，吾勿能勿為夢呪也。翼日瑞其夢而述以詩：西崦石生髓玉芝，狀如赤箭盤蒼螭。洞天晻溘現靈宇，上有綠雲繚繞之。我來非因亦非想，丹材素府崒森爽。天風鼓碎青琅玕，琴筑鏗然眾山響。欲踏蘚石尋幽蹊，元潛出入無町畦。忽從老鶴跡所至，曲房眑眑非塵棲。不知何人題壁去，證我西湖空中句。瑤風可眺不可捫，宛委龍威開奧窟。魂營魄兆神乎形，趾離夜吹優曇馨。古莽早落雨悄悄，坐令合眼遊虛庭。世間萬物何善幻，苦說海枯與石爛。吾道大適無端厓，負山夜走誰得見。

夢境本極迷離，所狀尤邃異，二十五年之後，始得營一室，以此顏之，儒酸願力，亦可哀也。別墅中尚有「齊玉象堪」、「瓶知寮」，諸牓。齊玉象者，叔問二十八歲時沈仲復所贈蕭齊玉造像榜，舊額新榜也。瓶知寮，則築園時所刱。叔問記此事云：

> 光緒丙午年二月，余治園於吳小城之故墟，因鑿井深二丈許，忽有物鏗然，亟令工出之，則一方石，上蓋土缶一，微紺色，兩耳附口，圓徑約三寸強，製甚樸渾。此新穿之井，不知何以有古陶器發見也。按《史記》、《國語》並記季桓子穿井得土缶，其中有羊，以問仲

尼。《太平寰宇記》，桓子井深八十八尺，在曲阜縣東法集寺。今費縣廳治門外，有天寶井銘，宋紹聖四年逢完重立，為之記云，天寶九載趙光乘作銘云，土缶舊得，石幹今脩，是此井為桓子井，可證。嚴鐵橋〈金石跋〉以為《山東通志》云，鄆城內有季桓子井，即此。趙氏據天寶以前圖經，當可信也。今余穿井於園，亦得土缶，而無羵羊之異，因纂銘刻於井榦，挈缾之知，未足多也。

此文雖非穿鑿，其所援引，抑亦張大矣。至冷紅簃之由來，則光緒癸巳，納吳趨歌兒張小紅，別居廟堂巷龔氏修園，為賦〈折紅梅〉詞，而以吳應之紅梅相比。〈冷紅簃填詞圖〉，亦顧若波繪者也。

王鵬運與庚子秋詞

予始得樵風、彊村二家詞，實羅癭同曹時手贈，時在庚戌，癭薄游吳會乍歸也。癭公初住教場二條胡同，是王半塘故宅，所謂四印齋，庚子朱古微曾來同居之，癭公因集〈瘞鶴銘〉題曰「王朱前後詞仙之宅」。後遷廣州會館，仍榜此八字於客廳。尚記是冬癭公絮絮為言，至蘇州得見文小坡，並書贈小坡一詩於予之團扇。彈指二十餘年，癭公歿亦歲星一周，今翻《彊邨語業》卷二〈西河〉小序云：「庚戌夏六月，癭庵薄游吳下，訪予城西聽楓園，話及京寓，乃半塘翁舊廬。迴憶庚子辛丑間，嘗依翁以居，離亂中更，奄踰十稔，疏燈老屋，魂夢與俱，今距翁下世且七暑寒已。向子期鄰笛之悲，所為感音而歎也，爰和美成此曲，以攄舊懷。」即紀茲事。

按半塘《庚子秋詞》，即與古微及劉伯崇、宋芸子所倡和，有寫本，石印行世，詞多小令，涉及掌故者不多。其可紀者，半塘曾以一書並寫諸詞寄樵風，其中乃有名言。且可見爾時圍城中士大夫之心理，今備錄之，王致鄭書云：

困處危城，已逾兩月，如在萬丈深阱中，望天末故人，不啻白鶴朱霞，翱翔雲表。又嘗與古微言，當此時變，我叔問必有數十闋佳詞，若杜老天寶至德間哀時感事之作，開倚聲家從來未有之境，但悠悠此生，不識尚能快覩否？不意名章佳問，意外飛來，非性命至契，生死不遺，何以得此？與古微且論且泣下，徘徊展讀，紙欲生毛。古微於七月中旬兵事棘時，移榻來四印齋，里人劉伯崇殿撰，亦同時來下榻，兩月來尚未遽作芙蓉城下之游，兩公之力也。古微當五六月間，封事再三上，皆與朝論不合，而造膝之言，則尤為侃侃，同人無不為之危，而古微處之泰然。七月三日之役，不得謂非倖免，人生有命，於此益可深信，人特苦見理不真耳。鄙人嘗論天下斷無生自入棺之人，亦斷無入棺不蓋之理，若今年五月以後之事，非生自入棺耶？七月以後之我，非入棺未蓋耶？以橫今振古未有之奇變，與極人生不忍見不忍問不忍言之事，皆於我躬丁之，亦何不幸置耳目於此時，而不聾以盲也？八月以來，傳相到京，庶幾稍有生機。到京已將一月，而所謂生機者，仍在五里霧中。京外臣工，屢請乘輿回鑾，乃日去日遠，且日促各官去行在。論天下大事，與近日都門殘破滿眼，即西遷亦未為非策，特外人日以此為要挾，和議恐因之大梗。況此次倡謀首禍諸罪臣，即以國法人心論之，亦萬不可活，乃屢請而迄未報允，何七月諸公歸元之易，而此輩絕頸之難也？是非不定，賞罰未昭，即在承平，不能為國，況今日耶！鬱鬱居此，不能奮飛，相見之期，尚未可必。足下謂弟是死過來人，恐未易一再逃死。至於生氣，則自五月以來，消磨淨盡，不唯無以對良友，亦且無以質神明。晚節頹唐，但有自愧，尚何言哉！尚何言哉！中秋以後，與微徵伯崇，每夕拈短調，各賦一兩闋，以自陶寫，亦以聞聞見見，充積鬱塞，不略為發洩恐將膨脹以死，累君作輓詞，而不得死之所以然，故至今未嘗輟筆。近稿用遯渚唱酬例，合編一集，已過二百闋，芸子檢討屬和，亦將五十闋。天公不絕填詞種子，但得事定後始死，此集必流傳，我公得見其全帙。茲先撮錄十餘闋呈政，詞下未注明誰某，想我公暗中摸索，必能得其主名。雖伯崇詞於公為初交，然鄙人與古微之作，公所素識，坐上孟嘉，固不難得也。

半塘此書，可分數節詮註。其言得叔問新詞者，叔問於庚子之變，有〈賀新郎・秋恨〉二首，〈謁金門〉三首，最為沉痛。又〈漢宮春・庚子閏中秋〉一首，亦甚悲。戴亮集年譜中，所謂〈謁金門〉三解，每闋以行不得、留不得、歸不得三字發端，沉鬱蒼涼，如伊州之曲，是也。書中所云與古微且讀且泣下者，度是此詞。古微五六月間封事，及造膝之言，則指古微與袁、許等迭奏斥義和團，及召見時古微抗聲力諫，那拉氏大怒，問瞋目大聲者為誰？以古微班次稍遠，后未暇細察，得免，諸事。此節古微行狀墓誌，及晚近諸家筆記，已及之。其言七月三日之役倖免者，則殺袁、許之日也。其論李合肥到京後仍無生機，兩宮無意回鑾，及首禍諸臣迄未誅戮，可見爾時焦盼之意。禍首久之始正法，回鑾，則在次年。其寄示《庚子秋詞》十數首，叔問答以一詞，此詞《樵風樂府》不載。《比竹餘音》中，〈浣溪沙〉，題為「樓居秋暝得鶩翁書卻寄」：「罷酒西風獨倚闌，滿城紅葉雁聲寒，暮雲盡處是長安。故國幾人滄海等，新愁無限夕陽山，一回相見一回難。」是也。

姚茫父風趣

茫父於碑帖金石，夙極究心，其所刻《弗堂類藁》中，詩乙，皆金石題詠之作，可謂專力殫精，好古不怠。作篆隸真草，皆有法度，惜筆勢遒緊，而不能縱。然細字則謹嚴有味，愈細愈佳；茫父書本學歐顏，小字雜以六朝造象風味，故勝。其詩乙一卷中，細註如蠅，皆考古讀碑，所得新義，嗜言金石掌故者，所深喜，然其見解間有固執成見。茫父又喜與人爭，斷斷不少讓，其平生對出土新碑，尤深置疑。其〈題漢刻齊桓管仲畫象墨本絕句〉下小註云：

凡古肆所售，十七八偽而一二真。大抵書畫偽品，多出維揚，金石偽品，多出青齊，近則洛下諸元誌石，猶承其風。拙著《藝林虎賁》，一一考之，然頗為篤信者抗辨。

此說殊是，而在民十左右洛陽出土諸元墓誌，亦殊有絕可疑者在。茫父嘗以前秦廣武將軍譯產碑重出，與周印昆爭辯甚力，任公有校碑攘臂之嘲焉。所居爛縵胡同蓮花寺始終不遷。民國十四年五月，茫父五十，任公作詩壽之，詩排奡詼諧，字字絕妙，不止校碑攘臂等語，直可當茫父小傳讀，知茫父者，必然吾言。詩云：

茫父墮地來，未始作老計。斗大王城中，帶髮領一寺。廿年掩關忙，百慮隨緣肆。疏疏竹幾莖，密密花幾隊。半禿筆幾管，破碎墨幾塊。揮汗水竹石，呵凍篆分隸。弄舌崑弋黃，鼓腹椒蔥豉。食擘唐畫磚，睡抱馬和志。校碑約髯周，攘臂鬨真偽。晡飲來跛蹇，詼謔遂鼎沸。爛漫孺子心，襠蕩狂奴態。曉來攬鏡詫，五十忽已至。髮如此種種，老矣今伏未。鏡中人黰然，那得管許事。老屋蹋穿空，總有天遮蔽。去年窮不死，定活一百歲。（坡詩，「嗟我與君皆丙子，四十九年窮不死」，茫父亦以丙子生。）芍藥正盛開，胡蝶成團戲。豆苗已可摘，玄鯽恰宜鱠。昨日賣畫錢，況彀供一醉。相攜香滿園，大嚼不為泰。

任公此詩，與宰平斟酌久之，始定。唐畫磚，馬和志，皆茫父所喜物。髯周者，印昆，跛蹇者，季常。香滿園，蜀菜館名。唐畫磚同時出土五，茫父得其二，大喜，顏所居曰專墨館，讀任公此詩，茫父風趣，躍於紙上。

姚茫父精曲學

任公詩中，「弄舌崑弋黃」，言茫父能崑曲，又能二黃也。予與茫父同官郵部，予才二十，茫父已三十餘。司長同林，字翰卿，旗族，能歌，與茫父談歌相得，時偕作私坊游，茫父習於諸伶，自同翰卿始也。其實茫父於崑曲浸饋甚深，於曲學尤審，所著《曲海一勺》中，有一節頗似前所舉葉鞠裳之論〈古碑七厄〉一文，亦以駢偶抒論，瀏亮清達，今試摘之。如云：

由此以言，則情之為物，古今無二，所以詭譎，事為之也。故事以演情，曲以演事，事衷于情，而炳於言，左則為史，右則為曲，自曲以外，諸體之文，言情則一。然而騷賦五七言長短句之於情，與有曲之世，疎密繁簡，不可同日語也。曲之事密而加繁，情亦隨之因而變易，不可究詰。而事所由起，厥數孔多。雅之為琴書，村之為米鹽，豔之為裙裾，烜之為冠帶，蠢之為牛馬，靈之為花鳥，或壯麗而為江山，或喧闐而為鉦鼓，或軒昂而為裘馬，或窮愁而為韋布。逸則為麈拂，曠則為簑笠，離則為舟車，合則為酒食。為夫婦之破鏡，為母子之斷機，為朋友之雞黍，為羈旅之翰簡。武則兵解百石，文則策號萬言，旗既萬幕，仗亦千騎，先生杖履留春，老子胡床玩月。時節則春餌秋糕，地產則南橘北枳，典重則鼎彝斑然，怪誕則龍虬宛爾，綜是殊名，以生多故。賦之為物，陳之為彩，（古曰砌末，今曰彩，亦曰切。切者砌末之省文，又砌之減字也。）情因事以寄紛，事因物而結構，凡言舊事，必識故物，一時之製，百思攸託，一器一道，哲人謹焉。第晚近制作，雜而無徵，食貨所不及志，方輿所不違紀，書券則博士閣筆，製題則詩豪罷卷，史既蓋闕，曲久居要。爰有力錐歲華之詞，失名南呂一枝花，詠皮匠套詞。椽屋鬧市之作。元湯菊莊一枝花，贈鑷者套詞；案鑷者，即今之薙髮匠也。院本幺末，勾欄前後之場失名中呂耍孩兒，莊家不識勾欄套詞。窮鬼錢神，田老送迎之態。失名南呂一枝花，田老齋套詞。滌器則傳歌陋巷，失名一枝花，贈妓名玉馬杓套詞，有云，「臨卬滌器，陋巷傳來」。案馬杓即今語馬子，此詞雙關。蹴踘則豔說齊雲。失名一枝花，蹴踘套詞，有云，「富貴齊雲」。又圓社套詞，云「四海齊雲會」，案齊雲，蹴踘社名。儆討蚤之檄，月下星前；失名一枝花，蚊蟲套詞，有云：「愛黃昏月下星前，怕青宵風吹日炎。」續打馬之經，花間樹底。元周挺齋越調鬬鵪鶉雙陸套詞，有云：「四角盤中，三十騎裏，多少機關，包藏見識，席上風前，花間樹底。」挺齋名德清。事紀降獅，失名黃鐘醉花陰，降獅套詞。篇名賭馬，失名南呂一枝花，下大棋，賭馬套詞。既訴牛羊之冤，元姚守中，中呂粉蝶兒牛訴冤套詞，又失名中呂哨遍羊訴冤套詞。亦論鷹犬之價。失名中呂哨遍大打國套詞云，大從來無价。博魚而色勝六渾，元李文蔚燕青博魚雜劇。選珠而囊珍十粒。元失名浮漚記雜劇。馳逐影樓之隊，仵作風流；元石君寶曲江池雜劇，牧羊關曲。有云：「送殯呵，須是仵作風流種。」又賓白中，有云，「他舉著影神樓兒里」云云，可見元人出殯之概。且殯皆曰仵作，今仵作為官衙隸人之一，專充考驗骨之役者，是也。繽紛紮扮之場，村坊雲勝。明李玉永團圓傳奇，看會生嫌齣中敘賽會之勝，既云紮扮故事，又分段鋪寫，令人神遊，如目擊其盛，今京師村坊尚有之，每勝時輒舉語曰過會。清六部吏人當權時，戶部之會，工部之鐙，皆豔傳人口。自光緒二十六年以後，不復見已。據吳梅村序李撰北詞廣正譜，謂其中甲申副車以後，絕意仕進。案明亡之年，正當甲申，前甲申為萬曆十年，後甲申為清康熙四十三年，俱與吳梅村身世不合，則此甲申必為崇禎末年無疑。以此論之，則李當為明逸民，故仍題明人。惟崇禎三月殉國而李中副車，其事當再考耳。（註）推班出色，嘲詼於宣和之牌；明李日華南西廂傳奇，琴紅嘲詼齣譜牙牌名甚備。話玉添愁，欷歔於宜官之帖。清吳偉業秣陵春傳奇，話玉齣，此傳奇予僅得傳鈔齣，今不可復借，前欲尋刊本亦猝不易得也。餘或餖飣雜名，情趣雙關，摹仿眾流，科諢入妙。元曲中集藥名題情之詞甚多，其集雜劇名曲名及常言俗語成套詞者尤夥。而鮫綃記之草相，紅梅記之算命，精忠譜桃花扇之平話，類不勝舉，還魂記之驅使千文，則又雜集之變也。風花雪月，點化于人身；元吳昌齡張天師雜劇。鶯燕蝶蜂，受錄于鬼道。還魂記冥判。雖言不盡意，而隅可反三，農師之埤雅，遜其驪然，茂先之博物，例之蔑己。以言乎事則如彼，以言乎物則如此，總事物之象，供著述之材，散而見之謂之情，會而聚之謂之曲，文物風俗，淵藪于此，此曲之能事，所以令人歎賞者也。昔詩家詠史，體亦滋多，或著雜事，或題樂府，或十字彈詞，或四言叶韻，非拘于雅言，即複于述贊，等為戲弄，無俟褒彈。若夫曲之為言，自成一家，著一世之真詮，極眾生之幻相，既談笑以飾涕泣，亦婉言而行直道。是故人者，天地之心，曲者，人之心也，喻于尸而見祖，將于曲以知天。記曰：惟至誠能盡性以贊化育。古之作曲也，可謂能盡其性以盡人性，盡人性以盡物性者矣，非至誠，其孰能之？

此可謂雖小題亦以巨刃摩天手出之矣。《曲海一勺》者，茫父意謂曲學如淵海，僅飲一瓢之謂。民國六、七年間，有陳萬里創一戲劇刊物，茫父徇其請，為作〈說戲〉一篇，於戲字之起原，言之特詳，蓋好為《說文》經學之考據，猶昔日學者之風矩也。

附註

黃濬論李玉不可能中崇禎十七年甲申副榜，其言甚是，以崇禎十七年本非鄉試之年也。然黃濬之言，實亦有誤，此可由吳偉業所撰〈北詞廣正譜序〉之原文中見之。序云：「李子玄玉，好奇學古士也，其才足以上下千載，其學足以囊括藝林。而連厄於有司，晚幾得之，仍中副車，甲申以後，絕意仕進……。」初未言李玉中副榜之年即在崇禎甲申也。此引書不慎之誤，可置之勿論。

姚茫父題王夢白畫猴人詩

夢白、師曾與茫父，皆摯交，予前曾錄茫父論面具及臉譜，即摘自〈為陳封可題夢白所畫猴人序〉中。今補錄前所未摘者，如下。

夢白數作〈猴技圖〉，而為余所曾題者，並此而三。憶與師曾合作一紙，經余買得，題二十八字云：「游戲風懷妙不言，相將粉墨弄猢猻。誰知一夜斜街火，留與弗堂補燒痕。」此紙師曾有題，已無餘隙，而適有燬損，余研舊紫錠雙鉤書所題詩，色不加濃，而補不顯白，極為稱意。夢白云：「此紙寫竟，為一浙人所得，其人住下斜街，曾遭回祿，故畫為毀損，收破紙者得之，售於小市，余更以重值收得。」又一紙，夢白獨作者，余賦二詩。五言云：「春來了無事，早隨兒童起，呼將竿木人，庭前弄猴子。居然陳百戲，所欲任其使。優孟本寄託，衣冠不足齒。況乃優孟假，跳躍誰汝似。楚人古所笑，由來只如此。」七言云：「嗟爾猴人擅猴技，無端更遇彡道士。為爾丹青加朱紫，肩擔背負行且止。猴爾所依爾猴恃，兩顏慘沮神顧諟。如今度支紊無理，京華憔悴人比比。懷才幾見徵園綺，何因到爾動食指。可憐道士身亦否，逢人笑罵遭毀訾。窮來磨研寫素紙，令我觀之感無已。饑腸轉軸默相視，更無明珠少薏苡。日日仰天長憂杞，景運傳說語殊美。今年甲子極可喜。信有河清吾能俟。眼前群兒或老矣，畫中之人長不死。」彡道士，夢白別號也，此皆去年事。

案：此云去年者，甲子歲也。此是乙丑夏大雨中，芷父所雜寫，其年芷父尚有一詩，題云：

夢白畫猴，人立而騎羊也，衣綵則師曾所為，余更補面具，師曾約同賦詩，未就，先逝。越二年，其子封可，檢得仍屬夢白乞詩。詩云：「靜江寺裏胡孫老，故裔於今當爾雄。假面蒙頭真箇戲，賺人羊背舞衣紅。」小註云：「元末帝幼貶廣西靜江府，寓大圓寺，道有胡孫獻果，群胡孫多至數百，載至所寓寺，長老秋江放之寺後，土人號為胡孫寺。群胡孫自帝北還，復率其類相送，有老胡孫三十六枚，盡日哀鳴，逾數月，皆擲死，見明權衡《庚申外史》。」

此註殊可廣異聞。

周大烈

任公贈茫父詩中，所謂「跛蹇髯周」者，前已釋其言。蹇季常、周印昆兩君皆有瑰志琦行，今與茫父、任公，竝下世矣。

印昆名大烈，湘潭人，陳師曾之業師，三十以前，居湘潭不出門，及為議員，為關監督，已五十餘。初不聞其為詩，晚得詩一卷，迺近六十所作，五言律詩最佳，語羞雷同，時出新意，七絕亦別有一境，蕭疏崛健絕人。晚歲惟往來西山八大處香山及北戴河間，自樂其樂。文不多見，近見所自為墓碑，附一詩一記，此於古無先例，筆墨簡古可喜。碑云：

周大烈，字印昆。少學宋儒學，中遭世亂，欲有所挽救，奔擾十年，無所成，而學亦荒落。六十後，世愈亂，年已衰，乃憤而作詩自弔，且弔其世。病將死，自尋壙地，妻又先卒，葬以待。今精爽已亡，憤心亦竭，錄其尋壙詩於碑陰，略狀生後所抱慚恧。妻同縣袁明瑞，字仲德。自余奔擾於外，未一問家事，事能治，歸，則胥適余意，故猶得苟存。悲乎，其先亡也。

附一詩，題云「於燕城西郊紅石山，尋壙地」。詩云：

步步皆吾土，行行未覺寬。路尋紅石下，山起白槐端。山種刺瑰春間白花畚鍤隨身在，鬚髯拂世殘。

了然無賸處，蓋後只柴棺。

又附〈東四墓邨紅石山壙地記〉，云：

紅石山，在燕城西郊青龍橋東迤北。民國十四年，買山麓地十五畝，築屋，鑿井，種松梧，置守者，以為壙地。距青龍橋二里許，山尾則與橋市相接，能通有無，地則僻而磽瘠，為今日藏骨與守藏者計，或有當耳。壙之背，為紅石山峯，峯背為金山口，西即金山，明景泰帝陵寢在焉。其先即為明世妃嬪皇子叢葬之所，《日下舊聞考》詳紀其事，壙地地望，似當屬之金山。紅石山小，又別無繫著也，然都人及郊民所著稱，乃為山下之東四墓邨。余初至，見壙地前田間有破塚，龐然而大，引導者曰：「此明皇子塚，尚有其三，亦在近地，邨民居其西，故曰東四墓邨。」後閱邵陽魏源《海淀雜詩》注，東四墓，西四墓，正當萬壽山後寶藏庵前，（庵今稱寺，在壙地西北一里。）皆明代妃嬪葬所（見《古微堂集》）。然則東四墓，西四墓，對待成名，與村無涉，而村名所以著稱，仍本之金山東西墓也。十五年袁夫人卒，作壙，先葬。今年衰疾日甚，自撰墓碑，及碑陰為記，附勒於後。昨至墓所種欓樹（土人呼扦松或刺兒松），守者謂村宜桃，亦可增種。魏源詩注，亦云東四墓宜桃，歲供進御，都人多譌董氏墓桃，或東四畝桃。若不即死，當如守者言，令佳菓相繞，別成一境也。

署周大烈再纂書，書法亦奇古。印昆詩印行者八卷，至己巳為止。其後尚有一小卷，陳叔通以寄予，屬為校定，為題一絕句云：

一老湘潭字有神，能從平澹出艱辛。舊京何戀頻回首，只此松間曳杖人。

言印昆晚歲常攜一短笻，徜徉於中央公園松柏叢中也。此是壬申所作，甲戌七月，君遂捐館舍，年已七十餘。時散原先生已北居，與印昆交摯，故予輓詩有云，「平生義寧叟，淚筆料銘幽」。此實湘之畸人也。

蹇季常

季常負一世清名，以民國十九年庚午九月仰藥於石虎胡同。是年予北居無憀，聞耗尤感愴，有詩書簡林宰平云：「黨碑元祐仆為塵，故國秋風鬼錄新。未信高旻真瞀昧，欲焚殘筆謝交親。安禪詞客靈應在，飲藥狂夫意最辛。灑淚寢門非敢哭，寫悲聊寄索居人。」言入秋以來，籍亮儕、姚茫父、蹇季常、章曼仙皆謝世，鄉前輩如卓巴園、王碧棲亦歸道山，故曰：「鬼錄新」。五句，安禪言碧棲，六句仰藥，則言季常也。此詩呋菴觀樺皆以為至沉痛，當時下筆所感，殆尚不止此。近見叔通所為季常墓誌銘，宰平為墓表，皆至婉而切，足以傳季常。叔通所為誌，今節取十之八九，誌云：

蹇季常既葬之明年，余游北平，周印昆（大烈）語余曰：「子知季常審，宜有以銘其墓。」余去年春，亦游北平，君已病偏廢，扶掖而行，豐睟猶曩昔，痛戒酒，意氣未嘗少衰，余尚幸君能全其生，而樂其天也。別數月，君竟以仰藥死，實中華民國十九年九月八日，享年五十有四，嗚呼，酷已。君生平不為空文高論，務見諸行事。少隨父官四川，父歿，以喪歸，諸昆于役在外，家事委君區畫，整肅以睦，鄉里有事，郡守令咸倚君。清光緒庚子辛丑間，邦人士怵於國勢不振，爭游學日本。君入早稻田大學，習法政，貽書勸親故子弟來就學。日本下令取締留學生，君主學生會，學生洶洶退學歸國，君持不可，謂求學將以救國也，毋寧忍辱，於是留者亦漸定。君嘗私憂竊歎，民久失教，國誰與立，縱如日本頒布立憲，苟上下相率以偽，其又焉濟？有持革命之說者，君曰：「是孤注也，不幸失敗，則國人當益憬然於失敗之由，而知所務矣。」新會梁君啟超，居日本，有所述作，亦以立憲詔國人，兩人者，相見甚驩，契合蓋自此始。嗚呼，此有以君為主持立憲之健者，宜若為知君矣，而君之先見固如是，是又知君而未能盡也。歸國後，游奉天、湖北，皆未能行其志。性介潔，無所干於人。河南巡撫林紹年，薦於朝，用七品小京官，分度支部，出為河南副財政監理官。時清廷已以立憲號召天下，貴冑用事，樞臣疆吏，率皆貪冒庸闇，袁世凱稍有才，未幾放還，家彰德洹上。君心知亂將作，世凱必再起，數往說，退而告人；中於習者深，又好自用，未足以語大計。辛亥八月，川鄂發難，全國震動，果起世凱柄政，任君統計局副局長，不就。改建民國，被選眾議院議員。梁君自日本歸，君默察大勢，愈益沮喪，力尼梁君毋預政。國會解散，任肅政使，不就，偕梁君避天津。無何，有洪憲之變，皆如君所逆料。是時群情憤懣，莫敢先發，邵陽蔡鍔，貴定戴戡，修文陳國祥，同在京師，密計走滇黔，舉兵抗帝制，以白梁君，就君咨決。梁君奮臂騰檄，南下西行，君往來津滬策應。世凱病死，兵解，國會再開，君北上，梁君謝政，君亦旋辭議員，蓋又知國難不以袁世凱死而遂已也。自此君常超乎政治之外，然猶時時左右梁君。託於酒，日未晡而飲，飲輒大醉，率以是為常。論者或以君為果於忘世，嗚呼！君固以政治為生命者，豈惟不能忘，日隱恫於中，思所藉手，而世莫之用，亦莫之喻，坐視其遷流所極，而無可如何，貧病又從而厄之，天乎，人哉！君縱不死，抑又奚待？嗚呼，此君之所以死也。

宰平所為墓表，尤詳，今亦節錄之：

君遵義蹇氏，諱念益，字季常，世於黔為望族。自君祖五世不分爨，而父若兄，率游宦滇蜀。君年十五，即總持家政，家中食指以百計，肅然無閒言。光緒乙未，黔歲大饑，君佐黎君庶昌籌賑務，而實負其全責，事鉅細畢舉，全活至眾，時年十九耳。庚子義和團之亂，君怵於內憂外患之不可終日，慨然欲有為以見世，赴日本留學，察其國政民俗。居東數年，學業日進，於時交梁君啟超，畢生為契友，余亦於其時始識君。光緒丁未，與君先後歸國。君以汴撫林紹年薦，入京，得旨授七品小京官，度支部行走。宣統元年，任河南財政副監理官，貴陽唐君瑞銅任正監理官。唐君於君為世舊，知君最深，其初受命，則請於朝，必得蹇某為佐，卒得請，君不獲辭，遂同之官，唐君悉以事聽君主持區處。時預備立憲，推行所錄新政者，方急於整理各行省歲出入，始設清理財政局，每省派清理財政正副監理官各一員，布政使充局總辦，而監理官不隸督撫，直屬於度支部。部臣措意籌款，希恉者每以多輸進為務，君與唐君，主編制預算根本清理之策。河南歲入，大者地丁漕糧田屋稅契釐金鹽稅雜收入，而地丁漕糧則折銀兩，準市價收錢。時每銀一兩，折錢千二百文，縣官所收，則一兩折錢二千四百至三千文，人民額外所納，倍正課，或尚過之。縣辦公費，及上自長官，下至庫吏，供應例給諸費，皆取償於是，餘歸中飽，數百年積弊，無敢問者。君為定規制，經諮議局議決，地丁漕糧等銀兩折錢，以近三年平均市價計算，各縣即以實收之數繳司庫，革除一切規費，而別定縣辦公費，依地方繁簡，分五等，實給縣官廉俸，庚子賠款攤派各縣者，悉免，由清理所得款支付。河南全省歲入，原六百餘萬兩，清理後，蠲除各規費，乃得九百餘萬兩，與其時全省歲出適合，而人民不加負擔，縣官不見賠累，上下便之。我國財政大病，曰出納之無法，曰不脫包辦舊習，君於河南，蓋一舉而廓清之。宣統二年，資政院辦預算，河南成績為全國冠。度支部以河南收入驟增，將提司庫剩款二百餘萬兩內用，唐君力爭，留本省充巡警教育各費，河南新政基礎以立。唐君與君，皆知有公事，無毫髮私見，不急斂巧取，為階進計，獨為地方人民培元氣，其識解操行，豈今日從政者所能幾及其萬一哉？宣統三年，君辭監理官。會武昌革命軍起，君在汴，與同志有所籌計，汴撫某急劾君有異志。（中略）既破賊，袁氏以憂死，國會再集，君欲團結各黨派，屏私見，共定國是，而黨人之相疾相排如故，君奔走卒無濟，戚然痛之，乃並辭議員職。五年冬，蔡君鍔病逝，君益傷痛，日以醇酒自遣，然憂時望治之念，未嘗忘也。六年，張勳復辟，舉事之日，君與余適在北京湯山溫泉，聞變急返，君間道赴天津，余攜其密電本及函電返京。既而馬廠起義，梁君啟超自津赴前敵，君主持有力焉。民國再光復，政象之混沌無殊往昔，識者憂之。梁君歐行歸，厭棄政治，講學清華學校，君時過從，每語時政，輒相與太息。梁君既歿，君益無可與語，向之有託於酒者，至是因得疾，偏廢，非扶掖不能出戶庭，後且滴酒不入口，日張目視天下大亂，君至是乃不得不死。死於民國十九年九月八日，飲安眠藥，先草遺囑，處分諸事綦詳，並大書「從容談笑而去」六字置案頭。嗚呼，君果竟去矣；自非大勇，其孰能是？君蓋非厭世者，將有為以見世，不得竟其志，乃死。君之死，世實殺之，哀哉！死年五十有四，配楊夫人，仰藥殉，後君死十餘日。

季常謁項城，所評：「中於習者深，又好自用，未足語大計。」此三語，極精。近代要人，鮮能逃此例者。其為任公謀最忠，叔通所謂力尼梁君勿預政者，皆事實。使任公先生能皆用其言，著述之能畢其事，當益完且夥也。季常縱酒，實以自逃，任公嘗集一詞聯贈之。上聯云：

最有味，是無能，但醉來還醒，醒來還醉。

是緝自朱希真〈江城子〉，張梅厓〈水龍吟〉；下聯云：

本不住，怎生去，笑歸處如客，客處如歸。

乃以劉須溪〈賀新郎〉，紫仲仙〈齊天樂〉句，偶之，匹仗天成，自為上構。任公方養疴，得此聯大喜，以為逼肖季常，為跋歸之。集詞聯近日已成風氣，任公此製，亦仿自師曾，且見所為小序。季常久客王城，一旦解脫，下聯數語，豈亦微見讖兆耶？

陳伯弢

與彊村、叔問同時為詞，有陳伯弢，其密不如朱，爽不如鄭，而疏快處近於稼軒，亦楚豔也。伯弢以知縣聽鼓江南，其遇不如叔問，身後《裒碧齋》一卷詩，則蒐輯差完。其雜記頗有瑣問關涉掌故，中有一則云：

歲辛丑，余需次江寧，僦居烏衣巷。一日飲集同人，待俞恪士觀察不至，旋以詩來辭云：「寒風吹腳冷如冰，多恐回家要上燈。寄語烏衣賢令尹，醃魚臘肉不須蒸。」「轎夫二對親兵四，食量如牛最可嫌。轎飯若教收折色，龍洋八角太傷廉。」轎飯，京師謂車飯錢，雖每名只犒一角，然南京宴會如座客有道臺五七人，親兵之外，尚有頂馬繖夫，開銷動輒百餘名，跟丁則每名倍之，或竟有需索者，廉員請客固不易也。

此節雖瑣瑣，然極見承平風味。車飯錢京師只一角，此是辛丑間事，至甲辰以後則皆兩吊矣。南京宴會，道員傔從之眾，視今日尤侈，唯有海上富豪多保鑣者，始類此也。觚庵先生爾時正以道員辦將弁學堂於金陵，正伯弢所謂有親兵頂馬者。俞寓，當是芝蔴營三號，今年稚暉先生，於《東方雜誌》所著回憶一文內及之，此咸可備他年志坊巷故實者之撏撦。伯弢嘗謂中國人有三貴徵：小辮子，近視眼，怕老婆。又謂中國人有三不和：前後任，大小妻，正副考。語妙意賅，俗汙而人人不合作，於此可見。

散原老人致陳伯弢書

伯弢諱名盛松，字伯濤，應試名銳，又字伯弢。予近見散原先生致陳書兩通，皆書作伯濤者，其詞嘲詼俶詭頗有味，蓋隨筆狎嘲者，故為錄之。其一云：

伯濤仁弟有道。秋盡相別，曾枉惠音，徒以惡劣，新吟未就，恐蒙誚讓，遂爾不報。仲冬之月，適有鄙事，言歸故山，歲謝雪殘，乃憩湘上，重覽箋素，失喜狂奔，僮奴驚救，搶攘大擾，彌久得甯，若有契悟。蓋伯濤操尚，雅媲容甫，今為貢士，又與之同，當益自負，可喜一也。平居瑟縮，不出里巷，試貢上都，連翩川路，沽酒長安之市，留吟申報之館，重伯噤聲，實甫讓美，可喜二也。通隱何生，於君同命，淪顯之應，謂託樞管，既言有徵，神理不貳，眉目揚揚，儼列榜譜，令君聞之，嫣然齊矧，可喜三也。夫三喜無訛，一春又集，銀魚獻盤，海參堆案，吁嗟伯濤，能無感乎？思賢執經，玉池老人，業置一席。皇清鉅典，五貢不與，通隱纂之，蕭蕭弟子，白香足恭，庶可忖度。玉池於君，情悃盎溢，眷眷不倦，愛才之德，邈焉寡儔，所屬永久，逶迤在慮。世變如雲，千狀萬態，以機相遇，或可控摶。近詩六章，聊用相媚，文舟來顧，踴躍候之。初春伏叩侍奉萬福，幸鑒區區，兼以名篇示我。學兄三立頓首。

其二云：

伯濤大弟。昨歲誦手筆，蔚矣其文，頗欲暢衍教法，用證玄論，而木德金神，各自為家，不可思議，故不可湊泊。五祖渡江，占偈云，我打汝就是不打汝，想耆然以解也。頃還自平江墓廬，璞元傳唐君私牘，特書武陵陳伯濤，病將不起，屬轉告二三相知之士，以志訣別，瞠目久視，為之涕下。死生亦大矣，伯弢如果有此，天地山河，人鬼兒女，草露萬物，不知省卻若干歪纏，若干議論，況列同遊，能無痛乎？旋聞轉危，又以自壯，謂世間有窮愁之阱，奔波之海，言語文字之障，天生伯濤，當使歷盡諸苦，不容墮地三十年，稍稍領取，便許解脫，君亦宜善承天意，行且與吾輩相見，又作計較也。世丈復不第，為之氣短，留京還里，何去何從，至以為念。夢湘先咷後笑，然不免為徐娘之風韻矣。恪士白摺生平未完一本，鄙人迺殫精三年，字過十萬，而一等二等，懸絕如此，豈保和殿上果有寫字鬼，能作威福耶？君生計行止，何以自謀，年內可一為湘中之游否？人生集散，即數千年亦如駒隙，願努力毋忽，眠食保衛，猶其餘事耳。三立脩禊之事，幾貫清流之禍，怪君名士，獨倖逃法網，可恨也。譚僕才高而氣傲，好倨侮賢士，與足下大略相類。昨宵詰其去止之故，譚僕泣曰：忠臣不事二君，吾與主誼關休戚，誓不能棄如脫屣，貽笑千秋。言訖慷慨起舞，髮上指，目眥皆裂。噫，可以知其志矣。恥老者既不得進取，頗遷怒於其僕李漢，嘗罵曰：本老爺萬里相攜，途費糜數十金，今汝不能為老爺一解憂思，乃敢累本老爺帶汝還故鄉耶？噫，又可以知其志矣。復頌伯濤尊兄名士大人恕安，立白。

此是散原先生五六十年以前手札。其中人名如玉池老人、重伯、實甫、恪士，世所共知；通隱度是何慶瀚，蝯叟之子也。思賢，是書院之名，郭筠仙時為山長；白香，是鄧彌之字；夢湘，是王以慜字；世丈，即言伯弢之尊人。世傳伯弢父子爭拔貢，伯弢之太夫人助其兒，陰取其夫稾中筆翦去鋒，及入場，草稿畢欲繕，發稾大怒，擲筆而歸，大詬曰：「自己丈夫得拔貢，豈不光彩，何事相助他人之丈夫耶？」遐邇稱為笑談。

曾剛甫

癭公既歿，葬於西山祕魔崖前，蓋譽虎等所營卜也。葬之日，初夏而有雷雨，北地所罕覯。晦聞、剛甫及予皆預，予詩起云：「有雷填臨巖，有雹助搯土。吁嗟山之阿，啜泣雜靈雨。」檢晦聞詩，亦云：「午雷飛雹助凄其，天與愁陰入地知。」並言此，獨剛甫無詩。此時見剛甫顏容瘁槁，不久即下世，及今思之，當為最後一面矣。剛甫、晦聞皆粵人，剛甫輩行較長，思想亦有新舊不同，而有特操則同。揭陽姚君慤（梓芳），予之同學，剛甫之同縣也，近為剛甫譔傳，略云：

> 光宣之際，吾國學者，論海內詩人，于廣東必舉曾剛甫。剛甫名習經，號蟄庵，剛甫其字，揭陽棉湖人也。兄弟四人，長譔甫，剛甫次居三。少從譔甫學，光緒戊子，張文襄闢廣雅書院，選郡縣高材生講肄其中，剛甫兄弟並與選，同游梁文忠之門。當是時，文忠雖罷官，而直聲震天下，詩名尤洋溢嶺海間。剛甫于辭于聲，若天性然。既肄廣雅，百學靡不闚，而于詩益寢饋不厭，偶有所作，芳馨悱惻，醰醰醉人，文忠驚異焉。己丑與兄譔甫同領鄉薦，逾年偕赴禮部試，登庚寅科進士，旋分戶部，居京曹殆廿年，晚始補給事，累遷至度支部右丞。任右丞時，主計重臣倚畀甚至。各行省奏咨到部，或准或駁，動中肯綮，見者知出剛甫手。其他如改鑄銀幣，創辦稅務學堂諸要政，擘劃尤精，蓋政聲爛然矣。宣統三年，

遜清讓位，詔書未下，前一日，剛甫毅然先引退。有詰之者，剛甫曰：「吾行吾心所安而已。」其後買田楊澧，與三數遺民耦耕其間，每乘農隙歸省太夫人。旋復北行，往來京津，治田功不輟。田屢不逢歲，則斥其所藏圖籍書畫陶瓦以易米，往往不給，而剛甫嘯歌自樂，不尤不怨、不歆不畔者十五年。鼎革之始，神奸張彀，思羅剛甫自重。剛甫不惡而嚴，巽詞自免，而凜然示之以不可辱，大義炳然，可訊萬世。以丙寅九月十八日卒於宣南郡館，年六十，梁任公、葉玉虎二三故舊等，為襄治其喪。其手寫詩一冊，於是年六十生日手屬任公曰：「子為我定之。」逾年任公為之序，玉虎為影印，署曰「蟄庵詩存」，其蟄庵詞刻，見朱彊邨《滄海遺音》書中。剛甫治詩積四十年，未嘗間斷，僅成一卷，趨公之暇，視詩若性命，然不輕下筆，間或吟詠，厚自掩藏，尚絅惡文，非至親暱，未窺全豹，及全稿流布，得之者若瓌寶。論者謂其詩境凡三變，晚年所詣，幾入陶、柳聖處，此論當與天下後世共定之。余交剛甫久，以少不習詩，故亦未及與剛甫細論也。壬子出都，剛甫手寫八九月所讀書題詞十餘首見詒，余讀罷，以為學人之詩，與才人之詩，向畫鴻溝，不易並久矣，得此則眾流一源，學問情性，悉經陶冶，可砭時流無讀書之識，而敢於為詩者，蓋非此不能見剛甫之學，即不能讀剛甫之詩，剛甫歎為知言。任公與剛甫交最摯，嘗題其遺象曰：「卓犖之才，而示物以無競。介特之操，而予人以可親。其施於政事者，文理密察而不損其器識之俊偉。其發為文辭者，幽怨悱惻，而愈顯其懷抱之清新。既不能手援天下之溺，則歸潔其身，年四十四全節以去，六十而返其真。嗚乎，此揭陽曾剛甫右丞遺象，有清易代之際，第一完人。」其傾倒剛甫至此，讀此，亦可識剛甫持躬、制行、治學、從政之大凡矣。

案：君懃此傳，大致取材於任公先生之〈剛甫詩序〉，君懃以古文筆法翦裁之。予意任公序文更真摯，今節錄任公序中一段，以見梁曾交誼。梁序中云：

當其盛年，鞅掌度支，起曹郎，迄卿貳，歷二紀餘，綜理密微，一部之事皆取辦，蓋在清之季，諳悉食貨掌故，能究極其利病癥結者，舍剛父無第二人。及清鼎潛移，則于遜位詔書未下之前一日，毅然致其仕而去，蓋稍一濡滯，忽已處於致無可致之地，獨先幾以自潔，如彼其明決也。鼎革之際，神姦張穀，以弄一世才智之士，彼固夙知剛父，則百計思所以縻之。剛父不惡而嚴，巽詞自免，而凜然示之以不可辱。自剛父之在官也，俸入外既一介不取，且常以所儉蓄者，周卹姻族，急朋友之難，故去官則無復餘財以自活。剛父泊然安之，斥賣其所藏圖籍畫書陶瓦之屬以易米，往往不得宿飽，而斗室高歌，不怨不尤不歆不畔者十五年。嗚乎，剛父之所蘊蓄以發而為詩者，其本原略如此。昔太史公之序屈子也，曰其志潔，故其稱物芳，蟬蛻於濁穢以浮遊塵埃之外，喻此志也，可以讀剛父之詩矣。剛父長余六歲，其舉鄉試，於余為同年。余計偕京師，日與剛父游，時或就其所居之潮州館共住，每瀹茗譚藝，達夜分為常。春秋佳日，輒策蹇並轡出郊外，攬翠微潭柘之勝，謂此樂非褦襶子所能曉也。甲午喪師後，各憂傷憔悴。一夕對月，坐碧雲寺門之石橋，語國事，相抱慟哭。既而余南歸，剛父送以詩，曰：「前路殘春亦可惜，柳條藤蔓有嗁鶯。」又曰：「他年獨自親調馬，愁見山花故故紅。」念亂傷離，惻然若不能為懷也。余亡命十餘年而歸，歸後屢值世難，不數數相見。剛父雖謝客，顧以余為未汩於世俗也，視之日益親。去歲六月，剛父六十生日，余造焉。甫就坐，則出一卷相屬曰：「手所寫詩，子為我定之。」余新病初起，療於海濱，將以歸後卒讀，而有所論列，歸則剛父病已深，不復能相譚笑矣。

任公與剛甫交，視君愨為深且篤，行文中亦有濃至情味，尤任公所長也。剛甫所為〈王子八九月所讀書〉題詩凡十五首，早著錄於《石遺室詩話》，其中可分為三類，第一是說詩妙諦，第二是參禪見地，第三是自述懷抱。如題《謝康樂集》一首，自註云：

> 康樂詩，記室贊許，久矣。至其製題簡淨，正復妙絕今古，倘張天如所謂出處語默，無一近人者耶？柳州五古，刻意陶謝，兼學康樂製題，如湘口館瀟湘二水所會，登蒲州石磯，望江口潭島深迴，斜對香零山，等題，皆極用意，惜此旨自柳州至今無聞焉。不賢識小，正爾慚皇，後有大雅，或哂我南人學問，有牖中窺日而已。

如《柳河東集》一首，自註云：

> 柳州五言，大有不安唐古之意。胡應麟舉南磵一篇，以為六朝妙詣，不知其五言諸篇，多摹大謝也。有唐一代，刻意大謝，柳州一人而已。

如題《元次山集》一首，自註云：

> 唐文蹇澀，極於樊宗師，開其先者，次山也。然次山究為雅正，所編篋中詩，如沈千運、孟雲卿等六七人，咸與次山同聲氣，蓋於唐古中，自為一格，非盧玉川、馬河南比也。皇甫持正心儀次山，而以其碎為可惋，不知次山固自成為一種狷介文字也。

如題《譚友夏集》一首，自註云：

> 竟陵公安，世斥偽體，然明自隆萬以降，摹擬剽竊，流弊萬端，楚風一扇，變而之詭儁纖巧，文章關世運，蓋至是明業亦衰焉。世無鉅子，而悍言變法，多見其不知量而已。至小品

文字，間亦冷雋可觀，又不容概沒矣。

皆說詩論文之最精細語，可列為第一類。其題靖節〈桃花源記〉一首，自註云：

桃花源記，是性境現量，所謂三界唯心，萬法唯識也。

其題《王右丞集》一首，自註云：

予官右丞時，何翽高以詩戲之曰：「此真詩人官職也。」自慚文質無底，何敢比輞川？特以夙敦禪悅，於公似有同情，萬一他時有會處，則某甲雖不識一字，要須還他堂堂地做個人。

此則禪門見地，與述懷者。然予尤愛其讀〈穆天子傳〉一首，自註云：

我徂黃竹三章，眷念民瘼，其詞甚哀，又繼以自數其過，此祖宗仁厚開基之澤也。穆王此節，便應獲歿祈宮，雖有徐偃，其不足以搖天下，明矣。然於此見當日遨遊，實鮮樂趣，非止居樂甚寡也。

此段見解，似前人尚未道過，議論亦甚透澈。任公歸國時，剛甫賦詩，有「更生強聒曾無補，楚老相逢泣已遲」云云。其早歲所作，極哀豔，至宣統後始變。壬子，是民國元年，此時剛甫已辭官杜門，正其從岑嘉州、柳子厚諸家脫化筆致時也。剛甫歿後一年有餘，予返舊京閒居，追懷舊輩，以周沈觀（樹模）、吳印丞（昌綬）、張子武（其煌）及剛甫四人為涼夜追悼詩，各系一律。其悼剛甫者云：「陳（簡持）羅（癭公）潘（弱海）麥（孺博）各山邱，老柳楊漕又隕秋。會葬逢驚顏爾瘦，登樓言在夢成休。普賢行願終相度，溫尉金荃那許儔。誰信生平秋玉志，百篇哀麗為神州。」附識於此，以見文字交期不易得也。

麥孺博與潘弱海

彊村有〈寒夜同麥孺博潘弱海〉一詞，調寄齊天樂，起云「黃昏連樹拳鴉噤，江寒笛聲不起。擁葉驚波，呼風斷角，淒別歸鸞千里」者，極淒峭之致；孺博，弱海，所謂粵兩生，自戊戌以來，負江海盛名。予曩以癭葊之介識兩君，弱盦不過數面，曾欲共游潭柘，不果行，孺博則過從稍多。憶民國元年、二年間，燕都宴飲，多在嶽雲別業之嶽雲樓，或畿輔先哲祠後之遙集樓，予與蛻公，蓋數陪文酒。一日陳簡持（昭常）招飲，憑闌望西山，黯然如將夕，君掀髯語時事久之，與癭公言，是少年蓋可談者。重感其言，君既逝，予輓以詩云：

疏肩廣顙美髭鬚，平世觥觥見此儒。黨錮早年收郭泰，隱居晚節況王符。登樓曾共神州歎，覽逝真愁海水枯。莫倚層闌數陳迹，江楓千里正愁予。

即言及此事。今觀彊村翁〈水龍吟〉輓孺博云：

峨如千尺崩松，破空雷雨飛無地。京華游俠，山林棲遯，斯人憔悴。

可知蛻盦之志節。弱海以民國四、五年間，佐江蘇軍幕，假兵符趨黔桂，興義師以討袁，袁以重金購捕之，乃走香港，匿亞賓律道康南海宅，悲憤嘔血死，後蛻公約二、三年。狄平子數錄兩君詩，蓋猶其四、五十前後作。今歲映奄錄其寄魏匏公天津〈木蘭花慢〉，中有云：「途窮我今不慟，且閉門種菜託英雄，萬里俱傷久客，百年將近衰翁。」此當是入民國後作。蛻盦弱盦，俱以橐筆為生涯，晚年侘傺。弱盦恢奇有壯志，蛻盦則文章獨茂。兩君生嶺外，而滯海上，匏公浙人，而客津門，故云萬里俱傷久客。嶽雲樓，後改張文達（百熙）公祠，近又改為校舍矣。

魏匏公

弱盦詞中之魏匏公，即山陰魏鐵三，振奇人也，不可不記。

匏公名鹹，與蜕盦弱海至相善，博通史籍，無所不覽，能為唐中晚詩，宋明文，及制藝；尤工倚聲，長短調及南北曲皆精善。又工書，法北魏，能以龍藏寺體作小楷，如半黍大，於大小篆籀隸字鐘鼎，又咸擅之。健談，好飲酒，於星卜雜技，罔不通曉。至如箏、笛、琵琶、胡琴，以暨崑徽弋黃諸歌曲，皆嫻熟如夙授。於武技，通易筋經諸拳法，有神勇名。凡上述諸藝，匏公皆綽綽游刃有餘。予初識匏公名，在光緒三十四年。爾時平子在《時報》始為《平等閣詩話》，中錄匏公〈感事〉二詩，所謂「羽檄西馳日，戈鋋北伐時」云云者也。一日侍先君坐，語及匏公，先君曰：「匏公於吾家為世交，其尊人潤亭先生，游幕粵西，於汝王父有通譜之雅。吾嘗獲覘其儀表，鐵三則於公車始識之，述先事至相得，今又久不相見矣。」因述匏公軼事數則。其後予與瘿公日相過從，益耳熟匏公名。

匏公初名龍常，字紉芝。其父潤亭先生，名德潛，避洪楊亂，游幕粵西。匏公生十餘歲，即以拳術著，最善七節鞭，及壁虎工。壁虎工者，能以背游，緣牆壁以上。當時金田亂後，粵西豪客最多，匏公身負異技，二丈高樓，能聳身躍過，於是群奉為首領。一日於市中平人之不平，或愬於潤亭先生，大怒，嚴責之。匏公跪而自投，斷一指自食之，誓不與少年游。由是折節讀書，以光緒乙酉舉於鄉，傳聞其某次入京會試時，與友人俞某同號，俞竊閱其卷，襲其意作兩文售人。主者初定匏公為元，已而購俞文者中式第十二名，而匏公以雷同故，抑置第十三名。副者爭曰：「此卷若不掄元，寧使俟下科。」遂落孫山。匏公竟掉頭去，絕意於仕進。又不樂家食，游幕四方。曾主譚文毅、鹿文端幕，繼為袁項城岑西林所禮，數電相召，然皆不就。足跡西歷甘肅，東窮遼瀋，晚乃蟄居津沽。革命後，以鬻書為生。丁巳正月初五日大醉歸，自撰碑文，書於黃紙，字三寸見方，且召兒輩屬後事。碑曰：「其國無清，其人無名，其生庚申，其死丙丁，其籍山陰，其葬天津，後世子孫，曷視此塋。」九月十五日無疾而逝，年六十八，前半小時猶與徐芷生、張燕孫等豪談，及卒，視其日則丁丑也。

匏公軼事可傳者甚多，記先君所言，某歲公東附輪北上，一西人侮華傭，匏公怒，直前毆之，一拳而仆，匆遽無計，見江中別有一船方鼓輪行，竟超躍而過，兩舟相距六七丈，見者皆咋舌。又聞癭公言，方項城任總統時，匏公在津與雲臺同席，偶談時事，有咨嗟追念者，匏公面雲臺曰：「此須問君家父子耳。」聞者心悸，而匏公任氣如故。晚喜與伶人游，一時名優，皆賴其煦掖成名。身後甚貧，亦與麥、潘相似，而長君公孟能克家，則又逾於癭葊所遭矣。

李曉暾

仲恂出示《暾廬類藁》一册，日記二册。暾廬者，寶慶李曉暾（世由），此其畢生著述之僅存者也。予雖未識曉暾，而故友劉蘧六數稱之，汪允宗、劉龍慧亦極述其耽深佛學，貫穿文史。今觀類藁中，如〈國粹學報第三週年題詞〉、〈擬設國文專修館敘〉、〈與吳江紳士論縣志徵訪事宜書〉，皆博淹中，間出精語，蓋弘通儒釋之學人也。詩稿則僅存戊戌至壬子數十首，有與黃季剛、陳佩忍、諸貞長、梁公約倡和詩，皆甚佳，而陪陳散原數詩，如「萬變寄孤絃」，如「排闥遠山隨客入，傲霜叢菊著花纔」，甚有絃外味。其〈書樓獨坐〉一律云：「舉世祇圖宵夢穩，壯年已悔杜門遲。乾坤何日能相捨，秦漢精魂偶見之。得失一官心冷熱，死生萬劫佛慈悲。扶欄了了中原影，賸取孤山認故知。」則有見兀奡沉摯之氣。君為李忠壯公臣典之孫，又為楊仁山先生高足，以將種學佛，於詩中可覘其氣象。居金陵甚久。有〈園居即事〉四首，小注云，「仁山師深柳讀書堂，隔牆可見」，又小註云，「近居巷名松濤巷」。又有〈閣望〉五律一首，下小注云：「余居金陵評事街政聞報社，院之左右，各有閣三層，係洪楊時遺構，暇輒憑眺其上。」此二詩注，可見先後寓居蹤跡，亦可為金陵坊巷增一談掌故資料也。

夏午詒詩中所記端方入蜀詩讖及彭玉麟軼事

夏午詒年丈，曩於民國初元，曾數同文讌，又數於晳子座間奉手，樊山最稱其詞，予所見不多。十餘年間，縱跡契闊，但知其夙耽禪悅，晚益精進，近歲詣閩之鼓山湧泉寺訪尊宿，有《鼓山受戒記》，歸而怛化於滬上而已。比從叔章獲睹其未刊詞稿，製題仿賀方回例，詞亦摩南宋之壘，湘綺之傳衣也。從詞中得兩遺聞，可資諷憶。

其一、則端陶齋入川之詞讖。陶齋奉命入川，午詒隨行，次永川，午詒題一詞於驛壁，結句為「付驛庭花落，他年此際消魂」，陶齋見之大不樂，不久遂被殺。午詒詞中，此題為「驛庭花」，注：「永川驛寺題壁，答朱三雲石，調寄高陽臺。」詞云：

鼓角翻江，旌旗轉峽，益州千里雲昏。有客哀時，江頭自拭啼痕。誰知鐵馬金戈際，共閒宵，細雨清尊。喜風流詞筆，人間玉樹還存。是非成敗須臾事，任黃花壓鬢，相對忘言。虎戰龍爭，幾人喋血中原。莫隨野老吞聲哭，縱眼枯，不盡煩冤。付驛庭花落，他年此際消魂。

以詞言，殊悲涼慷慨，而下半闋何以作如是語，殆所謂莫之為而為之，言為心聲，或機倪之先露也。陶齋既殂，午詒有「揚州慢」一詞，題為「西州引」，注：「出資州作」，則聲與淚俱矣。詞云：

上將星沉，戟門鼓絕，大旗落日猶明。聽寒潮萬壘，打一片空城。七十日河山涕淚，霜髯玉節，頓隔平生。剩南烏遶樹，驚回畫角殘聲。　伏波馬革，更休悲螻蟻長鯨。料魚復江流，瞿塘石轉，此恨難平。惆悵江潭種柳，西風外，一碧無情。祇羊曇老淚，西州門外還傾。

陶齋功罪自待論定，而以地位言，午詒與陶齋關係言，爾時環境言，則「七十日河山涕淚」，自屬實寫，蓋清亡，首尾不過七十日耳。其後午詒居北京，有〈淒涼犯〉一詞，題為「古槐」，註：「忠敏故宅」。詞云：

古槐疏冷門前路，山河暗感離索。幾回醉舞，黃花爛熳，半頹巾角。風懷不惡。況人世功名早薄。甚青山不同白髮，此恨付冥漠。公〈西山〉詩：「白雲自謂能霖雨，如此青山不早歸。」　三峽啼猨急，一夕魂消，驛庭花落。」公奉命入蜀，軍次永川，余題壁詞有「驛庭花落，他年此際消魂」之語，公見之黯然不懌。未及一月，資中兵變，公遂及難。夢歸化鶴，忍重見人民城郭。樹鳥嘶風，似當日龍媒繫著。恨侯嬴不共屬鏤，負素約。」

讀此詞竝注，於前後情事瞭然。案：端陶齋故宅在細瓦廠，有古槐一樹，樹鳥兩句，頗有情致。陶齋幕府夥頤，而午詒獨有侯嬴屬鏤之語，交情可見。

又其一，則彭剛直軼事。

午詒詞中，有「英雄老」一題，註：「和湘綺師題鄭幼惺分巡醉擕紅袖看吳鉤圖，調寄采桑子」，詞有序甚長，序云：

往從湘師船山，頗聞衡陽彭剛直尚書軼事。剛直孤峻自喜，朝廷雖以舊功加禮，久亦忘之，年六十，至不為賜壽，每有建議，恆為樞近抑置。名以本兵巡閱長江，實無一兵。甲辰法越之衅，抗疏請行，自知無以一戰，徒欲得當以一死報國，而竟不得戰死，鬱鬱以終。湘師為之志墓，稱為獨立不懼之君子，可哀也已。長沙鄭幼惺先生，叔進侍讀之先德也，為剛直記室。嘗從剛直虎門軍中，主戰疏稿，其所作也。議戰報罷，先生為〈醉攜紅袖看吳鈎圖〉見意，凡以自抒忠憤，亦實為剛直發也。是時兩廣總督為南皮張文襄，力張和議，與內旨合。剛直但以己意言事，宜其孤立無助也。剛直大功，始自小孤一戰，自作鐃歌云，「彭郎奪得小姑還」，詞中所云「小姑吟罷」者也。微之亦似有指，引《會真記》為隱語，但無以實之，亦不必鑿也，幼惺先生，初從湘陰左文襄甘涼軍間，故有醉罷葡萄之句，紅蕉末利，則皆廣州所有耳。侍讀前輩以題詞見示，《湘綺樓詞》中未載，故錄存之：「小姑吟罷英雄老，再起南征，卻恨餘生。淒斷琴聲雜鼓聲。微之也悔從前誤，誤了鶯鶯，莫誤卿卿。可惜風流顧曲名。書生卻有元戎膽，醉罷葡萄，笑對紅蕉，末利花前宿酒消。思量冷落吳鈎劍，重把鐙挑，細取香燒，一卷兵書付小喬。」

午詒原詞二首：其一云：

太平無事尚書老，閒殺江東。退省從容。贏得騎驢夕照中。粗官畢竟成何事，不是英雄。也解匆匆。祇合香山作臥龍。

其二云：

相如未老文君在，負了花枝。愁對金卮。況是江南三月時。家亡國破成詩料，一榻輕颸，兩鬢霜披。惆悵微之與牧之。

詞後午詒尚有短跋云：

後詞奉調侍讀前輩。湘師詞，有「平生不解，江南才子，家亡國破，都成詩料」。退省庵者，剛直巡江至西湖時居之。湘師為題楹聯云：「花草野庭開，居士心閒來放鶴。湖山行處好，聖朝恩重莫騎驢。」

案：彭剛直書札，前已掎摭及之，讀此詞序，可以見剛直晚年祈死之壯志，而《廣雅堂詩集》中輓剛直詩，南皮自註言契合剛直，殆有不實不盡者在。以事理揆之，南皮主和者，為迎合西后意，至剛直嚄唶宿將，則貌為優禮，勿忤之，亦大官之慣技也。剛直西湖退省菴聯牓，今不知尚存否？湘綺喜為楹聯，此聯側重用騎驢兩字，僅取工穩，不如午詒所舉「平生不解」三句詞語之爽辣。夏詞不詳何時作，其跋稱奉調侍讀前輩，殆言叔進先生新納姬侍事。叔進今年已七十一，則此詞之作，必在光宣間矣。

瞽人王玉峰

明沈德符《敝帚齋餘談》，記京師有李近樓者，幼以瞽廢，遂專心琵琶，其聲能以一人兼數人，以一音兼數音。嘗作八尼僧修佛事，經唄鼓鈸笙簫之屬，無不并奏，酷似其聲，老稚高下，曲盡其妙，又不雜以男音，一時推為絕技。不意遜清季歲，京師又有瞽者王玉峰，亦以三弦作諸聲，并能度崐黃各曲，生旦淨丑，鑼鼓弦索，樂聲歌聲齊作，皆能各盡其妙，了了不爽。尤神者，則作西洋軍樂銅鼓聲，喇叭聲，維肖維妙，又間以士卒之步伐聲，槍聲，馬聲，聽之歷歷，尤酷似西人之兵操，幾忘其出於三弦也。王故已二十年，聞頗有人能傚其藝，然終遜其精。予於音學非所諳，以理度之，必心手嫻熟，以弦為聲帶，故能作眾音。然人人皆有聲帶，顧引喉發音，不能同時併發，若《聊齋》所紀口技者，則以三弦代聲帶，不尤難乎？

故友人劉天華，半農之弟，留學西洋，專攻音樂，博淹東西樂器，予曾聆其提琴諸作，皆絕妙，但亦不能如玉峰三弦發音之複雜。蓋治科學者，有一定之原理原則，而吾國人雖不諳定理，但練習久之，得心應手，自成絕藝，亦暗與科學原則吻合，所謂經驗也。

何剛德

何平齋丈（剛德），近捐館舍，年逾八十，喬木日凋，良滋歎息。比見公渚輓詩，有「潛郎名進士，饞守舊清官」之句。注云：「弢老贈聯云：十五科前名進士，二千石裏舊清官，蓋紀實也。」

平齋以戶部掌印，外簡知府，在當日戶部司員，以廉幹名。生平極喜詩鐘，字斟句酌，銖兩悉稱。詩鐘始於吾鄉，號為折枝之戲。其始十四字行於鄉里，而七言絕句擊缽張於京僚，所謂榕陰堂缽集者，自道光末已盛，郭遠堂先生（柏蔭）尤喜之，至光緒末猶然，及宣統初，弢庵先生再起，風氣始一變。鐘盛於缽，以弢老最工此，號為鐘聖。其所作上下風味，表裏故實，五雀六燕，勢均力敵，而又儼為詩中斷句，可資吟諷，非南皮、節庵所及，易樊更無論矣。平齋所作不逮，而鑒別亦極精覈追琢。予雖晚出，得陪缽集鐘會，亦近三十年。猶記某歲燈社，以老杜詩中之「儒衣山鳥怪，地隔望鄉臺」兩句，分嵌第二字至第六字，而衣隔之第三唱最難。予以「微之隔是」，對「夾漈衣挨」，成一聯。燈社鐘聯，例刊寄內外，平齋方在江西道署，密圈加批，謂衣隔兩字，必如此實做，始不畸偏，取為元卷。玄賞如此，亦文字之緣也。玆次似為燈社之始集，或第二集，劉步溪丈（鴻壽）為福建鹽運使，捐三百金製燈。杜詩兩句，則舅氏郭春榆先生（曾炘）拈定者。亡何，步溪丈來燕都，竟中風痺，歿於弢老邸，眾遂譁言，地隔望鄉臺，殆為詩讖。詩鐘、燈社兩者風氣至今未沫，而事蹟已如過翼，更十數年，則必成廣陵散，後生更瞠目結舌，不知舊人酸寒呫嗶之趣矣。

舊日詩文之支流，若缽、鐘、燈虎，雖玩愒喪志，無裨賞用，而頗有情味，視飲博自勝。偶思為鐘話，輒恐連卷不能休，因平齋丈之歿，觸類記之，平生文字海中之一微瀾也。然此波沫，不記即亦不留，曷任慼喟。

馮國璋與湯薌銘

弱盦之入馮華甫幕。乃為聯桂黔以驅袁，身雖先死，而志則終酬。當時叔問、彊邨及麥、潘，皆為詞於蘇滬間，尤不樂睹軍閥所為。叔問之《石芝西堪札記》，近始流露於外，中有一節云：

近聞湖南都督湯薌銘，江蘇馮國璋，深居簡出，膽小於鼷，恨不得銅頭鐵頞，擁護左右。偶一公出，必乘飛車，且預戒清道，密排兵隊，禁斷行人，民廛商肆，一例令閉戶，有婦孺樓居窺覷，輒舉槍恫嚇之，若時時畏人狙擊者。群相詫為天子警蹕，無此尊嚴也。證之列強帝國，亦不聞有是儀制。況都督建高牙，膺厚祿，有事則師干禦侮，無事則露冕巡方，非使之蜎縮雌伏，徒事餔啜者。其擁兵糜餉，所以衛民，非以威民。乃叱咤自專，妄襲帝制，坐令商旅駭迫，道路以目。設有非常，吾決其剪鬚變服，乞命於路人而已。叔問所譏，後雖有驗有不驗，其言則甚正。